KB174025

# 현대소설과 불교의 세계

# 현대소설과 불교의 세계

이 동 하

역락

## 책머리에

제 나이가 대략 50대 중반이 되어가던 무렵, 저에게는 한 가지 변화가 일어났습니다. 오래 전 대학의 학부를 졸업한 이후 거의 잊어버리다시피 해 왔던 불교의 세계를, 아내가 불교 공부하는 모습을 옆에서 보며, 새로운 감동과 더불어 다시 만나게 된 것입니다. 그리고 이때 되살아난 저의 불교에 대한 경외 어린 관심은 그로부터 다시 수년이 지난 지금까지 변함없이 이어져 오고 있습니다.

그런데, 이 불교의 세계라는 것은, 제가 지난 수십 년 동안 전공해 왔고 지금도 공부하고 있는 현대소설과 잘 맞지 않는 관계에 있습니다. 아무리 생각해 보아도 이 점은 부정할 도리가 없습니다. 그리고 이 점 때문에 저는 예전에는 몰랐던 안타까움을 깊이 느끼지 않을 수가 없게 되었습니다.

하지만 언제까지나 안타까움에 사로잡힌 채 앉아 있기만 할 수는 없는 노릇입니다. 비록 그 관계의 본질 자체는 어떻게 할 수 없다 하더라도 양자 사이의 거리를 좁히는 데 기여하려는 마음을 가지고 그들간의 만남을 자주 주선하는 일 정도는 해 볼 수 있지 않겠는가라는 생각을 저는 차츰 하게 되었습니다.

이런 생각을 실천에 옮겨 본 결과가 이 책에 수록된 글들 가운데 다수를 차지하고 있습니다. 그 글들 가운데 일부는 소설 속에 나타난 불교적 소재나 주제를 찾아서 검토해 본 것이고, 다른 일부는 불교의 시각으로 소설을 읽는 자리를 만들어 본 것입니다. 이 글들이 구체적으로 얼마만 한 의의를 지니고 있는지는 제가 말할 바가 못 됩니다만 아무튼 지금으로서는 제가 할 수 있는 일로서 이보다 나은 것을 알지 못하는 만큼 앞으로도 당분간 이러한 작업을 계속해 나가고자 합니다.

이 책의 제4부와 제5부에는 지금까지 말해 온 내용과 성격을 달리하는 글들을 따로 모아 놓았습니다. 이들 중에서 제가 특별히 정성을 기울여 쓴 것은 「제사를 폐지하자」라는 글입니다. 저는 원래 이 글을 좀더 많은 독자들과 만날 수 있는 지면에 싣고 싶었으나 그 희망은 이루어지지 못했고, 결국 이 책에 처음으로 수록하게 되었습니다. 이런 자리를 통해서라도 이 글에 담긴 저의 견해가 발표될 수 있게 된 것은 다행이라고 생각합니다.

2017년 5월

이 동 하

# 차례

## III



## IV



## V

I

# 성인(聖人)의 경지와 소설의 길

## 1. 성인이 되고자 소망하는 마음과 소설

누구나 알다시피, 소설이란 인간이라는 종(種)의 이야기를 쓰는 것이다. 소설가가 인간을 관찰하고 묘사하는 데에서부터 소설 쓰기는 시작된다.

소설가가 소설을 쓰면서 관찰과 묘사의 대상으로 삼는 인간들이란 어떤 존재인가? 그들 전체를 한 마디로 규정하기는 어렵지만, 그 대부분이 평범한 중생(衆生)들이라는 사실만은 확실하게 말할 수 있다. 욕계(欲界)의 주민으로서 중생심을 가지고 살아가는 범인(凡人)들이 소설에 나오는 인물들 가운데 대다수를 차지하는 것이다.

하지만 그 범인들은 또 한편으로 성인(聖人)이 되고자 소망하는 마음도 다들 가지고 있다. 그들 가운데에는 자신이 그러한 마음을 가지고 있다는 사실을 의식하는 사람도 있고, 의식하지 못하는 사람도 있다. 그들이 비록 그러한 마음의 존재를 의식하지 못하는 경우라 할지라도, 그들의 내면에 그러한 마음이 존재한다는 사실 자체는 바뀌지 않는다.[1] 물론 그러한 마음이 그들의 내면에 얼마만한 크기로 존재하는가 하는 점은 사람에 따라서 다 다르다.

안타까운 것은, 성인이 되고자 소망하는 마음을 아주 크게 지니고 있는 사람이라 할지라도, 정말 완전한 의미에서의 성인이 되기란 거의 불가능하다는 사실이다. 인류 역사상 완전한 의미에서의 성인이 된 인물이 과연 몇 사람이나 있을지 의문이라는 생각이 들 만큼 그것은 어렵고도 어려운 일이다. 하지만 이런 사실 앞에서 지나치게 낙담할 필요는 없다. 성인이 되고자 소망하는 마음을 크게 가지고, 성인의 경지에 가까이 다가간 인물로 스스로를 다듬어내기 위해 일생을 두고 노력하는 것, 그것만 해도 대단한 일이 아닌가? 보람 있는 일이 아닌가?

지금까지 나는, 소설가가 소설을 쓰면서 관찰과 묘사의 대상으로 삼는 인간들이란 어떤 존재인가에 대하여 이야기했다. 그런데 지금까지 내가 한 이야기는, 소설가들 자신에게도 마찬가지로 적용될 수 있다. 소설가들 역시 기본적으로 범인의 심성을 가지고 있으면서 그들의 내면 한쪽에

1) 『법화경』의 「오백제자수기품(五百弟子授記品)」에 나오는 이른바 '의리보주유(衣裏寶珠喩)'를 가지고 이 점을 설명해 보자. '의리보주유'를 담고 있는 『법화경』의 텍스트는 다음과 같다. "세존이시여, 비유하자면 마치 어떤 사람이 친구의 집에 갔다가 술에 취하여 누워 자는데 친구는 관청의 일로 길을 떠나게 되었습니다. 그래서 값으로 헤아릴 수 없는 보배[無價寶]를 옷 속에 매어주고 갔습니다. 그 사람은 술에 취해 자고 있었기에 전혀 알지 못하였습니다. 깨어난 뒤에 길을 떠나 다른 지방으로 두루 다니면서 의식(衣食)을 위하여 부지런히 애써 돈을 버느라고 갖은 고생을 하였습니다. 만약 조금이라도 소득이 있으면 곧 만족하게 생각하였습니다. 그 후에 친구가 그를 다시 만났습니다. 그리고 이렇게 말하였습니다. '안타깝구나, 이 사람아, 어찌하여 의식을 구하기 위하여 이 지경이 되었는가. 내가 그 전에 그대에게 편안하게 살면서 오욕락(五慾樂)을 마음대로 누리게 하려고 어느 해 어느 날에 값을 칠 수 없는 보배를 그대의 옷 속에 매어주지 않았던가. 지금도 그대로 있는데 그대가 알지 못하고 이렇게 고생하고 근심하면서 궁색한 생활을 하고 있으니 매우 어리석구나. 그대는 이제라도 이 보배를 팔아서 필요한 물품을 산다면 언제나 마음껏 할 수 있어서 부족함이 없으리라' 하였습니다"(무비 스님 역주, 『법화경』 상(불광출판부, 2003), pp.247~248). 위의 이야기에 나오는 어리석은 사람은 자신이 '값을 칠 수 없는 보배'를 가지고 있다는 사실을 의식하지 못했지만 그 점 때문에 그가 보배를 가지고 있다는 사실 자체가 달라지지는 않았다. 『법화경』에서는 '불성(佛性)'의 개념을 설명하기 위해 위의 비유를 사용하고 있거니와, 나는 성인이 되고자 소망하는 마음의 존재와 관련해서도 동일한 비유가 성립할 수 있다고 생각한다.

는 성인이 되고자 소망하는 마음도 간직하고 있는 존재들인 것이다.

소설가들이 그들의 내면에 간직하고 있는 '성인이 되고자 소망하는 마음'의 크기는 소설가 개개인에 따라서 다 다를 것이다. 그렇기는 하지만 소설가들을 대상으로 해서 그 크기의 평균치를 재어볼 경우 그것이 세상에 태어나 살다 갔거나 지금 살고 있는 갑남을녀들 전체의 평균치보다 상당히 더 클 것이라는 점 정도는 믿어도 좋을 것 같다. 물론 앞에서 내가 언급한 '정말 완전한 의미에서의 성인이 되기란 거의 불가능하다'는 원칙은 소설가들에게도 고스란히 적용되는 것이지만 말이다.

아무튼 소설가들은 기본적으로 범인의 심성을 가지고 있으면서 그들의 내면 한쪽에는 성인이 되고자 소망하는 마음도 간직하고 있는 상태에서 소설을 쓴다. 그들 자신과 마찬가지로 범인의 심성을 가지고 있으면서 내면 한쪽에는 성인이 되고자 소망하는 마음도 간직하고 있는 세상의 갑남을녀들을 관찰하고 묘사하며, 그 관찰과 묘사의 기록에 다시 소설가 자신의 욕망과 사유를 투영시켜, 한 편 한 편의 소설작품을 만들어내는 것이다.

그런데 이런 과정을 거쳐서 만들어진 수많은 소설작품들을 읽어나가다 보면, 성인의 경지를 향한 열망 혹은 그러한 경지에 대한 탐구의 의지가 특별히 강렬하게 드러나 보이는 작품들을 만나게 되는 경우가 가끔 있다. 그러한 작품들은 소설가의 내면에 깃들여 있는 '성인이 되고자 소망하는 마음'과 그가 관찰·묘사의 대상으로 삼은 사람들의 내면에 깃들여 있는 동일한 종류의 마음이 서로 만나 결합하면서 바람직한 방향으로 화학적 작용을 일으킨 결과 탄생한 것들이라고 보아 무방할 터이다.

이러한 부류의 작품들은 세상에 존재하는 수많은 소설들 가운데서도 주제면에서의 가치가 가장 높은 것이라고 생각된다. 성인의 경지를 향한 열망 혹은 그러한 경지에 대한 탐구의 의지야말로 소설이라는 장르가 담아낼 수 있는 주제 가운데서 가장 높은 가치를 지니는 것이 아닐 수 없기 때문이다.

물론 그러한 주제를 담고 있는 소설이라고 해서 자동적으로 우수작의 지위를 보장받는 것은 아니다. 어떤 소설이 진정한 우수작으로 인정받기 위해서는 주제면에서 높은 가치를 지니는 것만으로는 충분하지 않기 때문이다. 거기에다 예술적인 성취까지가 함께 갖추어져야만 하는 것이다.

어떤 소설이 예술적인 성취를 이룩한 것으로 평가될 수 있는가? 이 물음에 대한 답은 다양한 측면에서 제시될 수 있을 터이다. 여기에서 이 문제를 자세하게 논의할 수는 없다. 다만 한 가지 사항만을 이야기해 두기로 하자. 성인의 경지를 향한 열망 혹은 그러한 경지에 대한 탐구의 의지를 바탕으로 해서 소설을 쓴다고 할 때 그것은 주로 그러한 열망 혹은 탐구 의지를 구현하고 있는 인물의 형상화를 통해 드러날 텐데, 바로 그러한 인물의 형상화가 생생한 실감과 설득력을 동반하고 있을 경우, 예술적 성취의 중요한 조건 하나가 충족된다는 사실이 그것이다.

## 2. 성인은 어떤 사람인가

앞에서 나는 소설가나, 또 소설가가 관찰과 묘사의 대상으로 삼는 세상의 수많은 사람들이나 모두 범인으로 살면서 마음 한편에 성인이 되고자 소망하는 마음을 지니고 있는 존재들이라는 이야기를 했다. 그런데 이런 이야기를 하면서 정작 어떤 사람을 '성인'이라고 부를 수 있는가 하는 점에 대해서는 언급을 하지 않았다. 언급을 하지 않았다기보다 언급을 미루어 둔 것이다. 이제 그 미루어 둔 논의를 조금 해 보고자 한다. 물론 내가 지닌 사유와 인식의 한계가 뚜렷한 만큼, 내가 할 수 있는 논의는 어디까지나 부분적인 것에 그친다. 하지만 부분적인 논의를 통해서도 약간의 시사점 정도를 제시할 수는 있으리라 믿는 바이다.

어떤 사람을 성인이라고 부를 수 있는가에 대한 답은 여러 가지로 나올 수 있을 터이지만, 그 중 한 가지로, '자기중심주의를 완전히 떨쳐버린 존재'라는 답을 상정할 수 있을 것이다. 그리고 이처럼 자기중심주의를 완전히 떨쳐버린 존재로서의 성인은, 겸허와 자비라는 두 가지 덕목을 최고의 수준으로 갖출 수 있게 된다. 어째서 그런가? 이 물음에 대해서도 다시 여러 가지 답이 가능하다. 여기서는 일단 불교의 가르침을 빌려서 설명을 해 보기로 한다.

자기중심주의는 개인으로서의 자기에게 최상의 가치를 부여하는 태도이다. 그것은 개인으로서의 자기를 세계의 중심에 놓고 살아가는 태도이기도 하다. '개인 수준에서 성공을 거둔다면 인생에서는 더 이상 바랄 것이 없다'는 말로 자기중심주의를 설명해 볼 수도 있으리라. 이런 의미에서의 자기중심주의는 범인의 시각으로 보면 너무나 자연스러운 것이고, 당연한 것이다. 그러나 불교는 이런 의미에서의 자기중심주의가 허망하기 그지없는 것임을 가르쳐 준다. 왜 그것이 허망하기 그지없는 것인가? 엄밀하게 말하면 개인이라는 것은 실체가 없는 허깨비에 불과하기 때문이다. 이런 사실을 지혜롭게 일깨워 주는 『금강경』 「응화비진분(應化非眞分)」의 사구게(四句偈)가 있다.

> 일체의 유위법은
> 꿈 · 허깨비 · 거품 · 그림자와 같고
> 이슬과 같고 번개와 같으니
> 응당 이렇게 보아야 한다[2]

2) 김윤수 역주, 『반야심경 · 금강경』(개정판, 한산암, 2009), p.523. 이 사구게의 한문본은 다음과 같다. "一切有爲法 如夢幻泡影 如露亦如電 應作如是觀."

위의 사구게에서 말하는, 꿈과 같고 허깨비와 같으며, 거품과 같고 그림자와 같으며, 이슬과 같고 번개와 같은 '일체의 유위법' 가운데서도 대표적인 존재가 바로 '개인'이라는 이름의 실체 없는 허상이다. 「반야심경」의 서두 부분을 보면 "관자재보살이 깊은 반야바라밀다를 행하실 때 오온(五蘊)이 모두 공(空)임을 비추어 보고 일체의 괴로움[苦厄]을 건너셨다"[3]고 하거니와 여기에 나오는 '오온이 모두 공'이라는 구절도 이 점을 바로 가리키고 있다.

그렇다면 이처럼 꿈과 같고 허깨비와 같으며, 거품과 같고 그림자와 같으며, 이슬과 같고 번개와 같은 개인, 오온－색(色)・수(受)・상(想)・행(行)・식(識)이라는 다섯 개의 무더기－이 일시적으로 가합(假合)한 존재에 불과한 개인이 어찌하여 명백한 실체로 오인되어 왔는가? 유식학(唯識學)에서는 그것을 말나식(末那識)의 소치로 설명한다. 아치(我癡), 아견(我見), 아만(我慢), 아애(我愛)라는 네 가지 근본적인 번뇌의 작용을 동반하고 있는 이른바 제7식으로서의 말나식이 개인의 실체성이라는 착각을 만들어내고 그 착각에 막강한 힘을 부여하기까지 하는 원천이라는 것이다.

말나식은 반드시 부정적으로 볼 것만은 아니다. 오카노 모리야가 말한 바와 같이, 나쁜 말나식이 있다면 좋은 말나식도 있다. 하지만 나쁜 말나식은 물론이거니와 좋은 말나식조차도 궁극적으로는 초월되어야 할 대상이다.[4]

이런 말나식의 아치・아견・아만・아애를 완전히 초월한 존재가 바로 성인이다. 그러한 성인은 "'저것이 있으므로 이것이 있고, 이것이 있으므로 저것이 있으며, 저것이 생하므로 이것이 생하고, 이것이 생하므로 저

3) 위의 책, p.485. 이 구절의 한문본은 다음과 같다. "觀自在菩薩 行深般若波羅蜜多時 照見五蘊皆空 度一切苦厄."

4) 오카노 모리야, 『불교심리학 입문』(김세곤 역, 양서원, 2003), pp.93~94.

것이 생하는' 상의성(相依性)의 연기(緣起) 구조 없이는 설명될 수 없는 세계"가－달리 말해, "서로가 있음으로 해서 서로가 존재할 수 있는 상입(相入)의 세계"[5]가－곧 이 세상이라고 하는 엄숙한 진실을 단지 지식으로 알 뿐만 아니라 그의 삶 전체로 구현한다. 이런 성인에게 저 허망한 자기중심주의 따위가 발붙일 구석이 있을 리 없다.

그런데 앞에서 나는 '자기중심주의를 완전히 떨쳐버린 존재로서의 성인은, 겸허와 자비라는 두 가지 덕목을 최고의 수준으로 갖출 수 있게 된다'고 말한 바가 있다. 그렇게 되는 이유, 아니 그렇게 될 수밖에 없는 이유가 이제는 명료하게 드러났다고 해도 좋을 것이다. 자기중심주의를 완전히 떨쳐버린 사람이라면 우선 자신의 비실체성 앞에서 겸허해지지 않으려야 않을 수가 없을 터이고, 또한 상의성의 연기 구조 속에서 자신과 뗄 수 없는 관계로 맺어져 있는 모든 이웃에 대해 자비로운 마음을 가지게 되지 않으려야 않을 수가 없을 터이기 때문이다.

앞에서 이미 누누이 강조했던 바와 마찬가지로, 실제로 이런 수준의 성인이 되는 것은 대부분의 인간들에게 있어서 거의 불가능하다. 하지만 성인이 되고 싶어 하는 마음만은 대부분의 인간들에게 다 들어 있으며, 그러한 마음을 잘 살려서 성인의 경지에 접근하고자 노력하는 일은 어느 누구에게도 결코 불가능하지 않다.

그런데 이처럼 성인의 경지에 접근하기 위한 노력을 기울이는 과정에서 우리가 도움을 청하고 유익한 시사를 받을 수 있는 가르침에는 여러 가지가 있다. 어떤 사람은 불교의 가르침을 통해 성인의 경지로 다가갈 수도 있겠지만, 또 어떤 사람은 다음과 같은 본회퍼의 말에서 그 최상의 형태를 보여준 바 있는 기독교의 메시지를 길잡이로 삼아 자신의 노력을

---

5) 양형진, 『산하대지가 참빛이다』(장경각, 2001), p.93.

수행할 수도 있을 것이다.

> 신이란 무엇인가? 첫째로 신의 전능 따위에 대한 추상적 신앙은 아니다. 이런 신앙은 순수한 신 경험이 아니라 이 세상의 연장의 일부분에 불과하다. 예수 그리스도와의 만남, 이것은 오직 남을 위한 관심만을 가지고 있는 예수를 경험함으로써 인간 존재의 방향을 완전히 바꾸어 버리는 것을 의미한다. 이 남을 위한 예수의 관심이 곧 초월의 경험이다.
>
> 죽음에 이르기까지 자신으로부터 자유하는 것, 이것만이 그의 전지전능하고 무소부재(無所不在)하는 속성의 근거이다. 신앙은 이 예수의 존재(성육신(成肉身), 십자가, 부활)에 참여하는 것을 의미한다. 우리와 신과의 관계는 절대적인 능력과 선을 가지고 있는 어떤 가장 숭고한 '존재'와의 종교적 관계가 아니다. 이것은 초월에 대한 그릇된 개념이다. 우리와 신과의 관계는 '신의 존재'에 참여함으로써 생겨지는 남을 위한 새로운 삶을 의미하는 것이다.[6)]

그런가 하면 다른 어떤 사람은 일체의 종교를 거부하는 인본주의적 철학사상을 길잡이로 삼을 수도 있고, 진화생물학의 이론을 길잡이로 삼을 수도 있을 것이다. 그뿐만이 아니다. 어떤 가르침이나 이론에도 의지할 필요 없이, 선천적으로 타고난 자신의 심성만을 유일한 등불로 삼아 성인의 경지에로 다가가는 사람 역시 존재할 수 있다.

이처럼 성인의 경지에 가까이 다가가는 데 도움을 줄 수 있는 원천은 다양하지만, 그 중 어느 것을 선택하여 도움을 받든, 그 결과는 크게 다르지 않은 것으로 나타나게 될 가능성이 높다. 자기중심주의로부터 벗어나고 겸허와 자비의 덕목을 체화한다는 점에서는 어떤 길을 선택하여 가

6) 존 로빈슨, 『신에게 솔직히』(현영학 역, 대한기독교서회, 1968), p.94에서 재인용. 같은 내용이 디트리히 본회퍼, 『옥중서간』(고범서 역, 대한기독교서회, 1967), pp.240~241에도 실려 있으나 현영학의 번역이 본회퍼의 뜻을 좀더 명료하게 전달하고 있는 것으로 판단되기 때문에 이쪽을 인용하였다.

든 대동소이한 면모를 지니게 될 수 있는 것이다.

## 3. 서양 소설이 보여주는 특징과 문제점

이제 다시 소설에 관한 논의로 돌아오자. 앞에서 나는, 소설들 가운데에는 성인의 경지를 향한 열망 혹은 그러한 경지에 대한 탐구의 의지가 특별히 강렬하게 드러나 보이는 작품들이 있다는 이야기를 하고, 그러한 소설이 우수작의 반열에 들기 위해서는 주제면에서의 강점과 더불어 예술적인 성취까지를 함께 갖추어야 한다는 점을 지적했다.

그렇다면 실제로 이런 조건을 두루 뛰어나게 갖춤으로써 명작으로 남게 된 작품의 예를 들어 보자면 어떤 것이 있을까? 이 물음 앞에서 금방 떠올리게 되는 것이 그레이엄 그린의 장편소설『권력과 영광』(1940)이다. 영국의 가톨릭 작가가 멕시코를 무대로 하여 '위스키 신부'라는 별명으로 알려진 주인공의 감동적인 자비행(慈悲行)과 순교를 그리고 있는 이 소설에 대해 나는 20여 년 전에 "실제로 이 작품을 읽어 볼 경우 독자들은 그 줄거리 자체가 담고 있는 장중한 격조에 압도당하면서, 동시에, 줄거리만으로 설명할 수 없는 수많은 요소들이 어울려 빚어내는 비극적 인상의 밀도와 강렬성에도 놀라게 된다"[7]고 언급한 적이 있거니와 이 작품에 대한 나의 평가는 지금도 전혀 변하지 않았다. 위스키 신부라는 인물을 형상화하는 과정에서 뚜렷하게 드러나는, 작가가 지닌 성인의 경지를 향한 열망의 진정성과 강렬성, 그러한 형상화 작업의 결과로 주인공 위스키 신부에게 부여된 실감과 설득력의 크기, 그리고 나로 하여금 "묘사

7) 이동하,「외국소설에 나타난 기독교적 인간상」,『신의 침묵에 대한 질문』(세계사, 1992), p.102.

하나, 대화 하나도 허술히 처리된 게 없"다는 평가를 주저하지 않게 했을 만큼 완숙의 경지에 이른 기법상의 다양한 성취가 함께 작용하여, 이 작품을 길이 기억될 만한 걸작으로 만든 것이다.

그런데 이 작품을 새삼 떠올려 반추하면서 잠시 시야를 넓혀 이 작품과 마찬가지로 성인의 경지를 향한 열망 혹은 그러한 경지에 대한 탐구의 의지를 강렬하게 드러낸 서양의 소설작품에는 어떤 것이 있는지를 살펴보면, 그 대부분이 이 작품처럼 기독교 신앙을 절대적인 귀의처로 삼고 있다는 사실을 발견하게 된다. 구체적인 교파는 러시아 정교에서 개신교에 이르기까지 다양하게 걸쳐 있지만 어쨌든 넓은 의미의 기독교에 포함되는 신앙들이 압도적인 위세를 보이고 있는 것이다. 도스토예프스키의 『카라마조프 가의 형제들』(1880), 톨스토이의 『부활』(1899), 윌라 캐더의 『대주교에게 죽음이 오다』(1927), 크로닌의 『천국의 열쇠』(1941), 카잔차키스의 『성 프란치스코』(1957)…… 그 밖에도 정말 많은 예들을 우리는 금방 들어볼 수 있다.

이러한 사실은 기독교의 매력과 감화력이 얼마나 큰 것인가를 입증하는 것이기도 하지만 각도를 달리해서 생각해 보면 성인의 경지를 향해 나아간다는 과제와 관련해서 서양 소설의 대부분이 단조로움과 획일성이라는 약점을 노정해 왔다는 사실을 말해 주는 것이기도 하다. 그런 점에서 두 가지 예외적인 경우가 돋보인다.

첫째는 헤세가 1922년에 발표한 장편 『싯다르타』의 존재이다. 붓다가 살던 시대의 인도를 무대로 삼고 붓다와 같은 이름을 지닌 허구의 인물을 주인공으로 설정한 이 소설에서 헤세는 서양의 작가가 기독교라는 테두리를 벗어나 중국[8]이나 인도의 지혜에 겸손히 귀 기울이는 방법에 의

---

8) 『싯다르타』는 인도를 무대로 삼고 있지만 이 작품을 비추는 정신의 빛은 인도보다도 중국에 더 큰 원천을 두고 있다. 헤세 자신이 츠바이크에게 보낸 편지에서 "싯다르타는 인

거해서도 성인의 경지를 향한 열망 혹은 그러한 경지에 대한 탐구의 의지를 훌륭하게 표현하는 것이 가능하다는 사실을 입증해 보였다.

두 번째는 카뮈가 제기한 '신 없는 성인'의 개념이다. 카뮈는 『페스트』(1947)에서 작중인물 타루로 하여금 "오늘날 내가 아는 단 하나의 구체적인 문제는 사람은 신이 없이 성인이 될 수 있는가 하는 것입니다"[9]라는 발언을 하도록 만들고 있는데 이 발언은 말할 나위도 없이 작가인 카뮈 자신의 문제의식을 고스란히 담고 있는 것이다. 그리고 그것은 서양의 소설문학 중 지금 우리가 살펴보고 있는 계열에 속하는 흐름이 기독교적 신관(神觀) 혹은 신앙 일변도의 획일성에서 탈피하여 보다 다채로운 정신의 모험에로 나아갈 가능성을 시사하고 있다는 점에서 긍정적인 평가를 받을 만하다.

하지만 카뮈의 이러한 문제의식이 그 후의 여러 서양 소설가들에 의하여 적극적으로 계승, 발전된 것으로는 보이지 않는다. 그런가 하면 헤세가 보여준 모범적 선례를 이어받아 중국이나 인도를 비롯한 비(非)서양권의 지혜로부터 가르침을 얻고자 하는 시도가 활발하게 이루어지고 있는 것 같지도 않다.

## 4. 다섯 편의 한국 소설

서양의 소설에 대해서는 이 정도로 하고, 이제는 시선을 돌려, 한국소설의 경우를 살펴보기로 하자. 성인의 경지를 향한 열망 혹은 그러한

---

도의 옷을 입고 있지만 그 지혜는 부처보다 노자에 더욱 가깝다"는 말을 한 바 있다. 이신구, 『헤세와 음악』(개정판, 태학사, 2001), p.84에서 재인용.

9) 알베르 카뮈, 『페스트』(김화영 역, 책세상, 1992), p.341.

경지에 대한 탐구의 의지를 적극적으로 담아내고 있는 한국의 소설로는 어떤 작품들을 들 수 있는가? 그 작품들이 이룩한 성과는 어느 정도의 수준을 보여주고 있는가? 이런 물음 앞에서 나는 아래와 같은 다섯 편의 작품을 간단히 살펴보는 것으로써 대답하고자 한다.

### (1) 「등신불(等身佛)」(1961)

김동리가 『사상계』 1961년 11월호에 발표한 단편소설 「등신불」은 불교계의 일각에서 강렬한 불교 신앙의 표현 방법으로 간주하여 높이 평가하고 있는 소신공양(燒身供養)이라는 행위를 이야기의 핵심에 놓고 있는 작품이다. 이처럼 「등신불」 속에서 핵심적인 위치를 차지하고 있는 소신공양이라는 행위는 『법화경』 중 「약왕보살본사품(藥王菩薩本事品)」의 다음과 같은 기록에 근거를 두고 있는 것이다.

> (일체중생희견보살(一切衆生喜見菩薩)이－인용자 보충) 삼매에서 일어나 스스로 생각하기를 '내가 비록 신통의 힘으로 부처님께 공양하였으나 몸으로써 공양하는 것만 같지 못하리라' 하고 곧 온갖 전단향·훈륙향·도루바향·필력가향·침수향·교향 등을 먹었느니라. 또 첨복 등 여러 가지 꽃으로 짠 향유(香油)를 마시기를 일천 이백 년이 되도록 하였느니라. 또 향유를 몸에 바르고 일월정명덕 부처님 앞에서 하늘의 보배 옷으로 몸을 감고 향유를 붓고, 신통(神通)의 힘과 서원(誓願)으로 스스로 몸을 불사르니 광명이 팔십억 항하사 세계에 두루 비치었느니라.
>
> 그 세계에 계시는 부처님들이 한꺼번에 찬탄하시었느니라.
>
> "훌륭하다, 참으로 훌륭하다. 선남자여, 이것이 진정한 정진(精進)이며, 이것이 참으로 법답게 여래께 공양하는 것이니라. 만일 꽃과 향과 영락과, 사르는 향·가루향·바르는 향과 하늘의 비단 번기와 일산과 해차안의 전단향이나 이와 같은 여러 가지로 공양하는 것으로는 미칠 수 없느

니라. 가령 나라나 성시(城市)나 처자(妻子)로 보시하는 것으로도 미칠 수 가 없느니라. 선남자여, 이것은 제일 가는 보시라 할 것이며, 모든 보시 중에 가장 존귀하고 으뜸이니 여래에게 법으로써 공양하는 것이기 때문이니라."

이렇게 말씀하고는 묵묵하셨느니라. 그 몸이 일천 이백 년 동안을 탄 뒤에야 몸이 다하였느니라.[10)]

그런데 이러한 소신공양의 의미를 과연 어떻게 평가해야 할 것인가에 대해서는 상당한 논란의 소지가 있다. 실제로 중국 당나라 시대의 고승인 의정(義淨) 스님 같은 이는 소신공양에 대해 단호히 부정적인 견해를 피력한 바도 있는 터이다.

그러나 이 문제에 대한 교리상의 논란을 잠시 접어 두고 「등신불」이라는 소설 속에 나오는 주인공 만적의 삶과 죽음에 시선을 집중해서 볼 경우, 그가 무서운 번뇌의 시련을 통과하면서 자기중심주의를 상당한 정도로 극복하고 겸허와 자비의 정신을 체화하는 데 성공한 존재라는 사실을 확인하면서 우리는 깊은 감명을 받지 않을 수가 없다. 김동리는 만적이 그 겸허와 자비의 정신으로 자신의 생명을 내던지는 결단에까지 나아가는 과정을 단편이라는 그릇에 어울리는 압축된 서술로 인상 깊게 형상화하였다. 이렇게 함으로써 그는 성인의 경지에 가까이 다가간 한 존경할 만한 인물의 초상을 만들어내는 데 성공하였다.

### (2) 『낮은 데로 임하소서』(1981)

이청준이 1981년에 발표한 장편소설 『낮은 데로 임하소서』는 실존 인

10) 무비 스님 역주, 『법화경』 하(불광출판부, 2003), pp.230~231.

물인 안요한 목사의 생애 중 전반기에 해당하는 동안 실제로 일어났던 일들을 바탕으로 하면서 거기에 적절한 정도의 허구를 가미하여 쓴 작품이다. 안요한은 목사의 아들로 태어났으나 아버지의 신앙에 반발하여 세속인의 길을 택하고 성공 가도를 달리던 중 뜻하지 않게도 실명(失明)이라는 시련을 겪고 생의 나락으로 떨어진다. 그러나 그는 거기서 좌절하지 않고 온전히 새로운 생명으로 거듭난다. 그로 하여금 새로운 생명으로 거듭날 수 있게 한 원동력은 기독교의 신에 대한 믿음과 순종이 열어준 '성인의 경지에로 가까이 다가감'이었다. 결국 그는 수많은 시련을 이겨내고 목사가 되어 자신의 교회를 세우는 데까지 이른다.

이러한 안요한 목사의 삶을 이야기의 축으로 삼고 있는 『낮은 데로 임하소서』라는 소설을 쓴 작가인 이청준은 사실 기독교 신자가 아니다. 그런 그가 왜 이런 소설을 썼을까? 이 물음에 대한 답은 어떤 것이든 추측의 수준을 넘어설 수 없는 것이지만, 이청준이 이 소설을 쓰기 얼마 전의 시점에서 발표한 중요한 작품이 「자서전들 쓰십시다」(1976)라든가 『당신들의 천국』(1976) 같은 것이었다는 사실에 주목하면서 그 작품들과 이 『낮은 데로 임하소서』를 연결지어 검토해 보면 어느 정도 의문의 실마리가 풀리는 듯한 느낌이 드는 것만은 사실이다.[11]

하지만 이러한 측면에서의 논의를 전제하지 않은 자리에서 『낮은 데로 임하소서』를 읽고 그 의미를 찾는 것도 얼마든지 가능하다. 그러한 자리에 서서 볼 때 이 작품은 기독교 신앙에 의거하여 자기중심주의를 넘어서고 겸허와 자비의 삶을 열어 나아가는 성인에 가까운 인물의 모습을 차분하게 제시해 보인 한국 소설의 중요한 성과로 평가될 수 있다.

11) 나는 「소설가가 대신 쓴, 한 이상적인 인물의 자서전」이라는 글에서 이러한 검토의 작업을 시도해 본 바 있다. 이동하, 『한국소설과 예수 그리고 유다』(역락, 2011), pp.229~234.

### (3) 『늘푸른소나무』(1993)

『늘푸른소나무』는 1993년에 아홉 권의 분량으로 출간된 김원일의 대하소설이다. 김원일은 그로부터 9년이 지난 2002년에 개정판을 간행하는데, 개정판은 최초의 텍스트에서 약 40퍼센트를 줄여 세 권으로 다시 묶은 것이다. 이 작품은 초간본을 기준으로 해서 보든 개정판을 기준으로 해서 보든 김원일이 쓴 수많은 소설들 가운데서 가장 규모가 큰 대작임에 틀림이 없다. 나는 오래 전에 이 작품의 의의를 '탁월한 역사소설', '인상적인 사상소설', 그리고 '성장소설'이라는 세 가지 측면으로 정리한 글을 쓴 바 있거니와 그 중 '성장소설'의 측면에 대하여 언급한 부분을 한 번 인용해 보기로 한다.

> 이 작품의 가장 소중한 점은 역시 뭐니뭐니 해도 성장소설로서의 측면이다. 이 작품의 도입부에서 열예닐곱 살의 소심한 종 어진이로 등장하는 주인공 석주율은 작품의 말미에 가서는 "무학봉의 소나무같이 만고풍상을 이기며 우뚝 서서 새봄에 돋아날 솔잎처럼 청청하게" "젊은 나이에 이미 자신의 삶을 완성했고, 억눌려 신음하는 사람들을 위해 늘 살아 있을 분"(제9권, p.327)으로 자리매김되기에 이르거니와, 『늘푸른소나무』 아홉 권의 대해(大海)를 횡단하면서 그가 이처럼 경이적인 변모를 이루어 가는 과정은 독자들에게 참으로 순수한 감동의 시간을 선사한다. 그 과정은 경이적이면서도 자연스럽고, 비범하면서도 진솔한 구체적 실감으로 충만해 있다. 김원일이 창조해낸 주인공 석주율의 이러한 성장담에 의하여 이 나라의 문학은 유사 이래 처음으로 참다운 내적 깊이를 갖춘 한국적 교양소설의 모델을 얻게 되었다 하여도 결코 지나친 말이 아니다.[12]

위에서 언급된 것처럼 소설이 진행되는 과정에서 주인공 석주율은 '경

12) 이동하, 「진지한 문학정신의 아름다운 승리」, 『한 자유주의자의 세상 읽기』(문이당, 1999), pp.248~249.

이적인 변모'를 이루어간다. 그 변모의 성격은, '애초부터 자기중심주의의 문제점으로부터 상당히 벗어나 있었고 그러했기에 겸허와 자비의 덕목을 갖춘 인물로 성장할 가능성을 남보다 많이 지녔던 소년 어진이가 그 가능성을 처음에 예상 가능했던 정도보다도 훨씬 더 크게 발전시킴으로써 한 사람의 진정한 성인에 가까운 존재로 올라서는 과정'이라고 표현될 수 있다.

이러한 표현에서도 시사되듯 석주율의 경우에는 성인의 경지를 향해 나아가는 데 있어 '그가 선천적으로 타고난 심성'이라는 요소가 상당히 중요한 역할을 담당한다. 그가 사회적으로 낮은 자리에 놓인 천민 출신이라는 점도, 보통의 경우와 다르게, 이 자리에서는 긍정적인 방향으로 작용한다.

그뿐만이 아니다. 소설이 진행되는 과정에서 그는 스승으로부터 배운 유교사상, 출가하여 익힌 불교사상, 환속한 후에 만난 대종교의 사상과 기독교사상, 누이를 통해 알게 된 역학(易學)의 세계 등 다양한 사상의 세계를 접하며 학습하는 가운데서 스스로의 정신세계를 성숙시켜 가는데, 이러한 전개는 『늘푸른소나무』라는 작품이 한 편의 인상적인 사상소설이라는 면모를 지니게 하는 데 기여하는 한편, 이 작품이 '성인의 경지에 가까이 다가가는 방법을 일러주는 안내서의 종합판'과도 같은 성격을 지니도록 만든다. 이것은 기독교적 사유 일변도로 편향되어 있는 서양의 소설들이 따라올 수 없는, 비서양 지역의 작가에게서 나온 소설이기에 비로소 가능했던 면모이며, 한국의 소설들 가운데서도 이 작품만이 갖출 수 있었던 면모이다. 물론 『늘푸른소나무』의 이와 같은 특징은 이 작품이 대하소설의 규모를 가지고 있다는 사실과 무관한 것이 아니다.

(4) 『세상의 저녁』(1998)

정찬이 1998년에 발표한 장편소설 『세상의 저녁』은 사생아로 태어난 데다 간질이라는 질환까지 앓고 있는 주인공 황인후가 모든 시련을 이겨내고 거의 성자에 가까운 존재가 되어 사랑의 실천을 행하다가 죽는다는 이야기를 담고 있다. 이 작품은 처음부터 끝까지 기독교의 자장(磁場) 안에서 진행되며, 그런 점에서 우리가 이 글에서 살펴본 한국 소설 가운데서는 『낮은 데로 임하소서』와 가장 가까운 자리에 놓인다고 말할 수 있다. 하지만 이 두 작품 사이에는 간과할 수 없는 차이가 있다. 『낮은 데로 임하소서』가 기독교 중 개신교와 밀착되어 있는 반면 『세상의 저녁』은 가톨릭과 관련된다는 점에서도 차이가 발견되지만, 그보다 더 중요한 것이 있다.

> "－너의 평생에 너를 능히 당할 자가 없으리니 내가 모세와 함께 있었던 것 같이 너와 함께 있을 것임이라. 내가 너를 떠나지 아니하며 버리지 아니하리니 마음을 강하게 하라. 담대히 하라……"[13]

『낮은 데로 임하소서』에서 이야기되는 기독교는 위에 인용된 『구약성서』 중의 「여호수아」 1장 5절~6절 본문이 가리키는 바와 같은 막강한 신의 권능에 대한 믿음을 전제한다. 그러나 『세상의 저녁』에서 제시되고 있는 신관(神觀)은 전혀 다르다. 앞의 그것과는 거의 정반대에 가깝다고 할 수도 있다.

> "우리가 고통을 당할 때 누군가 똑같이 그 고통을 느끼면서 슬퍼하고 있다고 생각해보게. 한없이 큰 위로가 될 걸세. 이 위로야말로 고통을 응

13) 이청준, 『낮은 데로 임하소서』(홍성사, 1981), p.114.

시하고 초극하게 하는 힘이지. 더구나 슬퍼하는 이가 무한히 높은 존재라면 위로의 힘은 한층 더 클 걸세. 반면 혼자서 고통받고 있다고 생각된다면 억울하고 부당하다는 감정으로 빠져들면서 고통의 실체를 왜곡하게 되네. 고통의 왜곡은 필연적으로 증오를 불러들이네. 운명을 저주하고, 자신을 이렇게 만든 세상과 신을 저주하게 되지. 하느님을 전지전능한 분으로 생각하는 이들은 내 생각에 펄쩍 뛰겠지. 하지만 그들은 하느님의 권능, 하느님의 영광이라는 이름하에 저지른 기독교인의 죄를 곰곰이 생각해볼 필요가 있어. 하느님에게는 권능도 영광도 없어. 오직 슬퍼하는 능력만 갖고 계시지. 이런 하느님의 모습에서 난 비로소 신성을 느낄 수 있었다네. 그런데 자넨 자신의 아들조차 살리지 못하는 무능한 하느님에게 기적을 간구했네. 이제 알겠나? 그것이 얼마나 큰 탐욕인가를."[14]

『세상의 저녁』의 신관은 소설 속에서 황인후의 아버지로 등장하는 빈첸시오 신부의 위와 같은 대사를 통해 드러나고 있는데, 누구라도 금방 알 수 있는 것처럼 이러한 견해는 「여호수아」 1장과 같은 텍스트에서 발견되는 신에 대한 전통적 기독교의 관점과는 아주 거리가 먼 것이다. 빈첸시오 신부가 제시하는 예수에 대한 다음과 같은 규정에 대해서도 우리는 동일한 판단을 할 수 있다.

"소경이 눈을 뜨지 못하고, 앉은뱅이가 일어서지 못하고, 귀신 들린 자가 깨끗한 몸이 못 되었을지언정 기적의 꽃은 그분의 숨결이 닿는 곳마다 피어났네. 그분은 무력한 하느님, 인류의 고통과 슬픔에 대해 함께 아파하고 눈물 흘리는 능력밖에 없는 하느님의 모습으로 지상에 나타났던 것일세."[15]

---

14) 정찬, 『세상의 저녁』(문학동네, 1998), p.210.
15) 위의 책, p.218.

위의 발언들에서 확인되는 빈첸시오 신부의 관점은, 가만히 생각해 보면, 이 글의 앞부분에서 인용되었던 본회퍼의 옥중서간 가운데 한 대목이 담고 있는 입장과 상통하는 것이다. 시야를 조금 넓혀서 살펴보자면 그것은 기타모리 가조가 피력한 '하나님의 아픔의 신학'과 가까운 자리에 놓이는 것이기도 하다.[16] 그런데 여기서 멈추지 말고 시야를 더 넓혀서 관찰해 보면, 그것은 죽은 자식을 되살리는 기적을 일으켜 달라고 애원하는 어느 어머니에게 기적을 행하는 대신 '사람이 아직 한 번도 죽지 않은 집을 찾아가 겨자씨를 얻어 오라'는 과제를 주고 그것을 통해 진정 차원 높은 위로를 베풀었던 붓다의 면모[17]를 상기시키는 것이기도 하다. 이런 방식으로 정찬은 『세상의 저녁』에서 기독교의 테두리를 넘어 보다 광활한 전망을 열어 보이는 가운데 '어떻게 하면 사람은 성인의 경지에 가까이 다가갈 수 있는지'를 묻고 있는 것이다.

### (5) 「물방울 하나 떨어지면」(2003)

김원일이 1986년에 발표한 중편 「세월의 너울」을 보면, 중증의 자폐증 환자인 아들 완이에게 조금이라도 인간다운 삶을 살게 해 주고자 그 아버지 건모가 고민 끝에 미국 이민을 결심하자, 건모의 아버지인 김명식과 할머니가 다음과 같은 논리로 그를 만류하는 장면이 나온다. "일찍 장가보내고 똑똑한 종부감을 맞아 그의 후사를 도모한다면 장래를 그리 걱정하지 않아도 된다."[18] 이 대목을 읽었을 때 나는 김명식과 그의 어머니에 대하여 상당한 정도의 역겨움을 느꼈다. 그러했기에, 나중에 「세

16) 나는 「정찬의 소설과 기독교」라는 논문에서 이 점에 대해 언급한 바 있다. 『한국소설과 예수 그리고 유다』, p.167.

17) 불교 경전에서 이 이야기는 『법구경』 제114번 게송의 주석에 해당한다.

18) 김원일, 『김원일 중단편전집』 5(문이당, 1997), p.70.

월의 너울」에 대해 언급할 기회가 주어졌을 때, 다음과 같은 내용을 나의 글 속에 집어넣었다.

> 조금이라도 인간적인 양식을 지닌 사람이라면 그 누구라도 이 기괴망칙한 논리 앞에서 전율을 금할 수 없을 것이다. “똑똑한 종부감을 맞아 그의 후사를 도모”하다니! 어디서 어떤 방법으로 “똑똑한 종부감”을 구해 올 계획인지는 모르지만(돈으로 사 올 작정인가? 속여서 꾀어 올 작정인가?), 그렇게 구해져 온 “똑똑한 종부감”의 인생은 뭐가 되는가? 또 그런 부부 사이에서 태어난 아이의 인생은 뭐가 되는가? 모자(母子) 모두 이런 질문을 전혀 떠올려 볼 줄 몰랐다는 점으로 보면, 과연 그 어머니에 그 아들이다.[19)]

그런데 정작 김원일은 그가 「세월의 너울」에서 선보인 김명식 모자의 발상법과 같은 것에 대해 계속 관심을 유지해 오고 있었던 모양이다. 그러한 관심이 유지되고 더 나아가 확장된 결과가, 2003년에 「물방울 하나 떨어지면」을 발표하는 것으로 나타났다.

이 작품을 보면 「세월의 너울」의 김명식 집안과 유사한 처지에 있는 사람들이 실제로 인터넷의 장애인 사이트에 구혼 광고를 내어 종부(宗婦)감을 공모하는 것으로 이야기가 전개된다. 다만 문제가 되는 장애인의 상황은 단순한 자폐증 정도가 아니라 ‘복합 장애 1급’이어서 ‘후사를 도모’하는 것 자체가 불가능한 수준으로 바뀌었다. 그리고 이 장애인의 아내를 구하는 광고에 수십 명이 응모하는데, 심사 끝에 소설의 화자인 김금순이 선발된다. 김금순은 고아 출신의 스물아홉 살 노처녀로 장래에 대해서라면 회색빛 전망밖에 없는 처지이다. 이런 김금순이 복합 장애 1

19) 이동하, 「가족사의 다양한 소설적 변형」, 『한국문학 속의 도시와 이데올로기』(태학사, 1999), p.290.

급인 동수의 아내가 되어 새로운 인생을 시작한다.

그런데 이렇게 시작된 그의 새로운 인생의 여정이, 일생을 두고 성인의 경지에로 꾸준히, 가까이 다가가는 길이 된다. 자기중심주의를 버리고, 겸허와 자비의 삶을 사는 것. 그것은 우선 남편에 대한 헌신적 간호로 나타나고, 그 다음에는 장애아들이 수용되어 있는 보육원을 열성적으로 후원하는 것으로 구현된다. 마침내 그것은 남편 집안의 재산을 선용하여 아예 보육원을 새롭게 건립하는 데까지 이른다. 이것은 얼핏 보기에 부자연스럽게 느껴질 법도 한 소설적 전개이지만, 김원일은 노련한 솜씨로 그러한 위험을 극복하고, 더 나아가서는, 성인에 가까운 삶을 사는 인물의 한 인상적인 예를 창조하는 데 성공한다. 이 소설의 마지막 문단은 바로 그 인물, 김금순의 내면이 어떤 수준에까지 도달해 있는지를 명료하게 알려주는 것으로, 인용될 만한 가치가 있다.

> 물방울 하나가 고요한 수면에 떨어지면 그 중량으로 파문이 겹으로 커지며 넓게 퍼지다가 스스로 넉넉한 물에 섞여 자취를 감춘다. 그 이치와 같이 베풂이나 선행, 우리네 삶 그 자체도 그런 물방울 하나이리라. 언젠가, 그이와 나도 물방울 하나로 떨어져, 끝내는 그렇게 이 지상에서 흔적없이 사라지리라.[20]

## 5. 맺는 말

지금까지 나는 성인의 경지를 향한 열망 혹은 그러한 경지에 대한 탐구의 의지를 특별히 강렬하게 드러내 보인 것으로 인정될 수 있는 몇 편의 소설을 간단히 검토해 보았다. 앞에서 이미 말했던 대로, 이러한 유형

20) 김원일, 『물방울 하나 떨어지면』(문이당, 2004), p.114.

의 소설은 세상에 존재하는 수많은 소설들 가운데서도 주제면에서의 가치가 가장 높은 것에 해당한다. 성인의 경지를 지향하는 태도야말로 인간의 삶이나 문화에서 가장 높은 가치를 지니는 것이기 때문에 그러하다. 우리는 이러한 유형의 소설들에 대해 앞으로도 계속 관심을 기울이면서 그 의의를 적극적으로 평가할 필요가 있을 것이다. 물론 주제면에서 아무리 높은 가치를 지닌다 하더라도 예술적인 측면에서 일정 수준 이상의 성취를 인정받을 만한 작품이 아니라면 논의의 대상에서 제외할 수밖에 없다. 새삼 말할 필요도 없는 노릇이겠지만, 내가 이 글에서 언급한 작품들은 모두 그 점에서도 우수한 성과를 이룩한 것들이었다.

내가 이 글에서 논의한 사항은, 현 단계의 인류가 지금 어떤 역사적 과제 앞에 직면해 있는가를 생각하고 이 자리에서 우리 자신이 할 수 있는 역할은 무엇인지를 모색해 보는 일과 무관한 것이 아니다.

현 단계 인류의 역사적 과제를 한 마디로 요약하면, 한편으로 근대의 성과를 계승·발전시키면서 다른 한편으로 근대의 문제점을 극복하여 더욱 훌륭한 '근대 이후'를 창조하는 것이라고 말할 수 있을 것이다. 그렇다면 극복될 것을 요청하고 있는 '근대의 문제점'이란 구체적으로 어떤 것인가? 이 물음 앞에서 우리가 금방 떠올릴 수 있는 것은, 새로운 형태의 불평등이 만연하게 된 것, 새로운 형태의 부자유가 수많은 사람들의 삶을 구속하게 된 것, 수많은 사람들이 삶의 내적인 황폐화와 상호간의 단절을 경험하게 된 것, 생태계의 파괴가 지속적으로 진행된 것 등등일 터이다. 그런데 깊이 생각해 보면, 이런 모든 문제점의 기저에 놓여 있는 근원적 요소 가운데 하나가 자기중심주의라는 사실을 깨닫게 된다.

근대는 '개인으로서의 자기에게 최상의 가치를 부여하는 태도'라는 의미에서의 자기중심주의가 극대화된 시대이다. '개인 수준에서 성공을 거둔다면 인생에서는 더 이상 바랄 것이 없다'는 자기중심주의적 사고방식이 전성기를 누린 시대, 그것이 근대이다. 근대에 만연하게 된 새로운 불평등의 기저에도, 근대에 수많은 사람들의 삶을 구속하게 된 새로운 부자유의 기저에도, 근대에 수많은 사람들을 괴롭히게 된 삶의 내적 황폐화와 상호 단절이라는 비극의 기저에도, 근대에 이르러 극심해진 생태계 파괴 현상의 기저에도 이런 자기중심주의가 놓여 있다.

이처럼 자기중심주의가 전성기를 구가하면서 숱한 문제점들을 양산해 온 근대라는 시대에 처하여, 소설은 무엇을 해 왔는가? 소설은 적어도 근대에 영합하지는 않았다. 일찍이 쿤데라는 근대가 '인간의 존재를 망각한 시대'로 규정지어질 수 있다는 점을 지적하면서 "바로 이 망각된 존재를 찾아내려는 유럽의 위대한 예술이 세르반테스와 더불어 형성되었다"[21]는 점을 자부심 깃든 어조로 말한 바 있거니와, 실상 여러 가지 측면에서 근대소설은 근대의 문제점들을 적발하고 비판하며 극복의 길을 찾고자 하는 노력을 수행해 왔다. 그렇기는 하지만, 근대소설이 자기중심주의의 병폐로부터 자유로웠다고는 결코 말할 수 없다. 진상은 오히려 그 반대에 가깝다. 근대소설 전체는 아닐지언정 적어도 근대소설의 '주류'는 위에서 말한 바와 같은 의미에서의 자기중심주의를 근대라는 시대 자체와 공유해 온 것이 사실이기 때문이다.

이제, 근대라는 시대의 문제점이 도저히 가볍게 볼 수 없는 수준으로 악화되고 '근대 이후'를 제대로 준비해야 한다는 과제가 날로 절실성을 더해 가는 오늘의 시점에서, 우리는 중생심을 가지고 살아가는 범인의 처지로부터 벗어나 성인의 경지에 가까이 다가가고자 하는 노력이 얼마나 소중한 것인지를 새삼 절실한 마음으로 다시 한 번 상기하지 않을 수 없다. 그리고 이러한 노력과 관련하여 소설이라는 것은 과연 어떤 의미

21) 밀란 쿤데라, 『소설의 기술』(권오룡 역, 민음사, 2008), p.13.

를 갖는가, 어떤 의미를 가질 수 있을 것인가 하는 점들을 생각하지 않을 수 없다.

위에서 말한 대로, 그 동안 근대소설의 주류는 근대에 이르러 절정을 이룬 자기중심주의의 병폐로부터 결코 자유롭지 못하였다. 그리고 '주류'의 실상이 그러했기 때문에, 이 글에서 언급된 많지 않은 '비주류'의 작품들이 더욱 소중한 존재로 여겨지게 되는 것도 사실이다. 그렇다면, 근대 이후의 소설을 인류사의 과제와 관련하여 새롭게 전망하고 구상하는 작업은 그러한 비주류의 작품들에 내재된 소중한 가치를 제대로 찾아내어 음미하는 작업과 더불어 이루어질 때에 좀더 적극적인 성과를 기대할 수 있을 것이다.

—『어문연구』 42권 3호, 2014

# 한국의 근대소설과 불교

## 1. 인문적 정신에게 주어진 과제

우리나라에서는 대략 20세기로 접어들면서부터 본격적인 근대의 역사가 시작되었다. 그 후 지금까지 약 1백 년의 세월이 지나는 동안, 우리 사회는 다양한 영역에서 참으로 많은 발전을 이루어냈다. 그러나 이러한 발전이 이루어진 기간은 또한 수많은 새로운 문제들이 발생한 기간이기도 했다.

그 '새로운 문제들' 가운데서도 가장 심각한 것은, 정신성 혹은 내면성을 결여한 삶의 방식이 보편화된 결과 사회 전체가 이전보다 훨씬 더 경박한 면모를 띠게 된 것이다. 이러한 변화를 한 마디로 표현하려면 '타락'이라는 말보다 더 적절한 단어를 찾기 어렵다. 이와 관련하여 폭력적인 무한경쟁의 논리가 횡행하게 된 것도 심각한 문제다. 그 결과, 무한경쟁의 현장에서 즉각적인 도움을 주는 부분적 · 실용적 '지식'들이 우대받는 반면 전체적 · 근원적 '지혜'의 중요성은 무시되는 사태가 벌어지게 되기도 했다.

그러나 지난 1백 년 동안 우리 사회의 모든 사람들이 이런 새로운 문제 앞에서 속수무책으로 당하고만 있지는 않았다. 그러한 문제를 심각한 도전으로 인식하고 그 문제와 정면으로 맞부딪쳐 대결하며 그것을 넘어서고자 하는 노력이 한편에서는 또 꾸준하게 진행되어 온 것이다. 우리 사회에서 그 동안 이러한 노력을 주도적으로 담당해 온 사람들이 공유한 정신을 우리는 한 마디로 '인문적 정신'이라고 일컬을 수 있을 것이다.

인문적 정신을 지닌 사람들은 이전보다 더 경박해지라, 경박해지라고 끊임없이 유혹하는 근대 사회 속의 온갖 부정적인 힘들에 맞서서 인간의 진지성과 주체성을 지키려고 노력해 왔다. 또한 그들은 전체적・근원적인 '지혜'의 존재를 지키고 더 나아가 그것이 세상에 미치는 영향력의 크기를 증대시키고자 노력해 왔다.

인문적 정신의 소유자들에 의해 이루어진 이와 같은 노력의 구체적인 양상은 말할 나위도 없이 다양한 영역에 걸쳐서 발견된다. 그런데 그 다양한 영역들 중에서도 상당히 큰 비중을 인정받아 왔고 많은 주목을 끌어 온 영역 가운데 하나가 바로 근대소설의 영역이다.

실로 근대소설의 영역은, 20세기의 한국에서 전개된 인문적 정신의 활동들 가운데서도 특히 두드러진 존재라는 지위를 꾸준히 차지해 온 것으로 볼 수 있다. 20세기 초의 이광수에서부터 같은 세기 후반기의 박경리나 최인훈에 이르기까지, 근대소설 분야에서 활동한 많은 작가들이 한국 인문적 정신의 지도 속에서 얼마만한 무게를 인정받았던가 하는 점을 떠올려 보기만 하면, 이러한 지적이 타당하다는 것은 누구라도 금방 납득할 수 있을 터이다.

근대소설의 영역이 이와 같은 지위를 차지할 수 있었던 데에는 물론 여러 가지 요인이 복합적으로 작용하였다. 이 자리에서 그 여러 가지 요인들을 상세히 언급할 여유는 없으나 어쨌든 그러한 요인들이 서로 어울린 결과 근대소설의 '영광'이라고 일컬어질 만한 현상이 나타났다는 사실 자체는 다시 한 번 강조되어도 좋을 것이다.

흥미로운 것은, 근대소설은 그 명칭만 보아도 짐작할 수 있듯 근대라는 시대의 도래에 의해 비로소 그 출현이 가능했던 '근대의 자식'이면서 바로 그 근대에 대한 강력한 비판을 자신의 주요한 과제로 설정하고 실제로 수행해 온, 다분히 역설적인 존재라는 사실이다. 그와 같은 과제를 수행하면서 근대소설이 구체적으로 거둔 성과가 얼마만한 것인가에 대해서는 논자에 따라 다양한 평가가 가능할 수 있을 터이지만 근대소설의 창작에 종사한 많은 소설가들이 그러한 과제를 성실하게 수행하고자 나름대로 애를 썼다는 사실에는 의문의 여지가 없다.

이러한 근대소설과 더불어, 20세기에 인문적 정신의 현장을 지키며 활동하는 사람들을 다수 배출한 또 다른 중요한 영역으로, 종교의 영역을 들 수 있을 것이다. 이 영역에서는 구체적으로 여러 종교가 논의의 대상이 될 수 있지만, 이 자리에서는 그 중에서 특히 불교의 경우를 주목해 보고자 한다.

불교는 이 나라에 현재 존재하는 수많은 종교들 가운데서 가장 오랜 역사를 가진 종교이다. 그리고 불교는 과거 이 나라의 역사 속에서 대단한 업적을 성취해 온 종교이기도 하다.

그러한 역사적 업적을 일단 논외로 한 자리에 서서 보더라도, 불교는 그 교리 자체만으로 이미 커다란 주목을 받을 만한 가치를 지닌 종교임에 틀림없다. 위에서 말한 바 있는, 근대사회 속에서 인문적 정신이 떠안아야 했던 과제, 즉 인간의 진지성과 주체성을 지키며, 전체적 · 근원적인 '지혜'의 존재를 지키고 더 나아가 그것이 세상에 미치는 영향력의 크기를 증대시킨다는 과제를 수행함에 있어서 빛나는 통찰과 강한 추진력을 제공해 줄 수 있는 논리를, 불교의 교리는 모범적으로 함유하고 있는 것이다. 불교에서 제시하고 있는 공(空)과 무아(無我)의 사상, 불성(佛性)과 여래장(如來藏)의 개념, 보살행(菩薩行)과 화엄적(華嚴的) 사사무애(事事無碍)의 이념 같은 것들을 조금만이라도 관심을 가지고 검토해 본 사람이라면 이 점을 부정할 길이 없을 터이다.

그러면 이처럼 훌륭한 교리를 가지고 있는 불교의 세계를 자신의 삶 전체로 살아내고자 결단한 사람들은 20세기의 1백 년 동안 이 땅에서 위의 과제를 수행함에 있어 얼마만한 성과를 이루어 내었던가? 이 물음에 대한 답은, 앞에서 언급한 근대소설의 경우와 마찬가지로, 보는 사람에 따라서 다양하게 내려질 수밖에 없다. 그러나 적어도 이 길 위에서 자신의 삶을 살다 간 사람들 가운데 상당수가 이 과제를 제대로 행하고자 나름대로 성실한 노력을 기울였다는 사실 자체만은, 20세기 한국 불교의 역사를 검토해 본 사람이라면 어느 누구라도 인정하지 않을 수 없을 것이다. 이러한 결론을 내리게끔 해 준다는 점에서도 불교의 경우는 근대소설의 경우와 마찬가지이다.

지금까지의 논의를 요약하면, 근대소설과 불교는 모두 그 나름대로 인문적 정신에게 주어진 과제를 수행하기 위해 나름대로 많은 노력을 해온 것을 인정받을 수 있지만, 그 성과가 얼마만큼이었는가에 대해서는 논자에 따라 다양한 평가가 나올 수밖에 없다는 이야기가 된다. 여기서 나 자신의 개인적인 입장을 잠깐 말해 두자면, 근대소설과 불교 양쪽 모두, 그렇게 큰 성과를 내지는 못한 것으로 판단된다는 것이 나의 입장이다. 그러나 이러한 판단을 말하기만 하고 이야기를 그만두어 버린다면 그것은 근대소설에 대해서는 몰라도 불교에 대해서는 공정하지 못한 처사가 될 것이다. 20세기 한국의 불교는 조선시대 5백 년에 걸쳐서 무자비하게 자행된 억불(抑佛)정책으로 인해 엄청난 상처를 입은 데다 한국의 불교를 일본 불교의 한 부분으로 만듦으로써 불평등한 통합을 이루어내고자 한 총독부와 일본 불교인들의 집요한 공세를 물리쳐야 한다는 힘겨운 과제를 짊어지고 씨름해야 하는 처지에서 그 전반기를 다 보냈던 것인데, 20세기의 불교계에 의해 이루어진 성과가 이런 역경과 맞서 싸우면서 이루어낸 성과라는 사실을 고려해 본다면, 설령 그것이 외형적으로는 그렇게 큰 성과를 내지 못한 것으로 판단될지언정, 사실은 그것 나름대로 소중한 의의를 갖는 것으로 상당한 감동을 안겨줄 만한 가치를 지니고 있기 때문이다.

## 2. 근대소설과 불교의 협력 또는 결합

지금까지의 논의를 통해 나는 20세기 한국의 근대소설과 불교 양자에 대한 검토를 대충 시도해 본 셈이 된다. 그런데 이야기가 여기까지 진행된 마당에서라면 누구라도 떠올려 볼 수 있는 물음이 있다. 그것은 20세기의 인문적 정신에게 부여된 과제를 한국의 근대소설과 불교 양자가 각자 따로따로 수행하는 것으로 그치지 않고 서로 협력 또는 결합해서 수행하는 것도 충분히 생각할 수 있는데 바로 이러한 협력 또는 결합의 방식으로 이루어진 노력은 얼마나 있었는가 하는 것이다. 그리고 이런 노력이 실제로 있었다면 그것의 구체적인 성과는 어느 정도였는가 하는 것이다.

근대소설과 불교의 협력 또는 결합이 실제로 이루어지기 위해서는, 근대소설 쪽에서 먼저 상대방(불교)에게 관심을 가지고 접근해 가는 것이 필요하다. 불교 쪽에서 먼저 근대소설에 관심을 가지고 접근해 주기를 바라는 것은 무리라는 이야기다. 이런 사정은 불교가 아닌 다른 종교의 경우라 해도 다 마찬가지다. 높이, 집중성, 순일성(純一性)을 기본 속성으로 하는 '종교'와 넓이, 다양성, 잡종성을 기본 속성으로 하는 '문학'의 만남이란 늘 그런 식으로 될 수밖에 없는 것이다.

그렇다면 위의 물음은 이제, '20세기 한국의 경우, 근대소설 쪽에서 불교 쪽에 얼마나 관심을 가지고 접근했으며 그러한 접근의 결과로 얼마만한 협력 또는 결합의 성과가 이루어졌는가?'라는 물음으로 좀더 구체화될 수 있을 것이다. 그리고 이 물음에 대한 답은, '접근 자체가 별로 활발하게 이루어지지 않았고, 협력 또는 결합의 성과라고 할 만한 것도 풍부하지 못한 편이다'라는 것으로 요약된다.

20세기의 한국에서 근대소설의 창작을 자신의 과업으로 삼았던 사람들 가운데 대부분은 불교라는 종교에 대해 대체로 무관심했다. 그 당연한 결과이겠지만, 불교에 대해 잘 알지도 못했다. 기껏해야 다분히 감상적인 수준의 막연한 존중감을 지니는 정도로 그치면서 분명한 거리를 유지하는 것이 일반적이었다. 이것은 한국 근대소설의 태생적인 배경과 관련이 있는 현상이라고 여겨진다. 이 점을 보다 분명히 하기 위해, 소설, 그 중에서도 특히 근대소설과 관련된 논의를 조금 진행한 다음 다시 본래의 논의에로 돌아오도록 하겠다.

원래 소설이라는 것은, 근대소설이든 근대 이전의 소설이든, 보편적으로 '시장(市場)의 산물'이라는 성격을 지니고 출발한 장르이다. 기본적으로 세속 사회에서의 사업이라 할 수 있는 문학 가운데서도 특별히 더 세속적인 성격을 지니고 있는 것이다.

그 중에서도 근대소설은 서양에서 만들어진 것이라는 점이 또 문제가 된다. 근대소설은 근대의 서양에서 처음 만들어진 후 한국을 포함한 전 세계로 뻗어나간 것이다. 한국의 근대소설은 그러니까 원래 박래품(舶來品)의 성격을 강하게 지녔다. 그것이 순수한 수입품이냐, 서양의 경우를 보고 '모방'해서 만든 것이니까 순수한 수입품은 아니라고 보아야 할 것이냐라는 물음을 놓고 여러 문학이론가들이 논란을 벌인 바도 있지만 어쨌든 그 본래의 출생지가 근대의 서양이라는 사실만은 어느 누구도 부정할 수 없다.

그런데 바로 이 근대 서양이라는 것이 원래 극도로 세속적인 성격을 띤 존재였고 그러한 근대 서양의 세속성이 이전의 소설과 다른 '근대'소설이라는 것의 출현을 가져 온 것이었다. 어디 그뿐인가? 근대소설이라는 것이 만들어져서 전 세계로 퍼져나가기 시작하던 당시의 서양 사람들은 불교라는 것을 전혀 알지 못했다. 그 이름이야 들어보았지만 불교의 신앙 또는 불교적 지혜라는 것이 구체적으로 어떤 면모를 지닌 것인지에 대해서는 완전히 백지였다. 전혀 모르거나, '불교는 염세적인 허무주의이다'라는 식으로 전혀 엉뚱하게 잘못 짚은 지식만 가지고 있었다.[1]

물론 그런 가운데서도 서양 근대소설계의 일각에서는 비주류라는 한계 내에서나마 세속적 차원을 넘어선 형이상학적 · 종교적 주제에 대한 관심 혹은 문제의식이 지속적으로 나타난 바 있다. 도스토예프스키, 톨스토이, 모리악, 베르나노스, 그레이엄 그린 같은 작가의 여러 소설들에서 우리는 그런 면모를 대표적으로 발견하게 된다. 비록 방금 거명된 모든 작가들은 불교에 대해서는 알지 못하고 더 넓게 보자면 동양정신 혹은 문화 일반에 대해 전연 알지 못하는 상태에서 순전히 서양적인 세계에 근원을 두고 있는 문제를 인류 전체의 문제로 착각하는 가운데 자기들의 형이상학적 · 종교적 탐구를 수행했던 것이지만 어쨌든 근대소설이 오로지 세속적인 영역만을 다루는 것은 아니라는 사실을 증명해 주는 성과를 남겼다. 그런가 하면 헤세나 몸 같은 작가들은 『싯다르타』(헤세)나 『면도날』(몸)처럼 비록 불교를 정확하게 파악하는 자리에까지 나아가지

1) 로제-폴 드르와의 『철학자들과 붓다: 근대 유럽은 불교를 어떻게 오해하였는가』(송태효 · 신용호 공역, 심산, 2006)를 보면 이런 사실과 관련된 자료를 풍부하게 확인할 수 있다.

는 못했지만 인도를 비롯한 동양의 정신과 문화에 대해 어느 정도의 이해를 갖춘 자리에서 씌어진 것임은 분명한 작품을 선보이기도 했다.

한국 근대소설의 경우는 어떠했던가? 이쪽에서도 사정은 비슷했다. 서양 근대소설의 경우와 마찬가지로 세속중심적인 성격이 일관되게 지켜져 왔고, 형이상학적·종교적 관심은 늘 비주류의 자리를 벗어나지 못했던 것이다.

그런데 이처럼 비주류라는 한계 내에서나마 형이상학적·종교적 관심을 선명하게 드러낸 작가들을 두루 살펴보면 한 가지 흥미로운 사실이 발견된다. 그것은 이와 같은 면모를 지속적으로 드러내면서 나름대로의 문학적 성과를 이룩한 작가들 가운데 다수가 주로 기독교와 관련된 문제의식이나 지식에 입각하여 소설을 쓴 작가들이라는 사실이다. 한무숙, 김의정, 정연희, 백도기, 이문열, 조성기, 정찬, 이승우 등을 이 범주에 드는 대표적 작가들로 금방 떠올릴 수 있는데 그들 모두가 기독교를 관심의 대상으로 삼았으며 불교는 그들 중 어느 누구의 시야에도 들어오지 못하고 말았던 것이다. 나중에 다시 언급이 되겠지만 형이상학적·종교적 관심을 선명하게 드러내되 기독교가 아닌 불교를 지속적인 관심의 대상으로 삼은 작가는 우선 그 수에 있어서 기독교의 경우와 비교가 되지 못한다. 위에서 거명된 작가들과 맞먹을 만큼의 문학적 수준을 지닌 이쪽의 작가로는 해방 전의 경우 이광수 한 사람, 해방 후의 경우 한승원과 김성동 두 사람 정도를 들 수 있을 뿐인 것이다.

## 3. 두 집단 사이의 이질성

이처럼 내내 비주류의 자리를 면하지 못해 온 형이상학적·종교적 소설의 계보 속에서도 그나마 기독교적 관심과 문제의식에 입각한 작품이 다수를 차지하며 불교와 관련된 작품은 그보다도 훨씬 빈약하다는 사실을 앞에 놓고 그렇게 된 원인을 곰곰 생각해 볼 때 새삼 우리의 주목을 끌게 되는 사실이 한 가지 있다. 그것은 근대 한국 사회에서 소설을 주로 담당한 집단과 불교를 주로 담당한 집단 사이의 이질성이라는 문제와 관련된 사실이다.

조금 구체적으로 말해 보면 이러하다. 한국의 20세기가 시작되던 당시, 새로 등장한 근대소설이라는 영역의 개척을 담당한 사람들은 대부분 일본으로부터 들어온 외래 서양 문명을 적극적으로 받아들인 이른바 개화파 그룹에서 나왔다. 그들은 일본으로부터 들어온 서양 문명을 그냥 앉아서 받아들이는 것으로 만족하지 않고 아예 일본을 비롯한 여러 외국으로 유학을 갔다. 유학길에 올랐을 당시 그들의 나이는 당연히 젊었다. 14세, 15세 정도의 어린 소년일 때부터 외국에 건너가 생활한 사람조차도 여럿 있을 정도였다. 그들이 외국에 건너가 근대소설을 공부하면서 근대소설의 '모범작'으로 여기고 애독한 소설들은 전부 서양의 근대소설이었다. 근대소설 담당자들의 이러한 독서 경향은 해방이 된 후에도 그대로 변하지 않고 이어졌다.

이처럼 서양의 근대소설을 모범으로 삼아서 읽고 배우려 애쓰는 과정에서, 사람에 따라서는 형이상학적·종교적 관심을 앞세운 독서를 하기도 했는데, 그런 경우에도 그들이 애독한 작품은 도스토예프스키 같은 서양 근대소설가의 작품이었다. 앞에서도 말한 것처럼 도스토예프스키는 동양에 대해서는 전연 알지 못하는 상태에서 순전히 서양적인 세계에 근원을 두고 있는 문제를 인류 전체의 문제로 착각하는 가운데 자신의 형이상학적 · 종교적 탐구를 수행한 사람이다. 이런 작가의 소설을 모범으로 삼고 독서와 습작을 수행해 나가다 보면 그 작가의 '착각'까지도 멋있는 것으로 '착각'하고 수용하게 된다.

근대 한국 사회에서 소설을 주로 담당한 집단이 이런 사람들로 구성되어 있었던 것과 대조적인 양상을 보인 것이 불교를 담당한 집단의 경우였다. 우선 일제 시대의 경우를 보자. 이 시대의 불교 승려들 가운데 위에서 검토한 근대 소설 담당 집단과 체험을 같이하는 사람은 아주 적다. 물론 일본 유학의 경험을 가진 승려가 없지는 않으며 독일에 유학했던 백성욱이나 프랑스 유학의 경력을 가진 김법린 같은 사람은 나중에 불교계의 큰 인물로 성장하기도 했다. 하지만 이런 경우는 어디까지나 소수의 예외적인 존재로 그쳤다. 대부분의 승려는 외국 유학과 거리가 멀었음은 물론이고 일제 치하에서 일본의 주도 아래 만들어진 국내에서의 정규 교육 과정조차도 제대로 이수하지 않았다. 한국 불교계의 주류를 형성한 사람들은 외국 유학과 서양 근대소설 읽기 및 모방으로 상징되는 개화 노선을 거부하고 철저한 국내파 · 한문파(漢文派)의 노선을 견지하면서 일제 치하의 공식적 교육 과정과 준별되는 불교계 나름의 독자적 교육 시스템을 운영한 것이다. 해방 후에는 제도권의 대학 교육 과정을 이수한 고승이 지속적으로 나오기 시작하지만 불교계의 주류 집단은 역시 강원(講院) 및 선원(禪院)을 중심으로 한 독자적 교육 시스템을 통해 배출되었다. 그런 그들이 근대소설의 세계를 담당하고 있는 집단과 만나서 교류를 하고 영향 같은 것을 주고받을 가능성은 해방 후에도 여전히 미약했다. 소년시절에 출가하여 불교계에 몸담았다가 나중에 환속하여 근대소설의 창작을 직업으로 삼는 사람이 된 김성동 같은 사람은 참으로 희유한 예외이며 이런 예외는 단 두 번 되풀이되는 것조차 어려웠다.

기왕 이 방향으로 이야기가 진행되어 온 김에, 근대소설과 불교라는 제한된 범위를 넘어서는 보다 더 일반적인 문제와 관련된 내용을 한 가지 덧붙여 언급해 두기로 한다. 그 문제란 일제 시대에 처음 시작된 후 해방을 거치고서도 전혀 변하지 않은 채 지속된 제도권 교육과 학문의 편향성이다.

일제 시대에 제도권 교육과 학문의 시스템을 만든 일본 당국자들은 국내파·한문파의 계보와 관련된 전통, 사상, 문화, 지식 일체를 제도권 교육과 학문의 마당 바깥으로 쫓아냈다. 불교를 쫓아냈고, 유교를 쫓아냈으며, 역학(易學)을 쫓아냈고, 노자와 장자를 쫓아냈으며, 풍수학을 쫓아냈다. 한 마디로 말해서 '동양'을 거의 다 쫓아냈다. '한국의 전통'을 거의 다 쫓아냈다. 그리고 그 모든 것이 쫓겨나간 빈자리를 '서양'으로 채웠다.

일본 당국자들이 그렇게 한 것은 일본의 정책적 필요에서 한 것이므로 해방이 된 후 우리 스스로의 주체적 결정에 의해 교육과 학문의 시스템을 만들게 된 시점에서는 이 모든 것에 대한 재검토와 수정이 있어야 했다. 하지만 재검토는 거의 없었고, 수정도 거의 없었다. 불교에서 풍수학까지, 과거에 일본 당국자들에 의해 한 번 쫓겨나갔던 것들은 그 어떤 것도 교육과 학문의 시스템 속으로 온전하게 돌아오지 못했다.

재검토와 수정을 제대로 하려면, 그런 작업을 할 능력을 가진 사람이 우선 그런 작업을 할 권한을 가진 자리, 즉 교육과 학문의 시스템을 새롭게 만들고 이끌어나갈 수 있는 자리에 앉도록 해야 했다. 이 일이 이루어지지 않으면 어떤 것도 이루어지기 어려웠다. 그런데 바로 이 일이 이루어지지 않았다. 그것이 이루어지지 못하게 된 사정과 그런 사태에 의해 초래된 부정적 영향에 대해서는 일찍이 조동일이 「학문을 살리기 위한 대학개혁」이라는 글 속에서 명료하게 설명해준 적이 있다. 중요한 내용을 담고 있기 때문에 해당 부분을 아래에 조금 길게 인용해 둔다.

광복 당시에는 전통적인 학문을 제대로 하고 일제의 교육은 전혀 받지 않은 재야 민간학자들이 적지 않게 있었다. 그분들을 교수로 모셔 대학을 이끌어나가게 하면, 우리 학문의 전통을 바로 이을 수 있었다. 전통학문에 남아 있는 중세적인 관습은 그 제자 세대가 쉽사리 극복할 수 있어, 그리 문제가 되지 않았다. 그런데 전통학문의 아무리 높은 경지에 이른 석학이라도 교수 자격을 갖추지 못했다 하고, 일제 강점기에 대학은 물론이고 전문학교를 졸업하기만 했어도 교수가 될 수 있는 학력을 갖추었다고 인정했다. 그래서 교수진이 아주 잘못 구성되었다.

광복 당시에 대학 졸업생 가운데 교수가 될 만큼 학문 연구에 종사한 사람은 극소수였다. 그 수가 전통학문을 제대로 한 사람보다 훨씬 적었음은 물론이다. 전문학교 교수 경력자도 대부분 학자는 아니었고, 대학교수를 할 수 있는 준비는 갖추지 못했다. 그런데 전문학교만 졸업했으면 교수 자격이 있다고 인정되었고, 연구 업적이나 능력은 전혀 묻지 않았다. 전국에 수많은 대학이 일시에 생겨, 무자격 교수를 함부로 채용했다.

그런 교수들이 할 수 있는 강의는 일본 학문을 연장시키는 것뿐이었다. 일본인 교수의 강의 노트나 저술을 번역해서 불러주면서 받아쓰라고 하는 강의를 하는 것 외에 다른 대책이 없었다. 일본에서 수용한 서양학에 관한 지식을 다시 전달하는 것으로 떳떳하지 못한 생업을 삼았다. 자기 자신의 무력감에 근거를 두고, 서양은 참으로 위대하며, 일본이 그 다음이고, 우리는 그 뒤를 힘겹게 따르는 가련한 신세라는 열등의식을 조성해, 대학을 망치고, 학문이 멍들게 했다. 스스로 학문 연구를 해서 이론을 창조하는 것은 전혀 생각할 수 없었다. 그런 강의를 듣고 대학을 졸업해서 바로 교수가 된 그 제자 세대 또한 같은 방식을 되풀이하면서 벌어먹을 수밖에 없었다.

그런 비정상적인 사태가 오래 계속될 수 없다고 피차 분발해서 내놓은 획기적인 대책이 서양, 특히 미국으로 유학을 가는 것이었다. (…) 학문 수입 경로를 바꾸어, 일본을 통한 서양학문 간접 수입을 직접 수입으로 바꾼 것은 평가해야 할 발전이지만, 대외의존이 한층 심해지고, 국내의 대학원 육성에 필요한 창조적인 학문이 안에서 일어나기 더욱 어렵게 했다.[2)]

## 4. 구체적인 작가와 작품들의 면모 (1)

이제 다시 근대소설과 불교 이야기로 돌아가 논의를 계속하기로 한다. 앞에서 나는 '20세기 한국의 경우, 근대소설 쪽에서 불교 쪽에 얼마나 관심을 가지고 접근했으며 그러한 접근의 결과로 얼마만한 협력 또는 결합의 성과가 이루어졌는가?'라는 물음을 제기했고, 이러한 물음에 대한 답은 '접근 자체가 별로 활발하게 이루어지지 않았고, 협력 또는 결합의 성과라고 할 만한 것도 풍부하지 못한 편이다'라는 것으로 요약된다고 말한 바 있다. 그런 말을 한 다음에는 '접근 자체가 별로 활발하게 이루어지지 않았고, 협력 또는 결합의 성과라고 할 만한 것도 풍부하지 못한 편이다'라는 사태가 어째서 발생하게 되었는가를 설명하느라고 제법 긴 시간을 소모한 셈이다.

이렇게 되고 보면, '별로 활발하지도 않고 풍부하지도 못하다는 평을 피할 수 없을망정 어쨌든 실제로 이루어진 접근 내지 협력·결합의 사례가 있기는 있었던 모양인데, 그 사례에 해당하는 작가는 구체적으로 누구이며 작품은 구체적으로 어떤 것이냐? 이제 딴 이야기는 그만 하고 그 이야기를 좀 해라'라는 요구가 독자로부터 나올 것을 충분히 예상할 수 있다. 이런 예상에 입각해서 이제는 구체적인 작가와 작품에 대한 언급을 조금 해 보기로 하겠다.

2) 조동일, 『독서 · 학문 · 문화』(서울대학교 출판부, 1994), pp.54~55.

그런데 사실 구체적인 작가의 이름으로는 세 사람의 이름이 이미 앞에서 나온 바 있다. 이광수, 한승원, 김성동이 그들이다. 이들 세 작가는 모두 형이상학적 · 종교적 관심을 선명하게 드러내되 기독교가 아닌 불교를 지속적인 관심의 대상으로 삼은 사람들이라는 점에서 공통된다는 점을 앞에서 언급한 바 있는 것이다.

세 작가에 대해 조금이라도 관심을 가진 바 있는 사람이라면 누구나 아는 바이겠지만, 사실 내가 위에서 쓴 '지속적인 관심'이라는 표현은 그 관심이 반드시 그 작가들 모두에게 있어서 평생을 두고 이어졌다는 사실을 의미하는 것은 아니다. 김성동의 경우에 대해서라면 '평생을 두고 이어진 관심'이라는 표현이 맞을 수 있지만, 이광수와 한승원의 경우는 그 정도까지는 아니고 그들이 작가로 활동한 기간 중 후반부만이 불교에 대한 그들의 적극적인 관심을 확인할 수 있는 기간에 해당하는 것이다. 하긴 그 정도만이라도 상당히 넓은 폭을 갖는 것이기는 하다.

그러면 이들이 각자의 소설작품을 통하여 이룩한 성과는 어느 정도의 높이와 무게를 갖는가? 이 점에 대해 상세한 답변을 하기 위해서는 구체적인 작품 분석에 바탕을 둔 긴 논의를 거치는 것이 필요하다. 그러나 지금 이 자리는 그러한 작업을 하기에 적당한 공간이 아니다. 그러니 만큼 아쉬운 대로 본격적인 논의를 생략하고 결론만을 말하자면, 두 가지 항목으로 정리할 수 있다. 첫째, 세 작가의 경우 모두, 구체적인 작품마다의 편차가 상당하다. 즉 우수한 작품과 그렇지 못한 작품 사이의 낙차가 무척 큰 편이다. 둘째, 그러한 편차를 가지고 있는 작품들을 종합해서 평균치를 말해보자면, 그렇게 높은 점수를 부여하기 어렵다.

종합적으로 볼 때 세 작가의 불교 관련 작품들에 대하여 그다지 높은 평가를 하기 어렵다는 결론이 나오게 되는 이유로는 여러 가지가 있다. 그 이유들 가운데서 우선 세 작가 모두에게 공통되는 것을 들어 보자면,

그들 모두 각자의 많은 작품들에서 성적인 욕망의 문제에 지나치게 큰 비중을 두고 있으며, 그 문제를 다루는 과정에서 통속문학의 한계에 빠져버린 모습을 노출하고 있다는 점이다. 일찍이 불교학자인 김호성이 우리나라의 불교소설 전반을 대상으로 해서 말한 다음과 같은 지적이 특히 이 세 작가의 많은 작품들에 두드러지게 적용되는 것이다.

> 왜 우리 불교소설, 특히 장편의 경우는 한결같이 파계 모티브밖에 취할 수 없는가? 왜 욕망과 계율의 대립 구조로밖에 이야기를 끌고 가지 못하는 것인가? 너무 안일한 태도는 아닌가? 혹시 문학평론가 임헌영의 지적과 같이 "가장 다루기 쉽고 재미도 있으며 약간은 저속한 대중성"까지 담보할 수 있어서인가? 이들 파계 모티브의 소설들이 독자에게 어떤 여운을 남겨 주는 걸까? 불교를 모르는 일반대중에게 과연 어떤 이미지를 남겨 주게 될 것인지 염려되었다.[3)]

물론 '많은' 작품이라는 말과 '모든' 작품이라는 말은 전혀 다른 것이다. 다시 말하자면 세 작가의 모든 작품들이 이러한 비판의 대상이 되어야 하는 것은 아니다. 이광수만 하더라도 장편 『세조대왕』이라든가 단편 「무명(無明)」, 「육장기(鬻庄記)」 등에서는 위와 같은 비판이 전혀 적용되지 않는, 완전히 다른 작품세계를 보여준 바 있다. 그러나 이런 작품들을 포함해서 이광수의 불교 관련 소설들은 모두 이광수 특유의 비장(悲壯) 취향이나 추상적 이상주의가 지니고 있는 문제점에서 자유롭지 못하다. 문학적으로 가장 안정되고 원숙한 면모를 보여주고 있는 것은 「육장기」라고 할 수 있지만 이 작품은 다음에 인용하는 대목에서 보듯 안타깝게도 친일의 문제점이 적나라한 모습으로 부각된다는 별도의 결함을 안고 있다.

---

3) 김호성, 『불교, 소설과 영화를 말하다』(정우서적, 2008), pp.65~66.

신문에서 보는 바와 같이, 우리 군사가 적군의 시체를 향하여서 합장하고 나무아미타불을 부른다는 것이 차별 세계에서 무차별 세계에 올라간 경지야. 차별 세계에서 적이오, 내 편이어서 서로 싸우고 서로 죽이지마는, 한번 마음을 무차별 세계에 달릴 때에 우리는 오직 동포감으로 연민을 느끼는 것이오. 싸울 때에는 죽여야지, 그러나 죽이고 난 뒤에는 불쌍히 여기는 거야. 이것이 모순이지, 모순이지마는 오늘날 사바세계의 생활로는 면할 수 없는 일이란 말요. 전쟁이 없기를 바라지마는, 동시에 전쟁을 아니할 수 없단 말요. 만물이 다 내 살이지마는, 인류를 더 사랑하게 되고, 인류가 다 내 형제요, 자매이지마는 내 국민을 더 사랑하게 되니, 더 사랑하는 이를 위하여서 인연이 먼 이를 희생할 경우도 없지 아니하단 말요.[4]

이광수의 「육장기」가 발표된 해는 1939년이다. 이 해 9월호의 『문장』에 이 작품이 실린 것이다. 그렇다면 위에 인용된 대목에서 언급되고 있는 전쟁은 일본이 중국을 침략하여 벌였던 이른바 중일전쟁이다. 이광수는 바로 이 중일전쟁에 대해 언급하면서 '우리 군사', '적군', '내 국민' 등등의 언어를 태연하게 사용하고 있는 것이다. 이광수로 대표되는 친일문학의 문제점이 생생하게 드러나는 장면이라고 하지 않을 수 없다.[5]

---

4) 이광수, 「육장기」, 『이광수전집』 8(우신사, 1979), p.56.

5) 물론 이것은 이광수 한 사람만의 문제점으로 한정되는 것이 아니며, 친일'문학'만의 문제점으로 한정되는 것도 아니다. 그 당시의 한국 불교계에서는 박한영이나 송만공 혹은 한용운처럼 일본 제국주의자들의 협박과 유혹에 굴하지 않고 비타협의 자세를 일관되게 지킨 사람도 있었지만 이광수 못지않은 열성으로 친일에 앞장선 불교인들도 또한 적지 않았다는 사실을 우리는 이와 관련하여 상기하지 않을 수 없는 것이다(일제 강점기 불교계 일부 인사의 친일 행적에 대해서는 임혜봉의 자세한 연구가 있다. 『친일불교론』 상, 하(민족사, 1993) 및 『친일 승려 108인』(청년사, 2005) 참조). 시야를 더 넓혀서 일본 불교의 경우를 살펴보는 것도 의미가 있을 것이다. 일본 제국주의 권력집단의 중국 침략 및 태평양전쟁 도발에 대해 일본 불교계의 대표자들은 비판적 문제 제기를 거의 하지 않았다. 대부분 긍정적 묵인 아니면 적극적 옹호의 태도를 취한 것이다. 브라이언 다이센 빅토리아, 『전쟁과 선(禪)』(정혁현 역, 인간사랑, 2009) 참조. 특히 이 책 236면에 인용되어 있는 일본 승려 구레바야시 고도의 다음과 같은 말을 「육장기」에 나온 이광수의 발언과 나란히 놓고 보면 많은 것을 생각해보게 된다. "황국의 군대가 진군하는 어느 곳이든지 오로지

이광수 이외의 작가들은 어떠한가? 우선 한승원을 보면, 그는 성적인 욕망의 문제에 치중하는 경향을 가장 빈번하게, 뚜렷하게 보여주는 작가이다. 이 점 하나만으로도 문제이지만, 그러한 경향이 인간이라는 존재에 대한 파악 자체에 있어서의 과도한 단순성이라는 또 다른 약점과 결부되어 있기 때문에 작품의 성과가 크게 제한되고 있다는 사실을 또한 간과할 수 없다. 한편 김성동의 경우에는 감상적인 자기연민 때문에 스스로 작품의 밀도와 수준을 떨어뜨리는 일이 반복되고 있다는 점이 문제이다. 다만 그가 오랜 침묵의 기간을 거친 후에 발표한 장편 『꿈』은 비록 성적 욕망의 문제에 여전히 과도한 비중을 부여하고 있기는 하지만 감상적 자기연민의 문제점만은 상당부분 극복하는 데 성공하였으며 그 결과 나름대로 인상적인 문학적 성취를 이루어낸 수작이라고 할 만하다.

지금까지 언급한 세 명의 작가 이외에 불교와 관련된 문제의식을 가지고 지속적으로 소설을 발표한 경력을 가지고 있는 사람으로는 해방 이전의 한용운과 해방 이후의 고은을 더 들 수 있다. 한국 시사(詩史)에서 크게 중요시될 만큼 뛰어난 시인이라는 공통점을 가지고 있는 이들 두 사람이 '소설'이라는 장르 표시를 달고서 발표한 작품들은 그러나 대부분 '근대소설'의 범주에 속하지 않는 것들이기 때문에 이 자리에서 논의의 대상으로 삼기에는 적당하지 않다.

우선 한용운의 경우를 보자. 그가 쓴 소설들은 '소설'임에는 틀림없으나 '근대소설'은 분명 아니다. 앞에서 이미 말했던 것처럼 근대소설은 근

---

자비와 사랑만이 존재한다. 그들은 결코 중국의 군인들이 행한 방식의 야만적이며 잔인한 행동을 할 수 없었다. 이는 진정 불교가 [일본의 군대를] 육성하면서 얻은 오랜 기간의 성취로 간주될 수 있을 것이다. 다시 말해서 불교의 정신 속에서 교육받은 황국 군대의 장교와 사병들에게 야수성 그 자체는 더 이상 있을 수 없다." 한국 및 일본의 불교계에서 공통적으로 노정되었던 이와 같은 문제점과 관련하여 이광수 불교문학의 친일적 성격 문제를 다시 검토해 보는 것은 언제든, 누구에 의해서든, 반드시 수행되어야 할 과제이다. 여기서는 다만 과제의 존재 자체를 지적하는 것으로 그친다.

대의 서양에서 처음 만들어진 후 전 세계로 퍼져나간 것이며 그와 같은 확산 과정의 연장선상에서 마침내 우리나라에도 들어오게 된 것인데 한용운이 선보인 소설들은 그런 근대소설보다는 근대소설이라는 것이 이 땅에 들어오기 이전에 자리잡고 있었던 전통적 구소설에 더 가까운 것이다.

그런가 하면 고은이 소설이라는 장르 표시를 달고서 내놓은 작품들은 한용운의 경우와는 또 다른 의미에서 대체로 근대소설과 거리가 있는 것들이다. 예를 들면 『화엄경』은 그가 소설로 발표한 작품 가운데서도 특히 유명한 것이지만 이 작품은 '근대소설'과는 아무런 관련이 없는 것으로 보아야 옳다. 이 작품은 불교 경전 『화엄경』(정확하게는 『대방광불화엄경(大方廣佛華嚴經)』)의 일부인 「입법계품(入法界品)」을 고은이 자기 식으로 개작한 것인데 어느 모로 보아도 근대소설의 범주에 포함될 수 있는 것이 아니다. 차라리 그것은 버년의 『천로역정(天路歷程)』과 같은 '종교사상적 글쓰기' 혹은 니체의 『차라투스트라는 이렇게 말하였다』와 같은 '철학적 글쓰기'와 동일한 범주에 속하는 작품으로 간주되어야 마땅한 것이다. 그리고 그의 다른 작품 『소설 선(禪)』의 경우도, 비록 제목에서부터 '소설'이라는 명칭을 보여주고 있지만 그 실상은 역시 '근대소설'과 상관이 없다. 이 작품은 중국 초기 선불교의 역사를 독자에게 알려주고자 하는 교술(敎述) 차원의 '목적'이 먼저 있고, 그 목적을 달성하기 위한 부수적 '수단'으로서 서사(소설)문학적 장치가 동원된 결과 만들어진 것이다. 그리고 구체적으로 그 '장치'를 동원하는 자리에서 바로 그 장치에다 '근대'적인 면모를 부여하는 일에는 전혀 신경을 쓰지 않은 것으로 보인다. 그러니 만큼 이 작품을 소설로 다루는 것은 '근대소설'이 아닌, 보다 넓은 의미에서의 소설 개념을 상정할 때에만 가능할 것이다.

## 5. 구체적인 작가와 작품들의 면모 (2)

불교와 근대소설의 협력 혹은 결합이라는 과제를 지속적으로 추구해 온 작가들에 의해서 지금까지 이루어진 성과는 이상에서 대략 살펴본 바와 같다. 그러면 이러한 과제를 지속적으로 추구하지는 않고 자신의 다양한 문학적 실험과 영역 확대를 행해 나가는 과정에서 가끔, 혹은 일회성으로 위의 과제에 응답하는 작품을 선보인 사례에 대해서까지 관심을 넓혀서 살펴본다면 어떤 소설을 거론할 수 있을까? 소설의 규모를 기준으로 해서 항목을 구분하고 몇몇 대표적 사례를 들어 보도록 하겠다.

(1) 대하소설의 규모를 가지고 있는 박경리의 『토지』, 황석영의 『장길산』, 김원일의 『늘푸른소나무』 등을 보면, 그 작가들이 불교의 세계에 대해 상당히 높은 수준의 이해를 가지고 있으며 그것이 소설의 흐름 속에 적절하게 용해되어 있다는 사실을 알 수 있다. 그러나 이러한 작품들 속에서 불교는 결코 무대의 중심을 차지하고 있지 못하다. 중심에 버금가는 자리를 차지하고 있다고 말하는 것조차 불가능하다.

(2) 네 권으로 이루어진 최인호의 대작 소설 『길 없는 길』은 위의 경우와 대조적으로 불교를 무대의 중심에 분명히 위치시키고 있는 작품이다. 원래 이 소설 자체가 한·중 두 나라 선불교의 전통을 독자들에게 소개하는 데에 목적을 두고 씌어진 소설이니까, 당연한 일이다. 그런데 바로 이런 목적에 입각해서 씌어진 소설이기 때문에 이 작품은 앞에서 언급된 고은의 『소설 선』과 마찬가지로 교술문학으로서의 성격이 강하다. 물론 이 작품은 『소설 선』과 달리 근대소설의 규범을 존중하는 자리에서 만들어진 나름대로의 줄거리를 갖고 있기는 하다. '기구한 출생의 비밀을 지닌 주인공이 정신적인 구원을 찾아 헤매는 과정에서 선불교의 전통을 섭렵하게 된다'는 것이 그 줄거리이다. 하지만 냉정하게 말해서

이런 줄거리는 방금 말한 목적을 효과적으로 수행하기 위하여 마지못해 조립해 낸 허술한 장치에 불과하다는 인상을 강하게 준다. 결국 이 작품에 대해서도, 불교와 근대소설의 협력 또는 결합을 모범적으로 이루어낸 사례라는 평가를 내리기는 어렵다.

(3) 일반적인 길이를 가지고 있는 장편소설 가운데, 그 작가가 불교의 세계에 대한 적극적 관심을 표시하고 있는 작품은, 위에서 이미 언급된 '지속적 창작'의 주체들에 의해 씌어진 작품을 제외하고서 따지더라도, 얼핏 보기에는 그리 적지 않은 것 같다. 하지만 이런 작품 가운데서 뚜렷한 문학적 성취를 이룩한 작품은 아주 적다. 이청준의 『인간인』 정도를 들 수 있을 따름이다. 조정래의 『대장경』이라든가 성낙주의 『차크라바르틴』 같은 작품도 간단히 무시되어서는 안 될 것들이지만 양자 모두 '단순한 대중소설'이라는 면모가 지나치게 강하다.

(4) 중·단편소설의 경우에는 더 많은 작품의 예를 거론할 수 있을 것이다. 그러나 이 분야에서도 오래 기억될 만한 문제작은 역시 많지 않다. 김정한의 중편 「수라도(修羅道)」와 「등신불(等身佛)」을 비롯한 김동리의 여러 단편, 그리고 이청준의 몇몇 단편 정도를 확실한 우수작으로 거명할 수 있을 정도이다. 최인훈의 「난세를 사는 마음 석가씨(釋迦氏)를 꿈에 보네」라든가 최인호의 「산문(山門)」 같은 작품도 잘 씌어진 것들이기는 하지만 소품이라는 한계를 갖고 있다(이 중 최인훈의 작품은 『소설가 구보씨의 1일』 연작 중의 한 편이지만 독립된 단편으로 간주될 수 있다).

시간적인 여유를 두고 더 찬찬히 찾아본다면 위에 제시된 목록 이외에도 물론 다양한 작품들이 추가적으로 거론될 수 있겠지만 문학적인 성과를 본격적으로 논할 수 있는 작품으로 범위를 한정한다면 일단 이 정도에서 더 늘어날 것 같지 않다. 그런데 사실 이 정도라면 너무 적은 수임에 틀림없다. 불교를 무대의 중심에 위치시키고 있으면서 문제의식의 높이와 문학작품으로서의 밀도를 모두 갖고 있는 소설로는 김정한의 「수라도」와 김동리의 「등신불」을 비롯한 몇몇 단편, 그리고 이청준의 몇몇 장·단편들밖에 남지 않는다는 얘기가 되는 셈이니까 말이다. 앞에서 따로 살펴본, '불교와 근대소설의 협력 혹은 결합이라는 과제를 지속적으로 추구해 온 작가들'의 작품을 포함시켜서 보더라도 김성동의 『꿈』 하나가 추가되는 정도로 그친다.

다만 한 가지 위안이 되는 것은 바로 그 김정한, 김동리, 이청준, 김성동의 몇몇 작품들이 모두 20세기 한국소설 전체를 놓고 볼 때에도 대표적인 수작들의 목록에 들어갈 수 있을 정도로 뛰어난 경지를 보여주고 있다는 사실이다. 이 글의 첫 부분에서 나는 20세기 한국에서 인문적 정신을 지닌 사람들이 짊어져야 했던 과제로 인간의 진지성과 주체성을 지키는 것, 전체적·근원적인 '지혜'의 존재를 지키고 더 나아가 그것이 세상에 미치는 영향력의 크기를 증대시키는 것 등을 언급한 바 있는데 이 작품들은 단지 대표적 '소설'들의 목록에만 들어가는 것으로 그치지 않고 20세기의 한국에서 위와 같은 인문적 정신의 과제를 훌륭하게 이행한 대표적인 사례들의 목록에도 포함될 만한 자격을 가지고 있다.

지금까지 근대소설 분야를 대상으로 해서 이야기해 온 내용에 덧붙여서 또 한 가지 언급해 두지 않을 수 없는 사항이 있다. 그것은 근대소설에 대한 연구 및 비평의 분야와 관련된 내용이다. 구체적으로 밝히자면, 위에서 말한 것처럼 불교와 근대소설의 협력 또는 결합을 보여준 것으로 인정될 만한 소설작품이 양적으로 매우 빈약한 수준을 면하지 못하고 있는 것과 나란히, 그 작품들을 논의하면서 그 작품들이 갖고 있는 불교와의 관련양상이라는 측면에 초점을 맞추어 탐구의 작업을 진행한 연구 및 비평 역시 대단히 희소하다는 사실을 지적하지 않을 수가 없는 것이다.

이것은 우리나라의 국문학계나 평론계에서 불교에 대한 깊은 관심과 이해를 가지고 연구 혹은 비평 활동을 수행해 나간 사람이 그동안 극히 드물었다는 사정과 밀접한 관련이 있다.[6] 이러한 사태가 벌어지게 된 원인에 대해서는 이해하기 어렵지 않다. 앞에서 나는 20세기의 한국에서 불교와 근대소설 사이의 협력 혹은 결합이 왜 그토록 빈약한 수준으로 이루어질 수밖에 없었는가라는 의문에 대한 답을 찾는 과정에서 두 집단 사이의 교류가 거의 부재할 수밖에 없었던 사정을 살펴본 바 있거니와 불교와 근대소설 사이에서 발견되는 인적 단절의 양상과 그 원인에 대한 설명은 불교와 근대소설 연구 혹은 비평 사이에서 발견되는 인적 단절의 양상 및 그 원인에 대한 설명으로 고스란히 전치될 수 있는 것이다.

이런 가운데서도 최근에 들어와 비교적 젊은 세대 가운데서 이 방면에 관심을 가진 몇 사람의 연구자가 나오기 시작했다는 것은 무척 반갑고 고무적인 일이다. 예를 들어서 말하자면 한순미, 방민호 등이 바로 그런 연구자들이다.[7] 앞으로는 이러한 연구자들의 선례를 제대로 계승하고 또 확대시키는 새로운 학자들이 많이 나와야 할 것이다.

## 6. 불교와 서양

이야기를 진행해 오다가 보니 어느새 젊은 연구자들에 대한 언급이 나오는 단계에까지 이르렀다. 이 정도로 논의가 진행되었으니, 이제부터

6) '드물었다'는 것은 물론 '없었다'는 것과는 전혀 다르다. 홍기삼, 고재석, 장영우 등 소수의 몇 사람에 의해서나마 이 방면의 성과가 꾸준히 창출되어 왔다는 사실을 간과해서는 안 된다.

7) 이들의 연구 성과는 한순미의 저서 『가(假)의 언어: 이청준 문학 연구』(푸른사상, 2009)와 방민호의 저서 『일제말기 한국문학의 담론과 텍스트』(예옥, 2011) 속에 각각 잘 나타나 있다.

는 현재 일어나고 있는 사태에 대한 나의 관찰과 미래에 대한 나의 전망 혹은 제언을 조금 정리해서 이야기하고 이 글을 마무리 지어도 좋을 것 같다.

서양에서 비롯되어 세계로 퍼져나간 근대 사회 형성의 물결이 인류 전체의 역사를 근본에서부터 바꾸어 놓기 시작한 후로 어느덧 수백 년의 세월이 지났다. 그리고 바로 그 물결이 우리나라에까지 밀려와 이 땅에 사는 사람들의 삶을 뒤흔들어 놓기 시작한 이후로도 벌써 백 년이라는 기간이 지났다. 이 글의 첫 부분에서 말했던 바와 같이 그 백 년이라는 기간은 우리 사회에서 참으로 많은 발전이 이루어진 기간이었지만 또 한편으로는 '정신성 혹은 내면성을 결여한 삶의 방식이 보편화된 결과로 말미암은 사회 전체의 타락'이라는 현상이 새로운 문제로 떠오르게 된 기간이기도 했다. 시야를 넓혀서 관찰해 보면, 이러한 지적은, 문제가 되는 기간의 길고 짧음에 있어서는 지역에 따라 차이가 있을지언정, 지적된 내용 그 자체에 있어서는 세계 인류 전체를 대상으로 해서 고스란히 그대로 성립되는 것이기도 하다는 사실을 알 수 있다.

가만히 생각해 보면, 이제는 위에서 말한 바와 같은 의미에서의 사회 전체의 타락이라는 현상이 정말 극단에까지 이른 시점인 것 같다. 그리고, 방향을 바꾸지 않은 채 지금까지와 똑같은 방식으로 '근대 사회 형성→강화'의 길을 일방통행식으로 그냥 질주해 가기만 하다가는 파국을 맞이할 수밖에 없다는 사실을 도저히 외면할 수 없게 된 시점인 것 같다. 실제로 수많은 사람들이 이러한 사실을 깨닫고, 다양한 방식으로 전환의 길을 모색하기 시작하고 있는 시점인 것 같다.

수많은 사람들이 위와 같은 사실을 깨닫고서 다양한 방식으로 전환의 길을 모색하기 시작하고 있다는 사실을 알게 해 주는 가장 뚜렷한 징후는 바로 미국과 프랑스를 비롯한 서양의 여러 나라들에서 불교에 관심을 갖고 더 나아가 불교를 자신의 신앙으로 받아들이는 사람들이 크게 늘어나고 있다는 사실이다. 불교에 대한 서양인들의 관심은 20세기 말부터 급격히 강화되기 시작하였고 21세기의 첫 10년을 넘긴 지금의 시점에서 불교는 서양 사회의 정신적, 문화적, 종교적 지형도가 크게 변화하였음을 증명하는 가장 인상적인 존재로 확고하게 자리를 잡았다. 근대의 세속성, 폭력성, 타락성에 찌들고 지친 수많은 서양 사람들이 불교 속에 들어 있는 소중한 가치를 발견하고 그것을 자신의 등불로 삼으며 그것에 의지하여 근대의 세속성, 폭력성, 타락성을 넘어서고자 하는 노력을 이제 본격적으로 시작하고 있는 것이다.[8)]

근대의 제반 병폐와 그늘로부터 벗어날 수 있는 탈출구를 모색하고자 하는 서양인들의 노력은 그동안 이른바 포스트모더니즘의 이름을 붙인 갖가지 지적, 문화적, 실천적 운동의 형태를 띠고 나타나기도 했던 것을 우리는 알고 있다. 불교가 많은 서양인들에게 호소력 있는 존재로 다가가게 된 데에도 이러한 측면이 일부 작용하고 있다. 실제로 불교에서 말하는 공의 논리 같은 것은 포스트모더니즘의 논리와 아주 유사한 면모를 지니고 있으며, 그것과 거의 동일한 해방과 자유, 초월의 길을 열어주는 기능을 하는 것으로 받아들여질 수 있다.

그러나 좀더 깊이 생각해 보면 불교가 실제로 열어줄 수 있는 해방과 자유, 초월의 경지는 포스트모더니즘의 그것을 뛰어넘는 것임을 깨닫게 된다. 불교의 용어를 가지고 양자의 차이점을 말해 본다면, 포스트모더니즘은 유전문(流轉門)의 차원에서 나름대로의 탐색을 하는 것으로 그치고 있지만 불교는 유전문의 차원에서 더 나아가 환멸문(還滅門)의 차원까지를 자신의 영역으로 삼고 바로 거기서 가장 강력한 해방자의 모습을

8) 이러한 사실을 알려 주는 구체적인 정보는 진우기의 저서 『달마, 서양으로 가다』(불교시대사, 2002) 속에 풍부하게 들어 있다.

보여주고 있는 것이다.[9)]

## 7. 우리 소설을 위한 한 가지 제언

이쯤에서 다시 이야기의 초점을 우리 소설과 관련된 지점으로 돌려보자. 위에서 나는 더 이상 지금까지와 같은 근대 사회 형성과 강화의 일방통행식 노선을 그대로 질주해 갈 수는 없으며 그래서도 안 된다는 깨달음을 이 시대의 수많은 사람들이 갖기 시작하고 있다는 말을 했다. 바로 이러한 시점에서 우리 근대소설은 당연히 자신의 정체성에 대한 인식을 다시 한 번 새롭게 다져야 한다. 그 정체성이란 말할 것도 없이 근대의 타락상과 맞서 싸워야 한다는 인문학적 정신 고유의 사명을 지금까지 나름대로 최전방에서 수행해 온 존재로서의 자기 정체성이다. 바로 이런 정체성에 대한 인식을 다시 한 번 새롭게 다지면서 더욱 결연한 자세로 스스로의 길을 개척해 나아가고자 할 경우, 우선적으로 고려될 수 있는 방안 가운데 하나가 바로 불교와의 연결 혹은 결합을 지금까지보다 더 적극적으로 모색해 보는 것일 터이다.

이러한 방향에서의 모색은 실제로 이미 이루어지기 시작하고 있을 가능성이 있다. 내가 아직 미처 살피지 못한 작가들의 소설세계에서 이러한 작업이 어떤 형태로든 진행되기 시작했을 가능성이 있다고 여겨지는

9) 일찍이 한자경은 서양의 체계이론과 불교사상을 대비시키면서 "체계이론을 불교 연기와 연관지을 때 간과해서는 안 될 중대한 차이는, 체계이론에는 연기의 환멸문이 존재하지 않는 데 반해 불교에는 연기의 환멸문이 존재한다는 것이다"라는 말을 한 바 있다(한자경, 『불교철학과 현대윤리의 만남』(예문서원, 2008), p.200). 이러한 한자경의 지적은 서양의 포스트모더니즘과 불교사상을 대비시키는 자리에서도 거의 그대로 적용될 수 있다고 나는 생각한다.

것이다.

물론 내가 지금까지 대강이나마 검토해 볼 기회를 가졌던 작가가 아주 없지는 않다. 윤대녕이 바로 그 작가이다. 근대소설과 불교의 연결 혹은 결합이라는 과제를 지금까지 윤대녕이 그 나름의 방식으로 꾸준히 수행해 온 것을 나는 알고 있으며 그러한 작업에서 상당히 인상적인 성과를 낳기도 했다는 사실 역시 인지하고 있다. 하지만 그의 경우에도 어느 정도의 감상성과 성적 측면에 대한 과다한 의미 부여라는 문제점이 발견된다는 점을 유감스럽게 생각하지 않을 수 없다. 그러나 윤대녕이 진지한 불교적 사색인의 면모와 소설가로서의 특출한 자질을 두루 갖추고 있는 존재임에는 틀림이 없는 만큼, 그리고 이제 막 50대 초입에 올라선 작가로서 아직 새로운 작품을 선보일 수 있는 가능성이 많이 남아 있는 만큼, 앞으로의 더욱 원숙한 성과에 대한 기대는 그대로 간직하고 있어도 좋을 것 같다.

그러나 2000년대로 넘어온 이후 지금까지 우리 소설이 새롭게 드러내고 있는 다양한 경향들을 비록 정밀하지는 못한 수준으로나마 계속 관심을 가지고 관찰해 오면서 내가 지금까지 받고 있는 전체적인 인상은, 그렇게 고무적인 것이 아니다. 사회적, 역사적, 정치적 관심과 인식 능력이 감퇴한 대신 그 자리를 흔히 잡다한 일상적 넋두리가 대체하고 있는 것은 아닌가 하는 의문을 불러일으키는 작품이 많다. 세상의 혼란을 같이 느끼고 기록으로 옮겨 놓는 것만으로 자신의 할 일을 다했다고 생각하는 경향이 늘고 있는 것은 아닌가 하는 걱정을 하게 만드는 작품도 많다. 결국, 지금까지와는 다른 방략의 정립이 필요하다는 사실 자체는 인식하면서도 구체적인 진로를 찾지 못하고 방황 속의 암중모색을 거듭하는 가운데서 밀도 낮은 언어들의 낭비 현상만 심화되고 있는 듯하다. 한 마디로 말하자면 공연한 요설이 늘고 있다는 것이다.

이런 소설들을 읽느라 시간을 소모하다 보면 문득 떠오르는 이광수의 소설 한 대목이 있다. 그가 1940년에 발표한 단편 「난제오(亂啼烏)」의 마지막 부분이다. 이광수 자신을 별다른 허구적 변용 없이 일인칭의 주인공으로 등장시키고 있는 이 작품의 마지막 부분은 그 주인공이 한 선사를 찾아가 대화를 나눈 후 집으로 돌아오는 것으로 마무리된다. 한 번 인용해 보기로 한다.

> 내가 말없이 앉아 있는 것을 보고 사는,
> "남화경 읽으셨소?"
> 하고 새 화두를 내었다.
> "네, 애독하지오"
> "서산대사 독남화경시가 있습니다. 오언절구지요.
> 可惜南華子. 祥麟作孼虎. 寥寥天地濶. 斜日亂啼烏.
> 라고 하셨지오"
> 하고 사는 빙그레 웃었다.
> 나도 소리를 내어서 웃었다.
> "장자가 괜이 말이 많단 말슴이지오"
> "고맙습니다"
> 하고 나는 일어나서 절하고 물러나왔다.
> 집에 오는 길에 나는 '사일난제오'를 수없이 노이고는 혼자 웃었다. SS 사는 이 말을 내게 준 것이다.
> "내야말로 석양에 지져귀는 까마귀다"
> 하고 자꾸 웃음이 나와서 견딜 수가 없었다.
> 겨울 해는 금화산에 걸려 있었다.[10]

오늘날 씌어져서 발표되고 있는 소설작품 가운데 많은 것들에서 공연한 요설이 늘고 있는 현상을 발견하게 된다고 앞에서 말했거니와, 이런

10) 이광수, 「난제오」, 『문장』 1940. 2, pp.45~46.

소설들이야말로 문자 그대로 '사일난제오'에 해당하는 것이 아닌가?

그러나 나로서는 아직 근대소설이 함유하고 있는 가능성에 대해서 내가 걸고 있는 기대와 희망 자체까지를 포기할 수는 없다. 근대소설이 '석양에 지저귀는 까마귀'를 연상시키는 수준에서 벗어나 '요요한 천지의 넓음'을 제대로 통찰하고 그러한 통찰에 바탕을 둔 대붕의 날갯짓을 보여주기를 바라는 마음을 포기할 수 없다. 근대소설에서 많은 독자들이 얼호(孽虎) 아닌 상린(祥麟)을 만나는 보람을 찾는 날이 오게 되기를 바라는 마음을 포기할 수 없다. 그러한 기대와 희망이 나로 하여금 근대소설과 불교의 연결 또는 결합을 지금까지보다 더 적극적으로 모색해 보는 것이 어떻겠느냐라는 제안을 하게 만든다.

—2012

# 이광수의 사상과 문학, 그리고 그의 동시대인들*

## 1. 글을 시작하며

이광수는 젊은 시절에나, 나이가 든 다음에나, 자신을 둘러싼 시대의 문제와 적극적으로 맞부딪쳐 씨름하는 모습을 보여주었다. 다른 말로 표현하면, 그는 언제나 시대의 현장에 나와 있었고 그 현장의 문제를 해결하기 위한 그 나름의 노력을 중단하지 않았다고 말할 수 있다. 이런 점에서 그의 생애는 그가 처음으로 공적인 매체에 글을 발표한 1908년부터 그의 삶이 끝나는 1950년까지 뚜렷한 일관성을 보여준다.

그는 이 긴 기간 동안 시대적 문제와 씨름하면서 참으로 많은 말을 했다. 어떤 때는 계몽을 말했고, 어떤 때는 민족을 논했으며, 어떤 때는 독립을 부르짖었고, 어떤 때는 수양을 강조했다. 이처럼 다양한 주제어들을 동원하면서 이런 말 저런 말을 많이도 했으나, 그 숱한 말들을 한 마디로 요약하면, 결국 '근대화'라는 것으로 압축된다. 이 땅을, 이 땅에 사

---

* 이 글은 2016년 3월 19일 '이광수와 동시대인들'이라는 주제로 개최된 춘원연구학회의 학술대회를 위한 기조발제 논문으로 쓰여진 것이다.

는 사람들의 삶을, '근대화'시켜야 한다는 명제로 요약되는 것이다.

그런데 지금까지 언급된 바와 같은 점을 전제하면서 그의 1908년부터 1950년까지의 공생애(公生涯)[1]를 조금 더 자세하게 살펴보면, 1934년을 구분선으로 하여, 전기와 후기를 나누어보는 것이 가능하다는 사실을 알게 된다.

1934년까지의 기간 동안 그의 삶은 대체로 단선적(單線的)이었다. 그의 관심과 열정은 대부분 근대화라는 현세적이며 역사적인 주제에 집중되었다. 초현세적이며 초역사적인 차원에 대한 관심과 열정이 없었던 것은 아니나 그 비중은 별로 크지 않았다.

그러다가, 1934년에 이르러, 의미 있는 변화가 일어난다. 근대화라는 현세적이며 역사적인 주제에 대한 관심과 열정 자체가 사라진 것은 물론 아니지만, 그 강도는 얼마쯤 약화된다. 그리고 이전부터 그의 내면에 자리 잡아 오기는 했으되 거기서 비교적 작은 비중밖에 차지하지 못했던 초현세적이며 초역사적인 차원에 대한 관심과 열정이 증대된다. 이렇게 되면서, 그는 종교인으로서의 삶을 살기 시작한다. 구체적으로 말하자면, 불교도로서의 삶을 살기 시작한다. 이때부터 그의 삶은 복선적(複線的)인 것이 된다. '예전부터 존재해 왔던 현세적이며 역사적인 관심의 가닥'과 '새로 큰 비중을 갖게 된 초현세적이며 초역사적인 관심의 가닥'을 함께 아우르는 방식으로 그의 삶이 재편성되는 것이다. 이런 상태는 그가 세상을 떠나는 날까지 변하지 않고 지속된다.

이광수의 공생애를 압축할 대로 압축해보면 대략 위와 같은 내용으로

---

1) 이광수의 공생애가 시작된 때를 1908년으로 잡는 이유는 앞에서 말했듯 그가 처음으로 공적인 매체에 글을 발표한 것이 1908년의 일로 보이기 때문이다. 『태극학보』 21호(1908.5)에 게재된 「국문과 한문의 과도시대(過渡時代)」, 같은 『태극학보』 25호(1908.10)에 게재된 「수병투약(隨病投藥)」 등의 글이 현재 확인된다. 이 글들은 최주한의 저서 『이광수와 식민지 문학의 윤리』(소명출판, 2014)에 부록으로 실려 있다.

정리될 수 있거니와, 이런 식으로 정리될 수 있는 삶을 살아오는 동안 그는, 이 글의 첫머리에서 언급된 것처럼, '참으로 많은 말을 했다.' 그 '말하기'의 구체적인 방식은 서정시의 창작에서부터 언론인으로서의 논설 쓰기에 이르기까지 실로 광범한 폭을 갖고 있었으나, 그 여러 방식들 중에서 가장 대표적인 자리를 차지한 것은 무어니 해도 소설 쓰기였다.

흥미롭게도, 이광수 자신은 그를 규정지을 수 있는 첫 번째 표지가 '소설가'라고 생각하지 않았던 것으로 보인다. 그는 「여(余)의 작가적 태도」(1931)라는 글 속에서 다음과 같은 말을 하고 있는데, 그것은 나름대로 그의 진심을 담아낸 발언이라고 판단된다.

> 나는 일찍 문사(文士)로 자처하기를 즐겨한 일이 없었다. (…) 소설을 쓰는 것은 나의 일(一)여기(餘技)다. 나는 지금도 문사는 아니다.[2]

하지만 그가 공생애를 살아간 기간 내내 세상은 그를 '무엇보다도 먼저 소설가인 존재'로 인식했다. 그리고 역사 속에서 그가 나름대로 한 자리를 차지하고 있다면 그 자리를 규정하는 첫 번째 표지 또한 어디까지나 소설가라는 표지이지, 다른 무엇일 수 없다. 그러므로 우리는 그의 주관적 자기파악과 별도로 그를 '무엇보다 먼저 소설가인 존재'로 대접하는 가운데 우리의 모든 논의를 진행하는 것이 온당하다고 생각된다.

그리고 여기에 한 가지 더 추가해서 말해 둘 것이 있다. 그것은 그가 공생애의 전기에나, 후기에나, 한 번도 고독한 사람의 위치에 서 본 적은 없다는 사실이다. 그는 늘 여러 명의 동시대인들과 적극적으로 대화를 나누고 함께 교감하는 가운데서 자신의 주제를 탐구했고 자신의 길을 걸었던 것이다. 현세적이며 역사적인 주제에만 집중하던 시기에도 그랬고,

2) 『이광수전집』 10(우신사, 1979), p.460.

초현세적·초역사적 주제에 대한 탐구를 자기 삶의 중요한 일부분으로 삼게 된 후에도 그랬다.

이광수와 대화를 나누고 교감했던 그의 여러 동시대인들은, 그들이 처했던 상황의 성격에 있어서나, 그들이 가졌던 문제의식에 있어서나, 또 그 문제의식을 바탕으로 그들이 행했던 탐구의 방향에 있어서나, 이광수와 공통되는 점을 많이 가졌기에 그와 적극적으로 대화를 나누고 교감할 수 있었을 것이다. 하지만 그 모든 경우에 있어서, 당연히, 공통점과 더불어 차이점도 존재했다. 그랬기에 그들 중 누구도 이광수와 온전히 동일한 자리에 설 수는 없었고 실제 서게 되지도 않았다. 하긴 그러한 차이점들이 존재했기에 그들 간의 대화는 더 의미 있는 것이 될 수도 있었으리라.

사정이 이러하다면, 이광수를 연구하는 사람들은, 그와 그의 여러 동시대인들 사이에서 성립되었던 관계의 양상에 주목해 보고 더 나아가 그들 사이의 상호 비교까지 시도해 보는 작업을 연구 과제의 중요한 일부로 채택해 볼 수 있을 법하다. 이러한 작업이 잘 이루어진다면 그것은 우선 이광수에 대한 이해를 심화시키는 데 상당히 기여할 수 있을 것으로 기대된다. 그리고 더 나아가서 그것은 이광수가 살았던 시대 전체의 성격과 의미를 종합적으로 이해하는 데에도 도움을 줄 수 있을 것이다.

## 2. 근대화의 문제와 이광수

위에서 이광수와 관련된 기본적인 사항을 언급하는 가운데 자연스럽게 그의 동시대인들에 대해서도 논의가 미치게 되었거니와, 생각의 스케일을 확대하면서 재삼 숙고해 보면, 사실 우리 자신도 어떤 의미에서는 이광수와 동시대인이라고 말할 수 있을 것 같다는 판단이 내려진다. 적어도 이광수가 살았던 시대로부터 오늘의 우리가 그리 멀리 떨어져 있다고 하기 어렵다는 사실은 분명하다. 이광수로 하여금 수많은 생각과 말을 하게 만들었던 '근대화'의 문제는 지금 우리 자신에게도 여전히 현재진행형의 도전으로 다가오는 문제이기 때문에 이런 이야기를 할 수가 있다.

그렇다면 이광수의 시대로부터 지금에 이르기까지 줄기차게 이어지면서 우리 모두에게 도전해 오고 있는 근대화의 문제라는 것은 구체적으로 어떤 면모를 지니고 있는 것인가? 이 물음 앞에서 우리는 '누구도 부정할 수 없는 사실의 측면'과 '다양한 토론이 가능한 판단의 측면'을 구별하면서 답변을 시도할 필요가 있을 것이다.

동양은 근 2천 년 동안 서양보다 우월한 문명을 향유해 왔다는 것, 그런데 19세기에 들어와 그 우위를 빼앗겼다는 것, 이러한 우열관계의 역전은 무엇보다도 군사력의 측면에서 뚜렷하게 나타났다는 것, 이렇게 우열관계가 역전된 바로 그 시점에 실제로 양자 간의 무력 충돌이 일어났고 여기서 동양은 굴욕적인 패배를 맛보았다는 것, 패배한 동양은 충격에 빠졌다는 것, 패배의 원인으로 동양이 그동안 서양보다 '근대화'에 뒤처졌다는 사실이 지목되었다는 것-대략 이 정도가, '누구도 부정할 수 없는 사실의 측면'에 해당할 것이다.

이런 '사실의 측면'을 바탕으로 해서, '판단의 측면'과 관련된 수많은 물음들이 제기될 수 있고 실제로 제기되었다. 이를테면 다음과 같은 것들이 그런 물음에 해당한다. 서양은 어떻게 해서 우열관계를 역전시키는 데에 성공할 수 있었는가? 그 비결이 '근대화를 남보다 먼저 성취한 것'에 있었다고 한다면, 그토록 신통한 '근대화'의 본질은 대체 어떤 것인가? 또 그 세목은 어떤 것들인가? 서양이 근대화를 통해 힘을 키워가는 동안 동양인들은 무엇을 하고 있었는가? 서양인들에게 힘의 우위를 빼앗긴 동양인들은 역사 속의 실패자로 간주되어야 하는가? 동양인들도 비록 늦긴 했지만 어쨌든 근대화를 성취해야 마땅할 것인가? 만약 그렇게 해야 한다면 그 구체적인 방략은 어떤 것이 되어야 좋을까? 일찍 이룩한 근대화가 서양인들로 하여금 힘의 우위를 확보할 수 있게 해 준 것은 사실이지만, 그 점 하나로 해서 근대화는 전적으로 긍정되어야만 하는가? 근대화 때문에 인류의 삶이 전보다 더 나빠진 점은 없는가? 그런 점이 있다면 그 구체적인 실례로는 어떤 것을 들 수 있는가? 아니, 더 과감하게 말해서, 근대화는 사실 전체적으로 인류에게 기여한 것보다 해를 끼친 면이 더 많다고 보아야 하지 않을까? 다시 말해, 근대화는 일어나지 않는 편이 더 나았던 것이 아닌가?……등등. 그리고 생각을 더 넓게 펼쳐 나가다 보면 우리는 이 밖에도 또 많은 물음들을 상정할 수가 있을 것이다.

다시 한 번 말하거니와, 방금 열거한 여러 가지 물음들은 모두 '사실의 측면'이 아니라 '판단의 측면'에 관련되는 것들이며, 그런 만큼 이 물음들에 대해 우리는 각자의 판단을 토대로 한 각인각색의 답변을 제시할 수 있다. 이광수는 바로 이 물음들에 대해서 이광수 나름의 답변을 제시했던 것이고, 오늘의 우리는 또 우리 나름의 답변을 제시할 수 있는 것이다. 그리고 이처럼 기본적으로 동일한 물음들 앞에 직면하여 답변을 제시하도록 요청받고 있다는 점에서 이광수와 우리는 '넓은 의미에서의 동시대인'이라고 말할 수 있는 것이다.

이제부터는, 위에서 제시되었던 여러 가지 물음들 중 '서양은 어떻게 해서 우열관계를 역전시키는 데에 성공할 수 있었는가'라는 물음을 다시 떠올리면서, 이광수와 관련된 논의를 조금 더 진행시켜 보기로 하자.

근대의 서양이 어떻게 해서 수천년간 지속되어 왔던 '동양 우위, 서양

열위'의 우열관계를 역전시키고 세계의 패자(霸者)로 나설 수 있었던가에 대해서는 수많은 논자들에 의해 다양한 견해가 제시되어 왔다. 그 많은 견해들 가운데서 특별히 강한 설득력을 갖는 것은 내가 보기에 김필년이 『자본주의는 왜 서양문명에서 발전했는가』(범양사 출판부, 1993)라는 저서에서 제시한 설명이다. 그의 설명에 따르면, 서양의 경우 중세 이래 전체적 권력구조의 양상에 있어서의 분열과 경쟁이－우선은 종교권력과 세속권력 간의 분열과 경쟁이, 그리고 더 나아가서는 여러 세속권력들 간의 분열과 경쟁이－다른 어떤 문명권에서도 찾아볼 수 없는 특징을 이루었으며 이것이 경제엘리트들의 독자적인 세력 신장과 자신감 넘치는 활동을 가능하게 했는데, 바로 이런 사실 때문에 오직 서양문명권에서만 근대적 자본주의가 발달할 수 있었다고 한다. 그리고 이처럼 서양문명권에서만 근대적 자본주의가 발달할 수 있었다는 사실로부터 '서양문명의 세계 제패'라는 결과가 초래되었다고 한다.[3]

위의 설명을 받아들이는 자리에서 본다면, 근대 서양문명의 세계 제패는 기본적으로 역사적 우연의 소산에 불과하다.[4] 그러니 만큼 근대에 들어와 서양문명의 힘이 아무리 대단한 위용을 과시하게 되었다 하더라도 그런 사실 때문에 비서양 지역의 사람들이 반드시 위축될 이유는 없다. 그들이 자기 선조들을 역사적 실패자로 간주할 이유도 없다.

그러나 이광수는 그렇게 생각하지 않았다. 이광수의 동시대인 가운데 상당수의 사람들도 그렇게 생각하지 않았다. 그들은 근대의 서양문명 앞에서, 혹은 그 서양문명이 대표하는 '근대'라는 것 앞에서 분명히 위축되었고 자기 선조들을 역사적 실패자로 간주할 수밖에 없다는 결론으로 나

3) 김필년의 위와 같은 설명을 나는 「동아시아에서의 근대성과 근대화」라는 글 속에서 간명하게 요약하여 소개한 바 있다. 이동하, 『한국소설과 예수 그리고 유다』(역락, 2011), pp.242~246 참조.

4) 위의 책, pp.246~249 참조.

아갔다.

이것은 이해할 수 있는 일이다. 느닷없이 지평선 위에 모습을 드러낸 근대 서양문명의 위용을 유사 이래 맨 처음 본격적으로 접하고 충격을 받았던 이광수 및 그의 많은 동시대인들이, 그들로부터 60갑자가 한 바퀴 돈 만큼의 세월을 격하여 태어나 살고 있는 나와 같은 세대의 사람들과 전혀 다른 느낌과 생각을 가지게 되었던 것은, 이해할 수 있는 일일 뿐 아니라 당연하다고 해야 할 일일 터이다.

아무튼 그들은 위에서 말한 것처럼 자기 선조들을 역사적 실패자로 간주할 수밖에 없다는 결론에 도달했는데, 이러한 결론은 다시, 선조들로부터 물려받은 세상을 근본적으로 바꾸어, 이제부터라도 제대로 된 근대화를 이룩해야 한다는 명제를 불러왔다.

이광수에 대해서만 초점을 맞추면서 논의를 조금 계속해보자. 그는 방금 요약된 바와 같은 결론과 명제를 자신의 것으로 삼았던 그 시대의 많은 사람들 가운데서도 특히 강한 인상을 남겨준 인물이다. 그가 특히 강한 인상을 남겼다는 이야기는 그의 동시대인들에 대해서도 성립되고 그의 많은 후대인들에 대해서도 성립된다. 어찌하여 그가 특히 강한 인상을 남길 수 있었던가? 그 답은 무엇보다도 그의 남다른 필력(筆力)에서 찾아야 할 것이다. 그는 방금 언급된 점에서 그와 동일한 자리에 섰던 수많은 동시대인들 중 가장 많은 글을 썼으며 그 글들 속에서 다른 누구도 흉내낼 수 없을 만큼 강렬한 표현을 자유자재로 구사했다. 그 양의 방대함과 그 표현의 강렬함은 그 글들이 나온 당시에나 그 후에나 수많은 독자들의 마음에 뚜렷한 흔적을 남겨놓기에 충분했다. 그리고 이처럼 정력적인 그의 문필활동의 기저에는 그의 다혈질적이고 과격한 성격, 고아라는 특수한 개인적 조건, 그 스스로 자신에게 부여한 선구자로서의 사명감 같은 것들이 자리잡고서 계속적으로 에너지를 공급하였던 셈이다.

방금 나는 이광수의 성격을 두고 "그의 다혈질적이고 과격한 성격"이라는 표현을 썼는데, 만년의 그는 오랜 수행의 결과 상당히 원만하고 온화한 성격을 가지게 된 것처럼 보이기도 하지만, 그가 타고난 성격의 기조는 확실히 다혈질적이고 과격한 편에 속했던 것으로 생각된다. 그가 쓴 수많은 논설문이나 에세이를 읽어 보면 그 점이 분명하게 읽혀진다. 그리고 그의 자전적 소설인 『그의 자서전』(1937), 『나-소년편』(1947), 『나-스무살 고개』(1948)에 등장하는 주인공의 성격도 일관되게 그런 면모를 보여준다.

이러한 그의 성격은 그의 삶과 글에 긍정적으로 기여한 바도 있고, 부정적으로 작용한 바도 있지만, 전체적으로 보면 긍정적으로 기여한 바가 더 컸던 것으로 판단된다. 그의 글은 잠시 접어 두고 그의 삶 자체와 관련된 예를 한 가지만 들어서 이야기하자면, 『그의 자서전』에 나오는, 조부가 사망했을 때 그가 취한 행동을 들어볼 수 있다. 『그의 자서전』에는 다음과 같은 내용이 보인다.

> 나는 승중상으로 거상을 입을 것이언마는 쓸데없는 허례라고 주장하여 거상을 아니 입었다. 무론 영연도 설하지 아니하고 조객이 와도 곡도 아니하였다. 내 아내가 삿갓 가마를 타고 머리를 풀고 와서 우는 것을 듣기 싫다고, 다시는 곡성을 내지 말라 하고, 머리 푼 것도 보기 싫다고 소리를 쳤다. 다들 내 말대로 순종하였다.
>
> 벌써 시집간 애경이 누이가 온 것도 울지 말라고 소리를 질렀다. 나는 이것으로 구습을 혁파하는 것이라고 자처하였고, 나만한 큰 사람은 이렇게 새 법을 내는 것이 옳다고 자신하였다. 일가와 어른들은 내가 하는 해괴한 행동에 눈살들을 찌푸리고는 다 달아나 버렸다. 욕이 내 귀에도 들어왔다. 그러나 나는 잘하는 체하고 뻔대었다. 개혁가요 선구자로 자처하였다.[5]

---

5) 『이광수전집』 6, p.342.

이것은 물론 자전적 '소설'의 한 대목에 해당하는 것이지만, 이광수가 남긴 여러 자료들을 종합해서 판단하건대, 위의 내용은 그 자신이 조부의 상을 당했을 때 취한 행동을 그대로 보여준 것이거나, 최소한 그것을 바탕으로 하되 약간의 윤색을 가하는 정도에서 그친 것임이 확실하다. 그렇다면 여기서 우리가 확인할 수 있는 것은 이광수 자신이 조부 사망 시의 거상이라는 문제에 임하여 얼마나 다혈질적이고 과격한 성격을 보여주었는가 하는 점이다(그가 이런 행동을 한 시점이 지금으로부터 1백 년도 더 전인 1910년이라는 사실을 상기해 보라). 그런데 이 경우 그가 보여준 성격상의 특징은 타당성과 실효성을 모두 상실하고 한낱 백해무익한 번문욕례(繁文縟禮)로 떨어진 낡은 인습의 잔재를 통쾌하게 타파하는 선구자적 결단과 그것의 실천으로 나타났다. 위에 인용된 텍스트 속에서는 그 점이 약간의 자기풍자를 동반한 어조로 이야기되고 있지만, 내가 보기에 위에서 묘사된 주인공의 행동(그러니까 이광수의 행동)은 그것 자체로서 '개혁가요 선구자'다운 사람의 면모를 잘 보여준 것으로 평가되기에 족하다. 결국 그것은 이광수가 지녔던 성격상의 특징이 긍정적인 결과로 연결된 예로 거론되기에 모자람이 없다고 판단되는 것이다.

이제는 다시 논의의 본 줄기로 돌아가 이야기를 계속하기로 하자. 이광수가 쓴 방대한 양의 글들은 수많은 독자들의 마음에 뚜렷한 흔적을 남겼다고 앞에서 말했거니와 이만한 수준의 글들을 쓰게 되기까지 그는 어떤 책을 읽고, 어떤 사상을 접하고, 어떤 이론에 매혹되었던 것일까? 이 물음을 붙잡고 철저한 탐색의 작업을 수행한 성과가 2010년에 나왔다. 이 해에 서강대학교 출판부에서 간행된 이재선의 저서 『이광수 문학의 지적 편력』에 그 성과가 담겨 있다. 이 책을 읽어 보면, 이광수가 이미 널리 알려진 대로 톨스토이의 사상으로부터 감화를 입었을 뿐만 아니라 귀스타브 르 봉, 막스 노르다우, 에드워드 카펜터, 에른스트 헤켈 등 그 당시로서는 최첨단의 지적 진영을 형성했던 다양한 이론가들로부터도 큰 영향을 받으면서 '근대화'의 과제를 수행하기 위한 자신의 사상 체계를 정립해 나갔으며, 그 체계의 핵심에는 '진화'와 '퇴화'의 개념이 놓여 있었다는 사실을 알 수 있다.[6)]

그런데 이광수의 시대로부터 이미 많은 세월이 흐른 오늘의 관점에서 방금 거명된 사람들의 이론을 다시 돌아보면, 그 이론들은 대체로 서양인들이 자기들은 비서양인 일반보다 분명히 더 잘났다고 착각하던 시절의 시대정신을 반영하고 있는 것으로, 대부분 설득력을 상실하거나, 최소한, 감퇴당한 것으로 판단된다. 그러니까 이광수는 지금에 와서는 대부분 설득력을 상실하거나 최소한 감퇴당한 이론들에 바탕을 두고서 자신의 사상 체계를 정립했으며 또 그런 사상 체계의 연장선상에서 소설들을 써서 발표한 것이다.

이런 점에서 이광수는 에밀 졸라의 경우를 연상시킨다. 졸라 역시 지금에 와서 보면 낡고 허점투성이인 것으로 판명된–하지만 당시에는 최첨단의 지적 진영을 형성한 것으로 간주되었던–이론들에 바탕을 두고 그의 사상 체계를 정립했으며 또 그런 사상 체계의 연장선상에서 소설들을 썼던 것이다.

그런데 졸라는 이론상의 취약점에도 불구하고 그 취약점을 압도하고 남을 만큼의 문학적 성취를 의심의 여지 없이 이룩한 것으로 평가되어 오고 있다. 졸라의 문학적 성취에 대한 이러한 평가는 1백 년 전에나 지금에나 근본적으로 변하지 않았다. 그렇다면 이광수의 경우는 어떠한가? 이 물음에 대한 답을 내놓는 것은 잠시 후의 일로 미루어 두기로 하자.

---

6) 이광수의 소설작품들이 위에서 거명된 여러 이론가·학자들의 사상을 구체적으로 어떻게 반영하고 있는가에 대해서는 와다 토모미가 광범하면서도 정밀한 연구를 수행한 바 있다. 와다 토모미, 『이광수 장편소설 연구』(예옥, 2014) 참조.

그 대신 이제부터는, 이 글의 첫 부분에서 언급했던 이광수의 공생애 중 후기에 해당하는 시기, 즉 그가 불교도로서의 삶을 산 시기와 관련하여 몇 가지 주목할 점들을 거론해 보기로 한다.

## 3. 이광수가 지녔던 불교 신앙의 성격

이광수와 불교 사이에 처음 인연이 맺어진 것은 언제쯤이었을까? 단편소설로 발표되었지만 사실상 수필의 성격을 지니고 있는 「육장기(鬻庄記)」(1939)를 보면 다음과 같은 대목이 보인다.

> 이보다 십 이삼 년 전에 영허당(映虛堂) 석감노사(石嵌老師)와 금강산 구경을 갔다가 신계사(神溪寺) 보광암(普光庵)에서 비를 만나 오륙일 유련하는 동안에 불탁에 놓인 『법화경』을 한 벌 읽은 일이 있는데, 이것이 『법화경』에 대한 이생에서의 나의 첫 인연이었고, 또 그 전해에 아내와 같이 춘해(春海) 부처와 같이 석왕사(釋王寺)에서 여름을 날 때에 『화엄경』을 읽은 일이 있었소.[7]

이광수가 영허당 박한영 선사와 함께 금강산 여행을 했던 것은 1923년의 일로 확인된다.[8] 그 점을 고려하면서 위의 대목을 음미해 보면 그는 1922~23년 무렵에 처음으로 『화엄경』이라든가 『법화경』과 같은 불교 경전을 접하면서 불교와의 만남을 가지기 시작했다는 사실을 알 수

---

7) 『이광수전집』 8, p.42.

8) 바로 이때의 금강산 여행길에서 이광수가 오랫동안 소식을 모르고 지냈던 그의 삼종제(三從弟) 이학수를 만나게 된 것은 그의 생애에서 매우 중요한 의미를 갖는다. 이학수는 1921년에 출가하여 운허(耘虛)라는 법명을 가진 스님이 되어 있다가 이때 금강산에서 이광수를 다시 만난 것이다. 이광수, 「금강산유기(金剛山遊記)」, 『이광수전집』 9, p.77 참조.

있다.

그러나 이때 이루어진 불교 경전과의 만남이 곧바로 그의 삶 속 깊숙이 불교가 들어오게끔 만드는 계기로 작용하지는 않았다. 비록 금강산 마하연에서 보았던 "피로 베낀 『법화경』 6책"[9] 이야기를 하고 있는 「묵상록」(1924)이라든가 석왕사에서 만난 "팔년째 참선을 한다고"[10] 하는 노파로부터 받은 감명을 언급하고 있는 「선파(禪婆)」(1926)와 같은 글을 보면 대략 1920년대 중반부터 그가 불교에 대하여 어느 정도의 친근감을 느끼기 시작했음이 확인되지만 1934년 이전까지 그는 대체로 비종교적인 사람이었다. 이 글의 첫 부분에서 내가 썼던 표현을 다시 반복하자면, "초현세적이며 초역사적인 차원에 대한 관심과 열정이 없었던 것은 아니나 그 비중은 별로 크지 않"은 경우에 해당하는 사람이었다. 1929년에 그가 발표한 「아프던 이야기」의 다음과 같은 대목이 그런 점을 단적으로 보여준다.

> 만일 이 세상에서 지은 죄로 사후에 심판을 받을 영혼이 있을까 보아 걱정이 될 것 같으면 십자가에 달린 예수나 한 번 불러 보든지 왕생극락할 욕심이 있거든 나무아미타불이나 불러 볼 것이다. 욕심 많은 사람 같으면 예수 그리스도와 나무아미타불을 번갈아 부르는지도 모른다. 이렇게 생각하고 나는 웃음을 참지 못하여 소리를 내어 웃었더니 곁에서 나를 간호하고 있던 일본 노파가 깜짝 놀라 왜 그러느냐고 묻는다.
>
> 나는 그러나 예수 그리스도와 나무아미타불을 번갈아 부를 욕심도 없거니와 그처럼 염치 없지도 아니하고 또 괴로운 대로 불안전한 대로 이 천지, 이 인생을 사랑하기 때문에 천당이나 극락을 원치도 아니하고 오직 원하는 것이 죽든지 살든지 간에 가장 천연스럽게 가장 아름답게 언제나 내 몸으로 남을 섬기는 태도로 가고만 싶었다.[11]

9) 『이광수전집』 8, p.345.
10) 위의 책, p.392.

이렇던 그가 1934년을 전환점으로 하여 큰 변화를 보이게 된다. 그가 후일 「육장기」에서 보여주고 있는 다음과 같은 종류의 절대적인 '믿음'은 실로 이 무렵부터 시작된 것이다.

> 나는 내 죽은 아들 봉근도 나를 불도에 끌어들이기 위하여 다녀간 것이라고 믿소.
> 관세음보살이, 혹은 비가 되시와 나로 하여금 보광암에 오륙일 유련하게 하시고, 혹은 아들이 되어, 혹은 운허법사, 올연선사가 되시와 길 잃은 나를 인도하신 것이라고 믿소.[12)]

이런 식으로 굳어진 이광수의 불교에 대한 신심(信心)은 다시 그로 하여금 그 자신이 "지금 나는 부처를 향하고 걸어가느니라 하는 믿음"을 지닌 사람, "나는 장차 완전한 성인(즉, 부처-인용자)이 되느니라 하고 스스로 꽉 믿게 된" 사람임을 고백하게 하는 것으로 자연스럽게 이어진다.

그러면 이광수는 어인 연고로 1934년에 이르러 이처럼 독실한 불교도로서의 믿음을 가지기 시작했는가? 그리하여 그전까지 단선적이었던 그의 삶을 복선적인 것으로 바꾸게 되었는가?

이 물음에 대한 답을 시사해 주는 자료는 「육장기」를 비롯한 이광수의 여러 글들 이곳저곳에 산재해 있다. 그리고 이런 자료들을 종합하고 정리하여 명료하게 다듬어진 답을 제시하는 작업은 오래 전 김윤식에 의하여 성공적으로 수행된 바 있다.[13)] 그러니 만큼 이 자리에서 새삼스럽게 위의 물음을 다시 붙잡고 씨름할 필요는 없을 듯하다. 그보다는 이광수가 새로이 지니게 된 불교 신앙이라는 것이 불교 신앙의 다양한 스펙

11) 위의 책, p.339.

12) 위의 책, pp.42~43.

13) 김윤식, 『이광수와 그의 시대』 3(한길사, 1986), pp.885~938 참조. 이 부분은 『이광수와 그의 시대』의 제6부 제1장에 해당한다.

트럼 가운데서 구체적으로 어떤 자리에 놓이는 존재인가를 조금 생각해 보는 편이 좋을 것 같다.

방금 '불교 신앙의 다양한 스펙트럼'이라는 표현을 썼거니와, 사실 같은 '불교' 신앙을 고백하는 사람들 사이에서도 구체적으로 살펴보면 각인각색의 편차가 있게 마련인 법이다. 이 점은 같은 '기독교' 신앙을 고백하는 사람들 사이에서도 본회퍼류의 참여신학에서부터 열광적인 기복주의에 이르기까지 실로 엄청난 편차가 존재하는 것과 마찬가지이다. 그러면 이광수의 불교 신앙은 어떤 특징을 갖는 것이었던가? 이 물음에 대해 자세한 답변을 제시하기에는 나의 준비가 부족하나, 두 가지 정도는 언급해 볼 수 있을 듯하다. 첫째, 그는 불교를 세계관의 측면에서 이해하기보다는 심리적 의지처로 받아들이고자 하는 성향이 강했다. 둘째, 그는 「육장기」에 나오는 다음과 같은 그의 고백에서 보듯 참선보다 간경(看經)을 주된 수행의 방법론으로 채택하는 입장을 보여주었다.

> "부처님 말씀이 나도 성인이 된다고 하셨다. 『법화경』을 읽노라면 언제 한 번은 성인이 된다 하셨다. 나는 이 말씀을 믿고 그저 『법화경』을 읽을란다."14)

위에 인용된, 「육장기」에 나오는 이광수의 고백은, 방금 말했듯 그가 참선보다 간경에 주력하는 입장을 취했다는 증거에 해당하는 것이지만, 이광수가 지녔던 불교 신앙의 첫 번째 특징으로 앞에서 내가 언급했던 내용과 연관지어서 이해될 수 있는 면모도 가지고 있다. 위에 인용된 그의 고백은 요컨대 그가 『법화경』에 제시된 수기(授記)의 약속에 얼마나 열성적으로 매달리고 있었는가를 보여주는 것인데, 그가 이처럼 수기의

14) 『이광수전집』 8, p.43.

약속에 대해 남다른 애착과 믿음을 나타내고 있다는 사실을 그가 생의 마지막에 이르기까지 공(空)의 사상이나 유식(唯識)의 논리 같은 것에 대해 한 번도 적극적인 관심을 표시한 바 없다는 사실과 연결시켜서 생각해 보면, 종교를 세계관이 아닌 심리적 의지처라는 측면에서 이해하는 것이야말로 그의 일관된 입장이었다는 사실이 선명하게 확인되는 것이다.

다음에 인용하는 그의 1938년의 일기에서 보이듯 그는 독실한 불교 신앙을 지니게 된 후에도 기독교의 『성경』을 읽고 깊은 감동을 느끼며 그것의 가르침을 수용하는 데에 적극적이었는데, 이 또한 종교를 생각함에 있어 세계관의 측면에는 큰 흥미가 없고 주로 심리적 의지처라는 측면에 주목하고자 했던 그의 면모를 잘 보여주는 현상이다.

> 1938년 1월 23일(일)
> 밤에 「마태」 5, 6장을 읽다. 깨끗한 마음. 백합꽃의 비유 등등. 내 상두(床頭)의 꽃들이 한량없이 아름답고 향기롭고 내 마음은 한량없이 기뻤다. 성경을 읽어주는 P군도 기쁘다고 하였다. 일생에 드문 기쁜 한 밤이여!
>
> 1월 25일(화) 음(陰)
> 어젯밤에 「누가복음」 12장, 「시편」 37편을 P군더러 읽어 달라고 하다. “의인은 땅을 차지하고, 악인의 씨는 끊어지리라.” 믿음이 적은 무리들아, 두려워 말라. 어리석은 자여, 적게 믿는 자여!
> 『법화』 「방편품」을 읽다. “제불어무이(諸佛語無異) 어불소설법(於佛所說法) 당생대신력(當生大信力).” “당생대환희(當生大歡喜) 자지당작불(自知當作佛).”[15]

세계관의 문제를 경시하거나 도외시하고 심리적 의지처라는 측면에만

---

15) 『이광수전집』 9, p.334.

집중하면, 불교에 대한 믿음과 기독교에 대한 찬양이 자연스럽게 공존할 수 있다.[16] 물론 그 역도 성립되며, 불교와 기독교 이외의 다른 종교에 대해서도 마찬가지 현상이 나타날 수 있다. 아무튼 불교 신자로서의 이광수는 이와 같은 입장에 서 있었기에 그의 장편소설 『사랑』(1939)에서 불교도인 안빈과 기독교의 안식교회 신자인 석순옥이 아무런 갈등 없이, 최소한의 거리감조차 없이, 정신적인 면에서 온전히 하나가 되는 것으로 묘사할 수가 있었을 터이다. 이광수의 이런 입장을 어떻게 평가할 것인지에 대해서는 사람마다 견해가 다를 수 있다. 여기서는 일단 이광수의 입장이 지금까지 설명해온 바와 같은 것이었다는 사실 자체를 확인하는 데서 그치기로 한다.[17]

위에서 이광수가 지녔던 불교 신앙의 특징적 면모 가운데 첫 번째 항목으로 지적한 것을 두고 논의가 길어진 감이 있다. 그러면 위에서 두 번째 항목으로 지적한 것을 두고는 어떤 말을 할 수 있을까? 한국 현대 불교의 주맥(主脈)이 임제선(臨濟禪)의 전통을 계승한 것이며 그 자연스러운 결과가 해방 후 조계종단의 성립과 주류화로 나타난 것이라고 보는 입장[18]에 선다면, 선풍(禪風)에는 별다른 관심을 표시하지 않고 "그저 『법화경』을 읽을란다"라는 선언으로 자신의 수행 방법을 요약해 보인 이광

16) 이광수의 자전적 소설인 『그의 자서전』에는, 세계관의 측면을 기준으로 해서 볼 경우 기독교를 도저히 받아들일 수 없다는 그 주인공 남궁석의 고백이 나온다(『이광수전집』 6, p.429). 이것은 그대로 그 작가인 이광수 자신의 고백으로 받아들여질 수 있다. 그러나 이런 점은 이광수가 위에 인용된 바와 같은 내용의 일기를 쓰는 데 하등 장애로 작용하지 않았던 것이다.

17) 세계관의 차원을 정면으로 다루고자 하는 입장에 서서 불교와 기독교의 문제를 볼 경우에는 이광수가 취했던 태도와 상이한 결론이 도출될 것을 쉽게 예상할 수 있다. 이 점과 관련하여 풍부한 생각거리를 제공하는 책으로 나카자와 신이치, 『대칭성 인류학』(김옥희 역, 동아시아, 2005), 이제열, 『불교, 기독교를 논하다』(모과나무, 2015) 등을 추천할 만하다.

18) 한국 현대 불교사를 서술한 많은 논저들이 대체로 이런 입장을 취하고 있다.

수의 태도는 그 주맥과 상당히 동떨어진 것, 예외적인 것, 비정통적인 것으로 인식될 수도 있을 법하다. 하지만 이런 인식은 온당한 것이 아니다. 통념과 달리, 한국 현대 불교사 속에는, 특히 해방 이전의 한국 불교사 속에는, 단일한 주맥이라는 것이 존재하지 않았기 때문이다. 이광수가 '『법화경』 행자'로 자처하며 그 나름의 방식으로 수행에 정진하고 있던 그 시기의 한국 불교계에서는 어떤 것도 한국 불교사의 정통임을 자임할 수 있는 위치에 있지 않았던 것이다.[19] 그러니 만큼 우리는 이광수가 지녔던 불교 신앙의 특징적 면모에 대해 정통성, 비정통성을 논할 필요가 없으며, 그것 자체의 성격과 의미를 이해하고 평가할 수 있으면 그로써 족하다.

이광수가 지녔던 불교 신앙의 면모와 관련하여 우리가 더 생각해 보아야 할 문제는 방금 말한 그런 것보다도 오히려 그것이 '근대화'라는 주제와 어떤 관계로 맺어지는가 하는 문제일 것이다. 이 글의 첫 부분에서 이미 언급되었던 것처럼 이광수가 그 공생애의 초기부터 일관되게 집중적인 관심과 열정을 기울인 것은 근대화의 과제였다. 이 과제에 대한 그의 관심과 열정은 1934년 이후에도, 그 강도가 조금 약화되기는 했으나, 결코 사라지지는 않았다. 그렇다면 그가 1934년부터 새로이 지니게 된 불교도로서의 신앙과 이것은 서로 어떤 관계로 맺어졌던가? 그 양자는 서로 충돌하거나 갈등을 일으키게 되지는 않았던가?

그렇게 되지는 않았다. 일찍이 사에구사 도시카쓰는 「이광수와 불교」라는 논문에서 "불교에 관한 그의 문장에서 볼 수 있는 것 중의 하나는, 그의 불교에 대한 접근이 그가 과거부터 지녀 온 사상과 모순되는 것이 아니며, 또한 그것을 버린 것도 아니라는 점이다"[20]라고 지적한 일이 있

19) 조성택, 『불교와 불교학』(돌베개, 2012), 제6장 참조.
20) 사에구사 도시카쓰, 『사에구사 교수의 한국문학 연구』(심원섭 역, 베틀북, 2000), p.186.

는데, 사실이 그러하였다. 따지고 보면, 원래 불교는 근대의 자연과학[21]과도, 또 근대적 자본주의[22]와도 긍정적으로 조화될 수 있는 세계관을 가진 종교이니 만큼, 이광수의 경우에도 근대화에 대한 관심과 불교에 대한 믿음이 상호 충돌이나 갈등을 일으키지 않고 조화로운 관계로 맺어지는 것은 충분히 가능한 일이었다. 물론 불교는 삶의 무게중심을 현세적이며 역사적인 차원에 두지 않고 초현세적이며 초역사적인 차원에 둔다는 점에서 일반적인 근대 자연과학의 세계관이나 근대적 자본주의의 세계관과 구별되는 것임에 틀림없다. 하지만 불교는, 다시 한 번 말하거니와, 그 세계관의 내용 자체에 있어서는 근대의 자연과학이나 근대적 자본주의와 반드시 대립되는 것이 아니다. 그러므로 이광수는 그가 불교도로서의 신앙을 새로이 가지게 되었다 하여 이전부터 지녀 왔던 근대화에 대한 생각을 기본적으로 수정할 이유가 없었다. 그에게 변화가 있었다면, 단지 근대화에 대한 관심과 열정의 강도가 다소 약화된다는 정도의 변화를 체험할 수 있었을 따름이다.

## 4. 이광수의 소설에 대한 평가

지금까지 나는 이광수의 공생애를 두 단계로 나누어서 살펴볼 수 있다는 점을 말하고, 그 각각의 단계에 대하여 몇 가지 생각거리들을 짚어

21) 불교의 세계관이 근대 자연과학의 세계관과 긍정적으로 조화되는 것이라는 사실을 밝혀 놓은 책은 여기에 열거하기 어려울 만큼 많다. 이 자리에서는 그 많은 책들 가운데서 나에게 특히 인상깊었던 것이 양형진의 『산하대지가 참빛이다』(장경각, 2001)와 김성구·조용길의 『현대 물리학으로 풀어본 「반야심경」』(불광출판부, 2006)이었다는 사실만 적어 두기로 한다.

22) 불교의 세계관이 근대적 자본주의의 세계관과 긍정적으로 조화될 수 있는 것이라는 사실을 나에게 알려준 책은 윤성식의 『불교자본주의』(고려대학교 출판부, 2011)이다.

본 셈이다. 그런데 지금까지 이야기를 진행해 오면서 나는 정작 이광수의 '소설'에 대해서는 전혀 언급을 하지 않았다. 나중에 한꺼번에 논의하려는 생각에서 언급을 미루었던 것이다. 이제 그 미루었던 논의를 해보고자 한다.

이광수의 소설세계를 전체적으로 놓고 볼 때 맨 먼저 말할 수 있는 것은, 그의 작품들이 크게 보아 '근대화 관련 계열'과 '불교 관련 계열'의 두 가지로 구분될 수 있다는 사실이다. 이런 점에서 그의 소설세계는 그의 생애가 보여주고 있는 특징적인 면모를 충실하게 반영하고 있는 것으로 판단된다.

물론 내가 방금 제시한 두 계열의 구분이 언제나 명료하기만 한 것은 아니다. 예를 들면 장편 『사랑』(1938~1939)을 비롯한 이광수의 몇몇 작품들은 근대화 관련 계열 소설의 성격도 지니고 있고, 불교 관련 계열 소설의 성격도 지니고 있다. 그런 만큼 위의 구분을 절대시할 수는 없다. 그렇기는 하지만, 이처럼 두 가지 성격을 겸해서 지니고 있는 작품이 많지는 않기 때문에, 위의 구분을 절대시해서는 안 된다는 사실을 잊지 않고 유념하기만 하면, 그 구분을 바탕으로 해서 논의를 진행하는 것이 실제적인 효용성을 가질 수 있다고 생각된다.

이런 전제 아래 우선 근대화 관련 계열 소설들의 경우부터 조금 구체적으로 논의해 보기로 하자. 이 계열에 드는 작품군은 다시 두 시기로 구분하는 것이 가능하다고 판단된다. 그 시기 구분의 기준선이 되는 것은 이광수가 2·8 독립선언서를 쓰고 망명길에 올랐다가 국내로 돌아오기까지 상하이 임시정부에서 활동한 기간, 즉 소설 창작에 있어서는 공백기에 해당하는 기간이다. 이 기간 이전을 전기로, 이 기간 이후를 후기로 나누어볼 수 있는 것이다. 작품의 제목을 들어서 말하자면, 일본어로 쓴 첫 소설 「사랑인가」(1909)에서부터 그의 두 번째 장편인 『개척자』

(1918)까지를 전기로 볼 수 있고, 「가실」(1923) 등의 준비 단계를 거쳐 새로운 야심작으로 『재생』(1925)을 내놓은 시점부터를 후기로 볼 수 있다는 이야기가 된다.

전기의 소설과 후기의 소설은 같은 이광수라는 작가에 의해 창작된 소설이면서도 그 성격을 상당히 달리 하는 것으로 보인다. 전기의 문학은 한 마디로 말해 청년의 문학이었다. 인생에 대해서나, 세상에 대해서나, 아직 심각한 환멸이라는 것을 알지 못하는 사람의 문학이었다. 학생이 쓴 작품들이었고, 실제 '학생 작품'이라는 호칭에 어울리는 면모를 가지고 있는 작품들이었다. 미숙한 대로 순수성이 돋보이고 젊음의 생명력과 희망이 돋보이는 작품들이었다. 반면에 후기의 문학은 좀더 노성(老成)한 자의 문학이다. 인생에 대해서나, 세상에 대해서나, 심각한 환멸을 질리도록 경험하고, 그것과 싸우며, 그것으로부터 벗어나기 위해 몸부림치는 사람이 쓴 작품들이다. 학생 신분을 떠나서 사회인이 되고 직장인이 되고, 때로는 실직자가 되어보기도 한 사람에 의해 쓰여진 것임이 금방 드러나는 작품들이다.

전기의 소설과 후기의 소설에 대한 연구자들의 평가도 상당히 다르다. 전기의 소설들이 문학사적으로 중요한 가치를 지닌다는 점에 대해서는 대다수의 논자들이 동의한다. 비록 조동일처럼 이광수의 후기 소설은 물론이요 전기 소설까지도 문학사적으로 별다른 의의를 지니지 못한다고 단언[23]하는 사람도 없지는 않지만 이런 입장은 아무래도 소수설에 그친다. 그리고 전기 소설의 문학사적 의의에 대한 이런 적극적 평가에는 대체로 『무정』(1917)과 같은 전기 소설작품 자체의 문학적 성취에 대한 호

23) 조동일의 이런 견해는 그의 『한국문학통사』 제4권과 제5권에 일관되게 나타나고 있다. 그 중에서도 특히 『무정』에 대한 논의를 집중적으로 전개하고 있는 『한국문학통사』 제4권(제4판, 지식산업사, 2005), pp.450~452는 주목될 필요가 있다.

의적이거나 적어도 중립적인 평가가 동반된다.[24]

이에 반해, 이광수의 후기 소설들과 관련해서는 사정이 다르다. 대략 1960년대까지는 그의 후기 소설들에 대해서도 호의적인 평가가 상당했지만, 송욱, 정명환 등의 영향력 있는 논자들에 의해 이광수 문학 부정론[25]이 제기되기 시작한 1970년대부터는 양상이 정반대로 바뀌었다. 그렇게 변화된 평가를 압축해서 표현하고 있는 것이 김현의 다음과 같은 단언이다.

> 『무정』, 『개척자』, 그리고 몇 편의 에세이를 제외한 그의 후기 문학 작품들은 김동인의 지적 그대로 이야기거리에 지나지 않는다. 야담작가와 통속작가를 그와 구태여 구별하는 것은 그가 그 후에도 민족주의라는 자기기만의 제스처를 계속했기 때문이다.[26]

24) 『무정』의 문학적 가치를 높이 평가하면서 상세히 검토한 논자는, 『이광수와 그의 시대』에서 이광수의 수많은 소설들 중 유독 『무정』에 대해서만 특별히 독립된 장을 배정하여 길게 다룬 김윤식을 비롯하여, 상당히 많은 수에 달한다. 이들 중에서 특히 인상적인 것은 이보영의 경우이다. 원래, 『무정』의 문학적 성취에 대한 전폭적 긍정을 그러한 평가에 대한 자세한 근거 제시와 더불어 보여준 대표적인 논문이 이보영의 『식민지시대문학론』(필그림, 1984)에 수록된 「식민지적 조건의 극복(1)－『무정』론」이라고 할 수 있다. 이보영의 『식민지시대문학론』은 1980년대 한국 학계의 현대문학 연구가 이룩한 수준을 대표적으로 보여주는 역저(力著)이면서 또한 세상으로부터 부당하게 무시된 학문적 성과의 대표적인 예로 거론될 만한 저술이기도 한데, 이 책에 수록된 여러 논문들 중에서도 가장 강한 열정을 느끼게 하는 글이 바로 「식민지적 조건의 극복(1)－『무정』론」인 것이다. 그런데 참으로 흥미롭게도, 이보영은 이 책을 출간하고 수년이 지난 다음부터 『무정』까지를 포함한 이광수의 전·후기 문학 전체를 강력하게 비판하는 쪽으로 자신의 입장을 수정하고, 『한국근대문학의 의미』(신아출판사, 1996), 『한국소설의 가능성』(청예원, 1998), 『동양과 서양』(신아출판사, 1998) 등 계속 출간된 그의 여러 저서들에서 반복적으로 그 점을 부각시킨다.

25) 그 구체적인 예로 송욱의 「일제하의 한국 휴머니즘 비판」 및 「자기기만의 윤리」와 정명환의 「이광수의 계몽사상」을 들 수 있다. 송욱의 두 글들은 『문학평전』(일조각, 1975)에, 정명환의 글은 『한국작가와 지성』(문학과지성사, 1978)에 각각 실려 있다.

26) 김현, 「이광수 문학의 전반적 검토」, 김현 편, 『이광수』(문학과지성사, 1977), p.35.

위의 인용문으로 대표되는 '후기 이광수 소설 전면 부정론'에 대해서는 물론 다양한 이의 제기가 가능하다. 이광수의 후기 소설 작품들 전반을 대상으로 해서 보다 긍정적인 평가를 제시할 수도 있고, 특정한 작품을 대상으로 해서 그 우수성을 논증할 수도 있다. 이 중 후자에 드는 두드러진 예로서 이광수의 후기 소설 가운데 『흙』(1933)과 『사랑』이 모두 높은 문학적 가치를 지닌다는 주장을 담고 있는 윤홍로의 논문들을 들 수 있을 것이다.[27] 방민호 역시 「이광수의 『사랑』과 종교 통합 논리의 의미」라는 논문에서 『사랑』이 뛰어난 작품이라는 판단을 제시하고 있다.[28] 그런가 하면 김윤식은 『이광수와 그의 시대』에서 특히 단편 「무명(無明)」(1939)에 대해 높은 평가를 아끼지 않고 있다.[29]

그러나 설령 이러한 이의 제기에 해당하는 논의들을 중요시하는 입장에 서서 보더라도, 이광수의 후기 소설들이 전반적으로 전기 소설들에 비해 비판적이거나 소극적인 평가를 초래하기 쉬운 요소들을 다양하게 지니고 있다는 사실 자체를 부정하기는 어려울 것으로 보인다. 그 요소들 가운데 특히 중요한 것은 후기 소설들 대부분이 기묘한 부자연스러움, 비틀림, 어색함, 과장스러움 등의 말로 표현될 수 있는 독후감을 남겨준다는 점[30]인데, 아마도 여기에는 간단한 한두 가지 항목으로 정리할 수 없는 작가 자신의 심리적·사상적 원인들과 그 바깥의 시대적·상황적 원인들이 복합적으로 작용하고 있을 것이다.[31]

---

27) 윤홍로의 「『흙』과 민족갱생력」(『춘원연구학보』 제2호, 2009) 및 「『사랑』과 병의 치유」(『춘원연구학보』 제5호, 2012)가 그 논문들이다.

28) 방민호는 이 논문의 서두 부분에서 "이광수 문학에서 『사랑』은 가장 높은 문학적 가치를 함축하고 있는 작품이라고 해도 지나치지 않다"라는 평가를 내리고 있다. 방민호, 『일제말기 한국문학의 담론과 텍스트』(예옥, 2011), p.240.

29) 김윤식, 앞의 책, p.946.

30) 이영미가 이광수를 두고 '교묘하게 신파성 줄타기를 하는 작가'라고 지적한 것이 이와 관련된다. 이영미, 「이광수의 신파성 줄타기」, 박현호 외, 『센티멘탈 이광수』(소명출판, 2013), p.74 참조.

여기서 나 자신의 견해를 잠깐 덧붙여 이야기하자면, 나로서는 이광수의 후기 소설 가운데 「무명」을 비롯한 몇몇 단편도 인상적이지만, 특히 해방 후에 발표된 그의 자전적 소설 『나-소년편』과 『나-스무살 고개』를 높이 평가할 만하다고 생각한다. 이 두 편의 소설은 위에서 말한 종류의 독후감을 남겨주지 않으며 진정으로 독자를 사로잡는 힘을 가지고 있다는 것이 나의 판단이다.[32] 이런 점에 유의하면서 조금 더 폭넓게 그의 후기 작품들을 관찰해 보노라면, 그의 후기 소설들 가운데 자전적 소설군(小說群)을 따로 독립시켜서 하나의 그룹으로 묶을 수 있지 않을까 하는 생각이 떠오른다. 이 그룹에 포함되는 작품으로는 방금 언급한 두 편과 더불어 『그의 자서전』이 지목될 수 있을 것이다. 『그의 자서전』은 두 명의 여성을 등장시켜 이야기를 전개하는 후반부가 실감 부족이라는 문제점을 드러내는 바람에 호소력을 많이 잃고 말았지만, 그 전반부는 다른 두 편의 자전적 소설과 나란히 논의될 수 있는 수준을 보여준다.

이제는 이광수의 불교 관련 소설들에 대한 논의로 넘어가 보자. 이 계열의 작품들에 대한 언급은 아주 간략하게만 제시하고 끝을 내어도 좋을 듯하다.

이 계열의 작품들은 시기상으로 보면 이광수의 근대화 관련 소설들 중 후기 작품들과 겹치거나 그 다음에 이어지는 것들이다. 그리고 앞에서 그 후기 작품들의 일반적 특징으로 언급된 요소들을 이 계열의 작품들도 대부분 공유하고 있다. 그런 만큼 이 계열의 작품들에 대한 연구자들의 평가는 그의 근대화 관련 소설들 중 후기 작품들에 대한 평가와 대

31) 이 중 작가 내부에 자리잡고 있었을 것으로 추론되는 원인에 대해서 특히 인상적인 분석을 보여준 성과로 최주한의 『제국 권력에의 야망과 반감 사이에서』(소명출판, 2005)를 들 수 있다.

32) 나는 『이광수-『무정』의 빛, 친일의 어둠』(동아일보사, 1992), pp.177~180에서 이 두 작품에 대해 조금 논의해본 바 있다.

체로 공통되는 면모를 보여준다. 그의 근대화 관련 소설들 중 후기 작품들을 부정적으로 평가하는 논자들은 그의 불교 관련 소설들에 대해서도 대체로 부정적인 평가를 내리고, 전자의 작품들 중 일부 소설을 옹호하는 논자들 가운데서는 후자의 작품들 중에서도 부분적으로 긍정적인 면모가 보인다는 점을 들어 나름대로의 애정 어린 논의를 시도하는 등의 양상이 나타나고 있는 것이다.

나 자신은, 이광수의 불교 관련 소설들이 문학적으로 성공한 작품이라고는 생각하지 않는다.[33] 그러나 또 한편으로 나는, 이광수의 불교 관련 소설들을 읽을 때마다, 작품 자체의 문학적 성과에 대한 판단과는 별도로, "거의 무모하다는 느낌을 줄 만큼 과감하면서도 끈질겼던 이광수의 고군분투에 대해 어느 정도는 예의를 갖추고 대하는 것이 옳지 않을까" 라는 느낌에 사로잡히게 되곤 한다. 내 생각으로 원래 근대소설과 불교 사이에는 "그들 양자는 마치 서로 다른 별 위에 있는 것 같다"[34]고 표현해야 적당할 만큼 심각한 상호 이질성이 가로놓여 있는 터인데, 이광수는 그러한 이질성을 극복하고 양자간의 바람직한 융합을 이룩하기 위해 누구보다 앞장서서 지속적으로, 아니 더 정확히 표현하자면 반복적으로, 문학적 실패를 무릅쓰면서, 도전하는 모습을 보여주었던 셈이며, 그의 그와 같은 모습 앞에서 나는 경의를 표하지 않을 도리가 없는 것이다. 그리고 사실 이러한 도전을 통하여 그는, 문학적 성패의 문제와 별도로, 최소한 한 가지 의미 있는 역할을 효과적으로 수행했다고 생각된다. 많은 독자 대중들로 하여금 불교를 조금이라도 가깝게, 친근하게, 우호적으로 느끼도록 만드는 전법사(傳法師)의 역할을 상당히 효과적으로 수행

33) 『이광수-『무정』의 빛, 친일의 어둠』, pp.131~134 참조.
34) 내가 1995년에 쓴 「20세기의 한국소설과 불교」라는 글에서 사용한 표현이다. 이동하, 『한국 현대소설과 종교의 관련 양상』(푸른사상, 2005), p.30.

한 것이다.

## 5. 근대화론자 이광수와 그의 동시대인들

이야기가 이만큼 진행되었으니, 이제는, 이 글의 앞부분에서 언급되었던 '동시대인'과 관련된 논의에로 돌아가 보기로 한다. 이 글의 앞부분에서 나는 이광수를 두고 "그는 늘 여러 명의 동시대인들과 적극적으로 대화를 나누고 함께 교감하는 가운데서 자신의 주제를 탐구했고 자신의 길을 걸었다"는 말을 한 바 있다. 그리고 이런 말을 하고 난 다음에는 다시 "우리 자신도 어떤 의미에서는 이광수와 동시대인이라고 말할 수 있을 것 같다"는 데까지 이야기를 확대시켰었다. 이제는 그처럼 우리 자신까지를 이광수의 동시대인으로 간주하는, 확대된 논의는 일단 접어 두고, 처음에 언급했던 '좁은 의미에서의 동시대인들'에 대해서만 관심을 집중시키면서 이야기를 조금 더 계속해 보기로 한다.

앞에서 '좁은 의미의 동시대인들'에 대한 논의를 하는 가운데 나는 "이광수와 그의 여러 동시대인들 사이에서 성립되었던 관계의 양상에 주목해 보고 더 나아가 그들 사이의 상호 비교까지 시도해 보는 작업을 연구 과제의 중요한 일부로 채택해 볼 수 있을 법하다"는 말을 하기도 했었다. 그렇다면 이런 식으로 이광수와 관련지어 검토해 보는 것이 의미 있는 작업으로 인정될 만한 그의 동시대인에는 어떤 사람들이 있을까? 이 물음에 대해서는 세 부류로 나누어서 답을 제시해 볼 수 있을 법하다. '근대화론자 이광수'와 주로 연관되는 사람들이 그 첫 번째 부류이고, '불교도 이광수'와 주로 연관되는 사람들이 그 두 번째 부류이며, '소설가 이광수'와 주로 연관되는 사람들이 그 세 번째 부류이다.

그런데 나의 이번 글에서는 이 가운데 앞의 두 가지 부류에 대해서만 논의를 하고, 세 번째 부류에 대한 검토를 위해서는 다음의 기회를 기다리고자 한다. 세 번째 부류를 대상으로 한 논의를 본격적으로 전개하기 위해서는 대단히 긴 지면이 필요한데 그것은 이 글이 감당할 수 있는 범위를 크게 넘어서는 것으로 판단되기 때문이다. 물론 대충 몇 가지 예만 간단간단히 언급하고 지나갈 수도 있겠지만 그렇게 해서는 연구로서의 의의를 확보할 수가 없다. 이런 사정을 고려할 때, 아쉬움이 없는 것은 아니지만, 다음에 기회가 되면 이 주제 하나만을 가지고 긴 글을 써보기로 하고, 이번에는 앞의 두 부류에 대한 논의에 집중하는 것이 아무래도 적절한 처사라고 여겨진다.

그러면 우선 첫 번째 부류로 어떤 사람이 있는가를 한 번 생각해 보자. 금방 떠오르는 몇 사람의 이름이 있다. 출생연도 순으로 정리해 보면 다음과 같다.

(1) 아베 미츠이에(1862~1936) — 1916년부터 『경성일보』 및 『매일신보』의 사장으로 재직하면서 사이토 마코토 총독의 문화 및 언론 담당 고문 역할을 수행했던 아베 미츠이에는 김윤식에 의하면 "이광수를 부축한 (…) 보이지 않는 오른팔이라고 할 수 있었"[35]던 존재이다. 김윤식은 아베와 이광수의 관계에 대하여 다음과 같은 언급도 해 놓고 있다.

> 사이토가 총독으로 있던 15년에 걸쳐, 아베는 그림자처럼 숨어서 조선의 언론계와 문화계의 동향을 한손에 쥐고 있었다 해도 지나친 말은 아니다. 그 막강한 인물이 춘원을 뒷받침하고 있었다는 사실, 적어도 춘원을 사랑하고 있었다는 사실이야말로 춘원의 행동을 이해함에 가장 확실한 감각 중의 하나가 아닐 것인가.[36]

35) 김윤식, 『낯선 신을 찾아서』(일지사, 1988), p.282.
36) 위의 책, pp.283~284.

(2) 윤치호(1865~1945) - 이광수는 14세 나던 소년 시절에 윤치호를 한 번 만난 일이 있다. 윤치호가 "당시 외부협판(外部協判)으로 미국으로 돌아오는 길이라 하여, 우리 유학생 20여 명이 입학 준비하고 있는 사숙(私塾)에 오셨을 때"[37] 그 유학생의 한 사람으로서 만난 것이다. 이광수는 그 후로 윤치호와 다시 친근한 인연을 맺은 일은 없으나 그에 대한 관심은 지속적으로 지니고 있었고, 그 관심의 일단을 「규모(規模)의 인(人) 윤치호 씨」(1927)라는 글 속에 담아 내기도 했다. 이광수와 윤치호의 관계가 이 정도를 넘지 않음에도 불구하고 우리가 '근대화론자 이광수'를 생각할 때 윤치호의 이름을 금방 떠올리게 되는 이유는 근대화론자의 길을 열정적으로 질주하다가 결국 친일의 세계로 들어서게 되었다는 점에서 그 두 사람이 의미심장한 공통점을 보여주기 때문이다. 물론 좀더 자세히 살펴보면 그 공통점의 이면에는 미묘한 차별성이 엄연히 존재하고 있음을 알 수 있다.[38]

(3) 안창호(1878~1938) - 이광수의 정신적인 아버지였다고 말할 수 있는 안창호는 '근대화론자 이광수'와 관련하여 우리가 거명할 수 있는 동시대인들 중에서 가장 중요한 인물이다. 그런 만큼 이광수가 안창호에 대해 쓴 글은 장편소설 『선도자(先導者)』(1923)와 전기 『도산 안창호』(1947)를 비롯하여 상당히 많은 양이 남아 있다. 이러한 텍스트들을 다룬 학계의 연구도 적지 않게 이루어졌다. 그러나 더 깊이 파고 들어가면서 생각해 보면 안창호와 이광수의 관계에 대해서는 아직도 더 규명해야 할 부분이 남아 있는 것으로 생각된다. 예컨대 안창호의 사상과 이광수의 노

---

37) 『이광수전집』 8, p.496.

38) 윤치호의 '친일' 문제에 대해서는 윤치호의 영문 일기를 발췌, 번역하여 출간한 김상태가 그의 편저서 『윤치호 일기』(역사비평사, 2001)에 수록한 논문 「일제하 윤치호의 내면세계와 한국 근대사」라든가 박지향의 저서 『윤치호의 협력 일기』(이숲, 2010)와 같은 연구 성과를 통해 그 기본적인 성격을 이해할 수 있다.

선이 어떤 점에서 같고 또 어떤 점에서 다른지를 면밀하게 점검해서 세부적인 차원까지 일목요연하게 제시하는 작업 같은 것은 아직 제대로 개척되지 않은 빈터로 남아 있는 형편이 아닌가 싶다.

(4) 김성수(1891~1955) - 김성수는 이광수의 제2차 유학을 가능하게 해 준 후원자로서, 또 상하이에서 귀국한 후 곤경에 빠진 이광수를 건져 준 『동아일보』의 사주(社主)로서 그에게는 잊을 수 없는 은인이 된다. 그리고 이런 개인적 인연을 넘어선 공적인 차원에서도 김성수는 '근대화론자 이광수'의 중요한 동시대인으로서 자세한 비교 검토의 대상이 될 만한 면모를 지니고 있다. 일찍이 마이클 로빈슨은 김성수를 '문화민족주의자'로 규정한 바 있고[39] 김중순은 그러한 규정에 동의하면서 『문화민족주의자 김성수』라는 저서를 집필하는 데까지 나아간 바 있거니와 이러한 연구를 통해 확인되는 김성수의 면모를 이광수와 비교하여 검토하는 것은 매우 의의 있는 일이 될 수 있다.

(5) 주요한(1900~1979) - 주요한은 이광수와 평생 동지의 관계로 맺어진 사이였다. 상하이 임시정부 시절에도, 동우회 운동을 전개하던 시절에도, 또 일제 말기에 친일의 길로 나아가던 시절에도 주요한은 늘 이광수의 곁에 있었으며 그와 행로를 같이했다. 그러나 그가 사상과 운동의 세부적인 수준에서까지 이광수와 빈틈없이 일치했던 것은 아니다. 이러한 두 사람 사이의 공통점과 차이점을 면밀하게 살펴보는 것 역시 의의 있는 작업이 될 수 있을 것이다.

지금까지 언급된 다섯 사람은 앞에서 말했듯 '근대화론자 이광수의 동시대인'이 누구인가라는 질문을 받을 경우 우리가 곧바로 떠올릴 수 있는 대표적인 인물들이다. 그 점을 다시 한 번 확인하면서, 또 한편으로,

39) 김중순, 『문화민족주의자 김성수』(유석춘 역, 일조각, 1998), pp.3~4.

두 사람의 이름을 앞서의 명단에 추가하는 것이 필요하다는 이야기를 덧붙여 두고자 한다.

우선, 김구(1876~1949)가 있다. 어떤 사람에게는, 이광수와 연관해서 상기되는 인물의 명단에 김구를 포함시키는 것이, 의외로 여겨질 수도 있을 법하다. 실제로 이광수의 글 속에 김구가 언급된 경우는 『나의 고백』(1948)에서 신민회와 상해 임시정부를 이야기할 때 그냥 지나가는 식으로 이름만 나온 것 이외에는 없는 실정이다. 그렇다면 김구의 『백범일지』(1947) 속에서 이광수가 언급된 경우는 있는가? 조금 있다. 김구가 젊은 시절 관여했던 황해도 안악군의 양산학교에서 하기 사범강습을 열었을 때 초빙되어 온 강사 중 한 사람이 이광수였다는 기록이 있고[40] 이광수가 상해 임시정부에서 활동하다가 귀국해 버린 것을 두고 "열렬하던 독립운동자 가운데 하나 둘씩 왜놈에게 투항하거나 귀국하는 자들이 생겨났다"[41]고 언급한 것 정도가 있다. 그러나 사실 이 정도의 언급이라면 별로 비중 있는 것이 아니다. 사정이 이러함에도 불구하고 김구를 굳이 여기서 거론하는 것은 무엇 때문인가? 그것은 김구가 초고를 쓴 『백범일지』를 다듬어서 책으로 펴내는 데 결정적인 역할을 담당한 사람이 이광수이기 때문이다. 김상구의 『김구 청문회』를 보면 다음과 같은 대목이 나온다.

> 이제 대부분의 학자들은 이광수가 윤문의 주인공임을 알고 있으며 인정하고 있다. 무엇보다 결정적인 것은 김신이 이광수가 윤문자임을 고백했기 때문이다.[42]

---

40) 김구, 『백범일지』(도진순 주해, 돌베개, 1997), p.199.

41) 위의 책, p.319.

42) 김상구, 『김구 청문회』 2(매직하우스, 2014), p.396. 김상구가 언급한 김신의 '고백'은 최일남이 그를 인터뷰한 자리에서 나온 것이다. 최일남, 「최일남이 만난 사람: 김신씨－백범은 왜 단정을 반대했는가」, 『신동아』 1986. 8, p.347.

그런가 하면 김원모는 이광수가 한 사람의 윤문자(潤文者)로서 『백범일지』에 기여했음을 인정하는 것에서 한 걸음 더 나아가 "『국사원본 백범일지』는 윤문이 아니라 이광수 저작임이 명명백백하게 판명되고 있다"[43]고 단정하고 있다. 이러한 단정의 타당성 여부에 대해서는 더 많은 토론이 필요할 것으로 생각되지만 어쨌든 이광수가 『백범일지』의 탄생에 깊숙이 관여했다는 점 자체만은 이제 누구도 부정할 수 없는 사실로 인정되고 있는 셈이다. 그리고 이광수가 그의 비범한 문재(文才)를 발휘하여 『백범일지』를 멋있게 윤문 혹은 저술한 것은 엄청난 효과를 가져왔다. "『백범일지』가 전 국민의 교양서로 자리잡게 된 일등 공신은 아무래도 이광수의 몫으로 돌려야 할 듯싶다"[44]라는 김상구의 말은 사실을 정확히 지적한 것이다. 그리고 이광수의 그러한 문재는 더 나아가 '백범 신화'라고 할 만한 것을 만들어내는 데에도 결정적인 기여를 한 것으로 판단된다.

이광수와 『백범일지』가 이처럼 긴밀한 인연으로 맺어지게 된 바탕에 깔려 있는, 이광수와 김구 사이의 '인연'은 과연 어떤 것일까? 『백범일지』에 잠시 언급된 양산학교 시절의 짧은 만남 정도만 가지고서는 이 점이 전혀 설명되지 않는다. 그렇다면? 이 물음에 대해서는 일찍이 김윤식이 답변을 시도한 바 있고[45] 김원모도 자기 나름의 답을 제시하고 있으나[46] 모두 더 보완되고 다듬어져야 할 여지가 남아 있는 것으로 보인다. 특히 실증적 역사 연구의 모범을 보였다고 할 만한 김상구의 방대하면서도 치밀한 작업에 의해 김구라는 인물의 면모가 기존의 정설과는 놀랄 만큼 다른 것으로 드러나게 된 것이 현재의 상황이고 보면 더욱 그러하

43) 김원모, 『자유꽃이 피리라』 하(철학과현실사, 2015), p.1552.
44) 김상구, 앞의 책, p.397.
45) 김윤식, 『낯선 신을 찾아서』, p.338.
46) 김원모, 앞의 책, pp.1554~1555.

다. 앞으로의 중요한 연구 과제가 아닐 수 없다.

김구에 이어서 두 번째로 거론될 수 있는 인물은 신채호(1880~1936)이다. 이광수는 「다난한 반생의 도정」(1936)이라는 글에서 신채호와의 만남에 대해 언급한 적이 있고, 신채호의 부음이 전해졌을 때 애도의 마음을 담아 「탈출 도중의 단재 인상」(1936)이라는 한 편의 독립된 글을 발표한 바도 있다. 그 글들을 읽어보면, 이광수가 오산학교의 교사로 재직하던 시절 중국으로 망명길을 재촉하던 신채호가 그 학교에 들러 얼마간 체류했던 것이 두 사람의 첫 만남이었고, 그 후 이광수 자신이 중국 땅을 밟으면서 다시 여러 차례 만나 친교를 키워갔던 것을 알 수 있다. 정치적 입장의 차이 때문에 불가피하게 "수차 논전"이 벌어지기도 했지만, 신채호 쪽에서 어떠했는지는 모르되 이광수 자신으로서는 "나의 단재에 대한 흠모는 거금 26년 전 오산교(五山校)에서 서로 만났을 때에 시작된 대로 오늘날까지 변함이 없었다"[47]는 말을 「탈출 도중의 단재 인상」 속에 적어 두고 있다. 이러한 언급을 출발점으로 해서 이광수와 신채호의 관계에 대한 탐사를 좀더 구체적으로 진행하고 또 양자간의 사상적 · 문학적 비교를 본격적으로 시도해 보는 일은 상당히 의미 있는 성과를 창출할 수 있을 것으로 기대된다.

## 6. 불교도 이광수와 그의 동시대인들

그 다음, 두 번째 부류에 드는 인사로는 어떤 사람을 들 수 있을까? 당연히, 이광수의 삼종제로 속가에서는 이학수라고 불리었던 이운허

47) 『이광수전집』 8, p.517.

(1892~1980) 스님이 가장 중요한 인물일 것이다. 운허 스님이 이광수에게 어떤 존재인가에 대해서는 김윤식의 다음과 같은 말이 요점을 잘 포착하여 밝혀주고 있다.

> 춘원의 삼종제 이학수를 떠나서 춘원 이광수를 바로 알기는 어렵다. 이 두 삼종형제 사이는 여러 모로 운명적이라 할 만하다. 아마 불가(佛家)의 인연설이 사실이라면 이 둘은 서로의 얼굴, 서로의 모습을 찾는 분신 관계에 있었을 것이다. 춘원이 우리 근대문학사에서 또 사상사에서 요란한 허명을 남겼다면 이를 지켜보고 이끈 불교계의 거성이 봉선사의 운허당, 즉 이학수였다.[48]

운허 스님은 이처럼 이광수에게 있어서 중요한 인물이었을 뿐 아니라, 한국 현대 불교사에서도 큰 비중을 갖는 고승이다. 특히 그가 역경(譯經)의 분야에서 이룬 업적은 매우 소중한 것으로 평가되고 있다. 이러한 운허의 정신세계를 제대로 이해하고, 그것과 이광수의 정신세계가 구체적으로 어떻게 연결되어 있었는가, 양자 사이에는 어떤 공통점과 차이점이 존재하는가 등등의 물음에 대한 답을 찾는 것은, 앞으로 깊이 있게 탐구되어야 할 중요한 과제가 아닐 수 없다.[49]

그런가 하면 이광수는 운허 이외에도 여러 불승들과 돈독한 교류를 가진 것으로 나타나고 있다. 그가 영허당 박한영 스님(1870~1948)과 1923년에 금강산 여행을 함께 했던 것은 앞에서 언급된 바 있거니와 박한영 스님의 제자가 증언하고 있는 바에 따르면 "정인보 씨, 최남선 씨, 이광수 씨 등은 일주일에도 몇 번씩 찾아올 때도 있었"[50]을 만큼 스님과 친

48) 김윤식, 『이광수와 그의 시대』 1, p.52.

49) 이광수와 운허의 관계에 대한 기초적인 사실들은 신용철의 논문 「춘원 이광수와 운허 스님」(『춘원연구학보』 2호, 2009) 속에 잘 정리되어 있다.

50) 김광식 외, 『석전(石顚) 영호(映湖)대종사(大宗師) 한국불교의 초석을 세우다』(조계종출판

밀한 사이였다고 한다. 그리고 박한영 스님과 함께 한 금강산 여행은 이광수에게 특별히 보람 있는 것이었으리라고 판단할 이유가 우리에게는 있다. 스님과 함께 금강산과 백두산을 답사한 정인보가 "스님을 따라 명승지를 순방하며 산천, 풍토, 인물로부터 농업 공업 상업과 노래며 소설에 이르기까지 모두 평소에 익힌 바처럼 모르는 것이 없으므로 그 고장 사람들도 말문을 열지 못한다"[51]라고 증언한 것이나 최남선이 스님과 함께 백두산을 여행하고 쓴 『백두산근참기(白頭山覲參記)』의 서문에서 "순례의 선지식(善知識)인 석전노사(石顚老師)를 시배(侍陪)"[52]하고 왔노라는 재미있는 표현을 사용한 것에서 공통적으로 실감할 수 있듯 박한영 스님은 국토 순례 혹은 답사의 여로에서 최상의 안내자요 인도자였던 것이다. 스님은 이광수가 집필한 「금강산유기」의 제사(題辭)를 써 주기도 했다.

또 이광수의 「육장기」를 보면 그를 『법화경』의 세계로 이끌어준 안내자로서 운허와 더불어 올연선사(兀然禪師) 및 백성욱사(白性郁師)가 언급되고 있다. 올연선사, 즉 이청담(1902~1971) 스님은 주지하다시피 봉암사 결사(結社) 이래의 철저한 수행으로, 또 온몸을 던져 전개한 종단 정화운동으로 한국 불교사에 뚜렷한 업적을 남긴 고승이다. 그리고 백성욱(1897~1981)은 독일에서 철학박사 학위를 취득하고 해방 후 내무부장관, 동국대학교 총장 등을 역임한 것으로도 잘 알려져 있지만 그 이전에 뛰어난 선승이었고 당대 최고 수준의 학승이기도 했다. 「육장기」를 보면 이광수는 이들로부터 여러 날에 걸쳐 장시간 개인적인 설법을 듣는 특혜를 누렸다는 사실을 알 수 있다. 그 중에서 특히 이광수와 이청담 사이의 만남은 의미심장한 것이었다. 그 만남에 대한 자세한 증언은 이광수

사, 2015), p.46.

51) 위의 책, p.113.

52) 『최남선전집』 6(현암사, 1974), p.15.

가 아닌 이청담에게서 나온 바 있다. 그 증언의 일부분을 아래에 인용해 보기로 한다.

> 춘원 선생이 자하문 밖에 살 때였지. 내가 찾아갔더니 춘원 선생은 부근에 있는 소림사에 시주를 몇 푼 하고는 나를 있게 하면서 일주일이고 한 달이고 끝장이 날 때까지 토론을 해보자고 하더군.
>
> 아침 공양이 끝나면 둘은 깔 것 하나씩을 들고 산이나 개울가로 나가 앉아서 얘기하다가 점심 공양 때가 되면 다시 절로 올라가 공양한 뒤 다시 개울가나 산이나 아무 데나 가마니 하나를 깔고 누워서 얘기하고 앉아서 얘기하고 하다 보면 별 소득이 없었어. 나는 한쪽으론 슬며시 분한 생각도 나고 또 한쪽으로는 내 부족이 느껴지기도 하는 판에 닷새가 되자, 춘원 선생이 먼저 할 얘기는 바닥이 드러나고 말았지. 그 다음부터는 주로 춘원 선생이 질문하고 내가 답을 했는데, 일주일이 지났어. 그때사 춘원 선생은, 이제야 중생이 부처가 된다는 것을 확신하게 됐고, 불경을 보는 시각도 그전과는 차원이 달라졌다고 하더군. 전에는 예술시(藝術視), 소설시(小說視), 신화시(神話視)했는데, 이제는 글자 한 자만 빼도 안 되는 내용이며, 과학과 철학과 완전한 종교의 가르침이 모두 들어 있다는 것을 깨달았다고 하였어.
>
> 나중에는 『법화경』을 펴놓고 품품(品品)마다 한 장 한 장 넘기면서 묻고 답하곤 했었지. 그러고도 내가 말하기를 "그렇지만 『법화경』을 이렇게만 읽어 가지고 번역하지 마시오. 아직도 『법화경』을 읽을 때마다 새롭게 발견된 모르는 것이 많을 것입니다"라고 했었지. 그러면서 『원각경』과 『능엄경』을 읽어 보라고 내가 권유를 하였어. 『원각경』은 상하 두 권으로 되어 있는, 부피가 약간 두터운 것이지. 그것을 탐독한 다음에 『법화경』을 다시 한 번 새로운 각도로 읽어 보라고 하였어.[53]

이청담의 계속되는 증언에 의하면 두 사람 사이의 교류는 첫 만남 이

53) 청담문도회 편, 『청담대종사전서(青潭大宗師全書)』 6(삼각산 도선사, 2002), pp.67~68. 김원모, 『자유꽃이 피리라』 상, pp.491~492에서 재인용.

후에도 지속된 것으로 보이는데 그러한 교류를 통해 이광수는 불교에 관한 자신의 이해를 크게 증장시킬 수 있었던 셈이다.

이광수가 불교도로서의 삶을 새로이 시작하는 단계에 처하여 다른 어떤 사람이 아닌 바로 위에서 언급된 몇몇 스님들로부터 영향을 받는 가운데 자신의 불교 신앙을 형성하였다는 사실은 간과할 수 없는 중요성을 가진다. 같은 시대의 같은 불교 승려라 할지라도 그 불교의 구체적인 성격이나 색깔은 다 조금씩 다를 수밖에 없다. 이를테면 송만공(1871~1946)의 불교와 방한암(1876~1951)의 불교와 한용운(1879~1944)의 불교는 같은 시대의 같은 불교이면서도 사실은 다 서로 조금씩 다른 불교이다. 그런데 이광수의 경우 그는 송만공도, 방한암도, 한용운도 아닌, 박한영 · 백성욱 · 이운허 · 이청담 같은 승려들과 교류를 갖고 그들로부터 정신적인 감화를 입는 가운데 불교도의 길로 들어섰다. 물론 이광수가 불교도로서의 삶을 살고 불교도로서의 사상을 형성함에 있어 그 구체적인 삶과 사상의 성격을 결정짓는 데 가장 중요하게 작용한 요소는 이광수 자신의 문제의식, 성향, 인간관, 세계관, 심리상태 같은 것들이다. 불교의 용어를 빌려서 표현하자면, 그런 것들이 인(因)으로서 작용한 것이다. 그리고 이광수와 만나 그에게 설법을 베풀고 안내자 역할을 해준 스님들로부터 그가 받은 영향은 연(緣)의 역할을 담당한 셈이다. 그런데 이때 연에 해당하는 요소들은 비록 인에 해당하는 요소만큼의 무게를 갖지는 않지만 결코 경시되어서도 안 되는 존재임에 틀림없다. 이런 사실을 감안할 때 우리는 위에서 언급된 스님들과 이광수 사이의 관계를 보다 정밀하게 파악하고 또 그들과 이광수를 상호 비교하는 작업 또한 소홀히 할 수 없는 과제임을 이해할 수 있다.

그리고 우리로 하여금 '불교도 이광수'와의 비교 연구를 한 번 해보았으면 좋겠다 싶은 생각이 들게 만드는 그 시대 불교계의 또 다른 중진으로 이종욱(1884~1969)을 추가할 수 있을 법하다. 그것은 '근대화론자 이광수'의 중요한 동시대인으로 윤치호를 떠올리게 되는 것과 동일한 이유에서이다. 즉, 그들 사이에 비록 개인적으로 친밀한 교류가 없었다 하더라도, '친일' 문제와 관련하여 숙고해 볼 자료를 풍부하게 제공한다는 점에서 그들 상호간의 비교 연구는 일정한 성과를 기대할 수 있으리라고 생각되는 것이다. 한국 현대 불교사에 대하여 조금이라도 관심을 가진 사람이라면 누구나 아는 바와 같이 이종욱은 일제 초기에는 항일 승려로서, 일제 말기에는 대표적인 친일 승려로서, 그리고 해방 후에는 조계종단의 기초를 확립한 최대 공로자로서 역사 속에 뚜렷한 자취를 남기고 있다. 그 강렬하면서도 복합적이고 혼란스럽기까지 한 면모 때문에 이종욱에 대한 논란은 한국 불교계에서, 또 불교사학계에서 오늘날까지 그치지 않고 있는 셈인데,[54] 이러한 그의 면모는 우리들로 하여금 이광수를 금방 연상하도록 만들기에 족하다. 그렇다면 이종욱에 대한 심층적 검토를 시도해 보고 그 성과를 이광수 연구에 참고하는 일은 충분히 의미 있는 작업으로 평가될 수 있는 것이 아닐까? 물론 이러한 논리는 작업의 방향을 반대로 잡는 경우에도, 즉 이광수에 대한 심층적 검토를 먼저 행하고 그 성과를 이종욱 연구에 참고하고자 하는 경우에도, 마찬가지로 성립될 것이다.

## 7. 맺는 말

이제까지 나는 '근대화'와 '불교', 그리고 '소설'이라는 세 개의 단어

54) 박희승, 『조계종의 산파 지암 이종욱』(조계종출판사, 2011)에서 이 문제가 상세하게 다루어지고 있다.

를 키워드로 삼는 가운데 이광수에 대한 내 나름의 소견 몇 가지를 피력해 보고, 그 중 앞의 두 가지 키워드를 중심으로, 그와 그의 여러 동시대인들 사이의 관련 양상 및 비교점이라는 주제에 관해서도 다소의 언급을 해본 셈이다. 시야를 넓혀서 학계의 최근 동향을 관찰해보면, 한국과 일본 두 나라의 여러 우수한 소장 학자들을 중심으로 해서 이광수에 대한 새로운 연구 성과가 활발하게 축적되어 가고 있는 것이 현재의 상황인데, 그 성과를 미처 따라잡지 못한 상태에서 나온 허술한 발언이 나의 논의 속에 포함되어 있지나 않은가 하는 의구심을 마음 한편에서 떨쳐버릴 수 없는 것이 지금 나의 솔직한 심정이다. 그런 한편으로, 이 글에서 제시된 여러 가지 논의들을 좀더 심화・발전시켜 나아가다 보면 의미 있는 새로운 연구의 장이 열릴 가능성이 아주 없지는 않다고 여겨지기도 한다. 이러한 두 가지 생각이 지금 내 마음 속에 함께 자리 잡고 있음을 고백하는 것으로써 이만 이 글을 끝내기로 한다.

—『춘원연구학보』 9호, 2016

# 이청준의 소설과 불교적 사유

## 1. 들어가는 말

불교의 세계가 이청준의 소설 속에 직접적으로 등장하는 것은 1981년에 발표된 단편 「다시 태어나는 말」에서부터이다. 그리고 이 작품에서처럼 불교의 세계를 작품 속에 직접 등장시키는 경우는 이청준에게 있어서 그 후로도 몇 차례 더 나타난다. 단편 「노거목(老巨木)과의 대화」(1984)와 「흐르는 산」(1987), 그리고 두 권 분량으로 완성된 장편 『인간인』(1988~1991)이 바로 그런 예에 해당하는 작품들이다.

위에서 열거된 작품들 중 「노거목과의 대화」를 제외한 나머지 작품들은 모두 불교 사찰을 중요한 공간적 배경으로 삼고 있으며 또한 불교 승려를 직접 소설 속에 등장시키고 있다. 그리고 이렇게 하는 가운데서 자연스럽게 불교적 사유 자체에 대한 작가의 깊은 관심을 드러내고 있다. 그런가 하면 「노거목과의 대화」의 경우에는 불교 사찰도, 승려도 보이지 않지만 불교적 사유에 대한 작가의 깊은 관심은 이 작품에서도 선명하게 나타난다.

이청준이 이처럼 1981년에서 1991년까지의 기간 동안 발표한 여러 작품들 속에 불교적 소재를 끌어들이고 그렇게 하는 과정에서 불교적 사유에 대한 깊은 관심을 표명한 사실은, 우리가 이청준의 문학세계를 전체적으로, 또 심층적으로 이해하고자 할 경우 결코 가볍게 지나칠 수 없는 무게를 갖는 것으로 생각된다. 그러나 이와 같은 사실에 주목하고 불교적 사유에 대한 이해를 바탕으로 하여 위의 작품들을 고찰한 선행 연구는 매우 희소하다. 여러 작품을 동시에 다룬 이충희, 한순미 두 사람의 논문과 「노거목과의 대화」 한 편을 대상으로 한 손선희의 논문[1)]을 찾아볼 수 있는 정도이다.

이들 중 이충희의 논문은 이청준의 소설과 불교를 관련시켜서 검토해 본 최초의 예로서 개척자적인 의의를 가지나 이청준의 소설에서 불교의 교리와 일치하는 면모를 찾아내고자 하는 노력이 종종 적절한 수준을 넘어섬으로써 과도한 해석에로 귀착하는 경향을 보이고 있는 것이 문제점으로 지적될 수 있다. 이런 문제점은 「노거목과의 대화」를 다룬 손선희의 논문에서도 마찬가지로 발견되는 문제점이다. 이들의 경우에 비하면 한순미의 논문은 해석에 있어서의 균형감각과 신중성을 유지하는 데 성공한 결과 좀더 설득력 있는 연구 성과를 이루어내고 있지만 구체적인 논점들 가운데서는 역시 재고를 필요로 하는 것으로 판단되는 부분이 여럿 보인다.

이러한 상황은, 위에서 거명된 이청준의 작품들을 불교와 관련지어 연구하는 작업이 이제부터 좀더 적극적으로 시도될 필요가 있다는 사실을 말해준다. 나는 이 논문에서 바로 그러한 필요에 부응하여 위의 작품들

1) 이충희의 「이청준 소설 연구−불교의 세계관을 중심으로」(계명대학교 석사논문, 2000), 한순미의 「불교철학적인 물음에 비추어 본 이청준 소설」(『가(假)의 언어: 이청준 문학 연구』(푸른사상, 2009) 수록), 손선희의 「이청준 소설에 나타난 관음화현(觀音化現)의 상상력−「노거목과의 대화」를 중심으로」(『한국언어문학』 79집, 2011)가 그 논문들이다.

을 검토해 보고자 한다.

그런데 작품들에 대한 구체적 검토에로 들어가기 전에 한 가지 먼저 언급해 두어야 할 사실이 있다. 이청준이 이 시기 바로 직전의 단계에서 어떤 작업을 진행해 오고 있었던가 하는 점을 살펴보면 그가 이 시기에 이르러 불교의 세계에 대해 관심을 가지게 된 것은 자연스러운 일로 이해된다는 사실이 바로 그것이다. 어떤 점에서 그러한가? 우선 이 물음에 대한 답을 간단하게 제시한 후, 네 편의 작품들 자체를 검토하는 작업에로 넘어가기로 한다.

## 2. 이청준 소설과 불교의 만남

이청준은 「다시 태어나는 말」을 발표하기 직전까지 「언어사회학 서설」 연작과 「남도 사람」 연작을 동시에 진행해 오고 있었다. 「언어사회학 서설」 연작은 1973년에 그 첫 작품 「떠도는 말들」이 발표된 후 1981년 초까지 네 편이 발표된 상태였고, 「남도 사람」 연작은 1976년에 그 첫 작품 「서편제」가 발표된 후 1980년까지 역시 네 편이 발표된 상태였다.

이 가운데 「언어사회학 서설」 연작은 진실과 괴리된 언어가 난무하는 세태에 대한 비판과 그 극복의 가능성에 대한 탐색을 주제로 삼으면서, 또 한편으로는 '동상(銅像)'에 대한 욕망이라든가 '지배'에 대한 욕망과 같은 개념을 중심으로 하여, 권력의 문제에 대한 비판적 사유도 함께 진행시켜 온 것이었다. 그런데 진실과 괴리되지 않은 언어를 찾아내려는 노력이나 권력의 문제에 대한 해결책을 탐색하려는 노력은 모두 불교의 세계에 대한 관심으로 나아갈 수 있는 가능성을 크게 지니고 있는 것이었다. 불교적 사유가 그러한 과제들에 대한 답을 찾는 일에 도움을 줄지 모른다는 생각을 해 보게 되는 것은 누가 보더라도 자연스러운 일일 터이기 때문이다.

한편 「남도 사람」 연작은 위에서 말한 두 가지 문제와도 관련이 있지만 그보다 더 심층적으로는 한(恨)이라는 주제의 천착과 그것을 극복하는 길에 대한 모색을 중심에 놓고 있는 것이었다. 그런데 이런 과제를 수행하는 작업 역시 불교의 세계에 대한 관심으로 이어질 수 있는 가능성을 크게 지니고 있는 것이었다. 한의 극복이라는 명제와 관련하여 뜻있는 도움을 제공할 가능성이 불교적 사유 속에 내재해 있다는 생각 역시 누가 보더라도 자연스러울 것이기 때문이다.

"이청준이 이 시기 바로 직전의 단계에서 어떤 작업을 진행해 오고 있었던가 하는 점을 살펴보면 그가 이 시기에 이르러 불교의 세계에 대해 관심을 가지게 된 것은 자연스러운 일로 이해된다"는 말을 우리가 앞에서 했던 것은 바로 이러한 점을 고려한 결과였다. 그리고 실제로 이청준은 그 두 연작을 통해 자신이 수행해 왔던 탐구 작업의 연장선상에서 불교의 세계에로 자연스럽게 나아간 것으로 보인다. 이청준이 불교의 세계를 작품 속에 등장시킨 최초의 예로 간주되는 단편 「다시 태어나는 말」을 쓰면서 바로 이 소설이 「언어사회학 서설」 연작과 「남도 사람」 연작을 동시에 마무리짓는 작품이라는 의미를 갖도록 조치한 것을 보면 이 점에 대해서는 의문의 여지가 별로 없다고 해도 과언이 아니다.

대략 이상과 같은 경위를 통하여 자신의 소설 가운데에 불교의 세계를 처음으로 도입하게 된 이청준은 이후 약 10년 동안 여러 편의 작품들을 통해 불교의 세계에 대한 관심을 지속적으로 표명한다. 그러면 이 작품들에서 불교와 관련하여 우리가 읽어낼 수 있는 바는 어떤 것들인가? 이제부터 그 점을 살펴보기로 하자.

## 3. 다선(茶禪)의 세계에서 찾아낸 가능성—「다시 태어나는 말」

「다시 태어나는 말」을 보면 「언어사회학 서설」 연작의 중심인물인 윤지욱이 역시 주인공으로 등장한다. 그는 우연한 기회에 『초의선집(草衣選集)』이라는 책을 읽고 조선 후기의 고승인 초의 선사(1786~1866)와 바로 그 초의 선사로 대표되는 다선(茶禪)의 세계에 관심을 갖게 된다. 그는 초의 선사와 다선에 대해 좀더 잘 알고자 하는 일념에서 그 책의 편역자인 김석호를 찾아가 만난다. 김석호는 초의 선사가 생전에 머물렀던 일지암(一枝菴)으로 윤지욱을 안내하고, 초의 선사가 어떤 태도와 마음으로 차를 만들고 마셨을 것인가에 대해 자신이 생각하는 바를 이야기한다. 그리고 또, 자신이 일전에 만난 일이 있는, 소리꾼 누이를 찾아 남도 일대를 헤매 다니는 남자의 사연도 윤지욱에게 이야기한다.

이상과 같은 대강의 경개만 보아도 금방 알 수 있는 것처럼 「다시 태어나는 말」에서는 다선이라는 것이 아주 중요한 의미를 가지고 부각된다. 다선은 말 그대로 차(茶)와 선불교를 결합시킨 것이다. 일찍이 마조도일(馬祖道一) 선사가 “평상심이 도이다(平常心是道)”라는 명제를 제시하고 또 “행주좌와와 응기접물의 모든 것이 다 도이다(行住坐臥 應機接物 盡是道)”라는 말을 했던 것에서 시사받을 수 있는 것처럼 선은 원래 일상적인 삶과 분리되어 외따로 존재하는 것이 아니며, 중도(中道)를 지키는 자리에서 벗어나지 않기만 하면 생활의 다양한 영역과 얼마든지 폭넓게 결부될 수 있는 것이어니와, 그 중에서도 차의 세계는 선과 결합되기에 특히 적절한 면모를 가지고 있다. 석지현이 차와 선의 관계를 논하는 자리에서 말했던 것처럼 “차는 인생의 떫고 신 맛을 재생시켜 주면서 정화시켜 정신의 원력을 회복시켜 주기 때문”[2]에 그러하다. 그러한 차와 선이 만났을 때, 역시 석지현이 적절하게 표현한 것처럼 “법희선열(法喜禪悅)을 양식으로 삼고 묵묵한 대자비의 행과 원을 목표로 하는"[3] 경지가 창출되는 것인데, 초의 선사는 바로 이러한 다선의 경지를 대표하는 인물인 것이다.

다선의 경지를 대표하는 초의 선사가 그 다선의 경지를 미려한 표현으로 요약해 놓은 저술이 『동다송(東茶頌)』인데 그 중에서도 핵심이 되는 대목은 「다시 태어나는 말」에 직접 인용되어 있는 다음과 같은 구절로 시작되는 부분이다.

> 다경(茶經)의 품천(品泉)에 이르기를, 차는 물의 신(神)이요, 물은 차의 체(體)라 하였는데, 진수(眞水)가 아니면 그 신이 나타나지 않으며, 진차(眞茶)가 아니면 그 체를 볼 수 없다 하였다.
> (…) 체와 신이 비록 온전하더라도, 오히려 중정(中正)을 잃을까 두려우나니, 중정을 잃지 않으면 건(健)과 령(靈)을 함께 얻느니라…….[4]

「다시 태어나는 말」의 윤지욱은 위와 같은 구절로 시작되는 부분을 김석호의 번역으로 읽고는, 거기서 언급되고 있는 다도(茶道)의 이치야말로 언어와 정신의 관계에 대한 올바른 규범을 제시해 주는 것이라는 깨달음에 도달한다.[5] 그것은 곧 다도를 통해 관철되고 있는 선불교의 가르침에서 윤지욱이 그 동안 고민해 왔던 언어의 타락상을 넘어설 수 있는 가능성의 한 자락을 발견했다는 이야기에 다름 아니다.

---

2) 석지현, 『선(禪)』(민족사, 1997), p.37.

3) 위의 책, p.36.

4) 이청준, 『남도 사람』(문학과비평사, 1988), pp.141~142.

5) 그 깨달음의 내용은 「다시 태어나는 말」의 본문 속에서 다음과 같은 것으로 설명된다. "물의 신이라고 하는 차는 즉 인간의 정신 혹은 사유의 내용이요, 차의 체라는 물은 그 사유의 장(場)이 되는 말이라 할 수 있었다. 그리고 그 둘을 알맞게 조화시켜 온전한 다신을 탄생시키는 충화(沖和)는 정신과 말의 관계 규범이 되는 것이었다"(위의 책, p.142). 이와 관련하여, 초의 선사의 다론(茶論)은 "차는 차이고 물은 물이라는 차별된 인식을 통해서는 차의 정수를 드러낼 수 없다는 불이선(不二禪)의 입장을 드러낸 것"이라고 한 박동춘의 해설을 참고할 수 있다(박동춘, 『초의 선사의 차문화 연구』(일지사, 2010), p.22).

초의 선사가 어떤 태도와 마음으로 차를 만들고 마셨을 것인가라는 물음과 관련하여 김석호가 윤지욱에게 들려주는 이야기는, 『동다송』에서 윤지욱이 발견한 가능성을 더욱 보강해 주는 역할을 한다. 김석호의 생각에 따르면, 초의 선사는 다법의 형식을 온전히 통달한 후에는 다시 "차 끓여 마시는 법도를 지키거나 생각"[6]할 필요가 전혀 없는 자유의 경지에 이르렀을 것이라고 한다. 이러한 경지에 도달한 사람은 곧 선불교에서 말하는 '평상심시도'라는 명제를 자신의 일상에서 실천하는 사람이요, 진실과 언어를 일치시킨 삶이 어떤 것인지를 모범적으로 보여주는 사람일 것이다. 그리고 이런 사람이 구현하고 있는 '자유'의 경지는 권력의 문제에 대한 답을 찾는 일과 관련해서도 뜻있는 시사점을 제공할 수 있는 것일 터이다.

김석호는 윤지욱에게 초의 선사가 도달한 경지에 대한 자신의 생각을 들려주면서, 그것과 관련지어, 자신이 과거에 만났던, 소리꾼 누이를 찾아다니는 남자에 대한 이야기를 덧붙인다. 김석호의 말에 따르면, 그는 그 남자에게서 초의 선사의 마음과 통하는 무엇을 느꼈다고 한다.

> "……하지만 자신을 부인하려 해도 소용이 없었습니다. 난 그때 이미 그 사내의 모습에서 초의 스님의 차마심의 마음을 더없이 분명하게 읽고 있었으니까요. 글쎄 그보다 분명할 수가 없는 것은 그때 무언가 내 마음을 뜨겁게 덥혀 오는 것이 있었기 때문이었지요. 마음속 깊은 곳이 뜨거워 오는 것, 그렇게 그것을 만날 수 있는 것보다 분명한 것은 있을 수가 없지요……"[7]

'그때 무언가 내 마음을 뜨겁게 덥혀' 온 것, 그것을 김석호는 '용서'

6) 이청준, 앞의 책, p.163.
7) 위의 책, p.160.

라는 단어로 요약한다. 좀더 구체적으로 말하자면, 그 남자로 하여금 하염없이 자신의 누이를 찾아다니게 하고 있는, "자신의 삶에 대한 깊은 화해와 용서의 마음"[8]이다. 그 남자가 이러한 마음을 가지게 되었다는 사실은 그가 오랫동안 사로잡혀 왔던 한의 세계로부터 벗어날 수 있는 가능성을 열어주는 것인데, 이러한 마음이야말로 초의 선사가 다선의 자리에서 지녔던 마음과 통하는 것이라고 김석호는 생각하는 것이다. 바로 이 지점에서 「남도 사람」 연작의 중심에 놓여 있는 한의 극복이라는 명제와 초의 선사의 다선으로 구현된 선불교의 세계가 연결될 수 있는 가능성을 우리는 발견하게 된다. 이청준이 「다시 태어나는 말」을 단지 「언어사회학 서설」 연작을 마무리짓는 작품으로 자리매김하는 데서 멈추지 않고 그것을 동시에 「남도 사람」 연작의 완결편으로도 삼았던 것은 이런 맥락에서 보면 충분히 납득할 만한 것으로 받아들여진다.

이 작품에는 윤지욱이 『초의선집』을 읽고 또 김석호를 만나 그의 이야기를 들으면서 다선의 세계와, 또 불교의 세계와 새로운 만남을 갖게 된 후 어떤 행동으로, 어떤 삶으로 나아가게 되었는가에 대한 서술은 생략되어 있다. 불교의 세계와 만난 경험이 주인공의 구체적인 삶 속에서 어떻게 살아나는가를 그려 보이는 작업은 후일 「흐르는 산」에 가서 일차적으로, 그리고 『인간인』에 가서 본격적으로 이루어지게 된다.

## 4. 늙은 현자(賢者)가 들려주는 '지혜'의 말—「노거목과의 대화」

이청준이 1984년에 발표한 「노거목과의 대화」는 매우 독특한 성격을

8) 위의 책, p.167.

지니는 작품이다. 이 작품에서는 이청준 자신을 연상시키는 작중화자가 거대한 은행나무를 상대로 하여 주고받는 문답이 전개된다. 작중화자가 자신의 고민을 털어놓으면서 질문을 건네면 노현자(老賢者)의 풍모를 지닌 은행나무가 답을 주는 것이다.

이청준이 「노거목과의 대화」를 쓰면서 이처럼 '나무와 인간 사이의 격의 없는 대화'라는 형식을 들고 나온 데 대해서는 우언문학(寓言文學)의 전통을 활용한 것이라든가 신화적 사고를 끌어들인 것이라든가 하는 식의 설명이 가능할 것이다. 그런데 이러한 설명을 그것대로 인정할 수 있다고 보면서도 우리는 또 한편으로 위와 같은 형식을 불교적 사유와 연결지어 이해할 수 있는 측면이 있다는 사실에 주목하게 된다. 만유(萬有)가 일체동근(一體同根)으로서 원융무애(圓融無碍)하고 상즉상입(相卽相入)한다는 불교적 사유의 원리[9]에 입각해서 보면 「노거목과의 대화」에서 전개되고 있는 나무와 인간 사이의 격의 없는 대화는 너무나 자연스러운 것으로 받아들여지기 때문에 그러하다.

뿐만 아니라, 이 작품 속에서 작중화자의 질문에 응하여 은행나무가 제시하는 답변의 내용 가운데 많은 부분이 불교의 가르침과 상통하거나 일치하는 면모를 보여주고 있다는 점에 대해서도 우리는 주목할 필요가 있다. 이 작품에서의 질문과 답변은 언어 문제와 관련된 것을 제외하면 그 동안 이청준이 두 가지 연작을 통해 탐구해 왔던 주제로부터 조금 비켜나 있는, 다분히 실존적인 문제들—삶과 죽음의 문제, 우주 속에서의 인간의 위상에 대한 문제 등등—에 주로 초점이 맞추어지고 있는데, 어떤 경우에든, 불교의 가르침과 상통하거나 일치하는 면모가 거듭 나타나는 것이다.

9) 이러한 원리를 평이하면서도 논리정연하게 설명해 주고 있는 책으로 양형진의 『산하대지가 참빛이다』(장경각, 2001)를 들 수 있다.

예를 하나 들어서 이야기해 보기로 하자. 화자가 나무를 향해 "당신의 생명의 무한성"과 자신의 생명의 "유한성"을 대비시키며 "그 유한성이 당신 앞에 저를 이토록 절망케 하곤 합니다"라는 탄식의 말을 꺼내자 나무는 "남과 나를 비교하여 세상을 보지 마라. (…) 이 세상 만상을 비교해 보지 말고 그 자체를 있는 그대로 보도록 하여라. 그리고 그것을 있는 그대로 받아들이도록 하여라"라는 답을 준다.[10] 나무가 들려주는 이러한 지혜는 인간의 얕은 소견으로 '긴 것'과 '짧은 것'이라는 상(相)을 만들고 '무한한 것'과 '유한한 것'이라는 상을 만들어 그 각각을 대비시키며 쓸데없는 괴로움을 만들어내는 어리석음을 지적하고 그것을 넘어서는 길을 가리켜 보이고 있다. 그 길은 "무릇 모든 상이란 다 허망한 것이니 상이 상 아님을 보는 자는 곧 여래를 보리라(凡所有相 皆是虛妄 若見諸相 非相 卽見如來)"고 한 『금강경』 「여리실견분(如理實見分)」의 사구게(四句偈)가 우리에게 일러주고 있는 길 바로 그것에 다름 아니다.

또 다른 예를 하나 더 들자면, "한 인간의 삶이 그 혼자만의 것이 아니듯이 그 죽음 또한 사자 자신만이 완성지을 수도 없고 그 혼자만의 것이 될 수도 없는 것"이라고 한 나무의 말을 주목해 볼 수 있다.[11] 나무의 이러한 말은 고립된 단독자로서의 자아라는 개념을 부정하는 불교의 무아(無我)사상과 상통한다. 변계소집성(遍計所執性)의 함정을 경계하는 유식(唯識)사상의 관점도 이와 같은 맥락에 놓인다. 그리고 더 나아가서 보면 앞에서 언급된 바 있는 일체동근의 사상으로까지 연결될 수 있는 단서 역시 이 말 속에 들어 있음을 우리는 알 수 있다.

「노거목과의 대화」의 다른 곳에서는 "우주만물의 본질의 실상은 무엇입니까"라는 화자의 질문에 대한 나무의 아래와 같은 답변을 통해 언어

10) 이청준, 『비화밀교』(나남, 1985), pp.51~52.
11) 위의 책, p.57.

문제에 대한 언급이 이루어지고 있는데, 여기서도 우리는 불교적 사유와 상통하는 점을 발견할 수 있다.

> 그것을 무엇이라고 말할 수는 없는 것이다. 인간들의 말로는 섭리라 하고 법(法)이라 하고 혹은 원소나 도(道)나 무(無)라고들 말한다. 그러나 그 어느 것도 그 본질을 바로 말하고 있지는 못한다. 인간의 말이란 원래 그토록 불완전한 것이기 때문이다. 어쩌면 저 노자나 장자 같은 사람들은 그것을 이미 꿰뚫어보고 있었는지도 모른다. 동시에 그 사람들은 그것을 말로 표현하려 할 때는 본질의 모습을 훼손하거나 왜곡하고 마는 것도 깨달은 것 같더구나. 그들이 그런 말을 하고 있지 않더냐. 우주의 본질이 침묵 속에 있고, 만유의 생성은 없음[無]의 모태에서라고 말한 것은 그런 뜻에서 일리 있는 말이다. 하지만 그 모순, 그 본질이 침묵 속에 있음을, 말이 본질을 훼손하고 왜곡함을 다시 말로 설명해야 하는 일이야말로 노장(老莊)을 포함한 모든 인간들의 슬픈 숙명이자 아이러니인 것이다.[12]

이러한 나무의 말 속에 나타나 있는 언어관은 인용문에서 직접 언급되고 있는 것처럼 노자나 장자의 언어관과 상통하는 것이지만 그것은 또한 불교의 언어관과도 분명하게 통하는 것이다.[13] 특히 '직지인심(直指人心) 불립문자(不立文字)'를 강조하는 선불교의 입장과 나무의 위와 같은 말에 나타나 있는 입장은 정확하게 일치한다.

그리고 우주의 질서에 대해 나무가 다음과 같이 설명하고 있는 대목을 보면 이 작품에 나타나 있는 나무의 근본 입장은 사실 도가의 그것보

---

12) 위의 책, p.67.

13) 불교의 언어관이 위의 인용문에 나타나 있는 언어관과 상통하는 것으로 간주될 수 있는 이유에 대한 설명은 다양한 불교 해설서들 가운데서 쉽게 찾아볼 수 있다. 그 중에서 특히 명료하면서도 간결한 설명을 제시하고 있는 경우로 김윤수, 『불교는 무엇을 말하는가』(한산암, 2007), pp.146~147을 들 수 있다.

다 불교의 그것에 더 가까운 것임을 확인할 수 있기도 하다.

> 이 우주에는 분명하고 정연한 질서가 있다. 그 상상을 절하는 광활성에도 불구하고 또한 그 동시성과 동소성(同所性)으로 존재하는…그런 차원의 깊고 큰 질서인 것이다. 너무 깊고 큰 질서여서 그것은 역시 인간들의 표현으로는 섭리라고밖에는 말할 수가 없는 것이다. 혹은 신이라고 해도 무방한 것이다. 그러나 그 신에는 이름이 있을 수 없다. 그 신은 그저 이 우주의 질서 자체이다. 그리고 섭리 자체일 뿐이다.[14)]

나무의 위와 같은 말을 받아들일 경우, 신에게 특정한 이름을 붙여서 부르고 경배하는 기독교나 이슬람교 같은 종교는 근본적으로 부정된다. 얼핏 보면 도가사상은 긍정될 수 있을 것처럼 여겨지기도 하지만 그렇지 않다. 도가 역시 신에 해당되는 존재로 천(天)을 말하고 있기 때문이다. 나무의 위와 같은 말과 아무런 장애 없이 상호소통할 수 있는 것은 역시 불교뿐인 것이다.[15)]

이상 몇 가지 예를 통하여 구체적으로 확인해 본 결과 명료하게 드러난 바와 같이, 「노거목과의 대화」에서 은행나무가 들려주는 지혜로운 말 가운데에는 불교의 가르침과 상통하거나 일치하는 내용이 풍부하게 들어 있다. 이런 점에서 「노거목과의 대화」는 이청준의 소설과 불교적 사

14) 이청준, 『비화밀교』, p.69.

15) 불교는 신에 해당하는 그 어떤 존재도 가정하지 않는다. 도가사상에서 말하는 천에 대응되는 존재조차도 가정하지 않는다. 그저 우주의 질서 자체, 섭리 자체에 해당하는 것으로 연기법(緣起法)이라는 법칙의 존재만을 말한다. 나병철이 적절하게 요약하여 말한 것처럼 도가사상이 "천을 재해석한 도의 궁극적 원리에 의해 세속화된 삶을 본래의 자연 상태로 되돌리려" 하는 데 반해서 불교에는 "재해석할 궁극적 원리가 존재하지 않"는다(나병철, 『가족로망스와 성장소설』(문예출판사, 2007), p.173). 현응 스님도 도가사상과 불교 사이에는 바로 이런 점에서 근본적인 차이가 존재한다는 사실을 강조한다. 현응 스님에 의하면, 그렇기 때문에, 불교의 입장에서 볼 때 "성스러운 영역, 진리의 세계, 본질의 부분 등이 있다고 생각하는 것 자체가 매우 그릇된 사고방식"이다(현응, 『깨달음과 역사』(불광출판사, 2009), p.79).

유 사이의 적극적 관련성을 논하는 자리에서 반드시 언급될 필요가 있는 작품으로 인정되기에 모자람이 없다.

그러나 이 작품에 나타나 있는 사유가 불교의 가르침과 예외 없이 일치하기만 하는 것은 아니다. 이 작품 속에는 이청준이 그 나름의 고민과 탐색 끝에 개인적인 착상의 차원에서 떠올려 보았다가 아직 제대로 정리하지 못한 생각에 해당하는 부분이 얼마쯤 보이는데,[16] 이런 부분에는 불교의 가르침과 분명히 어긋나는 내용도 포함되어 있다.[17] 하지만 이런 부분이 존재한다고 해서 「노거목과의 대화」의 가치가 줄어든다고 말할 수는 없다. 이런 부분에 해당하는 내용들을 살펴보면 이청준이 구사하고 있는 사유의 독자성이 인정되고, 그 기저에 깔려 있는 고민의 절실성도 수긍되는데, 이런 점들은 그것들대로 소중한 의의를 가지는 것이기 때문이다.

## 5. 자리행(自利行)과 이타행(利他行)의 문제—「흐르는 산」

앞에서 이미 지적했던 바와 같이, 「다시 태어나는 말」에서는 불교의 세계와 만난 경험이 주인공의 구체적인 삶 속에서 어떻게 살아나는가를 그려 보이는 작업은 이루어지지 않았다. 「다시 태어나는 말」이 쓰여졌던

16) 그 대표적인 예를 하나만 들자면, 사람이 죽는 것을 두고 "그 자신의 블랙홀을 통하여 그 죽음의 배를 타고 다른 차원의 우주 속으로 들어가는 것이다"라고 설명하는 대목이 그러하다. 이청준, 『비화밀교』, p.71.

17) 불교의 가르침과 어긋나는 내용이 포함되어 있는 말을 관세음보살의 말이라고 볼 수는 없을 것이다. 이런 점에서, 「노거목과의 대화」에 등장하는 나무를 관세음보살의 화현(化現)으로 보는 손선희의 관점에는 문제가 있다고 판단된다. 손선희, 앞의 논문 참조. 그런가 하면 김종주는 이 작품에 등장하는 나무와 화자 사이의 관계를 정신분석에 있어서의 분석가와 피분석가의 관계에 견주고 있다. 김종주, 『이청준과 라깡』(인간사랑 2011), p.120 참조.

시점에서는, 그것은 후일의 과제로 남겨졌던 셈이다. 「다시 태어나는 말」이 나온 후 3년이 지난 시점에서 발표된 「노거목과의 대화」는 어떤 점에서는 그러한 과제의 일단을 수행한 작품이라고 할 수도 있을 것이다. 「노거목과의 대화」의 주인공인 작중화자가 많은 점에서 불교의 가르침과 상통하거나 일치하는 지혜로운 말들을 마음속에 떠올리면서 삶과 죽음의 문제를 비롯한 여러 난문제들에 대한 답을 찾고 마음의 평화를 획득해 가는 모습은, 보기에 따라서는, 불교의 세계와 만난 경험이 주인공의 구체적인 삶 속에서 어떻게 살아나는가를 예시한 것으로 인정될 만한 소지를 다만 얼마쯤이라도 갖고 있는 것이 틀림없기 때문이다. 그렇기는 하지만, 「노거목과의 대화」에서 그러한 과제가 '본격적으로' 수행되었다고 보는 것은 아무래도 무리다. 이 작품에서 두드러지게 부각되는 것은 어디까지나 관념적인 사유의 차원이지 서사를 통해 구체화된 삶의 차원이 아니기 때문에 그러하다. 서사를 통해 구체화된 삶의 차원에서 위의 과제를 수행하는 작업이 시작된 것은 역시 1987년에 발표된 「흐르는 산」에서부터라고 보아야 마땅한 것이다.

그러나 자세히 살펴보면 「흐르는 산」 역시 위의 과제를 '충분하다'고 평가받을 만한 수준으로 이루어낸 작품은 아니라는 사실을 알 수 있다. 그렇게 하기에는 「흐르는 산」이라는 작품의 규모 자체가 너무 작은 것이었다고 할 수도 있을 것이다.[18] 실제로 이 작품보다 후에 나온 장편 『인간인』과 이 작품을 비교해 보면 이 작품은 『인간인』을 위한 기초적 스케치라는 성격을 띠고 있다는 사실이 확인된다. 그러나 비록 스케치의 수준에서였을망정 어쨌든 위의 과제와 본격적으로 씨름한 최초의 성과가

18) 이 작품은 단편 치고도 상당히 적은 분량을 가지고 있다. 이 작품이 수록되어 있는 이청준의 창작집 『키작은 자유인』(문학과지성사, 1990)을 보면 이 작품에 할당된 지면은 12쪽이다(pp.294~305).

이 작품으로 나타났다는 점 자체를 부정할 수는 없다. 그리고 이 작품에서는 작품 속에 등장하는 무불(無佛)이라는 스님의 행동과 말을 통하여 불교와 관련된 새로운 주제가 탐구되고 있기도 한데, 이 주제 역시 후일 『인간인』에 이르러 더욱 확대된 모습으로 다루어지게 되는 것이지만, 아무튼 이청준 소설의 공간 속에 그것이 처음 등장하는 것은 이 「흐르는 산」을 통해서라는 사실을 우리는 간과할 수 없다. 그러면 지금까지 말한 내용을 염두에 두면서 조금 더 구체적인 논의에로 나아가 보기로 하자.

불교의 세계와 만난 경험이 그 경험자의 삶 속에서 어떤 식으로 살아나는가를 보여주는 주인공으로 「흐르는 산」에 등장하는 인물의 이름은 남도섭이다. 그는 일제 말기에 자기를 괴롭힌 일본인 관리에게 사적(私的)인 복수를 행하고는 도망칠 곳을 찾아 대원사라는 절[19]로 숨어든 사람이다. 그러고 보면 그는 자기 나름의 방식으로 권력의 문제와, 또 한의 문제와 고통스럽게 연결된 삶을 살아 온 인물이며, 그런 점에서 「언어사회학 서설」 연작 및 「남도 사람」 연작의 세계를 이어받고 있는 인물이다. 이런 그는 대원사에서 무불이라는 스님이 눕지 않고 앉은 채로 자는 장좌불와(長坐不臥)의 수행을 철저히 실천하고 있는 것을 보고 충격을 받는다.

이청준은 「흐르는 산」의 첫 부분에서 위와 같은 상황을 설정해 놓고, 앞에서 이미 말했던 것처럼, 무불 스님을 통해 새로운 주제를 제시한다. 그것은 불교에서 말하는 자리(自利)・이타(利他)의 윤리와 관련되는 것이다.

본래 무불 스님이 어떤 사람이었는가에 대해 「흐르는 산」은 다음과

19) 이 대원사라는 절은 전남 해남의 유명한 사찰인 대흥사(大興寺)를 모델로 한 것이다. 한순미, 앞의 책, p.287 참조. 「다시 태어나는 말」에 등장하는 일지암이 바로 이 대흥사에 소속되어 있는 한 암자라는 사실을 여기서 상기해 보는 것도 의미가 있을 것이다.

같은 소개의 말을 내어놓고 있다.

> 스님은 실상 오래 전에 이곳에 은신해 있는 불령선인(不逞鮮人)들을 내사하러 자주 절간을 찾아다니던 일경 형사부의 보조원 이력자랬다. 그러다 한 번은 자신의 손으로 포승을 지어 잡아가던 죄인이 도중에서 스스로 혀를 깨물어 목숨을 버리는 것을 보고 그 길로 바로 대원사로 되돌아와 중이 되어버린 사람이라 하였다.[20]

위의 인용문에 담겨 있는 내용으로 보면, 무불 스님은 과거에 일제라는 부정한 권력과 연결된 내용의 악업을 지은 바가 있는 사람이며, 또 그 악업으로 해서 다른 사람들에게 깊은 한을 심어준 사람이다. 이런 그가 장좌불와를 지키는 고행으로 나아간 것은 다름 아닌 그 자신의 전비(前非)로 인해 생긴 업장(業障)을 녹이기 위한 참회의 행위로 시작된 것임에 틀림없다. 이와 같은 불교적 의미에서의 참회라는 것은 「다시 태어나는 말」에서 주목의 대상이 되었던 다선과 마찬가지로 그 동안 이청준의 소설세계에서 줄기차게 문제되어 왔던 권력의 문제와 한의 문제 모두에 대해 의미 있는 극복의 길을 열어줄 가능성을 함축하고 있는 것으로 볼 수 있다. 그런 점에서 이것은 불교의 세계가 이청준의 문학과 또 한 차례 적극적인 관련을 맺은 사례에 해당하는 것으로 주목에 값한다.

그런데 이러한 무불 스님의 장좌불와는 따지고 보면 원래 자리행(自利行)으로 시작된 것이다. 불교에서는 참회에 이참(理懺)과 사참(事懺)의 두 가지가 있음을 말하고 있거니와 무불 스님은 일회적인 이참의 차원에서 그치지 않고 나날의 삶 속에서 지속적으로 참회를 실천하는 사참의 차원으로까지 나아가야만 자신의 업장을 제대로 해소시킬 수 있다는 판단에서 장좌불와를 시작한 것일 터이다. 그러니까 그의 장좌불와가 애초에

20) 이청준, 『키작은 자유인』, pp.296~297.

자리행으로 시작된 것임에는 의문의 여지가 없는 셈이다.

그런데 「흐르는 산」의 본문을 보면, 이처럼 자리행으로 시작된 장좌불와의 수행은 그것이 진행되어 가는 동안 어느덧 이타행(利他行)의 의미를 지니게 되는 것으로 이야기된다. 장좌불와의 수행을 통해 무불 스님은 "자기 아픔이 산처럼 쌓여 지혜로 높아지"는 경지에 도달하며, 그것은 곧 "그 아픔과 지혜의 흐름이 자연 큰 자비의 물줄기로 먼 곳까지 미쳐가"[21]는 결과로 이어진다는 것이다.

여기서 한 가지 의문이 생길 수 있다. "어떤 배고픈 사람에게 밥 한 술 요기거리를 줄 수 있는 것도 아니"고 "누구의 상한 손가락 하나 아픔을 덜어줄 수도 없는"[22] 그런 행위가 과연 이타행으로 인정받을 만한 자격을 갖고 있느냐라는 의문이 그것이다. 바로 이 의문이야말로 「흐르는 산」에서 이청준이 무불 스님을 통해 제시하고 있는 새로운 주제와 직결되고 있는 것인데, 이 문제에 대한 이청준 자신의 입장은 분명하다. 그가 보기에 무불 스님의 고행은 이타행으로 인정받을 만한 자격을 충분히 갖춘 것이다. 그는 이러한 자신의 판단을 산과 물줄기의 비유를 통해 표현하고 있는 셈이다.

그런데 위의 비유를 놓고 곰곰이 생각하다 보면 또 다른 의문이 생길 만하다. 아픔의 산이 높아진다 해서 어떻게 그것이 곧 자비의 물줄기를 만들어낼 수 있단 말인가라는 의문이 그것이다. 실제로 「흐르는 산」을 보면 남도섭이 무불 스님을 만나 대화하는 자리에서 이러한 의문을 표시한다. 그러나 무불 스님은 "그것은 인연으로 해서일 것이다"[23]라는 간단한 말로 남도섭의 의문을 무효화시켜 버린다. 그리고 「흐르는 산」의 말

21) 위의 책, p.298.
22) 위의 책, p.297.
23) 위의 책, p.299.

미 부분에 놓여 있는, 해방을 맞이한 시점에서 그 '인연'이 실제로 구현된 모습을 남도섭이 확인하고 환성을 지르는 장면은, 무불 스님의 위와 같은 답변이 옳은 것이라는 사실을 소설의 전개 자체를 통해 입증해 주기 위해 마련된 것처럼 보인다.

지금까지의 논의에서 확인되는, 자리행과 이타행의 문제에 대한 이청준의 생각을 요약하자면, 자리행을 철저히 함으로써 높은 정신의 경지로 올라갈 때 이타행은 인연 따라 이루어지게 마련이며 그런 의미에서 자리행과 이타행은 상호 분리된 별개의 존재가 아니라는 것이 된다.[24] 이런 생각을 우리가 받아들일 수 있다면, 무불 스님의 참회 행위에 내재되어 있는 것으로 우리가 확인한 바 있는 가능성－권력의 문제와 한의 문제 모두에 대해 의미 있는 극복의 길을 열어줄 수 있는 가능성－에는 더욱 큰 무게가 실리게 되는 것으로 볼 수 있을 것이다.

남도섭은 이러한 무불 스님의 감화를 받기 시작하면서, 일제 통치에 저항하다가 대원사로 숨어든 다른 여러 피신자들을 일본 경찰의 추적으로부터 지켜주고자 하는 노력을 기울이게 되고, 그런 노력을 기울이던 중에 해방을 맞이하자, 자기도 모르는 사이에 "이제는 자신마저 그 강물의 일부로 흘러내린"[25] 형국이 되었음을 깨닫는다. 「흐르는 산」은 이 대목에서 끝을 맺는데, 이로써 이청준은, 불교의 세계와 만난 경험이 그 경험자의 삶 속에서 어떤 식으로 살아나는가를 구체화된 서사를 통해 보여주는 한 가지 예를 제시한 셈이다.

---

24) 불교학자인 김호성은 「흐르는 산」에 나타나 있는 이청준의 위와 같은 논리를 불교인의 입장에서 긍정적으로 평가하고 있다. 김호성 자신이 「보조선(普照禪)의 사회윤리적 관심」이라는 논문에서 개진했던 생각과 「흐르는 산」에 나타나 있는 이청준의 생각이 완전히 일치한다는 이야기도 하고 있다. 김호성, 『불교, 소설과 영화를 말하다』(정우서적, 2008), pp.208~210 참조.

25) 이청준, 『키작은 자유인』, p.305.

## 6. 탐진치(貪瞋痴) 삼독(三毒)을 파(破)하는 방법—『인간인』 제1부

이청준은 「흐르는 산」이 발표되고 난 다음해인 1988년에 장편소설 『아리아리강강』을 『현대문학』에 연재한다. 그리고 다시 3년이 지난 후인 1991년에 이르러 두 권 분량으로 된 장편소설 『인간인』을 출간한다. 이 『인간인』이라는 장편소설은 전체가 2부로 구성되어 있다. 제1부에는 「아리아리랑」이라는 소제목이 달려 있는데, 이 제1부는 1988년에 발표되었던 『아리아리강강』을 전체적으로는 그대로 가져오면서 약간의 수정을 가한 것이다. 한편 「강강술래」라는 소제목을 달고 있는 제2부는 단행본 『인간인』의 출간을 통하여 처음으로 독자들 앞에 선을 보이게 된 내용을 담고 있다.[26)]

이처럼 상당히 특이한 경로를 거쳐서 2부작으로 완성된 『인간인』은 1987년에 발표되었던 단편소설 「흐르는 산」과 역시 특이한 관계로 맺어져 있다. 앞에서 이미 언급되었던 것처럼, 「흐르는 산」과 『인간인』의 관계는, '한 번 간단하게 그려본 기초적 스케치'와 '그 스케치를 바탕으로 해서 완성된 커다란 그림' 사이의 관계로 표현될 수 있다.

우리는 앞장에서 「흐르는 산」에 대한 대략의 검토를 행한 바 있고, 이제는 『인간인』을 논의해야 하는 단계에 와 있다. 그런데 이들 두 작품 사이의 관계가 방금 위에서 언급된 바와 같은 성격의 것이라면, 『인간인』을 논의하는 우리의 작업은, '스케치'에서 '큰 그림'으로 나아가는 과정에서 어떤 점이 그대로 이어졌고 어떤 점이 변화하였으며 어떤 점이 확

26) 『인간인』 제1부 및 제2부의 소제목과 관련해서는 이충희가 적절한 설명을 제시해 주고 있는 것으로 보인다. 그는 제1부의 제목이 독창곡인 아리랑에서, 제2부의 제목이 합창곡인 강강술래에서 각각 유래하고 있는 점에 주목하여, 제1부와 제2부의 차이를 '홀로'와 '무리'의 차이, '독창'과 '합창'의 차이, '외톨이'와 '어울림'의 차이로 요약하고 있다. 이충희, 앞의 논문, p.61 참조.

대되었는지를 확인하고 또 검토하는 일에 초점을 맞추면서 진행되어도 무방할 것으로 생각된다. 물론 여기에는 그와 같은 계승·변화·확대의 과정을 통해서 만들어진 의미가 어떤 것이고 효과는 또 어떤 것인지를 묻는 작업이 당연히 수반되어야 할 것이다. 그러면 위와 같은 전제에 입각하여 이제부터 『인간인』이라는 작품을 살펴보기로 하자.

그런데 구체적인 논의에로 들어가기 전에 한 가지 짚고 넘어갈 사실이 있다. 앞에서 우리가 살펴보았던 「흐르는 산」의 주제와 직접적으로 연결되는 측면은 『인간인』의 제2부에서 특히 뚜렷하게 나타난다는 사실이 그것이다. 그러나 여기서는 일단 작품의 순서를 존중한다는 의미에서 『인간인』의 제1부부터 먼저 검토하고 나중에 제2부를 다루기로 한다.

『인간인』의 제1부와 제2부는 모두 대원사라는 사찰을 공간적 배경으로 삼고 있다는 점에서 「흐르는 산」을 그대로 계승하고 있다. 그리고 일제 말기라는 「흐르는 산」의 시대적 배경은 『인간인』의 제1부에서 계승되고 있다. 「흐르는 산」의 주인공이 지녔던 남도섭이라는 이름을 그대로 이어받은 인물도 제1부에 등장한다.[27] 다만 남도섭의 성격은 여기서 완전히 바뀐 모습을 보여준다. 「흐르는 산」의 남도섭이 일제 관리의 권력에 의해 피해를 입고 한을 품은 채 불교 사찰로 도피해 온 인물이었던 반면, 『인간인』 제1부의 남도섭은 나름대로의 한을 지니고 있는 사람이라는 점에서는 그와 마찬가지이지만 일제 경찰의 밀정이 되어 출세하는

27) 흥미로운 것은, 주인공 이름의 한글 표기는 '남도섭'으로 동일하지만, 한자 표기는 바뀌었다는 사실이다. 「흐르는 산」의 주인공 이름이 한자로 南度燮이었던 반면 『인간인』 제1부 주인공 이름의 한자 표기는 南度涉으로 되어 있다. 불교의 가르침이 흔히 '차안(此岸)에서 피안(彼岸)으로 건너가는 데 필요한 지혜를 일깨워주는 것'으로 인식되어 온 사실을 감안할 때, 작가가 주인공 이름의 마지막 글자를 '불꽃 섭'에서 '건널 섭'으로 바꾼 것은 작품의 불교적 색조를 좀더 강화하고자 하는 의도에서 나온 것이 아닐까 하는 추측이 가능하다. 사람의 이름에서 실제로 '涉'자가 사용되는 경우는 '燮'자가 사용되는 경우에 비해 훨씬 적다는 사실을 감안할 때 더욱 그런 생각이 강하게 든다.

것으로 그 한을 풀고자 하는 욕망에 사로잡혀 있다는 점에서는 그와 정 반대의 방향을 선택한 인물로 나타나는 것이다.

이러한 남도섭은 불교적인 용어로 표현하자면 탐진치(貪瞋痴) 삼독(三毒)을 잔뜩 가진 인물이라고 할 수 있다. 우선, 타락한 방법으로라도 기어이 출세를 하고야 말겠다는 그의 욕망은 탐(貪)의 전형을 보여준다. 그런데 남도섭을 이런 욕망의 포로로 만든 가장 큰 원인은 함께 자라난 동네 친구 상준에 대한 그의 속 좁은 분노와 질투였으니, 이 점에서 그는 진(瞋)의 전형을 보여주는 인물이 되기도 한다. 그리고 이런 탐과 진의 배후에는 무명(無明)의 밑바닥에서 헤매는 중생으로서의 근원적인 치(痴)가 자리 잡고 있는 것이다.

그런데 『인간인』 제1부의 구체적인 전개 과정을 보면, 이처럼 탐진치 삼독에 이끌려 밀정의 길로 뛰어든 남도섭은 자기가 교묘한 위장술을 발휘하면서 추적자의 역할을 잘 수행하고 있다고 생각하지만 실제로는 상대방에 의하여 철저하게 농락당하고 속아넘어가는 바보 노릇으로 일관한다. 이러한 그의 면모는 세상의 수많은 범부 중생들이 공유하고 있는 삼독 가운데서도 특히 치의 측면을 극대화하여 구현하고 있는 것으로 나타난다.

그러던 남도섭은 제1부의 마지막 부분에 이르러 마침내 자신의 어리석음을 깨닫고 엄청난 충격을 느끼게 된다. 이러한 각성과 충격은 곧 그가 오랫동안 갇혀 있던 무명의 어둠으로부터 벗어날 가능성으로 이어지게 되는데, 그에게 이러한 가능성의 세계를 열어 주는 주인공은 대원사의 큰어른인 우봉이라는 노승이다. 이 우봉 스님은 우리의 논의와 관련하여 상당히 중요한 의미를 지니는 존재이다. 이제부터 그 점을 조금 자세하게 살펴보기로 하자.

우봉 스님은 대찰(大刹)인 대원사를 실질적으로 이끌어가는 큰어른이다. 다른 말로 하면 그는 대원사의 권력자라고 할 수 있는 인물이다. 그러나 우봉 스님의 이러한 권력은 『인간인』 제1부의 이야기가 전개되는 시점에서 세속 사회를 지배하고 있는 일제의 권력과는 여러 가지 점에서 대조되는 면모를 보여주는 권력이다. 무엇보다도 그의 권력은 그가 한 사람의 불승(佛僧)으로서 높은 깨달음의 경지에 도달했기 때문에 갖게 된 권력이라는 점에서, 세속적인 폭력의 원리를 주된 기반으로 삼고 있는 일제의 권력과 상반되는 성격을 가지고 있는 것이다.

우봉 스님이 이러한 자신의 권력을 활용하여 행하는 중요한 일 가운데 하나는, 일제 관헌의 핍박을 피해 대원사로 숨어든 많은 사람들을 보호하는 일이다. 여기서 그는 '사람을 살리는 권력'이 어떤 것인지를 구체적으로 시범해 보이고 있는 셈이다. 이런 의미에서 우봉 스님은 '긍정적인 권력이라는 것이 과연 존재하는가? 존재한다면 그것의 구체적인 모습은 어떤 것이 될 수 있는가?'라는 물음과 관련하여 진지한 검토의 대상이 될 만한 인물이다. 이런 우봉 스님을 이청준의 중요한 장편소설인 『당신들의 천국』(1976)의 조백헌 원장이라든가 『낮은 데로 임하소서』(1981)의 안요한 목사 같은 인물들과 비교해서 살펴보는 것은 상당히 흥미로운 작업이 될 수 있을 것이다.

이처럼 사람을 살리는 방향으로 자신의 권력을 행사하는 우봉 스님의 면모는 그와 남도섭 사이의 관계에서도 뚜렷하게 나타난다. 우봉 스님은 처음부터 남도섭의 정체를 알고 있었지만 조금도 내색하지 않고 내버려두면서 남도섭 자신의 각성과 참회를 가능하게 하는 계기가 올 때까지 끈기있게 기다린다. 그리고 실제로 이러한 계기가 오자 자신의 권력을 적극적으로 활용한다. 하지만 그가 자신의 권력을 활용하는 방식은 남도섭을 불교적 차원의 자기성찰과 새로운 깨달음에로 '안내'하는 수준에서 멈추며 결코 '강요'로까지 나아가지 않는 것이다. 이런 점에서 우봉 스님의 권력은 끝까지 상대방의 주체성과 자율성을 존중하는 가운데서 행사되는 셈인데, 가만히 생각해 보면 이런 방식으로 자신의 권력을 행사하는 것이야말로 불교의 원칙에 충실한 태도임을 알 수 있다.[28] 이청준의 소설세계 속에서 오래 전부터 핵심적인 주제의 하나로 자리잡아 온 것이 권력의 문제에 대한 해결책을 탐색하려는 노력이라는 사실을 감안해 보면, 우봉 스님의 위와 같은 면모는 그 해결책을 찾는 데 불교가 기여할 수 있는 가능성의 일단을 시사해 준 것으로서 큰 의미를 가지는 것으로 생각된다.

지금까지 논의된 바와 같은 측면에 주목하면서 또 한편으로 우리는 우봉 스님이 결정적인 시점에서 남도섭에게 들려주는 말의 내용 자체에 대해서도 주목할 필요가 있다.

> "네가 대체 누구의 죄인이더냐. 죄를 지은 건 누구고, 그 죄를 쫓는 건 또 누구더냐……네 진정 밖에서 너를 쫓는 자만을 두렵다 하겠느냐……그곳을 들고나는 건 네가 언제고 알아 정할 일이다. 허지만 덫을 진 짐승은 몸부림을 칠수록 제 몸만 더욱 깊이 옭아묶을 뿐이니라. 헌데도 제가 덫을 지고 있는 것조차 모르는 중생은 그저 제 몸 하나 갑갑한 것만 생각하고 사지를 쉴 새 없이 나대고 덤비는 법, 거기 비해 제법 지혜가 있는 중생은 미련스럽게 제 몸을 나대기보다 제가 진 덫이 어떤 것인가부터 알아내려 애를 쓴다. 그래 그 덫이 어떤 것인지를 알게 되면, 그것을 벗게 될 지혜도 저절로 깨닫게 되게 마련이다. 헌데 그 제가 진 덫을 안다는 것이 무엇이냐. 그게 바로 제 본마음을 아는 것이 아니더냐……"[29]

"네 진정 밖에서 너를 쫓는 자만을 두렵다 하겠느냐"라는 우봉 스님

---

28) 안옥선, 『불교윤리의 현대적 이해』(불교시대사, 2002), pp.144~155 참조.
29) 이청준, 『인간인』 1(우석, 1991), p.323.

의 말은 남도섭이 겪고 있는 고난의 핵심적 성격이 스스로 지은 업(業)에 따른 과보(果報)임을 일깨워주는 것이다. 그 점을 일깨워주면서 우봉 스님은 "제 몸 하나 갑갑한 것만 생각하고 사지를 쉴 새 없이 나대고 덤비"기 전에 "제가 진 덫이 어떤 것인가부터 알아내"라고 남도섭에게 권유한다. 그리고는 "그 덫이 어떤 것인지를 알게 되면, 그것을 벗게 될 지혜도 저절로 깨닫게 되게 마련이다"라고 일러준다. 불교 용어로 표현하자면 파사(破邪)와 현정(顯正)이 따로 있는 것이 아니며 파사가 곧 현정이라는 사실을 일러주는 것이다. 그렇다면 남도섭이 파(破)해야 할 사(邪)는 구체적으로 무엇인가? 이 물음에 대한 답은 이미 앞에서 '탐진치 삼독'이라는 말로써 제시된 바가 있다. 우봉 스님은 남도섭에게 바로 이러한 탐진치 삼독을 파해 버릴 것을 권유하고 있는 셈이다. 그리고 방금 말했듯 파사가 곧 현정인 만큼, 탐진치 삼독을 파하는 과정은 곧 "제 본마음을 아는" 과정이라는 의미도 가지게 되며 그것을 통해 자연스럽게 '덫으로부터의 해방'이 성취될 수 있음을 말해주고 있는 셈이다. 이렇게 보면 우봉 스님의 말은 불교적 사유의 핵심을 남도섭의 경우에 적절하게 응용하여 풀이해준 것이며 그런 점에서 대기설법(對機說法)이라는 불교계의 전통과 연결되는 의미도 가지게 된다.

그런데 『인간인』 제1부는 우봉 스님으로부터 위와 같은 방식으로 '안내'를 받은 남도섭이 거기에 부응하여 어떤 새로운 깨달음을 얻게 되었으며 어떤 새로운 삶을 살게 되었는가 하는 문제에 대해서는 거의 아무런 시사도 제공하지 않은 채 그가 혼수상태에 빠져드는 모습만을 보여주면서 끝을 맺는다.[30] 이청준은 『인간인』 제1부의 결말을 왜 이런 방식으

30) 이충희와 한순미는 제1부의 결말 부분이 깨달음의 길로 나아가는 남도섭의 모습을 담고 있는 것으로 해석한다. 이충희에 의하면 "도섭은 자신의 본래 면목을 찾음으로써 비로소 무명을 벗고 목탁소리와 함께 깨달음의 길－초월의 길로 들어서는 것"이라고 한다(이충희, 앞의 논문, p.72). 한순미는 제1부의 남도섭이 "업으로 인한 죄업과 윤회의 사슬을

로 처리했을까?

이 물음 앞에서 우리는 두 가지 정도의 추측을 제시해 볼 수 있을 것이다. 하나는 그 정도에서 멈추지 않고 보다 적극적으로 긍정적인 결말을 제시할 경우 소설적 리얼리티가 손상될 위험성을 감지한 때문이 아닐까 하는 추측이다. 작가로서는 우봉 스님의 말과 행동만을 보여주고 그것이 남도섭에게 미친 영향의 장황한 서술은 생략하는 것이 불교적 사유와 관련된 작품의 메시지도 살리고 소설적 리얼리티도 살리는 가장 바람직한 길이라고 판단했던 것이 아닐까? 만약 작가가 그렇게 생각했다면, 그러한 작가의 판단에 대하여 우리는 충분히 동의할 수 있다.

그리고 우리가 상정해볼 수 있는 다른 한 가지 추측은, 작가가 제1부의 정태적 · 소극적 결말과 제2부의 역동적 · 적극적 결말을 극적으로 대비시키는 효과를 염두에 두었던 것이 아닐까 하는 추측이다. 나중에 다시 언급되겠지만 『인간인』 제2부의 결말은 새로운 깨달음을 얻고 새로운 삶을 시작한 사람의 면모를 분명하게 획득한 안장손이 "순정한 어둠의 장막을 헤치며 일출처럼 눈부신 한 아이의 모습이 그를 향해 환하게 걸어오"[31]는 것을 보는 환각 속에서 장렬하게 죽는 장면으로 끝난다. 『인간인』 제2부의 이러한 결말이 갖고 있는 역동적이고 적극적인 성격은 제1부의 결말이 정태적이고 소극적인 성격을 강하게 띠면 띨수록 그것과 대조되어 더욱 돋보이게 될 수 있으리라는 계산을 작가는 했던 것일까? 만약 작가가 그렇게 생각했다면, 그러한 작가의 판단에 대해서도 우리는 역시 동의할 수 있다고 느끼게 된다.

---

벗어나기 위해서는 먼저 자신의 '안'을 깨달아야 한다는 자각"을 얻은 것으로 판단하며, 그러한 판단에 입각하여, 제1부와 제2부 사이의 관계를 "도섭의 소승적 자각이 장손의 대승적 실천으로 이어"지는 관계로 파악한다(한순미, 앞의 책, pp.285~286). 나는 이러한 두 사람의 견해가 소설의 본문으로부터 벗어난, 무리한 추론의 결과라고 생각한다.

31) 이청준, 『인간인』 2(우석, 1991), p.318.

지금까지 남도섭과 우봉 스님을 중심으로 하여 『인간인』 제1부의 세계를 살펴보았거니와 사실 제1부를 논의하면서 우리가 빼놓아서는 안 되는 인물이 한 사람 더 있다. 나중에 노암이라는 법명을 받고 스님이 되는 윤처사가 바로 그 사람이다. 이 작품 속에서 윤처사의 전력(前歷)으로 이야기되고 있는 사연[32]이야말로 한의 빛깔이 어떤 것인지를 그 극대치에서 보여주는 것에 해당하는데, 윤처사는 결국 불문(佛門)에 귀의함으로써 그 한을 성공적으로 승화시키고 극복해 낸다. 이런 점에서 윤처사는 불교가 한의 극복이라는 명제와 관련하여 뜻있는 도움을 제공할 가능성을 지니고 있다는 판단의 정당성을 뒷받침해 주는 좋은 예가 될 수 있다. 그런 윤처사가 제1부 끝대목 가까운 곳에 이르러 남도섭에게 들려주는 다음과 같은 말도 주목할 만하다.

> "쫓고 쫓기는 것, 나서 살고 숨어 사는 것, 우리 인생살이란 그런 처지의 윤회의 수레바퀴에 실려 흐르는 거 아닙니까. 이 사람이 쫓으면 저 사람이 쫓기고, 저 사람이 찾으면 이 사람이 숨어 살고……"[33]

우봉 스님이 남도섭을 만나 앞에서 인용된 바와 같은 내용의 '대기설법'을 행하기 직전의 시점에서 제시되고 있는 위의 말은 우봉 스님의 말에 대한 예고편과 같은 성격을 띠고 있는 것으로 여겨진다. 흥미로운 것은, 위의 대사에서 윤처사가 불교의 두 문(門)을 이루는 것으로 이야기되고 있는 유전문(流轉門)과 환멸문(還滅門) 가운데 오로지 유전문에 해당하는 측면만 언급하고 있을 뿐 환멸문에 해당하는 측면에 대해서는 전혀 말하지 않고 있다는 사실이다. 이렇게 된 것은, 제1부의 결정적인 국면에서

32) 이 작품에서 윤처사에게 한을 심어준 것으로 이야기되고 있는 사연은 이청준의 뛰어난 단편 가운데 하나인 「해변 아리랑」(1985)의 일부를 가져와서 적절하게 변형시킨 것이다.
33) 이청준, 『인간인』 1, p.315.

환멸문에 해당하는 측면을 남도섭에게 처음으로 일깨워주는 역할은 우봉 스님에게 맡겨져야 마땅하다는 작가의 판단이 작용한 결과라고 생각된다.

## 7. 불성(佛性)의 자각과 한의 극복—『인간인』 제2부

「강강술래」라는 소제목을 달고 발표된 『인간인』 제2부는 제1부와 마찬가지로 대원사를 공간적 배경으로 삼고 있다. 그리고 이 제2부의 시간적 배경은 1970년대 말부터 1980년 5월까지이다. 그러니까 유신 말기에서부터 5 · 17 쿠데타와 광주항쟁이 일어난 시기까지의 기간이 제2부의 시간적 배경을 이루고 있는 것이다.

이러한 공간적 · 시간적 배경 속에서 전개되는 『인간인』 제2부는 무엇보다도 무불 스님과 그의 장좌불와를 다시 등장시켜 작품 전개의 핵심적인 원동력 가운데 하나로 삼고 있다는 점에서 「흐르는 산」을 계승하고 있다. 그러나 「흐르는 산」에 나오는 무불 스님과 『인간인』 제2부에 등장하는 무불 스님 사이에는 중요한 차이가 있다. 전자의 경우 앞에서 이미 언급되었던 것처럼 그의 전력이 "일경 형사부의 보조원 이력자"로 명시되어 있는 데 반하여 후자의 경우에는 그 전력이 구체적으로 제시되지 않고 다음처럼 모호하게 처리되어 있다는 점이 그것이다.

> 거기 남쪽으로 전망이 제법 시원한 바위층 아래로 움막과 진배없는 자그마한 억새지붕의 토굴선방 하나가 들어앉아 있었다. (…) 무불이 오래 전 이 산에서 발심출가(發心出家), 은사 스님에게 계를 받고나서 다시금 산을 내려갔다가 이십여 년의 긴 세월이 흐른 뒤 자기 법명도 잊어버린 늙은 돌중으로 재차 산을 찾아들어왔다가, 그의 젊었을 적 도반이라 할

수 있는 이 절의 조실 노암의 허락을 얻어 스스로 이곳에 작은 초가 한 칸을 얽어세우고 십 년 가까이 독선(獨禪)으로 세월을 보내오던 숨은 도량이었다.[34]

위에 인용된 대목으로 보면 무불 스님에게는 뭔가 남다른 사연이 있는 것이 분명하나 그 사연이 구체적으로 어떤 것인지는 끝까지 밝혀지지 않는다. 안장손이 그 사연의 내용을 자기 마음대로 추측하고 흥분하여 무불 스님에게 대드는 장면이 작품 중간에 나오기는 하지만 그의 추측이 옳은 것인지 아닌지 하는 점에 대해서 작품이 확답을 주고 있지 않기 때문에 모호성은 끝까지 유지된다.

무불 스님의 전력에 대한 작품의 처리 방식이 이런 식으로 달라진 결과, 그의 장좌불와가 지니는 의미도 사뭇 다른 것이 된다. 「흐르는 산」의 경우 무불 스님의 장좌불와는 적어도 그 초기 단계에서는 그 자신의 개인적인 업장을 소멸시키기 위한 참회라는 성격을 분명하게 지녔고 그런 만큼 순전한 자리행(自利行)으로 규정되는 것이 마땅했지만, 『인간인』 제2부의 경우는 그렇지 않다. 그의 전력이 드러나 있지 않은 이상 그가 행하는 장좌불와가 어떤 동기에서 시작되었는가에 대해서는 어느 누구도 함부로 단정할 수 없다. 실제로는 「흐르는 산」의 경우와 똑같은 자리행에서 출발하고 있는 것인지도 모르지만 그렇다고 확신할 근거는 전혀 없는 것이다.

그런데 흥미로운 것은 두 작품 사이에 가로놓여 있는 이와 같은 차이로 인해 무불 스님의 장좌불와라는 행위로부터 독자들이 받는 인상이 두 작품의 경우 무척 상이한 것으로 나타난다는 사실이다. 한 마디로 말해, 『인간인』 제2부의 경우 무불 스님의 장좌불와가 주는 인상은 처음부터

34) 이청준, 『인간인』 2, pp.40~41.

'중생의 고통을 함께 아파한다'는 유마적(維摩的) 이타행[35]의 면모를 뚜렷하게 지닌 것으로 독자들에게 다가온다. 그러고 보면 『인간인』 제2부는 「흐르는 산」에 비해 처음부터 대승불교적인 색채를 더 뚜렷하게 보여주면서 시작하는 것으로 볼 수 있다.

그리고 무불 스님의 장좌불와와 관련하여 한 가지 더 지적할 것은 이 장좌불와라는 고행의 의미를 작품 속에서 설명하는 방식에 있어서 『인간인』 제2부가 「흐르는 산」보다 개선된 면모를 보이고 있다는 사실이다. 「흐르는 산」의 경우 무불 스님 자신이 남도섭에게 그 의미를 설명해 주는 것으로 되어 있는데, 이런 식으로 고행의 의미를 그 당사자가 직접 설명하는 행위는 유치한 자기과시라는 느낌을 줄 수 있는 것이어서 무불 스님이 가지고 있는 '존경할 만한 수행자'라는 신분에 어울리지 않는다. 사건 전개를 자연스럽게 하려면 무불 스님이 행하고 있는 장좌불와의 의미를 남도섭 같은 속인(俗人)에게 설명해 주는 일은 다른 제3의 인물이 맡아야만 했다. 그러나 「흐르는 산」은 워낙 짧은 분량의 소품이므로 작가로서는 제3의 인물을 설정하여 등장시키기가 곤란했던 것으로 생각된다. 하지만 아무리 그런 사정이 있었다 해도 어쨌든 무불 스님이 자기과시를 일삼는 사람처럼 보이게 된 것은 「흐르는 산」의 분명한 약점이었다. 반면에 『인간인』 제2부에서는 장좌불와의 의미를 안장손에게 설명해 주는 역할을 노암 스님이 전적으로 담당하고 무불 스님은 묵묵히 장좌불와를 실천하는 모습만을 보여주는 것으로 적절한 역할 분담이 이루어지고 있다. 「흐르는 산」에서 나타났던 한 가지 문제점이 바람직한 방식으로 해결된 것이다.

---

35) 여기서 '유마적 이타행'이라는 표현을 사용한 이유는 중생의 고통을 함께 아파하는 마음에서 장좌불와의 고행을 자청하는 무불 스님의 모습이 『유마경』의 「문수사리문질품(文殊師利問疾品)」에서 유마거사(維摩居士)의 발언을 통해 제시되고 있는 "일체중생이 아프기 때문에 나도 아프다(以一切衆生病 是故我病)"고 하는 명제를 상기시키기 때문이다.

그리고 이 『인간인』 제2부에서 주인공으로 등장하는 안장손은 여러 가지 측면에서 「흐르는 산」에 나오는 남도섭의 재판(再版)이라고 간주될 만한 사람이다. 속세에서 범죄를 저지르고 도망다니다가 피신처를 찾아 대원사로 왔다는 점에서 그러하고, 무불 스님의 장좌불와에 큰 충격을 느끼고 그것의 의미를 집요하게 따져 묻는다는 점에서도 그러하며, 결국에 가서는 무불 스님으로부터 감화를 받고 다른 피신자들을 돕는 이타행에 나서게 된다는 점에서도 그러하다. 이청준은 「흐르는 산」의 남도섭을 이런 방식으로 『인간인』 제2부의 세계 속에 다시 불러내고 그에게 안장손이라는 이름을 붙여준 다음, 이 안장손이 한 태아(胎兒)와 그 어머니의 생명을 살리기 위해 광주항쟁의 총격전이 벌어지고 있는 곳으로 뛰어들었다가 죽음을 맞는 이야기를 추가함으로써 그 제2부를 완성한다.

이 대미 부분에서 안장손을 죽게 만든 광주항쟁 진압군의 총은 세속 사회를 억압하면서 위세를 떨치고 있는 부정한 권력을 상징하는 것이며 그런 점에서 『인간인』 제1부에 나오는 일제의 권력과 동궤에 놓인다. 그러고 보면 『인간인』 제1부에서 일제의 권력과 우봉 스님의 권력 사이에 존재했던 대비관계와 동일한 성격의 대비관계가 제2부에서도 발견된다. 제2부에서 일제의 권력을 이어받고 있는 것은 1970년대 말에서 1980년대에 걸친 기간 동안 한국을 지배했던 정치권력이며, 우봉 스님의 권력을 이어받고 있는 것은 노암 스님과 무불 스님의 권력인 셈이다.

여기서 노암 스님에 대해 조금 살펴보고 넘어가기로 하자. 그는 자신의 신분을 속이고 들어온 안장손의 정체를 처음부터 꿰뚫어보고 있으면서도 전혀 내색하지 않고 내버려두면서 안장손 자신의 각성과 참회를 가능하게 하는 계기가 올 때까지 기다린다. 이 점에서 그와 안장손 사이의 관계는 『인간인』 제1부에 나오는 우봉 스님과 남도섭 사이의 관계와 동일하다. 그런가 하면 대원사의 큰어른이라는 지위에서 나오는 권력을 주로 부정한 관헌의 핍박을 피해 대원사로 숨어든 사람들을 보호하는 일에 사용한다는 점에서도 그는 우봉 스님과 동일한 면모를 보여준다.

그런데 앞에서 이미 언급된 바 있듯 그는 자기대로의 한 맺힌 사연을 가지고 있는 인물이며 그 한을 승화시키고 넘어서는 길을 불교에서 찾아낸 인물이다. 그러한 전력이 작품 속에 상세히 나타나 있기 때문에 그는 전력을 전혀 알 수 없는 우봉 스님보다 훨씬 친근한 존재로 독자들에게 다가온다. 그리고 제1부의 우봉 스님이 소설 속에서 실질적인 이판(理判)에 해당하는 역할과 사판(事判)에 해당하는 역할을 혼자서 도맡고 있었던 것과 달리 제2부의 노암 스님은 사판의 역할을 주로 담당하고 이판의 역할은 대체로 무불 스님에게 넘기는 식의 역할 분담을 보여주고 있는데 이런 점에서도 노암 스님은 우봉 스님보다 더 친근하고 자연스러운 느낌을 준다.

앞서 우리는 권력의 문제에 대한 해결책을 탐색하는 데 불교의 세계가 기여할 수 있는 가능성의 일단을 우봉 스님의 면모로부터 찾아낼 수 있다는 점을 지적한 바 있었거니와 『인간인』 제2부에 등장하는 노암 스님은 방금 본 것처럼 우봉 스님과 기본적으로 동궤에 놓이면서 그보다 좀더 친근한 존재로 우리 앞에 나타나고 있는 것이다.

이상으로 우리는 『인간인』 제2부의 주요 등장인물인 무불 스님, 안장손 그리고 노암 스님을 모두 살펴보았다. 그런데 이 세 사람을 중심으로 전개되는 『인간인』 제2부는 그 원형에 해당하는 작품이라고 할 수 있는 「흐르는 산」의 약점들을 여러 모로 개선한 성과를 보여준다. 그 중의 일부는 이미 앞에서 논의된 셈인데 거기에 추가하여 두 가지 정도를 더 언급할 필요가 있을 듯하다.

우선 「흐르는 산」의 결말 부분에서 남도섭이 나름대로의 깨달음을 얻는 계기로 제시되어 있는 해방 직후의 군중 집회 장면이 너무나 모호하여 거의 실체감을 주지 못하던 것과 대조적으로『인간인』제2부의 결말 부분에서 군중 집회 장면의 대안으로 제시된 광주항쟁의 현장은 고도의 구체성을 지니고 생생한 실감을 전달한다. 군중 집회 장면에서 남도섭의 지위가 수많은 '단순참가자' 중의 하나라는 정도에서 그쳤던 반면 광주항쟁 장면에서 안장손이 '행동하는 주인공'의 역할을 수행하고 있다는 차이점도 역시 의미 있는 개선이 이루어진 증거로 언급될 만하다. 여기에다 어린 아기의 탄생이 임박했다고 하는 상황을 새로 추가함으로써 생동감이 더욱 강화되며, 그 장면의 상징적 의의도 확대된다. 물론 박혜경이 말한 것처럼 "역사적 질곡을 넘어서는 희망의 한 상징으로"[36] 아기의 탄생을 내세운다는 발상이 그 자체로서는 얼마간 상투성을 느끼게 하는 것도 사실이지만「흐르는 산」의 결말 부분이 얼마나 애매모호한 것이었던가를 돌이켜보면서 그것과 이 대목을 비교해 보면 이 대목에 대한 평가는 좀더 긍정적인 쪽으로 내려질 수 있다. 또한『인간인』제1부 결말 부분의 정태적이고 소극적인 성격과 달리 이 제2부의 결말을 역동적이고 적극적인 것으로 만듦으로써 가능해진 대비의 효과를 더욱 강화시키는 데에 이러한 '탄생' 모티프의 활용이 기여하고 있다는 점도 고려할 필요가 있을 것이다.

다음으로 지적할 것은「흐르는 산」에 나오는 남도섭의 성격적 특징이 대체로 막연하게 처리되고 말았던 반면『인간인』제2부의 안장손은 원래 불량배 같은 성격을 지닌 인물[37]로 설정되었으며 이러한 그의 성격을 입증하는 실례가 소설 속에 풍부하게 제시되고 있다는 사실이다. 안장손이 그런 인물로 설정된 것은 무불 스님의 감화에 기인한 그의 거듭

36) 박혜경,「운명과 역사가 만나는 자리」,『작가세계』1992. 가을, p.152.

37) 양선규는 안장손의 이러한 면모를 '소귀(小鬼)'라는 단어로 압축시켜 표현하고 있다. 양선규,『한국 현대소설의 무의식』(국학자료원, 1998), p.317.

남이 독자들의 마음속에 유난히 강렬한 인상을 주는 사건으로 각인되게 만드는 효과를 가져온다. 그리고 이러한 그의 거듭남이 '일체중생(一切衆生) 실유불성(悉有佛性)'이라는 불교의 가르침과 무관하지 않다는 사실을 감안해 보면 그러한 설정의 의미가 단순한 기법적 효과의 차원으로 그치지 않는다는 사실도 이해할 수 있게 된다. 그런가 하면 그는 가족의 불행과 관련하여 마음속에 깊은 한을 간직하게 된 인물이기도 한데, 그가 무불 스님으로부터 감화를 받고 한을 떨쳐버리며 거듭나게 된 것은 불교의 세계가 한을 승화시키고 넘어서는 길을 열어 보여준 좋은 사례로서도 의의를 가지는 것이 아닐 수 없다.

이처럼 무불 스님의 감화에 힘입어 자기 내면의 불성이 깨어나는 체험을 하고 한의 극복을 이루어낸 안장손은 다른 피신자들을 돕는 이타행에 나서고, 그러한 이타행의 연장선상에서 태아와 산모를 살리기 위해 광주로 달려가다가 극적인 죽음을 맞는데, 이러한 그의 마지막 행적에 대해서는 한순미와 같이 '대승적 실천'[38]이라는 표현을 부여하는 것이 적절하다고 생각된다.

『인간인』 제2부에 대한 논의를 끝맺으면서 한 가지 추가해야 할 것이 있다. 이 작품 속에서 소화 모녀와 난정이라는 세 사람의 여성인물이 소리라는 예(藝)의 세계에 의거하여 그들 각자의 깊은 한을 승화시키고 극복해 나가는 모습을 보여주고 있다는 사실이 그것이다. 이러한 인물들이 등장하여 작품 속의 한 의미 있는 일부를 담당하고 있다는 점에서 『인간인』 제2부는 「다시 태어나는 말」로써 완결을 보았던 저 「남도 사람」 연작의 세계와 연결된다. 이들 가운데서도 특히 작품의 전면에 뚜렷이 그 면모를 드러내고 있는 난정이라는 여성은 소리를 통한 한의 극복이 불교

38) 한순미, 앞의 책, p.286.

적인 동체대비(同體大悲)의 정신과 연결될 수 있는 지점을 선명하게 보여준다. 아래에 인용하는 대목은 그 점을 대표적으로 입증하는 부분이다.

> 한 줄기 큰 강물이 언제부턴가 그녀의 속 깊숙이에서 가득 넘쳐흐르고 있었다. 난정은 그 강물로 모든 것을 받아들여 함께 흐르고 있었다. 소리꾼 어미의 황량스런 한 생애도, 그것을 이어받은 송화의 깊은 정한도, 그리고 그 이름 모를 스님의 비밀과 장손 자신의 고달픈 인생사도, 심지어는 저 저주스런 누이년 장덕의 애달픈 소망들까지도 거기 모두 함께 얼려 흘러가고 있었다. 거기선 이제 그 소리꾼 모녀의 한 깊은 사연들도 더 이상 그 어미나 딸의 것이 아니었다. 이름 모를 스님이나 장손의 그것들도 이미 제 것으론 남아 있지 않았다. 난정은 그 모든 것을 자신의 드넓은 소리의 강물로 받아들여 함께 흘러가고 있었다. 그녀는 이제 흉내질을 내고 있는 것이 아니었다. 흉내를 내거나 대신함이 아니라, 이제는 그 모든 사연들이 그녀의 소리 속에 깊은 뿌리와 마디를 지어가고 있었다. 장손 자신도 언제부턴가 그 강물의 한 줄기로 섞여 흐르고 있는 것이었다…….[39]

위의 인용문에 나타나 있는 내용으로 보면, 난정은 안장손보다 한참 앞서서 이미 난정 나름의 방식으로 '대승적 실천'을 행하고 있었던 것이 아닌가 하는 생각이 든다. 위에 인용된 대목의 바로 다음 장면, 즉 안장손이 난정에게 난폭한 유린 행위를 가하고 거기에 대하여 난정은 "모든 것을 공납하고 받아들이는 자세로 묵묵히 자신을 내맡"[40]기는 장면에서 난정이 실은 불교적 인욕행(忍辱行)을 실천하고 있는 것에 다름 아니라는 사실까지 감안해 보면 더욱 그러한 생각이 든다. 그러고 보면 나중에 새로운 사람으로 거듭난 안장손이 난정과 그의 뱃속에 든 태아를 살리기

39) 이청준, 『인간인』 2, p.121.
40) 위의 책, p.123.

위해 자신의 생명을 걸고 실제로 죽음에까지 이르는 것은 한 대승적 실천의 주체가 또 다른 대승적 실천의 주체와 높은 차원에서 상호 감응한 결과일지 모른다. 이와 더불어, 위의 인용문에 나타나 있는 '흐름'의 상상력이 우리로 하여금 「흐르는 산」에서 이야기되고 있는 "큰 자비의 물줄기로 먼 곳까지 미쳐가 세상을 널리 어루만져"[41] 주는 경지를 떠올리게 한다는 사실도 여기서 놓칠 수 없는 점이다.

## 8. 맺는 말

이 글에서 나는 이청준이 1981년부터 1991년까지에 걸친 기간 동안 불교의 세계를 직접 소설 속에 등장시킨 작품을 연속적으로 썼다는 사실에 주목하고 그 작품들에 대한 분석을 시도해 보았다. 그 작품은 「다시 태어나는 말」, 「노거목과의 대화」, 「흐르는 산」 등 세 편의 단편소설과 장편소설 『인간인』이다.

이 작품들을 분석해 본 결과, 이 시기의 이청준은 불교에 대해 적극적인 관심을 기울이고 그 세계를 직접 작품 속에 끌어들이는 데까지 나아감으로써 의미 있는 성과를 거두었음을 확인할 수 있었다. 이 시기 직전까지 이청준은 「언어사회학 서설」 연작과 「남도 사람」 연작을 동시에 진행하면서 언어의 문제, 권력의 문제, 한의 문제 등 다양한 주제들에 대한 진지한 탐구를 계속해 왔었는데, 이 시기에 이르러 불교와의 만남을 적극적으로 시도하면서, 그 탐구의 과정에 새로운 빛을 비추고 또 사유의 깊이를 더할 수 있었던 것이다. 그리고 「노거목과의 대화」의 경우에

41) 이청준, 『키작은 자유인』, p.298.

선명하게 확인되는 것처럼 이전부터 이청준 자신의 내면에서 끊임없는 질문을 던져오고 있었던 실존적 문제들—삶과 죽음의 문제, 우주 속에서의 인간의 위상에 대한 문제 등등—에 대한 해답의 일부를 불교에서 찾을 수 있었다는 점도 성과로 인정될 수 있을 것이다.

이 시기에 씌어진, 불교의 세계를 직접 등장시키고 있는 이청준의 작품들은, 그 작품들 자체 내에서도 주목할 만한 발전의 과정을 보여준다. 시기적으로 첫 번째 작품에 해당하는 「다시 태어나는 말」에는 불교의 세계와 만나는 일이 사람의 구체적인 삶 속에서 어떤 새로운 가능성에로 연결될 수 있는가 하는 점이 나타나 있지 않은데, 그 후에 발표된 작품들은 바로 이 문제에 대한 탐구와 형상화에 있어서 분명한 발전의 과정을 연속적으로 보여주고 있는 것이다. 그 결과 시기적으로 이 계열 작품들의 맨 마지막에 놓이는 『인간인』에 이르러 그 탐구와 형상화의 성과는 절정의 수준에 도달하게 된다. 그 점에서뿐 아니라 작품에 담겨 있는 불교정신의 깊이와 넓이에 있어서도 『인간인』은 이 시기 이청준 소설의 정점을 현시하고 있다는 평가가 가능하다.

이러한 『인간인』은 물론이려니와 「다시 태어나는 말」을 비롯한 세 편의 단편들도 모두 한국 현대소설사 속에서 의미 있는 위치를 차지할 만한 것으로 판단된다. 한국 현대소설사에서는 불교의 세계와 관련하여 분명한 문학적 성과를 이룩한 예가 아주 희소한 편인데,[42] 내가 이 글에서 검토한 이청준의 작품들은 그 문제의식의 진지함에 있어서나 문학적 성

42) 어떤 이유로 이런 현상이 나타나게 되었는가에 대해서는 고재석과 내가 검토한 바 있다. 고재석, 「한국 현대문학과 불교」(『숨어 있는 황금의 꽃』(동국대학교 출판부, 2000) 수록), 이동하, 「20세기의 한국소설과 불교」(『한국 현대소설과 종교의 관련 양상』(푸른사상, 2005) 수록) 및 「한국의 근대소설과 불교」(2012년 서울시립대-산동대 국제학술교류 발표 논문) 참조. 이 글들에서는 실제 이루어진 '희소한' 성과의 예로는 어떤 것이 있는가 하는 점에 대해서도 구체적으로 언급하고 있다.

취도의 수준에 있어서나 이런 성과들 가운데서도 특히 인상적인 것으로 간주되기에 모자람이 없다.

그런데 이청준은 『인간인』을 발표하고 난 후부터 2008년에 작고할 때까지 15년 이상 작품활동을 더 계속했지만 그 후에는 더 이상 불교의 세계를 직접적으로 다룬 작품을 쓰지 않았다. 그가 이렇게 한 이유를 정확히 알 수는 없다. 다만 그가 『인간인』을 쓰는 것으로 이 방면에서 자기가 할 만한 일은 다 한 셈이라고 생각했을지 모른다는 추측 정도는 해 볼 수 있을 것이다.

그렇기는 하지만, 이청준이 『인간인』 이후에 발표한 작품들을 보면, 불교적 사유의 면모가 그의 작품세계 전반에 스며들어 빛을 발하고 있는 것이 도처에서 쉽게 확인된다. 그러니 만큼, 이청준의 1990년대~2000년대 작품들에 대한 이해는, 불교적 사유를 기반으로 하여 접근할 때, 커다란 진전을 이룰 수 있는 것으로 생각된다.[43] 이 시기의 이청준 작품 전반에 대하여 이런 판단을 할 수 있거니와, 그 중에서도 특히 뚜렷한 성과를 기대할 수 있는 것은, 예술가소설 혹은 장인소설의 면모를 지니고 있는 「목수의 집」(1998), 「날개의 집」(1998), 『인문주의자 무소작 씨의 종생기』(2000) 같은 작품들과, 권력 및 역사의 문제를 정면에서 다루고 있는 『흰옷』(1994), 『신화를 삼킨 섬』(2003) 같은 작품들을 분석함에 있어 불교적 사유에 입각한 접근을 시도해 보는 일이다. 나는 앞으로 별도의 기회에 실제로 이러한 작업을 수행하고자 한다.

—『한중인문학연구』 39집, 2013

43) 이충희와 한순미도 이 점을 지적하고 있다. 이충희, 앞의 논문, p.87 및 한순미, 앞의 책, pp.290~297 참조.

# 인간·언어·서사

## 1. 들어가는 말

서사는 원래 문학의 영역에만 주로 관련되는 것으로 생각되어 왔던 존재이고, 그런 만큼 서사에 대한 논의도 과거에는 문학 분야의 연구자들에 의해 거의 독점적으로 수행되어 왔었다. 그러나 근자에 이르러서는 양상이 많이 달라지고 있다. 이런 사실을 실감나게 해 주는 한 가지 예로, 최혜실이 카이스트에 재직하고 있던 시절에 쓴 글 가운데 나오는 다음과 같은 술회를 들어 볼 수 있다.

> 12년간을 이공계 중심 대학에 있다 보니, 전산, 경영, 산업디자인 계통의 사람들과 자주 일을 하게 된다. 스토리텔링에 대한 이들의 관심은 대단하다. 디자인 기획 과정에서 시나리오를 쓰는 디자인 계통은 물론이거니와, "상품을 팔지 말고 이야기를 팔라"고 주장하는 랄프 옌센의 스토리텔링 마케팅을 신봉하는 경영학과, 게임 제작에서 시나리오의 중요성을 주장하는 전산과, 심지어는 이야기야말로 자신의 고유 영역이라고 주장하는 신문방송학과 사람들 앞에서 어리둥절하는 나 자신…….[1]

한 국문학자에 의해 행해진 위와 같은 술회에서 단적으로 시사되듯, 서사에 대한 관심은 이제 문학의 범주를 멀리 뛰어넘어 참으로 폭넓은 학문 분야에서 공통적으로 나타나는 현상이 되었다. 위의 인용문에서 언급된 분야 이외에도, 철학, 역사학, 교육학, 법학 등등, 인문·사회과학 분야에 속하는 참으로 다양한 학문 분야에서, 서사에 대한 관심이 증대되는 양상을 확인할 수 있는 것이다. 더 나아가서는 자연과학의 세계도 서사의 이론과 전혀 무관한 것이 아니라는 판단 아래, 새로운 논의를 전개하는 모습이 나타나기도 한다. 위의 인용문에서 이미 '전산과'가 언급된 바 있지만, 그 밖에도 예컨대 생물학과 같은 분야에서 나타나고 있는 서사에 대한 관심의 정도는 웬만한 인문·사회과학의 경우와 비겨 조금도 덜하지 않다.

이처럼 폭넓은 범위에 걸쳐서 이루어지고 있는, 서사에 대한 관심의 증대는, 일차적으로는, 바로 그런 다양한 학문 분야들이 서사의 세계와 무관하지 않다는 인식으로 전개된다. 그리고 이러한 인식은 다시, 그 분야의 전문적인 연구자들이 서사의 이론에 관심을 갖고 더 나아가 서사 이론의 발전에 주체적으로 관여해야 한다는 인식으로 이어지고 있다.

이처럼 서사에 대한 관심이 다양한 분야에 걸쳐서 새롭게 제고되고 있는 데에는 여러 가지 원인이 있을 것이다. 전자·영상문화가 엄청난 발전을 이룩한 것과 병행하여 서사의 세계가 다양한 영역에 걸친 현대인들의 삶 전반에 예전보다 더욱 큰 위력으로 파고들게 된 것을 우선 그 한 원인으로 지목할 수 있을 법하다. 그런가 하면, 포스트모더니즘의 시대가 본격화되면서, 이른바 진리라는 것의 상대성, 허구성, 시간적 가변성 등등에 대한 인식이 강화된 것을 또 다른 원인으로 지목할 수 있을

---

1) 최혜실, 『서사의 운명』(역락, 2009), p.9.

것이다.[2)] 그 밖에도 여러 가지 원인을 생각해 볼 수 있을 터이다.

그 원인이 어찌 되었든, 이제 다양한 학문 분야에 걸쳐 서사에 대한 관심이 확대 · 강화되는 경향은 누구도 부인할 수 없는 대세가 되었다. 그렇다면 이러한 경향이 단순히 논의의 혼란을 유발하는 것으로 그치지 않고 진정 깊이 있으며 또한 지속성 있는 학문적 발전으로 이어지도록 하기 위해서는, 이 문제에 관심을 갖고 있는 여러 분야의 학자들이 서로 머리를 맞대고 지혜를 교환하는 가운데 학제적인 연구를 적극 수행해 나가는 것이 바람직할 것이다.[3)]

오늘의 학술대회[4)]는 바로 그러한 학제적 연구의 모범적인 실례들을 다양한 분야에 걸쳐서 선보이는 자리가 될 것으로 예상된다. 그 점에 대한 기대를 피력하면서, 오늘의 발표자 가운데 한 사람으로 참여하게 된 기회를 이용하여, 필자는, 종교의 시각에서 서사를 생각할 경우에 제기될 수 있는 논의 가운데 몇 가지를 간략하게 검토해 보고자 한다. 좀더 구체적으로 말하자면, 다양한 종교들 가운데서도 특별히 불교의 세계관을 가지고 서사라는 주제에 접근할 때 어떤 논의가 가능한가를 몇 가지로 짚어 보고자 한다.

필자가 이러한 작업을 구상하게 된 것은, 오늘 예정된 다른 분들의 발표 가운데 종교와 관련된 것이 없는 만큼, 오늘의 학술발표회에서 비어 있는 자리 하나를 메운다는 의미를 이것이 가질 수 있으리라는 생각에서 출발하였다. 그리고 이와 더불어, 필자의 그와 같은 작업은, 인간에게 있

2) 이 두 번째 점에 대해서는 나병철이 자세하게 논의한 바 있다. 나병철, 『근대 서사와 탈식민주의』(문예출판사, 2001)의 제1부 제1장 「근대성과 서사」 참조.

3) 우한용이 『내러티브』 창간호(2001. 5)에 발표한 「우리시대, 왜 서사가 문제인가」는 그와 같은 학제적 연구의 필요성을 일찌감치 제기하고 그 구체적인 방향까지 종합적으로 언급한 선구적 논문으로 의의가 있다.

4) 2010년 12월 3일에 개최된 한국서사학회의 2010년도 하반기 정기 학술대회를 말한다.

어 서사라는 것이 가지는 의의, 비중, 성격 등의 근본적인 문제에 대해 다시 한 번 생각해 보는 기회를 마련한다는 의미도 가질 수 있을 것으로 생각된다. 종교의 시각에서 어떤 대상을 생각한다는 일 자체에 본래적으로 수반되는 의미의 한 가지가 그런 것이니 만큼, 이것은 자연스러운 귀결이라 할 수 있다.

## 2. 인간과 언어의 문제

불교적 시각에서 본 우주의 존재 양상에 대한 언급으로부터 필자의 본론을 시작하기로 하자.

우주는 무수한 존재자들로 가득 차 있다. 우주를 가득 채우고 있는 그 무수한 존재자들은, 많은 경우 서로 아무런 상관 없이 독자적으로 따로 떨어져 존재하고 있는 것처럼 보인다. 하지만 그 심층을 살펴보면 결코 그렇지 않다. 우주의 모든 존재자들은 그 심층에 있어서는 무한한 상호 연관성의 그물로 연결되어 있는 것이다. 그리고 그 존재자들은 다른 모든 존재자들과 무한한 상호의존성의 관계로 맺어져 있는 것이기도 하다. 즉 우주 속의 모든 존재자들은 다른 존재자들에 의지함으로써 비로소 존립이 가능한 존재이다. 불교의 유식학(唯識學)에서는 이를 간단히 의타기성(依他起性)이라는 말로 표현하고 있거니와, 이런 의타기성을 제대로 인지하지 못하고 모든 존재자들을 제각기 따로 떨어진 존재로, 뿔뿔이 흩어진 존재로 잘못 보는 것, 그것을 변계소집성(遍計所執性)이라 이른다. 유식학은 바로 이런 변계소집성에서 온갖 번뇌와 오류가 발생한다고 말한다. 그러면 변계소집성의 망념에서 벗어나, 우주 속에 존재하는 모든 존재자들의 참된 성질을 직관할 때에는 무엇을 깨닫게 되는가? 우주의 모든 존재자들은 바로 무한한 상호연관성과 상호의존성의 관계로 맺어진 존재자들이기에, 궁극적으로는 하나이며, 하나일 수밖에 없다는 사실을 깨닫게 된다. 이런 방식으로 깨달아지는 우주의 일체성, 그것을 유식학에서는 원성실성(圓成實性)이라고 일컫는다.[5)]

이처럼 변계소집성, 의타기성, 원성실성의 세 가지 개념으로 파악되는 우주 내 모든 존재자들의 보편적 존재 양상에서, 인간이라는 존재자도 물론 예외일 수 없다. 인간이라는 존재자 역시 의타기성이라는 말로 설명될 수 있는 존재자이며, 그런 그를 망념의 자리에서 보면 변계소집성의 담지자로 나타나고, 깨달음의 자리에서 보면 원성실성을 구현하고 있는 존재자로 드러나는 것이다.[6)]

그런데 인간들은, 대부분의 경우, 원성실성의 차원을 깨닫지 못하고, 의타기성의 차원조차도 인식하지 못하며, 모든 존재자들을 제각기 따로 떨어진 존재로, 뿔뿔이 흩어진 존재로 잘못 보는 변계소집성의 차원에 붙들려 헤어나지를 못한다. 불교에 대해서 잘 모르는 사람들도 익히 알고 있는 용어를 빌려서 다르게 표현해 보면, 연기(緣起)의 이치에 무지한 상태로부터 벗어나지를 못하는 것이다. 어째서 이런 사태가 벌어지는가?

5) 유식학의 기본 텍스트인 세친(世親, 바수반두)의 『유식삼십송(唯識三十頌)』 중, 변계소집성, 의타기성, 원성실성의 삼성(三性)에 대해서 언급하고 있는 것은 제20송부터 제22송까지이다. 참고로 이 부분에 대한 현장(玄奘)의 한역(漢譯)을 적어 보면 다음과 같다. "由彼彼遍計 遍計種種物 此遍計所執 自性無所有 依他起自性 分別緣所生 圓成實於彼 常遠離前性 故此與依他 非異非不異 如無常等性 非不見此彼." 이것을 김명우는 다음과 같이 국역하고 있다. "갖가지의 변계(분별)에 의해 갖가지의 사물을 변계(분별)한다. 이 변계소집의 자성은 존재하지 않는다. 의타기성은 분별의 조건(緣)에 의해 생기한다. 원성실성은 저것(의타기성)에 있어서 언제나 앞의 것(변계소집성)을 멀리 떠나 있는 것이다. 따라서 이것(원성실성)과 의타기성은 다르지도 않고, 다르지 않음도 아니다. 무상 등의 본질과 같이. 이것(원성실성)을 보지 않고서는 저것(의타기성)을 볼 수 없다"(김명우, 『유식삼십송과 유식불교』(예문서원, 2009), pp.212~213).

6) 오카노 모리야(岡野守也)의 『불교심리학 입문』(김세곤 역, 양서원, 2003), pp.58~64를 보면 의타기성, 변계소집성, 원성실성 사이의 상호관련성이 간결하면서도 명료하게 설명되어 있다.

이 물음에 대한 답은 여러 가지로 제시될 수 있거니와, 그 중 하나로, 빼놓을 수 없는 답변이, '언어라는 것이 인간들의 무지에 힘을 실어 주기 때문이다'라는 대답이다. 이 점에 관한 김윤수의 설명을 잠시 인용해 보기로 한다.

> 언어가 우리의 무지에 힘을 실어 주는 계기는 언어 본연의 용도와 관계되어 있습니다. 무슨 뜻인가 하면 언어는 기본적으로 어떤 고정된 사상(事相)을 제시하기 위한 것이라는 점입니다. 그래야만 사람의 의사소통에 기여한다는 언어 본연의 목표를 달성할 수 있기 때문이지요. 그런데 고정된 사상을 지시한다는 성격은, 모든 현상이 연기하고 있다는 진실과는 상반될 수밖에 없는 성질입니다.
>
> 그럼에도 우리는 모든 현실의 지각을, 언어를 통하여 하고 있습니다. 지각[想]이라는 것이 표상[相]을 통하여 이루어진다는 것은, 표상을 지시하는 언어를 매개하여 이루어진다는 것과 다르지 않습니다. 근본적으로 진실과 괴리될 수밖에 없는 인식구조를 갖고 있다는 것이지요.
>
> (…) 그리고, 연기하고 있기 때문에 서로 불가분적으로 연결되어 있어 분리할 수 없는 모든 현상을, 우리는 언어를 매개로 해서 서로 구별하여 나누어서[分] 식별[別], 즉 '분별'합니다. 이것은 분별하는 의식이, 형성을 조건으로 연기하는 데에도 언어가 기여하고 있다는 것을 뜻합니다.[7]

위에 인용된 글에서 잘 설명되고 있듯, 언어는 근본적으로 '고정'과 '나누기'의 세계를 지향하며 그런 세계에서만 존립이 가능한 것이기에, 원성실성의 경지에로 나아가기를 거부하고 변계소집성의 영역에 스스로를 잡아매거나 그 영역을 더욱 확대시키려는 쪽으로 작용할 수밖에 없으며, 그런 만큼 인간의 무지－불교적인 용어로 말하자면 무명(無明)－를 조장하는 기능을 하게 마련인 것이다.

7) 김윤수, 『불교는 무엇을 말하는가』(한산암, 2007), pp.146~147.

하지만 그렇다고 해서 인간이 언어를 버릴 수는 없다. 언어를 버리고서 인간이 깨달음에, 혹은 구원에 도달할 수 있는 길은 없다. 저 원성실성의 경지조차도 따지고 보면 언어를 통해서만 드러날 수 있다.

일찍이 『중론(中論)』을 비롯한 수많은 명저들을 저술함으로써 중관철학(中觀哲學)의 세계를 개척한 용수(龍樹, 나가르주나)는 승의제(勝義諦)와 세속제(世俗諦)의 두 가지 차원을 구분하면서도 그 양자간에 상의적(相依的) · 상대적(相待的)인 관계가 인정된다는 점을 밝힌 바 있다.[8] 용수의 이러한 설명을 음미해 보면, 근본적으로 세속제의 차원에 터전을 두고 있는 언어를 통하여, 그것을 통해서만 승의제의 차원도 포착될 수 있다는, 인간과 언어 사이의 관계 양상의 양면적 진실이 선명하게 인지된다.

그런가 하면 유식학파의 중요한 사상가 가운데 한 사람인 안혜(安慧, 스티라마티)는 세속의(世俗義)를 시설(施設)로서의 세속, 행위로서의 세속, 현현(顯現)으로서의 세속 등 세 가지로 해석한 바 있기도 하다.[9] 이러한 논리에 따른다면 언어는 승의제의 고차원적 진리를 인식시키고 펼쳐내는 데 필요한 시설이요, 그렇게 하는 행위이며, 그것의 현현이기도 한 것으로서 적극적인 의의를 가질 수 있다는 결론이 가능해진다.

이처럼 언어가 적극적 의의를 가질 수도 있음을 인정하고 나면, 그 다음으로 제기되는 문제는, 언어의 이러한 적극적 가능성을 어떻게 활용하여 저 승의제의 고차원적 진리를 인식하고 펼쳐내는 데 유익하게 쓸 것인가 하는 문제가 될 것이다. 그러나 이 문제에 대해 생각해 보는 것은 조금 뒤로 미루고, 이쯤에서 잠시 논의의 방향을 돌려, '서사'의 문제를 생각해 보기로 한다.

8) 서영애, 『불교문학의 이해』(불교시대사, 2002), pp.544~556 참조.
9) 위의 책, pp.564~568 참조.

## 3. 서사와 시간

언어를 이용한 표현의 방식을 두고서는 다양한 분류가 가능하겠지만 그 중 가장 대표적인 것을 들라면 무어니 해도 서정과 서사 두 가지라고 해야 할 것이다. 이 중에서 특히 서사는 '시간'의 문제와 긴밀하게 관련된다.

불교적 시각에서 볼 때 시간의 차원은 매우 큰 중요성을 갖는다. 양형진이 요령 있게 정리해 준 것처럼 불교의 핵심적 개념인 연기는 "시간적 인과성, 시공간적 상호연관성, 인식 주관과 객관의 상호 작용에 의한 세계 인식이라는 세 가지 기본적 의미를 지닌다고 할 수 있"[10]는 것이어니와, 그 세 가지 기본적 의미항 가운데에 '시간적 인과성'이라는 항목이 들어 있다는 사실 하나만 보아도, 불교에서 시간의 차원이 차지하는 중요성의 크기를 쉽게 짐작할 수 있다. 물론 이러한 시간적 인과성으로서의 연기는 주로 '우리들 자신의 외부에서 일어나는 사건들 사이의 인과', 즉 외연기(外緣起)의 영역에 관련된다고 보아 그 비중을 축소할 수도 있지만, 내연기(內緣起)[11]에 해당하는 12연기의 해석에 있어서도 삼세양중인과설(三世兩重因果說)[12]에서 보는 바와 같이 시간의 차원에 결정적인 무게를 부여하는 해석이 커다란 세력으로 존재하는 터이고 보면, 역시 불교에서는 우주법계 전체를 논할 때나 인간의 삶을 논할 때나 시간적 차원을 중요시하는 가운데 사유를 전개해 나가고 있다고 해석하는 것이 온당하다. 요컨대 우주법계 전체도, 그 속에서 움직이는 존재자로서의 인간

---

10) 양형진, 『산하대지가 참빛이다』(장경각, 2001), p.52.

11) 외연기와 내연기의 개념에 대해서는 위의 책, pp.52~53 참조.

12) 12연기에 대한 시간중심적 해석을 '삼세양중인과설'이라 부르는 것은, "삼세에 걸쳐 '전생-금생'과 '금생-내생'이라는 두 겹[兩重]의 인과를 밝힌 것"이 12연기에 대한 설명이라고 보는 까닭에 그렇게 부르는 것이다. 김윤수, 앞의 책, p.132.

도, 시간적 존재로서의 면모를 뚜렷하게 가지고 있는 것이다.

그런데 이처럼 우주나 인간을 모두 시간적 존재로 파악하는 입장에 서면서 '언어'라는 세속제의 도구를 활용하고자 할 때 가장 직접적으로, 적극적으로, 또 풍부한 결실을 기대하면서 채택할 수 있는 방법이 바로 서사이다.

일찍이 제랄드 프랭스는 "그 어느 쪽도 다른 한 쪽의 필수 전제이거나 당연한 귀결이 아닌 최소한 2개의 현실 또는 허구의 사건 및 상황들을, 하나의 시간 연속을 통해 표현한 것"이 바로 서사물이라고 정의한 바 있다.[13] 서사물에 대한 프랭스의 이러한 정의는 상당한 설득력을 가지고 있는 것으로 판단되며, 그가 위와 같은 정의를 내리면서 제시한 실례들을 보면 그러한 판단은 더욱 확실한 것으로 굳어지게 되거니와, 서사물에 대한 프랭스의 이처럼 설득력 있는 정의에서도 '시간 연속'이라는 것이 결정적인 중요성을 가지고 있음을 볼 때, 그리고 인간이라는 존재자가 본래적으로 가지고 있는 '시간적 존재자'로서의 면모를 다시 상기할 때, 언어를 이용한 표현의 방법으로서 서사가 커다란 중요성과 활용 가치를 가질 수 있다는 사실은 새삼 재언할 필요조차 없는 것임이 확인된다.

서사에 대한 전문적 연구의 전통을 축적해 온 문학 이론 분야에서 대략 20세기 중반 무렵으로 오면서부터 서사에서 '시간'이 차지하는 비중과 의의에 대해 이전보다 더 큰, 특별한 무게를 부여하기 시작한 것은, 이 점에서 볼 때, 자연스러우면서도 바람직한 이론적 진전으로 판단된다. 한용환에 의하면 여기에는 특히 구조주의 이론가들의 기여가 컸다고 한다. 다음에 인용하는 그의 설명이 이 점을 요약해서 말해 준다.

13) 제랄드 프랭스, 『서사학』(최상규 역, 문학과지성사, 1988), pp.15~16.

이야기가 심미적으로 구조화되기 위해 행동과 사건의 단위들을 의미 있게 순서지우고 그것들을 상호 흥미 있는 관계로 연결시켜 주는 것은 무엇인가? (…) 구조주의자들은, 그것은 시간이라고 본다. 그리고 이야기의 논리를 결정짓는 것이 '시간-논리'라는 주장에는 상당한 설득력이 있어 보인다.[14]

언어 서사물에 내포된 시간 성분을 세밀하고도 조직적으로 분석해낸 것은 구조주의 시학의 무엇보다도 눈에 띄는 성과인 것처럼 생각된다. 스토리와 담론의 양편 모두에게 시간은 필수불가결한 요소이며 서사 텍스트의 분석은 스토리와 담론의 시간 관계의 분석에 다름 아니라는 주네트의 주장은 설득력을 얻고도 남는다.

요컨대 구조주의자들은 두 가지 시간간의 관계가 밝혀지면 플롯에 대한 별도의 고찰은 필요없게 된다고 믿는 것이다. 그 같은 믿음은 크게 잘못된 것이라고 생각되지 않는다.[15]

그런데 지금까지 필자가 언급해 온 바와 같은 점들을 주목하면서 서사의 중요성을 재삼 확인하고 그것의 활용 가능성을 가능한 한 크게 잡아 보는 것은 아무런 문제가 없는 일이지만, 그렇다고 해서, 지나친 서사제일주의 혹은 서사만능론이라 일컬어질 만한 태도에 빠져드는 것은 경계할 필요가 있다고 여겨진다. 시간의 차원이 그토록 중요한 만큼, 시간의 흐름을 넘어서거나 그것으로부터 벗어나 있는 차원 역시 중요한 것이며, 그것의 당연한 반영으로, 서사의 차원이 중요한 만큼, 예를 들어 서정의 차원이라든가 초(超)서사・초서정적인 신비의 차원과 같은 존재들도 중요한 것이기 때문이다. 서사에 대한 우리의 모든 논의는 이런 점을 존중하는 가운데서 이루어져야 할 것으로 생각된다. 그것은 곧 절도와

---

14) 한용환, 『서사 이론과 그 쟁점들』(문예출판사, 2002), p.223.
15) 위의 책, p.225.

균형의 감각을 유지하는 가운데서 서사에 대한 모든 논의가 이루어져야 한다는 말이기도 하다.

## 4. 언어로 승의제(勝義諦)를 말하는 방법

이제는 앞에서 잠시 미루어 두었던 문제에로 돌아가 보기로 하자. 종교의 시각에서 볼 때, 언어는 분명 세속제에 속한다. 이런 언어를 가지고서, 고차원의 진리를 인식하고 펼쳐내는 일을 수행하고자 할 경우, 어떤 방법이 바람직할 것인가?

이 물음에 대한 답을 찾고자 할 때 뜻있는 시사를 얻을 수 있는 것 가운데 한 가지는 조동일이 그의 저서 『한국의 문학사와 철학사』의 맨 앞에 수록한 논문이다. 그 논문에서 조동일은, 『삼국유사』의 「낙산이대성(洛山二大聖)」조에 나오는, 의상이 관세음보살을 친견했다는 설화라든가, 향가 「제망매가(祭亡妹歌)」, 그리고 「찬기파랑가(讚耆婆郎歌)」 등을 두루 검토하면서, 그 작품들이 기세간(器世間) · 중생세간(衆生世間) · 지정각세간(智正覺世間)의 세 단계를 유기적으로 연결시키는 창작방법에 의해 씌어졌음을 밝히고 있다.

여기서는 우선 『화엄경』으로부터 — 그리고 보다 직접적으로는 의상이 스스로 「화엄일승법계도(華嚴一乘法界圖)」를 지은 동기를 설명한 글로부터 — 가져 온 기세간 · 중생세간 · 지정각세간이라는 용어가 어떤 사람들에게는 생소한 느낌을 줄 수 있는데, 조동일은 이 용어들에 관하여 다음과 같은 언급을 하고 있다.

셋으로 나누는 것은 단계적인 발전을 말하는 데 적합하다. 기세간 · 중

> 생세간·지정각세간도 과연 그렇다. 기세간이 물질적 영역이라면, 중생세간은 생명의 영역이고, 지정각세간은 정신의 영역이라고 할 수 있다. 기세간에는 물질의 법칙이 존재할 따름이나, 중생세간의 생명체는 자기 보존과 확장의 의지를 실현하기 위해 어느 정도 예기치 않은 활동을 하는 점이 서로 다르며, 지정각세간의 정신은 물질의 법칙은 물론 생명의 의지에서도 벗어난 자유로움을 깨달아 실행하는 경지에 이른다고 하기 위해 셋을 구분했다 하겠다.[16]

기세간·중생세간·지정각세간의 개념을 위의 설명에 따라서 이해하고 나면, 조동일에 의해 검토되고 있는 텍스트들이 그 세 단계를 유기적으로 연결시키는 방법에 의해 씌어졌다는 사실은 쉽게 납득된다.

예컨대, 「낙산이대성」조에 나오는, 의상이 관세음보살을 직접 만났다는 내용의 설화를 보자. 여기서 기세간의 차원에 대응되는 것은 동해 낙산의 해변에 있는 동굴이다. 중생세간의 차원에 대응되는 것은 그 동굴에 관세음보살이 있다는 중생들의 믿음 혹은 소문이다. 지정각세간의 차원에 대응되는 것은 의상이 "예사 중생으로 머무르지 않으려는 결단을 내리고 진실과 만나 깨달음을 얻고자 했다"는, 격조 높은 종교적 상상이다. 이 세 차원을 종합해서 생각해 보면, "자기는 중생세간에 갇혀 있는 사람들이, 중생세간 위에 지정각세간이 더 있다는 증거를 의상이 보여주었다고 인정했기에, 의상을 주인공으로 삼아 그러한 이야기를 만들어냈을 것"이라는 결론이 도출된다.[17]

「제망매가」의 경우에도 세 가지 차원이 서로 만나는 방식은 위와 동일하다. 조동일의 설명을 직접 인용해 보자.

---

16) 조동일, 『한국의 문학사와 철학사』(지식산업사, 1996), p.20.
17) 위의 책, p.21.

> "어느 가을 이른 바람에 이에 저에 떨어질 잎"은 기세간에 속한다. 가을이 되면 당연히 일어나는 자연 현상이 그럴 따름이다. 그런데 중생세간 사람들이 이별을 서러워하는 마음을 투영시켜, 낙엽 자체가 슬픈 것처럼 만들었다. 중생세간의 느낌을 그 자체로 표출하면 형체가 없어 막연하므로, 기세간에 속하는 것을 중생세간으로 끌어와 중생세간의 느낌을 전달하게 했다. 그것이 문학 창작, 특히 시 창작의 일차적인 방식이다. (…) 그런데 이 작품에서는 "한 가지에서 나고 가는 곳 모르"는 중생세간의 한계를 벗어나기를 염원하고, 지정각세간으로 나아가고자 했다. 스스로 그 경지에 이를 수는 없다고 여겨, 죽어 헤어진 누이와 미타찰에서 다시 만나기 위해 도를 닦으면서 기다리겠다고 했다.[18]

위의 설명에서 언급되고 있는 방식, 즉 중생세간 차원의 마음 혹은 느낌을 기세간 차원의 대상에 투영시키는 한편, 그것을 지정각세간의 차원으로까지 연결시켜 보다 심오하고 고원한 의미의 세계로 끌어올리는 방식이야말로, 세속제에 속하는 언어라는 도구를 가지고 승의제의 차원을 탐색하거나 전달하고자 할 경우에 적극적으로 채택될 수 있는 한 가지 방법이라고 인정되어 모자람이 없을 것으로 보인다. 그리고 이러한 결론은, 위에서 검토된 텍스트가 서사와 서정 양쪽에 걸쳐 있다는 사실만 보아도 알 수 있듯, 서사의 경우이거나 서정의 경우이거나를 구별하지 않고 두루 성립되는 것이라 할 수 있다.

또한, 이러한 방식에 따른 분석이나 해석이 적극적으로 활용되어 의미 있는 성과를 창출할 수 있는 가능성은, 반드시 불교와 관련된 작품을 다룰 경우만으로 한정되지 않는다. 용어를 다르게 선택하거나, 같은 용어를 쓰더라도 그 의미의 영역을 가능한 한 폭넓게 열어놓을 경우, 위와 같은 방식의 접근은 예컨대 기독교와 같은 다른 종교의 텍스트를 대상으

18) 위의 책, p.22.

로 하는 작업에서도 충분히 의미 있는 결실을 기대할 수 있을 것으로 생각된다.

## 5. 현대의 글쓰기와 불교

그런데 위와 같은 사실을 인정하면서 우리가 또 한편으로 잊지 말고 기억해 두어야 할 것이 있다. 주지하는 바와 같이 현대로 올수록 문학을 비롯한 대부분의 글쓰기에서 특정한 관념 혹은 이념, 교훈 등등으로 요약될 수 있는 주제의 제시가 기피되고 있는 추세를 무시할 수 없다는 점이 그것이다. 우선, 일급의 작가일수록 그러한 주제의 직접적인 제시를 기피하는 경향이 강하다. 또한, 독자의 입장을 중심으로 놓고 보더라도, 동일한 현상을 관찰할 수 있다. 그러한 주제가 직접적으로 제시되어 있는 작품보다는 그렇지 아니한 작품을 높이 평가하는 경향이, 비평가나 연구자들을 비롯한 고급 수준의 독자들 사이에서는 보편적으로 나타나고 있는 것이다. 그러한 추세가 과연 바람직한 것인가, 아닌가 하는 점은 별도로 진지하게 논의될 필요가 있는 사안이지만, 어쨌든 그러한 추세의 존재 자체는 결코 무시될 수 있는 것이 아니다. 그저 '무시되지 않아야 된다'는 정도가 아니라, '중시되어야 마땅하다'고 말해지는 것이 적절하다고 여겨질 만큼, 그러한 추세의 힘은 강력하고 전방위적이다.

불교와 직접 연관된 것은 아니지만, 비슷한 맥락으로 이해될 수 있는 기독교 문학의 경우를 통하여 이 점을 잠깐 일별해 보기로 하자. 예컨대, 독실한 기독교 신앙을 견지하고 있으면서도 기독교적인 주제의 명료한 제시를 결코 보여주지 않는 프랑수아 모리악이라든가 플래너리 오코너와 같은 작가를 20세기의 위대한 종교적 작가로 드는 데에는 아무도 이의를 제기하지 않지만, 기독교 신앙에 입각하여 뚜렷한 교훈적 주제를 제시하고 있는 찰즈 셸든이나 A. J. 크로닌 같은 작가는 적어도 본격적인 비평가나 연구자들 사이에서는 도무지 진지한 관심의 대상이 되지 못하고 있다. 그런가 하면, 같은 작가의 작품 가운데서도, 메시지가 뚜렷한 작품보다는 그렇지 않은 작품에 더 높은 평가가 주어지는 것이 일반적이다. 예를 들면, 그레이엄 그린의 작품 가운데 『사건의 핵심』을 『사랑의 종말』보다 더 훌륭한 작품으로 꼽는 경향이 일반화되어 있는 데에는, 다른 이유도 있을 수 있겠지만, 방금 언급된 점이 아무래도 크게 작용하고 있는 것으로 보인다.

이처럼 특정한 관념 혹은 이념, 교훈 등등으로 요약될 수 있는 주제의 제시가 기피되거나 낮게 평가되는 추세가 현대로 오면서 강력한 흐름을 이루게 된 데에는, 이 글의 첫 부분에서 언급했던, '포스트모더니즘의 시대가 현대에 이르러 본격화되었다'는 점이 분명 중요한 원인의 하나로 작용하고 있을 것이다. 그런데 바로 이 지점에서 우리가 각별한 관심을 가지고 주목하지 않을 수 없는 참으로 흥미로운 사실은, 이런 포스트모더니즘의 시대에 새로운 조명을 받으며 관심의 초점으로 부각될 가능성을 다른 어떤 것보다도 풍부하게 지니고 있는 존재가 바로 불교라는 사실이다. 일찍이 박경일은 "데리다의 해체철학의 핵심을 이루는 텍스트 이론은 불교의 연기설에 대한 현대적 주석처럼 느껴진다"[19]라든가 "해체론은 '인연소생법(因緣所生法), 아설즉시공(我說卽是空)'의 교의를 현대 철학에 재연하고 있는 것처럼 보인다"[20]라는 등의 말을 한 바 있는데 전적으로 동의할 수 있는 말들이다.

19) 박경일, 「니르바나의 시학: 불교적-포스트모던적 영문학 읽기」, 한림대학교 인문학연구소 편, 『서양문학에 비친 동양의 사상』(예문서원, 2000), p.32.
20) 위의 논문, p.33.

그렇다면 불교의 이러한 현대적 · 해체론적 면모와, 앞에서 말한 기세간 · 중생세간 · 지정각세간을 연결시키는 글쓰기 방법 사이의 관계 양상은, 어떤 방식으로 새롭게 정립시킬 수 있을 것인가? 그리고 불교 이외의 다른 종교의 경우와 관련해서는, 이런 문제를 어떻게 생각하면 좋을 것인가? 지금으로서는 이런 물음들에 대한 답을 제시하기가 쉽지 않다. 앞으로의 과제로 남겨 두고자 한다.

—2010

II

# 김정한의 「사하촌」이 본 것과 놓친 것

「사하촌(寺下村)」은 김정한의 데뷔작이다. 그는 1936년 『조선일보』 신춘문예에 이 작품이 당선된 것을 계기로 하여 작가로서의 긴 여정을 시작하게 되었던 것이다.

「사하촌」은 탐욕스러운 지주와 억압적인 식민지 권력기구에 의해 고통을 겪는 농민들의 애환을 그리면서 한편으로 저항의 메시지를 담아내고자 한 일제 강점기 농민소설의 일반적 패턴을 충실하게 반복하여 구현하고 있는 소설이다. 그런 가운데서도 이 작품을 동시대의 다른 많은 농민소설들과 확연히 구별 짓는 특징이 하나 있으니 그것은 바로 이 작품의 경우 그 제목에서도 암시되듯 작품 속의 '탐욕스러운 지주'가 불교 사찰의 승려들로 설정되어 있다는 사실이다.

이 작품에 등장하는 불교 사찰은 보광사(普光寺)라는 이름을 가지고 있다. 보광사는 "천여 년의 역사를 가지고 무려 백여 명의 노소승(老少僧)이 우글거리는 선찰 대본산"[1]이다. 이런 이름 높은 절이지만, 작품 속에서 이 절의 승려들이 보여주는 지주로서의 행태는 다른 많은 농민소설들에 등장하는 탐욕스러운 지주들의 행태와 기본적으로 다를 바가 없다.

그러면 김정한은 왜 이런 소설을 썼을까? 이런 의문은 그의 이력을 보면 상당 부분이 풀리게 된다. 그의 이력을 보면, 10대 초반의 몇 년 동안 범어사에서 운영하는 사립 명정학교에서 수학했다는 기록이 발견된다. 주지하다시피 범어사야말로 천여 년의 역사를 가지고 있으며 '선찰 대본산'으로 자임하고 있기도 한 대찰(大刹)이요 명찰(名刹)이다. 그런데 이 범어사에서 운영하는 사립학교를 다니는 동안 자신이 보고 느꼈던 바를 김정한은 한 자전적 수필에서 다음과 같이 쓰고 있다.

> 나는 이 절 학교에 이태 동안 다니면서 소위 신문학이란 걸 배운 이외에 그 당시의 불교라기보다 절이나 중들에 대한 일들을 직접 눈으로 많이 보았다. 소위 강원이란 데서 불경 공부를 하는 아주 젊은 중들은 몰라도 대부분의 늙은 스님들은 수도를 하는 것 같지도 않고 그저 뜰에 난 풀이나 뽑고 밥때가 되면 밥이나 받아먹는 것같이 보였다. 마치 그것이 일과나 되는 것처럼. 그래서 그런 노장(老長)들을 중심으로 생각할 때는 절이란 요즘의 양로원 비슷한 느낌밖에 들지 않았다.
>
> 그 밖에 3, 40대의 중들은 승적만 가졌을 뿐 대부분 절 가까운 부락에 가정을 가지고 있어, 절에는 무슨 큰 불사나 있지 않으면 좀처럼 얼굴을 내놓지 않았다. 다만 그러다가도 새 주지를 뽑을 때만은 그 중 똑똑한 중들은 숫제 몇 패로 나뉘어서 서울로 어디로 모여 다니면서 싸움들을 하였다. 한 번은 주지 선출 문제로 중들끼리 칼부림까지 하였다는 소문도 들렸다. 그리고 주지 선거에 그렇게 열들을 올리는 까닭은 사답(寺畓)을 비롯한 절의 재산과 그와 관련되는 개인적인 이해관계 때문이란 것을 알게 되자, 지금까지 가졌던 중들에 대한 생각이 완전히 달라졌다. 세속적인 욕심을 버린 불도들이라기보다 도리어 속인들 이상으로 물욕에 집착하는 사람들같이 보였던 것이다. 요컨대 기원정사(祇園精舍)의 유풍(遺

1) 김정한 작품선, 『사하촌』(현대문학, 2011), p.57.

風)은 찾을 곳이 없었다.

그래서 이런 중년층 중들을 중심으로 해서 볼 때는 중이란 나이 들면 가정을 가지게 되고 속인들이 소작하는 사답이나 떼어 가는 땡땡이들로 밖에 보이지 않았다. 더구나 내게 중들에 대한 멸시의 감을 더욱 깊게 한 것은 어떤 여염집 부인을 가로챈 중이 버젓이 주지를 하고 있었다는 사실이었다.[2)]

이러한 관찰자로서의 체험과 그 체험에 기초한 자기 나름의 분노 서린 판단이 있었기에 김정한은 굳이 불교 사찰의 승려들을 탐욕스러운 지주로 그려놓은 「사하촌」과 같은 작품을 쓰게 되었던 것이다. 그 자신 위의 수필에서 이 점을 다음과 같이 말하고 있다.

「사하촌」이니 「옥심이」니 하는 나의 초기 작품들 속에, 사찰이나 승려들이 좋지 않게 나오는 것은 모두 이상과 같은 나의 소년 시절의 인상이 크게 작용한 것이라고 생각된다.[3)]

김정한이 그 당시 범어사의 승려들에 대해 관찰하고 기록한 내용은 모두 나름대로의 정확성을 가진 것일 터이다. 그 내용을 한 마디로 요약해서 표현하면 '타락'이라는 단어로 정리될 수 있을 법하다.

김정한은 명정학교를 다니던 10대 시절 그러한 타락의 양상을 자세히 관찰할 수 있는 기회를 가졌고, 그 후 성장하여 한 사람의 작가로 새로운 인생의 출발을 하게 되었을 때, 바로 이 문제를 작품의 주제로 들고 나와 공론화(公論化)시킨 셈이다.

생각해 보면, 종교든 또 다른 무엇이든, 타락의 양상을 보여줄 때, 그것을 자세하게 관찰하고 날카롭게 비판하여 공론화하는 것은 문학의 핵

2) 김정한, 「반골인생」, 위의 책, pp.485~486.

3) 위의 글, p.486.

심적인 사명 가운데 하나이다. 김정한의 「사하촌」은 바로 이러한 문학의 핵심적 사명 가운데 하나를 적극적으로 수행하였다는 점에서 긍정적인 평가를 받아 마땅하다.

그러나 '「사하촌」이 한 편의 소설작품으로서도 우수한 경지에 도달하였는가?'라는 질문을 누군가가 한다면, 그 질문에 대해서는 '그렇지 못하다'는 말로 답할 수밖에 없다. 이 작품은 '탐욕스러운 지주' 대 '저항적인 농민'이라는, 상당히 성공적인 문학적 형상화를 기대할 수 있는 갈등상황을 설정해 놓고서도, 그 설정을 효과적으로 살리지 못하였다. 지주측에서도 농민측에서도 구체화되고 개성적인 인물이 나타나지 않고 있으며, 갈등의 발단-전개-결말 과정 또한 다분히 상투적이고 미적지근하다. 그리고 '탐욕스러운 지주'측을 종교인들로 채웠으면 '종교인들이 그럴 수 있는가?', '그럴 수 있는 것이라면 종교의 의미란 도대체 무엇인가?' 등등의 질문을 이어가면서 작품에 사유의 깊이 혹은 성찰의 높이를 강화시키는 것이 충분히 가능했을 텐데 그러한 가능성이 작품 속에서 살아나지 않았다.

「사하촌」이 사유의 깊이 혹은 성찰의 높이를 보여주지 못하고 있는 것은 실제로 그 시대의 범어사에서 이루어지고 있었던 진정으로 의미 있는 움직임을 김정한이 알지 못했던 점과 무관하지 않을 것이다. 김정한 스스로 자전적 수필 속에서 '소위 강원이란 데서 불경 공부를 하는 아주 젊은 중들'에 대해서는 자신이 아는 바 없다는 사실을 시인하고 있거니와, 사실 그 시대 범어사의 내부 깊은 곳에서는 외부에 지배적인 현상으로 알려지고 있었던 '반지성적이고 속물적인 기복신앙'과는 차원을 달리하는 구도정신의 치열한 탐구와 실천이 '아주 젊은 중들'을 중심으로 하여 이루어지고 있었다. 그 중심에 위치한 것이 예를 들면 동산 스님, 석주 스님 같은 인물들이었고 이들이 후일 한국 불교의 바람직한 성숙과 심화에 공헌한 바는 역사가 증언하고 있는 터이다. 10대의 어린 소년으로 명정학교를 다니면서 외부인의 시선으로도 쉽게 관찰할 수 있는 표면적 현상들을 주로 보고 그 결과 승려들 일반에 대한 반감부터 키우게 되었던 김정한으로서는 그런 세계를 알지 못했던 것이 당연하다. 그리고 이와 같은 측면에서의 그의 무지는 「사하촌」이라는 작품의 한계와 떼어놓고 생각할 수 없는 것이다.

••••덧붙이는 글

이 글을 쓰고 난 직후에 나는 『신경림 시인과 오현 스님의 열흘간의 만남』이라는 책을 읽다가 오현 스님이 「사하촌」에 대해 언급한 대목을 만났다. 중요한 내용을 담고 있는 것이라고 생각되기에, 아래에 그 부분을 인용해 둔다.

> 사찰은 전통사회에서 환경 파수꾼 노릇을 톡톡히 했다고 봅니다. 절은 깊은 산중에 있으면서 산림을 가꾸고 자연을 지키는 데 일조를 했습니다. 여기에는 조금 전에 말한 초목성불론(草木成佛論) 같은 가르침이 크게 작용한 측면도 있을 것으로 봅니다.
>
> 그런데 이렇게 열심히 자연환경을 지키다 보니 절 밑 사하촌 사람들은 스님들을 싫어했습니다. 왜 이렇게 됐느냐 하면 절에서 사하촌 사람들에게 나무를 베지 못하게 했기 때문입니다. 옛날에는 땔감으로 모두 나무를 사용했는데 절에서는 산감(山監)을 두어서 나무를 함부로 베지 못하게 했습니다. 나무를 베다가 산감에게 들키면 톱과 도끼, 낫, 심지어는 지게까지 몽땅 빼앗겼습니다. 어떻게 들으면 사찰 측이 너무 무자비하다고 할 수도 있을 겁니다. 하지만 그렇게 하지 않으면 결국 산은 벌거숭이가 되고, 따라서 사하촌 사람도 못살고 절도 망하기 때문입니다. 그런데도 사하촌 사람들은 사찰을 원망했고 그 원망은 오늘까지 세월의 앙금으로 남아 있는 곳이 많습니다. 김정한의 소설 「사하촌」은 이런 반감을 정서로 하여 쓰여진 것입니다.[4]

—2013

4) 신경림·조오현, 『신경림 시인과 오현 스님의 열흘간의 만남』(아름다운인연, 2004), pp.119~120.

## 김정한이 「수라도」에서 그려낸 불교인의 초상

김정한이 1969년에 발표한 중편소설 「수라도(修羅道)」를 보면, 허진사 집안이 나온다. 이 집안은 "고을에서 알려져 있는 명문" 집안이며, "여간 까다로운 유교 가문이 아"닌 집안이기도 하다.

일제 시대로 접어들자 이 집안의 가장은 "왜놈들의 등살에 못 이겨 늘 그막에 서간돈가 북간돈가로 떠나"버리더니 결국 여러 해가 흐른 후에 유골이 되어 돌아온다. 그 아들이 오봉선생인데, 부친 못지않게 칼칼하고 꼿꼿한 성격의 소유자인 그는 앙앙불락의 상태에서 "세상을 등진 듯 새침하게 세월을 보내"며 걸핏하면 몇 달씩이나 집을 비우곤 한다. 오봉선생의 장남인 명호양반은 각각 한 성질 하는 할아버지와 아버지에게 어려서부터 기세를 눌린 채 자라난 탓인지 "위인이 그저 순하기만" 할 뿐 아무런 주장이 없는 사람이 된다. 한편 명호양반의 동생, 즉 오봉선생의 차남은 3·1운동 당시 읍내 장터에서 만세를 부르다가 일본 경찰의 총탄을 맞고 죽는다.

이런 집안에서, 시름 많은 나날을 보낼 수밖에 없는 오봉선생 부인은 어디에 마음을 의탁해야 할 것인가? 이 물음에 대한 답은 여러 가지로 나올 수 있으리라. 그 중 유력한 것의 하나로 '불교 신앙'을 들어볼 수도 있을 것이다. 실제로 「수라도」에 등장하는 오봉선생 부인은 바로 이 불교 신앙을 자신의 의지처로 선택한다. 어디선지 「천수경(千手經)」을 구해와서는 매일같이 지극정성으로 그것을 외운다.

하지만 그는 완고한 유교지상주의자인 남편이 무서워서 「천수경」 독송도 남편 몰래 해야 하는 처지이다. 절에 한 번 가 볼 엄두조차 내지 못하는 것은 말할 나위도 없다.

이런 그에게 절대적인 원군이 나타난다. 바로 그의 며느리인 가야부인이다. 며느리가 현명하게 주선해 준 덕분에 소원하던 절 구경을 할 수 있게 된 날, 그는 며느리에게 "오냐, 늬가 내 눈엔 꼭 관세음보살 같구나!"라는 감사와 찬탄의 인사를 건넨다.

시어머니로부터 '관세음보살 같다'는 찬사를 받은 가야부인, 그가 바로 이 소설의 주인공이다. 그는 「수라도」라는 소설의 주인공이자 허진사 집안의 실질적인 가장이기도 하다. 근대로 전환해 가는 길목이면서 일제강점기이기도 한 간난의 시대를 맞아 위기에 처한 양반 가문의 실질적인 가장 역할을 담당하고 있는 존재로 소설 속에 등장한다는 점에서 그는 『토지』(박경리)의 최서희, 『꿈엔들 잊힐 리야』(박완서)의 전태임, 『혼불』(최명희)의 청암부인 등과 동궤에 놓이는 인물이다. 이런 그는 집안일을 도무지 돌아보지 않는 시아버지, 무기력하기만 한 시어머니, 그 어머니와 마찬가지로 무기력하기만 한 남편 등을 달래고 감싸며, 부드러우면서도 강인한 자세로 집안을 이끌어간다. 그로 하여금 숱한 난관을 이기고 이런 역할을 수행할 수 있도록 만들어주는 원동력은 그가 지닌 독실한 불교 신앙이다. 그의 불교 신앙은 시어머니의 그것과 마찬가지 정도로 절실한 것이면서, 시어머니의 그것과는 달리 적극적인 행동의 에너지를 갖춘 것이다. 이런 그의 모습에서 우리는 금방 저 『승만경(勝鬘經)』의 주인공 승만부인을—그리고 『승만경』의 「십대수장(十大受章)」에서 이야기되고 있는 승만부인의 열 가지 서원을—연상하게 된다.

승만부인을 연상시킬 만큼 절실하면서도 적극적인 가야부인의 불교 신앙에 내재된 행동의 에너지가 가장 강렬하게 발현되는 것은 그가 미륵당을 건립하게 되는 과정에서이다. 오랜 세월 동안 땅 속에 파묻혀 있던 미륵불상[1]을 우연히 발견한 그는 이 놀라운 발견을 헛된 것으로 돌리지 않기 위해 그것이 발견된 자리에다 "조그만 절을 짓고" 그 불상을 거기에 모시겠다는 결심을 하게 된다. 처음부터 예상했던 대로 시아버지 오봉선생이 크게 분노하지만 가야부인은 이번에는 "그만 머리를 깎고 영이 가문을 떠날" 수도 있다는 각오로 기어이 자신의 뜻을 관철시킨다.

이처럼 불교 신앙에 입각하여 시도하는 일을 성취하기 위해서는 무시무시한 시아버지에게도 맞설 수 있고 더 나아가 그를 이길 수도 있음을 보여준 가야부인의 그 신앙에는 대승적인 자비와 평등의 정신이 자연스럽게 동반하고 있다. "윗녘에 삼 받으러 갔다가 오는 아랫데 부인네들"을 안마당에 재워 준 에피소드라든가 "친정에서 부리던 종의 딸"인 옥이를 "양딸처럼 귀하게 길러"오는 모습에서 그런 점이 잘 나타난다. 이런 점에서 보면, 「수라도」의 본문 속에 오봉선생 부인이 독송하는 형식으로 인용되어 있는 「천수경」 중 「별원(別願)」의 저 감동적인 구절들은 사실상 가야부인의 정신세계를 집약해서 드러내고 있는 것으로 이해되어야 한다.

1) 가야부인에 의해 발견된 불상을 굳이 미륵불상으로 설정한 데에는 작가의 특별한 의도가 담겨 있는 것으로 보인다. 김윤식, 『오늘의 문학과 비평』(문예출판사, 1988), pp.292~293 참조.

나무대비관세음(南無大悲觀世音)
원아속지일체법(願我速知一切法)
나무대비관세음(南無大悲觀世音)
원아조득지혜안(願我早得智慧眼)
나무대비관세음(南無大悲觀世音)
원아속도일체중(願我速度一切衆)
나무대비관세음(南無大悲觀世音)
원아조득선방편(願我早得善方便)
나무대비관세음(南無大悲觀世音)
원아속승반야선(願我速乘般若船)
나무대비관세음(南無大悲觀世音)
원아조득월고해(願我早得越苦海)[2]

지금까지 살펴본 바와 같은 면모를 갖춘 가야부인이라는 인물을 창조해내는 과정에서 김정한은 순전한 창작기법의 측면에서 볼 때에도 성공적이라는 평가를 받을 만한 기량을 발휘하였다. 이러한 성과를 거둠으로써 김정한은 불교와 불교인의 긍정적인 모습을 인상적으로, 또 성공적으로 그려낸 작가들 중의 한 사람이 된 셈이다. 이런 작가가 한국 현대소설의 역사 전체를 통틀어서 보아도 얼마나 드물게밖에 발견되지 않는 존재인가를 상기할 때 우리는 특별한 감회를 느끼게 된다.

2) 소설 속에 인용되어 있는 부분은 「별원」의 십원육향(十願六向) 중 앞부분 일부에 해당하는 것이다. 십원육향의 내용 전부가 불교 신앙의 중요한 면모를 압축하여 담고 있는 것인 만큼, 이 자리를 빌려 그 나머지 부분까지 적어 두는 것도 의미가 있으리라고 생각된다. 십원육향의 나머지 부분은 다음과 같다: “나무대비관세음(南無大悲觀世音) 원아속득계정도(願我速得戒定道) 나무대비관세음(南無大悲觀世音) 원아조등원적산(願我早登圓寂山) 나무대비관세음(南無大悲觀世音) 원아속회무위사(願我速會無爲舍) 나무대비관세음(南無大悲觀世音) 원아조동법성신(願我早同法性身) 아약향도산(我若向刀山) 도산자최절(刀山自摧絶) 아약향화탕(我若向火湯) 화탕자소멸(火湯自消滅) 아약향지옥(我若向地獄) 지옥자고갈(地獄自枯渴) 아약향아귀(我若向餓鬼) 아귀자포만(餓鬼自飽滿) 아약향수라(我若向修羅) 악심자조복(惡心自調伏) 아약향축생(我若向畜生) 자득대지혜(自得大智慧)”

그뿐만이 아니다. 대체 김정한이 누구인가? 데뷔작인 「사하촌」에서 자못 심한 표현들을 동원하여 불교계를 통박했던 바로 그 작가가 아닌가! 그런 그가 「사하촌」을 발표한 지 33년이 지난 시점에서 내놓은 「수라도」에서는 불교에 대해, 또 불교인에 대해 이처럼 애정 어린 시선을 보내고 있는 것이다. 이런 사실까지를 함께 상기할 때, 우리가 느끼게 되는 감회는 더욱더 특별한 것이 될 수밖에 없다.

(하긴 「수라도」에서 가야부인이 미륵당을 건립하게 되는 과정에 대해 그만큼 큰 비중을 두어 서술한 그가 정작 미륵당이 세워진 후에 초빙되어 와서 그 절을 이끌어가는 스님에 대해서는 거의 언급을 하지 않고 있는 것을 보면 적어도 스님에 대한 그의 부정적 관점은 별로 달라진 바가 없는 것처럼 보이기도 한다. 이 문제에 대해서는 좀더 신중하게 생각해볼 필요가 있을 듯하다.)

—2013

# 김동리의 「극락조」에 나타난 스님들의 의견 대립과 그 해소

1968년 3월 9일부터 6월 17일까지 『중앙일보』에 연재된 김동리의 중편소설 「극락조(極樂鳥)」는, 화가인 정우가 병든 몸을 요양하기 위해 해인사 백련암을 찾아가는 장면으로 시작된다. 그는 거기서 우연히 정련이라는 비구니를 만나보고 놀람을 금치 못한다. 정련은 바로 그의 옛 애인이었던 지희였기 때문이다. 본시 정우와 지희는 어릴 때부터 알던 사이로, 자라가면서 어느덧 서로 열렬한 사랑을 느끼게 되어 장래를 약속하고 육체관계까지 맺었다. 그런데 양가에서도 별다른 반대가 없어 쉽게 성사될 듯하던 두 사람의 결합은 곧 닥쳐온 국회의원 선거 때문에 결혼식이 연기되면서 암초에 부딪힌다. 진사 가문임을 자랑으로 여기고 있는 정우네와 부유하지만 아전 집안이라는 콤플렉스를 안고 있는 지희네는 선거 기간 중 격렬히 대립하게 되었고 그 결과 두 사람의 결혼은 불가능해지고 만 것이다. 그 후 정우는 지워지지 않는 상처를 안은 채 독신으로 그림만 그리며 살아왔고, 지희는 집을 나와 스님이 되었다가 오랜 세월이 흐른 후에 이처럼 우연히 다시 만난 것이니 놀람과 기쁨이 크지 않을 수 없었다. 정우는 이제라도 지희와 결합할 수 있기를 강력히 희망한다. 그러나 일단 출가하여 스님의 몸이 된 지희로서는 속인인 정우와 달리 망설임이 없을 수 없었다. 게다가 지희의 스승인 혜공 스님이 계율을 내세워 단호한 반대 의사를 표하니, 지희는 더욱 머뭇거리게 된다. 그러나 다 같은 불승이면서도 정우를 돌보아주고 있는 초암 스님은 인간적인 측면을 내세워 두 사람의 결합을 지지하는 쪽이었다. 스님들끼리도 이처럼 의견이 대립되자 그들은 결국 이 지역 불교계의 최고 지도자인 용봉 스님에게 사실을 알리고 그의 결정에 따르기로 한다. 여기서 용봉 스님이 초암 스님의 주장을 받아들임에 따라 결론은 마침내 지희의 환속과 두 사람의 결합을 승인하는 쪽으로 내려진다. 그리하여 두 사람은 결혼식을 거행하고, 정우는 거사계(居士戒)를 받으며, 이후로 지희와 함께 신실한 재가불자(在家佛子)의 삶을 살아가게 된다.

이상과 같은 경개를 지니고 있는 「극락조」는 김동리가 일찍이 20대의 젊은 시절에 발표한 바 있는 「솔거(率居)」 연작을 전면적으로 개작하여 새롭게 전개시킨 소설이다.[1] 이 작품을 우리는 여러 가지 각도에서 다양하게 논의해 볼 수 있다. 불교와 관련된 측면에서 접근하는 것도 그 중 한 가지 방법으로 고려될 만하다. 그런데 이처럼 불교와 관련된 측면에서 접근할 때 무엇보다 강하게 우리의 관심을 끄는 것은 작품의 말미 부분에 나타나는 혜공 스님과 초암 스님의 의견 대립이다.

이 대립의 현장에서, 혜공 스님은 융통성 없는 계율지상주의를 대표하는 것으로 보인다. 그런가 하면 그는 승(僧)과 속(俗)을 엄격하게 구분하면서 전자의 후자에 대한 일방적 우위를 주장하여 양보하지 않는 입장을

1) 「솔거」 연작과 「극락조」의 관계에 대해서는 내가 일찍이 『현대소설의 정신사적 연구』(일지사, 1989), pp.213~220에서 자세하게 분석한 바 있다.

대표하는 것으로 보이기도 한다. 이에 반하여 초암 스님은 계율에 관해서나 승과 속의 관계라는 문제에 대해서나 유연하고 개방적인 자세로 임하는 입장을 대표하는 것으로 보인다. 두 사람의 대립을 이런 식으로 정리해 놓고 보면, 대승(大乘)의 근본정신이 어떤 것인지를 감안할 때, 초암 스님의 입장이 판정승을 거두게 되는 것은 필연적인 귀결이라고 판단된다. 유마힐(維摩詰)을 사리불(舍利佛), 목건련(目犍連), 가섭(迦葉), 수보리(須菩提) 등등의 여러 불제자(佛弟子)들보다 상위에 놓으며 부설거사(浮雪居士)를 영조(靈照), 영희(靈熙) 두 스님보다 상위에 놓는 바로 그런 마음이야말로 대승의 근본정신 가운데에서 결코 빼놓을 수 없는 일부분을 이루고 있기 때문이다.

그런데, 「극락조」의 텍스트를 다시 한 번 찬찬히 읽어 보면, 용봉 스님이 초암 스님의 편을 드는 쪽으로 결론을 내리게 된 것은 기본적으로 위에서 이야기된 바와 같은 이유 때문이지만, 그런 용봉 스님의 판결에 혜공 스님이 꼼짝 못하고 승복하게 된 결정적인 계기는 또 다른 곳에 놓여 있다는 사실을 발견하게 된다. 그 대목을 잠시 인용해 보기로 한다.

> 용봉 선사는 여기서 말을 그치고 눈을 들어 혜공을 잠깐 바라보았다. 그러나 혜공이 역시 석연치 못한 얼굴인 것을 짐작하자, 전혀 감정이 곁들이지 않은 낮은 소리로,
>
> "공수좌."
>
> 하고 불렀다.
>
> 혜공이 고개를 들어 용봉 선사의 얼굴을 쳐다보았다.
>
> "그대의 마음이 바야흐로 정(情)에 착(着)해 있음을 깨닫지 못하는가?"
>
> 이것은 혜공 스님에게 있어서 청천벽력과도 같은 역습이었다.
>
> "……"
>
> 혜공이 대답을 하지 못하는 것을 보자 용봉 선사는 다시 입을 열었다.
>
> "그대는 산중에서 마음의 거울을 닦아 온 지 십 년이 넘어 되지만 아

직도 진애가 남아 있어 그 진애에서 인연의 거미줄이 치어지려 하는데 하물며 연수좌(지희－인용자)와 같은 짙은 인연의 그림자가 뒤따르고 있음에랴."

용봉이 이렇게 깨우치자 혜공도 그때는 다시 무릎을 꿇고 허리를 일으키며 한숨과 함께,

"나무아미타불."

합장을 올렸다.[2]

위에 인용된 대목을 읽으면서 우리는 혜공 스님이 내세우는 준엄하고 고압적인 계율지상주의의 이면에 사실은 지극히 중생적(衆生的)인－달리 말하면, 범속한－집착이 숨어 있음을 깨닫게 된다. 십이연기(十二緣起) 중의 애(愛), 취(取), 유(有)로 대표되는 집착의 힘은 이런 곳에까지도 몰래 숨어들어 작동하면서 사람을 움직일 수 있다는 것을 깨닫고 놀라게 된다.

그러나 또 한편으로, 소설 속의 용봉 스님처럼 남다른 통찰력을 가진 사람이라면 그런 것이 숨어 있는 자리를 꿰뚫어보고 그것을 밝은 인식의 빛 아래 드러낼 수 있다는 사실, 그리고 한 번 밝은 인식의 빛 아래 드러나게 되면 그 집착의 힘은 무화되거나 적어도 약화될 수 있다는 사실 역시, 우리는 위의 대목에서 확인할 수 있다. 바로 이런 것이 정견(正見)의 위력이리라. 「극락조」의 위 대목에서 이와 같은 정견의 위력을 확인할 수 있다는 것은 이 소설을 읽는 우리들의 작지 않은 기쁨이 된다.

—2014

2) 김동리, 『김동리 문학전집 7－극락조·비오는 동산』(계간문예, 2013), pp.162~163.

# 최인훈의 구보가 본 불교

최인훈은 『소설가 구보씨의 1일』 연작의 첫 작품인 「느릅나무가 있는 풍경」을 1969년 12월에 발표한 후, 2년 남짓한 기간 동안 꾸준하게 이 연작의 창작과 발표를 계속하였다. 그리고 1972년 7월에는 열다섯 번째에 해당하는 작품을 발표함으로써 이 연작을 완결하였다. 완결된 연작은 그 해에 삼성출판사에서 단행본으로 간행된 바 있다.

최인훈은 이 연작소설집의 주인공으로 구보(丘甫)라는 이름을 가진 소설가를 등장시키고 있다. 여러 가지 점에서 작가인 최인훈 자신을 닮은 주인공 구보에 의해 펼쳐지는 다채로운 사유의 내용이 이 소설의 대부분을 차지하고 있다. 그 사유는 상당히 넓은 스펙트럼을 가지고 있지만, 거기서 가장 중요한 자리에 놓이는 것은 '시대 상황에 대한 고민'과 '문화의 의미에 대한 성찰'이다. 조금 더 구체적으로 말하자면, 난폭하고 혼탁한 시대 상황에 대해 고민하면서, 그런 상황 속에서라도 인간들로 하여금 최소한의 고귀함과 평화로움을 지킬 수 있도록 만들어 주는 존재로서의 문화가 얼마나 소중한가를 거듭 확인하고 그러한 문화의 바람직한 길을 모색하는 일이 구보의 사유에 있어서 중심을 이루고 있는 것이다.

대충 이상과 같이 요약될 수 있는 면모를 가지고 있는『소설가 구보씨의 1일』연작은 한 편의 지식인소설로서, 또는 한 편의 소설가소설로서 사람들의 주목을 끌 만한 요소를 풍부하게 지니고 있다. 그 자연스러운 결과로, 이 작품에 대해서는 여러 논자들에 의하여 이미 상당한 분량의 논의가 이루어진 바 있다.

그런데 내가 볼 때 무엇보다 흥미로운 것은 이 작품 중 두 군데에서 불교에 대한 작가의 관심이 뚜렷하게 나타나고 있다는 점이다. 그 중 하나는 제3편에 해당하는「이 강산 흘러가는 피란민(避亂民)들아」(이제부터는 이 작품을「이 강산」으로 약칭하기로 한다)의 마지막 대목이고 다른 하나는 제15편, 즉 마지막 편에 해당하는「난세(亂世)를 사는 마음 석가씨(釋迦氏)를 꿈에 보네」(이제부터는 이 작품을「난세」로 약칭하기로 한다)에 인용 형식으로 제시되어 있는 구보의 소설이다. 전자에는 주인공 구보가 심등사(心燈寺)라는 절로 자신과 친분이 있는 법신 스님을 찾아가 차를 마시며 대화를 나누는 장면이 담겨 있고, 후자에는 거의 구보 자신으로 간주되어도 좋을 일인칭 주인공이 옛날에 큰 절이 자리잡고 있었으나 지금은 주춧돌만 남아 있는 시골의 어떤 장소를 찾아가서 초면의 스님과 대화를 나누는 내용의 꿈을 꾸었다는 이야기가 실려 있다.

이처럼『소설가 구보씨의 1일』연작 속에서 두 차례에 걸쳐 나타나는, 불교와 관련된 이야기는, 위에서 언급된 이 연작의 핵심적인 문제의식과 일단 기본적으로 궤를 같이하고 있다. 즉 이 이야기들 속에서 확인되는 구보의 불교에 대한 관심은, 우선, '난폭하고 혼탁한 상황 속에서 인간들로 하여금 최소한의 고귀함과 평화로움을 지킬 수 있도록 만들어 주는 존재로서의 불교'라는 것과 관련되어 나타나는 것이다. 한 예로,「이 강산」에서 구보가 법신 스님을 찾아가 차를 마시며 불교에 대해 자기 나름의 사색을 펼치는 대목을 보자.

> 절이란 데를 찾은 사람들. 그림도 그려주고, 불경도 베껴보면서 객채에서 엎치락뒤치락하는 나그네들의 모습이 떠오른다. 그런 범절. 노예. 감옥에 있는 노예. 있던 노예. 반정(反正). 정난공신 사이의 권력 투쟁. 비주류파의 몰락. 멸족. 혹은. 권력에서 밀어내는 것으로 그치고 목숨은 살려주는 경우. 절. 구름의 소식과 물소리만으로 보내는 절. 그러한 삶의 범절. 정치의 범절. 야만에서 벗어난. 속세와 탈속의 인공적 구분. 허구(虛構)의 시공의 발명. 문명. 운명의 애달픔과 삶의 두려움을 슬퍼하는 것만을 업으로 삼는 분업(分業). 의 형식. 노예들. 감옥에 갇힐 만큼 잘나지도 못했던 노예들이 마음을 의지한 곳. 장할 만큼 굳세지는 못해도 한스럽게 착할 수는 있었던 약한 짐승들의 나무 그늘. 장하지도 그리고 착하지도 못한 눈먼 짐승들이 제 욕심을 빈 칠성터. 온갖 모습의 목숨이 숨쉬는 대로 두고 자기들 팔자만큼 숨쉬게 놓아두는 텅 빈 가득함을 마련한 슬기. '맑은 슬기만 남고, 모든 야만은 가라.'[1]

여기서 드러나는 구보의 불교 인식은 세상이 난폭하고 혼탁한 '야만'의 공기로 가득 차 있을 때 '맑은 슬기'가 조금이라도 살아남을 수 있는 공간을 제공함으로써 인간이 최소한의 고귀함과 평화로움을 지킬 수 있도록 해주었던 존재로서의 불교 혹은 불교계(佛敎界)라는 것에 초점을 맞추고 있는 것이다.

위에 인용된 제3편 속의 한 대목이 주로 과거의 시대를 겨냥하고 있는 것이라면 제15편인 「난세」에서는 현대에 초점을 맞추고 있지만 문제의식의 성격은 동일한 면모를 보여준다.

1) 최인훈, 『소설가 구보씨의 1일』(재판, 문학과지성사, 1991), p.72.

인두겁을 쓴 사람들이 안개 속 같은 거리를 갈팡질팡하는 모습, 이것이 내남없이 도회지에 사는 사람의 나날이다. 옛날 사람이 이렇게 되기를 면하게 하던 등불을 우리는 잊어버린 지 오래다.[2)]

이렇게 탄식하던, 구보가 쓴 소설 속에 나오는, 이름이 밝혀져 있지 않은 일인칭 화자는, 옛날에 큰 절이 있었던 곳을 찾아가 거기 남은 주춧돌들을 보며 다음과 같은 생각으로 기운을 되찾는 것이다.

그러나 아주 갈피를 잃어버리기에는 너무나 많은 실마리가 남아 있다. 바로 이 주춧돌만 해도 그 실마리의 한 가지다. 이천 수백 년 전의 그 깨끗한 숨결이 이곳까지 닿아서 아직도 이렇게 튼튼하게 땅속에 박혀 있다.[3)]

위와 같은 생각을 하며 기운을 되찾는 주체는 물론 구보가 쓴 소설 속에 나오는 화자이지만 위의 대목에 나타나는 화자의 생각은 곧 구보의 생각이기도 할 것이다. 그러니까 위의 대목은 구보 자신의 불교관을 보여주는 대목으로 간주되어도 잘못이 없을 터이다. 이 대목을 통하여 확인되는 구보의 불교관은 앞에서도 말했듯 대상으로 삼고 있는 시대만 다를 뿐 「이 강산」에서 확인되었던 관점과 동일하다. 즉 난폭하고 혼탁한 상황 속에 놓인 인간들로 하여금 최소한의 고귀함과 평화로움을 지킬 수 있도록 만들어 준 문화적 장치 중의 하나가 바로 불교라는 것이다.

이러한 불교관은 많은 사람들의 공감을 불러일으킬 수 있는, 온당한 것임에 틀림없다. 하지만 불교와 관련된 구보의 사유가 이런 정도만으로 끝났다면, 그것은 그다지 인상적인 것이라 하기 어려울 것이며, 불교의

2) 위의 책, pp.319~320.
3) 위의 책, p.323.

핵심에 다가간 것이라 하기도 어려울 것이다. 난폭하고 혼탁한 상황 속에 놓인 인간들이 최소한의 고귀함과 평화로움을 잃지 않도록 해 준다는 것은 불교의 가르침에서 자연스럽게 파생되어 나오는 실제적 효과일 수는 있으나 그것 자체가 불교의 본질을 이루는 것일 수는 없기 때문이다.

그러나 다행스럽게도 『소설가 구보씨의 1일』은 위에서 검토된 정도의 사유를 제시하는 것만으로 그치지 않는다. 「난세」에서 옛 절의 자취를 찾아 떠난 꿈 속 여행의 주인공을 통하여 구보는 다음과 같은 말을 들려주고 있는 것이다.

> 참자기란 무엇인가, 하는 질문을 세우고 자기란 것은 없다고 깨달은 생각의 높이와 굳세기는 이 누리의 끝에서 끝까지의 지름보다 더 강하고 크다. 지금부터 이천 수백 년 전에 이 엄청난 생각의 우주 여행을 마친 사람, 피골이 맞붙는 고통을 치르며 그 여행에서 가져온 보물을 혼자 누릴 수 없어 모든 벗들에게 나눠준 사람.[4)]

위에 인용된 대목은 불교의 핵심을 정확하게 포착해내고 있다. 팔만대장경 혹은 팔만사천 법문이라는 표현에서 단적으로 시사되듯 불교의 가르침은 참으로 호한(浩瀚)한 것이지만, 그토록 호한한 불교의 가르침을 압축하고 압축하면 결국 삼법인(三法印)으로 요약되며, 그 삼법인을 다시 더 압축하면 결국 무아(無我)라는 한 단어로 요약된다. 거꾸로 말하면 무아의 가르침이 펼쳐져서 삼법인이 되고, 삼법인이 다시 펼쳐져서 마침내는 팔만대장경, 혹은 팔만사천 법문이 되는 것이다. 구보의 화자는 바로 이 사실을 정확하게 알고 있다. 이 사실을 정확하게 알고 있으며, 이 사실 속에 담겨 있는 가치가 얼마나 엄청난 것인지도 정확하게 알고 있다. "자기란 것은 없다고 깨달은 생각의 높이와 굳세기는 이 누리의 끝에서 끝

---

4) 위의 책, pp.322~323.

까지의 지름보다 더 강하고 크다"라는 표현을 보라.

"자기란 것은 없다고 깨달은 생각의 높이와 굳세기는 이 누리의 끝에서 끝까지의 지름보다 더 강하고 크다"라고 말한 화자는, 조금 뒤에 가서는, 바로 이 '자기란 것은 없다고 깨달은 생각'의 주인공인 석가모니를 가리켜 "우리가 있은 후 가장 슬기로운 사람"[5]이라고 표현하고 있기도 하다. 오래 전 나가르주나[龍樹]가 『중론(中論)』 서두의 「귀경게(歸敬偈)」에서 석가모니에게 바쳤던 '제설중제일(諸說中第一)'이라는 찬사[6]를 떠올리게 하는, 인상적인 표현이다. 또한, 진심으로 공감하지 않을 수 없는 표현이기도 하다.

불교의 핵심적인 가르침이 무엇인지를 정확하게 알고, 또 그것이 얼마나 소중한 가치를 지닌 것인지도 정확하게 아는 화자는, 그 가르침이 이천 수백 년의 세월을 넘어 오늘의 우리에게까지 고스란히 전해져 왔다는 사실 앞에서 벅찬 감동을 느낀다. 또한, 그 가르침이 오늘의 우리에게까지 전해질 수 있도록 해 준 수많은 전달자들에 대해 감사하는 마음이 솟아나는 것을 느낀다. "지금부터 이천 수백 년 전에 이 엄청난 생각의 우주 여행을 마친 사람, 피골이 맞붙는 고통을 치르며 그 여행에서 가져온 보물을 혼자 누릴 수 없어 모든 벗들에게 나눠준 사람"이라는 문장에 바로 뒤이어서 전개되는 다음의 대목이 그 점을 말하고 있다.

> 그 보배—사랑의 불씨가 대륙을 지나 이 땅 이 자리에까지 왔다는 일.
> 기차도 전차도, TV도, 비행기도 없던 시절에 그것이 얼마나 힘든 일인가

5) 위의 책, p.323.

6) 『중론』 서두의 「귀경게」에 나오는, 용수가 석가모니에게 바친 찬사는, 구마라습(鳩摩羅什)의 한역에 따르면 다음과 같다. "能說是因緣 善滅諸戱論 我稽首禮佛 諸說中第一." 이것을 김성철은 다음과 같이 의역하였다. "온갖 망상을 잠재우며 상서로운/ '연기의 진리'를 가르쳐 주신 부처님,/ 최고의 스승이신 그분께 머리를 조아려 예배드립니다"(김성철, 『중론, 논리로부터의 해탈 논리에 의한 해탈』(불교시대사, 2004), p.48).

를 지금 우리는 그대로 느끼지 못한다. 얼마나 많은 사람들이 자기를 버린 열매인가를 느끼지 못한다. 이미 은혜 속에 있으니 공기를 고마워하지 않듯이. 이 산속에 다듬은 주춧돌이 이런 형국으로 벌여지기까지의 사연. 그래서 사람들은 이 보배를 간직하고 다음 세상 사람들에게 물려주기 위해서 온갖 정성을 쏟았다.[7)]

「난세」의 화자가 위의 대목을 통하여 말하고 있는 감동과 감사의 마음을 우리도 똑같이 느낄 수 있다. 그리고 이러한 감동과 감사의 마음을 구보 및 그가 쓴 소설 속의 화자라는 매개자를 통해 위와 같이 인상적인 문장으로 표현해 준 우리 모두의 대표자로서의 '작가 최인훈'에게 따로 감사의 인사를 전하고 싶다는 생각도 우리는 가지게 된다.[8)]

그런데 구보의 화자는 방금 말한 바와 같은 감동과 감사의 마음으로 자신을 채우면서 또 한편으로 그 자신이 살고 있는 시대의 난폭함과 혼탁함에 대한 감각도 여전히 놓치지 않는다. 그러한 감각이 그로 하여금 위에 인용된 대목에 바로 이어서 다음과 같은 말을 하게 만든다.

그러나 이 보배는 물건이 아니기에 손에서 손으로 쥐어주는 것이 못된다. 우리가 있은 후 가장 슬기로운 사람이 죽을 고비를 넘겨서 만들어낸 눈에 보이지 않는 정밀한 기술이다. 어느 서슬에 잘못 다루어지면 헝클어진 실타래처럼 갈피를 잡아내기 어렵다. 아마도 우리 시대가 그런

7) 최인훈, 앞의 책, p.323.

8) 『소설가 구보씨의 1일』에 대한 김인환의 서평을 보면 다음과 같은 말이 나오는데 거기서 나는 내가 말한 '감사의 인사를 전하고 싶다는 생각'과 매우 유사한 마음의 움직임을 읽게 된다. "최인훈은 이 소설의 마지막 장을 꿈속에서 만난 스님과의 대화로써 아름답게 종결하고 있다. 오늘의 혼란을 극복할 수 있는 영원한 질서로서 전통 문화의 꽃인 불교를 들고 있는 것이다. 불교의 이미지는 이 소설의 여러 곳에 되풀이되고 있다. (…) 이와 같이 찬탄하는 말을 최인훈의 다른 소설 어디에서 대할 수 있겠는가? 나는 최인훈이 불교에 복귀한 것을 동경(同慶)해 마지 않는다"(김인환, 「과거와 현재」, 김병익 · 김현 공편, 『최인훈』(은애, 1979), p.252).

> 시대가 아닐지. 그래서 마음은 갈피없고 갈 곳을 모른다.[9)]

우리가 살고 있는 시대야말로 "우리가 있은 후 가장 슬기로운 사람이 죽을 고비를 넘겨서 만들어낸" 더없이 고귀한 유산을 "헝클어진 실타래"와 같은 꼴로 만들어버린 형편없는 시대라는 사실을 단적으로 증명해 주는 것이 바로 구보가 쓴 소설 속의 주인공이 찾아간 옛 절의 폐허일 것이다. 한때는 수많은 당우(堂宇)와 전각(殿閣)들로 화려하였을 넓은 땅에 이제는 겨우 몇 개의 주춧돌만 남아서 폐허의 적막감을 빚어내고 있으니, 이것이야말로 이 시대가 얼마나 난폭하고 혼탁한 시대인가를 말해주는 산 증거가 아닐 것인가?

하지만 화자는 이런 폐허가 증언해 주는 우리 시대의 난폭함과 혼탁함에 대한 감각을 예민하게 유지하면서도 그 폐허에 남아 있는 주춧돌을 보며 새로운 희망을 찾고 그 희망을 말하고자 한다. 그 점을 우리는 앞에서 우리가 인용한 바 있는, "그러나 아주 갈피를 잃어버리기에는 너무나 많은 실마리가 남아 있다. 바로 이 주춧돌만 해도 그 실마리의 한 가지다. 이천 수백 년 전의 그 깨끗한 숨결이 이곳까지 닿아서 아직도 이렇게 튼튼하게 땅속에 박혀 있다"라는 화자의 말에서 읽어낼 수 있다. 그리고 화자는 거기에 다시 이어서 아래와 같이 인상적인 전언을 들려준다.

> 이것은 그 위에 실렸던 집채를 잃어버린 남은 그루터기가 아니라, 헤아릴 수 없이 깊이 파묻힌 광맥의 윗머리가 땅 위에 솟아난 부리라고 보인다. 바다에 잠긴 얼음산의 뮛부리처럼.[10)]

---

9) 최인훈, 앞의 책, p.323.
10) 위의 책, 같은 페이지.

이것은 불교의 저력에 대한 믿음의 선언이다. 다시 말하자면, '우리가 있은 후 가장 슬기로운 사람이 죽을 고비를 넘겨서 만들어낸 눈에 보이지 않는 정밀한 기술'이 헛되이 사라지고 잊혀지는 법은 절대로 없을 것이라는 신념의 선언이다. 그 기술, 즉 불교의 가르침은 반드시 한때의 쇠퇴를 극복하고 다시 일어나 빛을 발하면서 수많은 사람들을 구원의 길로 인도할 만한 역량을 '헤아릴 수 없이 깊이 파묻힌 광맥'의 풍요로움만큼, '바다에 잠긴 얼음산'의 크기만큼 자체내에 든든하게 갖추고 있다는 확신의 선언이다.

「난세」는, 화자의 마음속에서 전개된, 지금까지 우리가 살펴온 바와 같은 내용의 불교와 관련된 사색을 보여준 다음, 그로 하여금 어떤 낯선 스님을 만나 대화를 나누게 한다. 이 단계에 이르러 「난세」는 독백의 밀실을 버리고 대화의 광장으로 나온다.

흥미로운 것은, 여기서 화자와 만나 대화를 나누는 스님이 높은 경지에 오른 고승이나 지성으로 무장한 학승이 아니라 아주 단순하고 소박한 심성을 가진 인물이라는 사실이다. 그는 절에서 "마당 쓸고, 종 치고, 잿밥 올리고, 군불 지피고, 빨래하고, 나무하는"[11] 등속의 일들을 전담하고 있는 처지이며, 처음 보는 화자에게 "요즈음 같아서는 아주 저같이 가망 없는 그릇은 차라리 환속하여버릴 마음도 납니다"[12]라고 하소연하는 인물이기도 하다.

이런 소박한 인물을 등장시켜 화자와 대화를 나누도록 만든 결과 「난세」에는 따뜻한 인간적 온기가 더해지며, 밝은 해학적 분위기가 만들어지기도 한다. 그러나 이처럼 소박한 인물을 통해서 우리 독자들에게 전달되어 오는 메시지의 내용은 결코 가벼운 것이 아니다.

---

11) 위의 책, p.327.
12) 위의 책, p.324.

화자와 만나 대화를 나누는 스님은 자신이 잘 아는 다른 여러 스님들의 말이라면서 "구름과 걸음을 맞추고 냇물과 장단을 맞추는 것"[13]이 이른바 만행(萬行)의 진정한 의미라는 이야기를 한다. 그리고 "조선 팔도를 샅샅이 걸어다니다 보면 이 세상과 내가 하나라는 이치가 마음에 앞서 두 다리 정강이에 사무치게 된다"[14]고 한 어떤 스님의 말도 화자에게 전해준다. 「난세」의 화자에게 전해지는 이러한 스님들의 말은 불교에서 일러주는 자타불이(自他不二)의 진리를 아름다운 언어로 새롭게 다듬어낸 것에 해당한다. 화엄(華嚴)의 가르침에 대하여 들어본 일이 있는 사람이라면 그 스님들의 말에서 화엄사상의 핵심인 상즉(相卽)의 원리가 빛나고 있음을 발견하고 환희에 잠겨들 수도 있을 것이다.[15]

—2013

---

13) 위의 책, p.326.

14) 위의 책, p.327.

15) 상즉의 원리에 대해서는 양형진, 『산하대지가 참빛이다』(장경각, 2001), p.215 이하에서 자세하고 친절하게 설명하고 있다.

# 「바다의 편지」를 읽으며 소설의 힘을 확인하다

최인훈은 1973년에 장편 『태풍』을 발표한 후 여러 해 동안 소설을 쓰지 않는 대신 희곡의 창작에 전념한다. 그러나 1981년 이후에는 그의 희곡 창작도 중단된다. 1984년에 「달과 소년병」이라는 짧은 단편을 발표한 것 정도를 제외하면, 소설의 영역에서나 희곡의 영역에서나 긴 침묵의 세월이 이어지게 되는 것이다. 물론 문학론이나 수필 같은 비허구(非虛構)산문들은 계속 꾸준하게 쓰지만, 창작의 세계로는 10년이 넘도록 다시 돌아오지 않는다. 왜 그가 이처럼 완강한 침묵의 성채에 자신을 가두게 되었는지, 많은 사람들이 궁금하게 생각할 수밖에 없었는데, 거기에 대한 최인훈 자신의 답변이 이창동과의 대담에서 다음과 같이 제시된 바 있다. 1990년의 일이다.

> 나는 자신의 작품에 있을 만한 정력을 다 쏟아놓고, 그래서 내가 할 수 있는 이야기는 거기에 다 있다고 생각해요. 내가 과거에 쓴 작품 이

상의 경지에 올라가는 작품을 쓰지 못한다면, 나한테 작품을 쓴다는 것 자체, 신작을 내고 안 내고의 문제는 아무 의미가 없는 겁니다. 내가 나를 한 발 더 끌어올리는 힘을 새로 쓰는 데서 발견했을 때, 거기에 뭔가 환희작약이 있는 거지 옛날에 쓴 걸 다시 늘여서 써봤다고 해서 착해지는 것도 아니고 슬기로워지는 것도 아니니까요.

하지만 최인훈은 이러한 발언을 하면서 다른 한편으로 다음과 같이 변화의 가능성을 열어두기도 했다.

그러나 이렇게 말하는 데서 끝낸다면 너무 위험한 상식이겠지요. 미래라는 것은 본인 자신도 예측할 수 없다는 것이 표면충동의 성격이기 때문에 공부하면서 기다리고 있습니다.[1)]

그런데 최인훈으로 하여금 이런 기다림을 끝내지 않을 수 없게끔 만든 역사적 사건이 바로 그 다음 해에 발생한다. 바로 소비에트 연방공화국의 해체이다. 세계사적으로 막중한 의미를 갖는 것이면서 6·25 때 월남한 피난민이자 『광장』의 작가인 최인훈 개인으로서도 대지진에 준하는 충격으로 받아들이지 않을 수 없었던 이 사건과 맞닥뜨렸을 때 그것의 의미를 면밀히 검토하기 위해 새로운 소설의 창작에로 나아가는 것은 그로서는 피할 수 없는 과제였다. 이 과제를 끌어안고 고투한 결과로 쓰여진 것이 1994년에 발표된 장편 『화두』이다.

『화두』를 발표한 후 최인훈은 다시 침묵의 세계로 복귀한다. 2003년에 이르러 이 침묵이 잠깐 깨어진다. 이 해에 그가 단편소설 「바다의 편지」를 발표한 것이다. 아주 짧은 단편이다. 이 짧은 단편이, 적어도 2014년 현재의 시점을 기준으로 해서 보면, 그가 창작의 영역에서 내놓은 마

1) 최인훈·이창동 대담, 「최인훈의 최근의 생각들」, 『작가세계』 1990. 봄, p.63.

지막 성과이다.

그가 2003년에 이 작품을 발표한 것은, 이 작품이야말로 그가 말한 바 '내가 과거에 쓴 작품 이상의 경지에 올라가는 작품'에 해당한다고 생각했던 결과일까? 그럴 수도 있고 안 그럴 수도 있다. 섣부른 단정은 금물이다. 그러나 이 작품이 그것 자체로서 상당히 인상적인 문제작이라는 사실만은 부정할 수 없다.

「바다의 편지」는 제목 그대로 '편지'의 외관을 취하고 있는 작품이다. 제목을 「바다의 편지」라고 했지만, 여기서 실제로 편지를 보내는 주체—일반적인 용어로 바꾸어 말하자면, 발화(發話)의 주체—는 얼마 전 바닷속에서 사망한 한 백골이다. 이름이 밝혀져 있지 않은 그는 "잠수정을 타고 최전방의 바다에서 정찰을 수행하는 특별히 위험한 임무를 지원"했다가 "적의 배에서 투하된 폭뢰"를 맞고 죽은 지 여러 날이 지나 바닷속에서 백골이 되었으며, 이제는 그 백골도 서서히 해체의 과정을 밟아나가고 있는 중이다. 이런 상태에 놓여 있는 그가 자신의 어머니를 수신인으로 하여 편지를 보내는 것이다. 그러나 이 소설 속에서 실제로 어머니에게 건네는 발화의 형태를 취하고 있는 것은 작품 서두의 두 개 문장과 작품 중간의 일부, 그리고 맨 마지막의 몇 줄뿐이고, 대부분은 백골의 독백에 해당하는 내용으로 채워져 있다. 어머니에게 보내는 편지의 외양을 취하고 있는 부분이나 단순한 독백의 형태를 취하고 있는 부분이나, 발화 주체의 언어를 통하여 작가인 최인훈 자신의 자못 진지한 사유를 담아내고 있다는 점에서는 공통된다.

이상과 같은 간략한 정리만 보아도 누구나 짐작할 수 있는 것처럼 「바다의 편지」는 대다수의 독자들이 소설을 읽을 때 일반적으로 기대하는 '그럴 듯함'이라는 요소를 철저히 무시해 버린 자리에서 자유롭게 쓰여진 소설이다. 최인훈은 작가 활동의 초기 단계에서부터 전통적인 사실주의의 기법과 거리가 있는 작품들을 드물지 않게 발표해 온 사람이지만 「바다의 편지」는 비(非)사실성 혹은 반(反)사실성이라는 측면에서 볼 때 최인훈의 소설들 가운데서도 가장 극단적인 지점에까지 나아간 경우로 간주되어 무방할 듯하다.

이처럼 비사실성 혹은 반사실성의 극단에 해당하는 지점으로 나아가면서 최인훈은 자신이 오래 전에 썼던 작품의 일부분을 해체하고 재편성하여 이 소설 속에 다시 집어넣는다고 하는, 아주 색다른 실험을 해 보이기도 한다. 구체적으로 말하자면 1962년에 쓰여진 중편 「구운몽」에 나오는 「해전」이라는 시와, 1968년에 쓰여진 중편 「하늘의 다리」 중 주인공의 환상을 기록한 부분에 해당하는 그 제13장을 각각 조각조각 나누어 해체한 다음 이 소설 속에 가져와서 다시 배치하고 있는 것이다. 「바다의 편지」라는 소설이 워낙 자유분방하고 파격적인 비사실-반사실 문학의 극점에 위치하고 있는 작품이다 보니, 이 작품 속에서 그처럼 희한한 실험이 행해졌어도 전혀 어색한 느낌이 들지 않는다.

최인훈은 「바다의 편지」를 이처럼 희한한 실험을 포함한 비사실-반사실 소설의 극단에 해당하는 존재로 만들면서 앞서 말했듯 그 속에 '자못 진지한 사유'를 담아내고 있거니와, 결국 이 작품의 핵심적인 가치는 그 '진지한 사유'의 내용에 있다고 할 것이다.

본격적인 '「바다의 편지」론'을 의도하고 있지 않은 이 자리에서 그 '진지한 사유'의 면모를 세세히 살펴볼 여유는 없다. 나중에 혹시 기회가 있으면 따로 그러한 시도를 해 보겠지만 지금은 아니다. 여기서는 그냥 이 작품 속의 두 대목을 잠깐 읽어 보고 이야기를 마치고자 한다. 우선 첫 번째 대목을 보면 다음과 같다. 이 대목은 작품의 앞부분에 들어 있다.

물고기들이 여기저기의 나를 건드리고 지나가는 어떤 순간 나는 백골 쪽이 아니고 물고기들 쪽으로 옮아가서 내 백골을 건드리면서 헤엄쳐가는 느낌이 내 것이 되어 있음을 깨닫고 놀란다. 내가 조금씩 물고기 쪽으로 옮아가고 있는가. 어떤 때는 있을락 말락 한 바다의 움직임이 내 몸짓이라는 환각에 문득 사로잡힌다. 그러면 나는 바다가 되어가기도 한단 말인가. 또 어떤 때는 이 깊은 바다 밑바닥까지 겨우 와 닿는 햇빛, 어쩌면 그것은 순전히 나의 착각일 수도 있지만 저 위에서 바다 바깥에서 온 어떤 기운이 되어 있는 나를 느낀다. 나는 빛이 된 것인가. 빛이 되려고 이 백골이라는 알 속에서 나는 깨어나고 있는 것인가.[2)]

「바다의 편지」의 위와 같은 대목을 읽으면서 나는, 우리 인간들이 생의 마지막 날까지 끌고 다니는 개아(個我)로서의 자의식이란 한낱 착각에 불과하며 생사(生死)를 넘어선 자리에서 보면 자(自)와 타(他)가 결국 둘이 아니고 만물이 궁극적으로 일체(一體)여서 내가 곧 물고기이기도 하고 바다이기도 하고 햇빛이기도 하다는 사실을 새삼 사무치게 깨닫는다. 이러한 사실을 알게 해 주는 텍스트는 물론 경전 가운데에도 있고 여러 이론서들 가운데에도 있다. 그러나 마찬가지 사실이라도 「바다의 편지」와 같은 소설을 통하여 그것을 다시 상기하게 되면, 방금 말했듯 그 사실이 '새삼 사무치게' 절절한 느낌으로 다가오는 것이다. 바로 이런 것이 소설의 힘일 것이다.

그런데 「바다의 편지」는 위와 같은 사실을 다시 한 번 상기시켜 주고 그것만으로 끝나는 것이 아니다. 소설의 말미에 이르러 또 한 가지 의미 있는 진실을 알려주고 그제서야 마무리를 짓는 것이다. 그 말미 부분이, 지금 내가 읽어 보고자 하는 두 번째 대목이다. 그것은 다음과 같은 문장들로 되어 있다.

---

2) 최인훈, 『바다의 편지』(삼인, 2012), p.514.

> 어머니, 우리가 다시 만날 때까지는 너무나 오래 기다려야 할 지금, 그리고 그동안에는 제 이 부르짖음이 비록 바다며 별이며 바람이며 나뭇잎이며 어쩌면 지금 내 의식에 끼어드는 저 넋두리처럼 나와 알지도 못하는 다른 어떤 남의 말에까지 변신해서 옮아다닐 수는 있어도, 그것은 여전히 이 지금 생생한 내가 부를 수 있는 이름, '어머니'가 아니겠기에 나는 지금 어머니를 불러봅니다. 어머니, 들리지 않으시지요. 그래서 마음 놓고 부릅니다. 어머니, 부디 안녕히 계세요. 다시 만날 그때까지.[3)]

앞에서 내가 이미 말했듯 만물은 궁극적으로 일체이다. 그것은 틀림없는 사실이다. 그리고 만물이 일체이니 만큼, 그 일체로서의 만물 가운데 어느 것과 어느 것이 더 가깝고 어느 것과 어느 것은 더 멀다는 식으로 친소(親疎)를 나누어서 논하는 것은 부질없는 짓이다. 이것도 틀림없는 사실이다.

하지만 살아 있는 동안 속세(俗世)에서 속제(俗諦)에 입각한 삶을 살 수밖에 없는 중생으로서는, 궁극적으로는 부질없는 짓이 될지라도, 친소를 나누어서 보며 살아가는 것이 불가피한 노릇일 수 있다. 다르게 표현하자면, 인연의 세목을 가려서 분별하며 살아가는 것이 불가피한 노릇일 수 있다. 어머니와 아들로 만난 인연도 그 중 하나일 것이다. 어머니와 아들로 만난 인연을 '인연의 세목을 가려서 논하는' 자리에서 따져 본다면 그 무게가 얼마만할 것인가. 그야말로 지중(至重)한 것이 아니겠는가. 그것을 지중한 것으로 보고 받아들이는 것, 거기에 집착하는 것, 그것은 어리석은 짓임에는 틀림없지만 그래도 일시적으로는—최소한, '그 이름이 생생한 것으로 느껴지는' 동안은—묵인될 수도 있는 것이 아니겠는가. 그렇게 생각하는 편이, 어차피 미련한 중생의 몸을 받고 태어난 자들의 운명에 어울리는 것일지 모른다. 위에서 내가 말한 '또 한 가지 의미

3) 위의 책, p.525.

있는 진실'이란 바로 이런 것이다. 「바다의 편지」의 마지막 대목은 이런 의미 있는 진실을 우리에게 상기시키고 있는 것이다. 소설의 언어를 가지고서. 소설의 언어에 내재된 '힘'을 가지고서. 「바다의 편지」와 관련된 이야기는 여기까지 하고 일단 접기로 한다.

—2013

## '진(瞋)'의 독을 다스리는 법

### —윤대녕의 「배암에 물린 자국」

윤대녕이 1994년에 발표한 단편소설 「배암에 물린 자국」은 정말로 뱀에 물린 경험을 가진 사람의 이야기이다. 일인칭 화자로 등장하는 주인공은 "전날 알 만한 계집의 결혼식에 갔다가 퍼마신 술 때문에 종일 배를 싸쥐고 방바닥을 뭉개고 있다가 바람이나 쏘일 겸 나선" 산책길에서 뱀에게 물리는 봉변을 당한다. 동네 뒷산을 무심히 걷던 중 "왼쪽 뒤꿈치 바로 윗부분 인대"를 독사에게 물린 것이다. 다급한 중에도 적절한 응급처치를 한 덕분에 목숨은 건졌으나 한동안 고생을 겪어야만 했다. 이런 횡액을 치르면서 그는 바로 그 뱀을 향한 지독한 증오심과 복수심이 자신의 마음속에서 불타오르는 것을 느낀다. "배암, 너 내 손으로 반드시 잡아죽이고 말 테다! 너 귀머거리, 네 머리를 갈아 내 상처에다 몇 겹으로 처바를 테야!" 그리하여 그는 몸이 다소 회복되자마자 그 뱀을 찾아 죽이기 위해 하루도 빼놓지 않고 온 산을 이 잡듯 뒤지고 다닌다.

그러던 중 그는 산 속에 "허름한 막사"를 지어놓고 사는 한 농부와 마주치게 된다. 그와의 첫 만남은 소설 속에서 다음과 같이 서술된다.

> 며칠이 지나 내가 예의 두렁을 마구잡이로 헤집고 있는데 누군가 등뒤로 다가오는 기척이 들렸다. 돌아보니 밀짚모자를 쓴 농부 하나가 몇 걸음 뒤에서 물끄러미 나를 바라보고 있었다. 그는 무심한 얼굴로 한참이나 나를 지켜보다가 무슨 말을 할 듯하더니 그대로 등을 돌려 가버리고 말았다.[1)]

그 후로도 화자는 그 농부와 몇 번 더 마주치게 되고, 그 농부의 아내와도 마주치게 된다. 어느 날 그는 자기를 문 뱀이 아닌 다른 조그마한 꽃뱀을 발견하고 그것이라도 잔인하게 죽여버리려고 덤벼들다가 문득 맥이 풀려 포기하고 만다. "멀리서 누가 나를 지켜보고 있다는 느낌에 눈을 들어보니, 저쪽 슬레이트 막사 앞에 아까 마당에서 본 아낙이 이쪽을 향해 우두커니 서 있었던 것이다." 그 아낙의 시선 때문에 그는 맥이 풀리는 것을 느꼈고 결국 무의미한 살생 행위를 포기하고 만 것이다. 그의 마음을 가득 채웠던 증오심과 복수심은 그 후로 서서히 시들어간다. 이러한 변화는 그의 내면세계 전체에 영향을 미친다. 그는 자신의 인생을 돌아보면서, 얼마 전까지만 해도 상상조차 할 수 없었던 다음과 같은 내용의 독백을 중얼거리게 되는 것이다.

> 내 진정 너를 할퀴면서 내가 아프다 소리친 적은 없었던가. 혹은 너의 사랑을 배신이라 이마에 적어놓고 남몰래 서슬 퍼런 독을 키우면 산 것은 아니었을까. 이토록 울혈진 마음……겁내하는 마음……그렇게 비겁한 자 되어 마침내 아침이 와도 이렇듯 포대기 속에 숨어 총칼을 껴안고 있어야 하는 마음.[2)]

1) 윤대녕, 『남쪽 계단을 보라』(개정판, 문학동네, 2013), p.17.

위에 인용된 독백 속에서 언급되고 있는 '너'는, 확실하지는 않지만, 화자가 뱀에게 물리기 전날 술을 퍼마시지 않을 수 없도록 만들었던, 그가 아닌 다른 남자와 결혼해 버린 '알 만한 계집'일 가능성이 크다. 그러고 보면 자기를 문 뱀을 향해 그처럼 광적인 증오심과 복수심을 불태우며 온 산을 헤집고 돌아다니던 화자의 마음속 심층에 도사리고 있었던 진짜 알맹이가 무엇이었는지도 짐작이 간다. 그것은 바로 자신을 버리고 딴 남자와 결혼한 여성에 대한 원망과 미움이었던 것이다. 그런데 뱀을 향한 증오심과 복수심이 서서히 줄어들면서 그 여성에 대한 원망과 미움도 역시 서서히 가라앉게 되고, 그것이 가라앉은 자리에서 위와 같은 자기성찰과 반성을 담은 독백이 나오게 되는 것이다.

이만한 마음의 변화를 겪은 후 마침내 이루어진 농부와의 다음과 같은 대화는 화자의 회심을 다시 한 단계 더 진전시킨다.

> 들고 다니던 그 참나무 막대기는 어쨌어요?
> ……다 알고 계셨군요.
> 그만하면 됐으니 이제 마음을 수습해요.
> ……글쎄요.
> 칼은 갈수록 무뎌 보이는 법이에요. 그러고 나선 결국 제 몸을 찌르게 되지요. 어떻게 들릴지 모르겠지만 언제나 독이 독을 꼬드겨 서로 찌르려드는 게 아니겠어요.
> 한갓 뱀이었는걸요.
> 안에서 키우고 있던 뱀이었겠지요. 그게 제 몸을 물었던 거예요. 정말 한갓 뱀이었다면 그러고 다니지는 않았겠죠.[3]

이런 대화가 있은 이후에도 화자는 자기를 문 뱀을 꼭 만나보고 싶어

2) 위의 책, pp.27~28.
3) 위의 책, p.30.

한다. 하지만 이제 그의 마음을 사로잡고 있는 것은 “그놈에 대한 살의나 증오”가 아니다. “겨울이 닥치기 전에 다시 한번만 그놈을 볼 수 있다면 하는 기이한 간절함”, 그것뿐인 것이다.

결국 그는 자신의 소망을 이루지 못한다. 바로 그 뱀인지 아니면 다른 뱀인지 모르지만 어쨌든 한 마리 뱀이 동면을 하러 땅속으로 들어가면서 남겨놓은 껍질 하나만을 발견했을 뿐, 뱀 자체는 만나지 못하고 겨울을 맞이하는 것이다. 겨울의 한복판에서 화자가 다음과 같은 상념에 사로잡히는 모습을 보여주면서 「배암에 물린 자국」은 끝이 난다.

> 내 몸에 그토록 독한 향기를 부어놓고 사라진 그놈은 이 새벽 내가 저를 생각하듯이 나를 생각하고 있기는 한 것일까……아, 그리고 우리가 그때 그렇게 만났던 것은 정녕 잘못된 일이었을까?[4]

지금까지 「배암에 물린 자국」이라는 소설의 경개를 대략 정리해 보았거니와, 불교에 대해서 조금이라도 아는 바가 있는 사람이라면, 위의 경개만 보고서도 이 작품이 얼마나 강렬한 불교적 색채를 지니고 있는 소설인지를 실감할 수 있을 것이다. 다소 과감하게 말한다면 이 소설은 불교 윤리의 한 가지 면모를 독자들에게 가르쳐주기 위해 쓰여진 예화(例話)라고 단정지어져도 어색하지 않을 정도로 불교적이다. 그 한 가지 면모란 무엇인가? 바로 불교에서 말하는 탐진치(貪瞋痴) 삼독(三毒) 중 ‘진’의 독을 다스리는 법과 관련된 면모이다.

주지하다시피, 탐진치 삼독은 불교에서 만악(萬惡)의 근원으로 간주되는 것이다. 이러한 탐진치 삼독과 대결하여 그것을 극복한다는 과제가 불교의 가르침 속에서 차지하는 비중이 얼마만한 것인가를 이해하기 위

4) 위의 책, p.34.

해서는, "초기불교의 관점에서 볼 때 불교의 모든 수행의 내용과 목표는 탐진치 지멸(止滅)에 있다고 할 수 있다"[5]고 한 안옥선의 언급을 떠올려 보는 것으로 충분하다. 「배암에 물린 자국」은 불교에서 이처럼 중요한 의미를 갖는 탐진치 삼독 중 '진', 즉 '성냄/미워함'이라는 독과 대결하여 그것을 극복하는 방법이 무엇인가 하는 점을 정면에서 다루고 있는 것이다.

「배암에 물린 자국」의 화자는 우연히 마주친 뱀으로부터 물리는 경험을 하고, 분노를 금치 못한다. 그의 분노는 어마어마하게 커서, 그로 하여금 "배암, 너 내 손으로 반드시 잡아죽이고 말 테다! 너 귀머거리, 네 머리를 갈아 내 상처에다 몇 겹으로 처바를 테야!"라고 외치게 할 정도이다. 그리고 그는 이러한 자신의 맹세를 실천하기 위해 날이면 날마다 온 산을 헤집고 다닌다.

그런데 사실 이런 그의 분노는 뱀의 입장에서 본다면 어이가 없는 것이다. 아니, 화자도 뱀도 아닌 제3자의 입장에 서서 본다고 해도 역시 어이가 없다는 느낌을 가질 만한 것이다. 뱀은 어떤 특별한 악의를 품고 그를 문 것이 아니기 때문이다. 뱀은 단지 자연으로부터 부여받은 그의 본성에 충실했던 것뿐이다. 낮은 곳으로 흘러가는 것이 강물의 본성이고 가을이 되면 낙엽이 되어 떨어지는 것이 나뭇잎의 본성인 것처럼 사람을 보면 무는 것이 뱀의 본성이다. 뱀이 사람을 문 행위는 선한 일도 아니지만 악한 일도 아니다. 강물이 낮은 곳으로 흘러가는 것이나 가을이 되어 나뭇잎이 낙엽으로 떨어지는 것이 선한 일도 아니며 악한 일도 아닌 것처럼 말이다.

그러나 이런 생각은 화자에게 전혀 떠오르지 않는다. 그는 뱀이 사악

5) 안옥선, 『불교윤리의 현대적 이해』(불교시대사, 2002), p.25.

한 가해자인 반면 자신은 억울한 피해자라는 이분법적 사고에 사로잡혀 있으며, 그러한 사고에서 연원하는 증오심과 복수심에 미친 사람처럼 휘둘릴 따름인 것이다.

그런데 그에게 한 가지 다행스러웠던 것은, 이처럼 이분법적 사고에 사로잡혀 날뛰는 그를 차분하게, 조용하게, 관심을 갖고 지켜보는 사람들이 있었다는 것이다. 산 속에 허름한 막사를 짓고 사는 농부 부부가 바로 그 사람들이다.

차분하게, 조용하게, 관심을 갖고 지켜보는 것. 다른 말로 표현해서, '관찰'하는 것. 바로 이런 '관찰'의 행위 하나만 제대로 이루어져도, 탐진치를 극복하는 길은 활짝 열릴 수 있다는 것이, 불교의 가르침이다.

'관찰'의 행위가 제대로 이루어지면, 그것은 필연적으로 '알아차림'을 동반하게 된다. 무엇을 알아차리는가? 몸을 알아차리고[身觀], 감각을 알아차리며[受觀], 마음을 알아차리고[心觀], 법을 알아차린다[法觀].

불교에서는 이러한 의미에서의 관찰과 알아차림을 '위빠사나'라고 일컫는다. 한역(漢譯)으로 '관(觀)'이라 하는 것이 그것이다.

「배암에 물린 자국」은 '진'에 사로잡혀 날뛰는 화자를 먼저 보여준 후, 농부 부부라는 제2, 제3의 인물들을 등장시켜 '관'을 행하게 함으로써, 위와 같은 가르침의 실례를 보여주고 있는 것이다.

농부 부부가 화자에게 해 준 것은, 마지막 단계에서의 화자와의 직접적인 대화가 있기 이전까지는, 그저 화자를 '물끄러미' 지켜본 것밖에 없다. 하지만 이처럼 화자를 물끄러미 지켜보는 것만으로도, 화자의 '진'을 상당한 수준으로 진정시키는 데에 부족함이 없었다. 그것이 단순한 바라봄이 아니라 '차분하게, 조용하게, 관심을 갖고' 지켜보는 것이었기 때문에. 달리 말해, 불교적 의미에서의 '관'에 준하는 것이었기 때문에.

이처럼 불교적인 의미에서의 '관'에 준하는 '지켜봄'이라는 행위를 통해 화자의 '진'을 상당한 수준으로 진정시켜 놓은 후, 그들은 두 번째 단계의 행동으로 나아간다. 부부 중의 남편쪽이 대표가 되어, 화자와의 직접적인 대화에 나서는 것이다. 그 대화의 구체적인 내용은 앞에서 이미 인용된 바 있거니와, 그 대화에서 남편쪽이 말하고 있는 요점은, 화자가 그토록 증오심과 복수심을 불태웠던 '뱀'의 진정한 실체는 "안에서 키우고 있던 뱀"이라는 것이다. 즉 화자는 자기 내면의 문제를 뱀이라는 외물(外物)에 투사(投射)해 놓고 홀로 흥분하여 미친 듯 뛰어다닌 것일 따름이라는 사실이다.

그렇다면 그 화자 내면의 문제란 구체적으로 무엇이었을까? 작품 속에 암시되어 있는 바에 따르면, 이 물음에 대한 답은 하나밖에 없는 것으로 보인다. '알 만한 계집'에 대한 증오심과 복수심이 바로 그것이다. 그로 하여금 온 산을 헤집고 다니게 만든 뱀에 대한 증오심과 복수심이란 알고 보면 자기를 버리고 다른 남자와 결혼해 버린 여자에 대한 증오심과 복수심에 다름 아니었던 것이다.

그런데, 여기서 한 번 차분하게 질문해 보자. 그 여자가 반드시 '나쁜' 여자라고 할 수 있을까? 곰곰 생각해 보면, 그렇게 보아야 할 이유는 어디에도 없음을 알 수 있다. 그 여자가 나빴던 것이 아니다. 물론 그렇다고 화자가 나빴다고 보아야 할 이유도 없다. 화자와 그 여자 중 어느 한쪽이 반드시 나빠서가 아니라, 둘이 서로 맞지 않았기 때문에 그들은 서로 맺어지지 못한 것이다. 화자도 마음이 다소 가라앉은 상태가 된 후에는 바로 이것이 사태의 진상임을 부정하지 못한다. 앞에서 이미 인용된 바 있는, "내 진정 너를 할퀴면서 내가 아프다 소리친 적은 없었던가"라는 말로 시작되는 화자의 독백이 그 점을 말해주고 있다. 그렇다면 이 모든 문제를 해결하는 길은 하나밖에 없다. 화자 자신의 마음을 돌이키는 것. 그를 지켜보아 온 농부 사내의 표현을 따르자면 "마음을 수습"하는 것. 문제는 그 여자에게 있었던 것이 아니라, 그 여자에 대해 이런저런 욕망을 품고 이런저런 의미를 붙이고 이런저런 그림을 그려 온 화자 자신의 전도몽상(顚倒夢想)에 있었다는 사실을 인정하는 것. 그것이 유일한 길이다.

그 유일한 길에 들어서기만 하면, 그 길에 들어서는 바로 그 순간에, 그 여자에 대한 증오심은 눈 녹듯 사라지고 말 것이다. 복수심도 사라지고 말 것이다. 전도몽상이 사라진 자리에 전도몽상에 의해 만들어진 파생물로서의 증오심이니 복수심이니 하는 것들이 남아날 리 없기에 그러하다.

따지고 보면, 꼭 남녀관계에서 발생하는 증오심이나 복수심뿐 아니라 다양한 원인과 다양한 양상을 지닌 수많은 부정적 감정들이 대부분 어리석은 전도몽상에 연원을 두고 있는 것이다. 불교는 우리들에게 그 점을 일러주고, 어리석은 전도몽상으로부터 벗어날 것을 가르친다. 그렇게 가르치면서, 어리석은 전도몽상으로부터 벗어나는 것이 그렇게 어려운 일은 아니라는 사실도 아울러 가르친다. 「신심명(信心銘)」의 첫 구절을 원용해서 표현하자면, '지도(至道)는 무난(無難)'인 것이다. 다만 한 생각 돌이키기만 하면 되는 것이다.

「배암에 물린 자국」의 화자가 맞닥뜨렸던 문제의 성격과 그 해결책을 여기까지 보아 온 다음에 소설의 문면으로 되돌아가 찬찬히 그 내용을 다시 음미해 보면, 화자로 하여금 그와 같이 자신의 마음을 진정시키고 더 나아가 해결의 방안까지 찾을 수 있도록 만들어준 관찰자로서의 농부 부부라는 소설 속의 등장인물이 갖는 의미를 다른 각도에서 해석해볼 수도 있다는 생각이 든다. 화자가 살의를 품고 미친 듯 찾아다니던 '뱀'의 진정한 의미가 화자의 내면에 도사린 뱀이었다면, 그와 마찬가지 맥락으로, 그를 일깨워준 농부 부부라는 존재의 진정한 의미 역시 화자의 내면에 자리잡은 관찰자가 아닐까 하는 생각이 드는 것이다.

사실 이 소설의 화자에게 있어서뿐 아니라, 사람으로 태어나 살아가는 어느 누구에게 있어서도, 심층적인 의미에서의 신관・수관・심관・법관을 행하는 진정한 관찰자는 그의 내면에 자리잡고 있는 관찰자이게 마련이다. 그 관찰자는 궁극적으로 공(空)을 보는 자요, 일심(一心)이라고 일컬어질 수 있는 자이며, 불성(佛性)으로 이어지는 자이다. 이런 면모를 지닌 관찰자를 누구나 자신의 마음속에 지니고 있다는 사실을 알기에 불교는 '일체중생(一切衆生) 실유불성(悉有佛性)'을 말하고 더 나아가 '여래장(如來藏)'을 말하는 것일 터이다.

이제 마지막으로, 「배암에 물린 자국」의 화자가 소설의 마지막 부분에서 제기하는 질문을 음미하면서 이 글을 끝맺기로 하자. 소설의 마지막 부분에서 그는 자신을 물었던 뱀과 자신과의 사이에서 맺어졌던 인연의 기이함을 생각하고 다음과 같은 질문을 던진다. "우리가 그때 그렇게 만났던 것은 정녕 잘못된 일이었을까?"

「배암에 물린 자국」이라는 소설을 다 읽고 분석해 본 우리는 위의 질문에 대한 답을 알고 있다. 그 만남은 잘못된 것이 아니었다. 그 만남은 화자에게 처음에는 엄청난 신체적 고통을 안겨주었고 그 다음에는 증오심과 복수심의 광풍(狂風)이라는 형태로 심리적 고통을 안겨주었으며 그로 하여금 상당한 기간 동안 헛된 에너지의 낭비를 일삼도록 만들기도 했지만 그 모두는 결과적으로 보면 화자를 한 단계 성숙시키는 계기가 되어 주었다. 그러니 화자와 뱀의 만남은 '잘못된 만남'이 아니다. 초기에는 잘못된 만남이라고 판단되었었지만 그 판단은 틀린 것이었다.

그런데 곰곰 생각해 보면 우리가 살아가면서 맺게 되는 이런저런 인연의 의미에 대해 이처럼 그 초기에 그릇된 판단을 내리게 되는 경우가 얼마나 많은가! 그 점을 인식한다면 우리는 살아가면서 맺게 되는 어떤 인연에 대해서도 그 의미를 초기 단계에서 함부로 단정지어 이렇게 혹은 저렇게 말할 수 없고 그래서도 안 된다. 일찍이 의상대사는 「화엄일승법계도(華嚴一乘法界圖)」 가운데에 "진성심심극미묘(眞性甚深極微妙) 불수자성수연성(不守自性隨緣成)"이라는 명구를 적어 놓았거니와 인연의 의미에 대해 제대로 이야기하려면 이 명구의 의미를 한 번이라도 찬찬히 재음미한 다음에 시도해야 마땅할 것으로 생각되기도 한다.

— 2015

# 심윤경의 「천관사」가 그려낸 원효의 초상

신라시대의 고승인 원효에 대해 남다른 관심을 가지고 장편소설의 창작으로 나아간 현대의 작가들이 여러 명 있다. 그 중에서도 대표적인 인물을 들자면 이광수와 한승원을 지목할 수 있을 것이다. 이광수의 장편 『원효대사』(1942)와 한승원의 장편 『소설 원효』(2006)가 그 증거들이다. 『원효대사』나 『소설 원효』나, 모두 그 작가가 혼신의 힘을 기울인 결과 탄생한 작품인 것으로 판단된다. 작지 않은 그 작품들의 규모와 그 작품들 속에 담겨 있는 생각의 무게가 그런 판단을 가능하게 한다. 그리고 소설의 주인공이 된 원효라는 인물에 대한 그 작가의 깊은 존경과 애정을 드러내고 있다는 점에서도 두 작품은 공통되는 면모를 갖는다.

그러나 두 작품 모두 장편이라는 큰 무대를 만들어 놓고서 실제로는 전기적 자료가 아주 빈약하게밖에 남아 있지 않은 원효라는 인물의 생애 전반에 대해 온갖 이야기를 다 하려 들다 보니 소설적 밀도의 약화를 비롯한 여러 가지 문제점을 노정하게 된 것도 사실이다.

이러한 사실을 감안할 때, 심윤경이 다섯 편으로 이루어진 연작소설 『서라벌 사람들』의 마지막 꼭지에 해당하는 단편 「천관사」에서 시도한 작업은 각별한 관심을 가지고 살펴볼 만하다. 여기에서 심윤경은 원효를 주인공으로 등장시키되 그의 생애를 전반적으로 다루지 않고 단 한 가지 짤막한 에피소드를 소개하는 것으로 그치겠다는 입장을 취한다. 그 에피소드의 내용은 물론 심윤경 자신이 독자적으로 상상한 것이다. 그가 상상력에 입각하여 지어낸 이야기에 따르면, 원효는 예순네 살 때 그 생애의 마지막 대중집회를 연다. 그가 집회를 열게 된 것은 천관사(天官寺)라는 절을 짓기로 작정하고 모금운동에 나선 김흠순을 돕기 위해서였다. 말하자면 원효는 현대의 이벤트 공연에 해당하는 행사를 개최하고 거기서 주연배우의 역할을 맡은 것이다. 원효는 그 주연배우의 역할을 어느 누구도 더 이상 잘할 수 없을 만큼 멋지게 해낸다. 소설 속의 한 대목을 인용해서 보이면 다음과 같은 식이다.

> 본격적으로 흥이 오른 원효대사가 박을 두드리며 법단을 누볐다. 빠르고 신명나는 장단, 느리고 긴장된 장단, 자유자재로 변하는 박장단을 듣기만 해도 가슴이 울렁거리고 피가 치솟았다. 게다가 환갑 노인이라는 것이 믿어지지 않는 화려한 몸재간은 소문대로 경이로웠다. 원숭이처럼 훌떡훌떡 재주를 넘고 기둥에 기어올라가고 묶어놓은 줄에 매달려 외줄그네를 탔다. 서 있기조차 힘겨워 보이던 환갑 노인의 모습이 아니었다. 우화등선이 바로 이것이라고 보여주듯 몸이 가볍고 유연했다.
>
> 한참 동안 백성들의 넋을 빼놓은 원효대사가 갑자기 움직임을 멈췄다. 악사들도 북과 피리를 멈추었다. 백성들도 입을 다물었다. 갑자기 귀가 막힌 것처럼 정적으로 휩싸인 들판에 원효대사의 호령이 다시 쩌렁쩌렁 울려퍼졌다.
>
> "그래, 오늘 여기 온 사람들은 모인 김에 아예 다 같이 극락왕생을 맡아버리자고! 내일 집에 가서 수행하겠다, 다음 달에 보리심을 발하여 자

> 비행을 행하겠다, 그렇게 미루지 말고 오늘 당장 해치우자고! 아예 극락 정토로 가는 길을 널찍하게 닦아버리는 게야!"
> 사람들은 나무아미타불을 외치며 환호했다.[1]

이런 양상으로 진행된 원효의 마지막 대중집회는 큰 성공을 거둔다. 수많은 사람들의 마음속에 불교 신앙의 불꽃이 새로이 강렬하게 타오르도록 만들었고, 천관사 건립을 위한 자금 또한 "사람의 키를 넘도록 쌓여가는 수천 장의 기부장 앞에서 주지승은 웃음을 감추지 못했다"[2]고 할 정도로 넉넉하게 거둔 것이다. 이런 성공을 독자에게 알려주면서 소설은 끝이 난다.

심윤경이 원효를 주인공으로 하여 「천관사」를 쓰면서 위와 같은 내용으로 이야기를 펼쳐간 것은 『삼국유사』 「원효불기(元曉不羈)」조의 다음과 같은 기록에 그 연원을 두고 있는 것으로 보인다.

> 원효사는 광대의 그 박의 형상을 따라 도구를 만들어 『화엄경』의 "일체무애인(一切無碍人) 일도출생사(一道出生死)"에 의거하여 '무애'란 이름으로 그 도구를 명명하고 거기에 해당하는 노래 「무애가」를 지어 세상에 퍼뜨렸다. 일찍이 이 도구를 가지고 원효사는 천촌만락(千村萬落)을 노래하고 춤추고 다니며 교화를 펼치고 돌아왔다. 하여 저 오두막집의 더벅머리 아이들까지도 모두 '불타'의 명호를 알게 하고 염불 한 마디는 다 할 줄 알게 했으니 원효사의 끼친 교화는 참으로 크기도 하다.[3]

『삼국유사』에 기록되어 있는 원효의 면모가 위와 같은 것이라면, 「천관사」에 나오는 원효에 대한 묘사는 그러한 면모에서 별로 어긋나 있지

1) 심윤경, 『서라벌 사람들』(실천문학사, 2008), p.260.
2) 위의 책, p.266.
3) 일연, 『삼국유사』 하(이동환 역주, 삼중당, 1975), p.167.

않다. 심윤경은 이처럼 『삼국유사』에 제시되어 있는 원효의 인간상에 바탕을 두고 상상력의 날개를 펼친 끝에 「천관사」의 이야기를 만들어낸 것이다.

물론 「천관사」에 등장하는 원효가 고대 신라의 인물인 원효 자신과 완전히 동일한 성격을 갖는 인물일 수는 없다. 심윤경 역시 이광수나 한승원과 마찬가지로 현대의 작가이며 현대의 작가답게 여러 군데에서 현대인에게 특유한 의식이나 심리를 소설 속의 원효에게 부여하는 모습을 보이고 있다. 이 점에서 보면 「천관사」라는 소설은 『원효대사』나 『소설 원효』와 근본적으로 다르지 않다.

그렇기는 하지만 『원효대사』와 『소설 원효』가 모두 장편의 규모를 가지고 원효를 형상화하는 작업에 도전하다 보니 다소 소설적 밀도가 떨어지는 사태를 피할 수 없었던 반면 「천관사」는 그런 위험으로부터 자유롭다. 이것은 두 장편이 가지고 있지 못한 「천관사」만의 장점이다.

물론 이런 장점을 가지고 있다는 사실로 해서 「천관사」가 『원효대사』나 『소설 원효』보다 더 나은 소설이라는 평가가 자동적으로 도출되는 것은 아니다. 사실 「천관사」가 연작의 한 꼭지를 이루는 단편인 반면 뒤의 두 소설은 장편인 상황에서, 양자 중 어느 편이 우월하고 어느 편이 못하다는 식의 비교를 시도하는 것 자체가 무리일 수 있다. 다만 여기서 한 가지 확실하게 말할 수 있는 것은 「천관사」에서 이루어진 작업이 원효라는 인물과 현대소설의 생산적인 만남을 새로운 방향에서 성취한 의미 있는 문학적 시도로 평가될 수 있다는 점이다.

—2014

III

## 『좁은 문』의 알리사가 말한 '더 좋은 것'

앙드레 지드가 1909년에 발표한 장편소설 『좁은 문』은 그 후 백 년이 넘는 세월 동안 세계의 수많은 독자들에게 감동의 시간을 선사해 왔다. 나 또한 그러한 감동의 시간을 몇 차례나 거듭해서 향유해 온 독자의 한 사람이다.

그런데 실제로 『좁은 문』 가운데서도 특히 어떤 대목이 가장 인상적이었는가라는 질문을 독자들에게 던져본다면, 거기에 대한 답은 상당히 다양하게 나올 것이다. 어떤 사람은 이런 질문을 받을 경우 한참 동안 망설이지 않을 수 없는 심경이 되기도 할 터이다. 그러나 나는 이 질문에 대한 답을 금방 제출할 수 있다. 화자인 제롬이 알리사를 마지막으로 만나는 장면의 일부를 이루고 있는 다음의 대목으로부터 내가 느낀 감명과 충격의 강도가, 『좁은 문』을 처음으로 읽었을 때나 그 이후에 재독, 삼독을 했을 때나, 워낙 일관되게 압도적이었기 때문이다.

밤이 내리고 있었다.

"추워."

그녀는 몸을 일으키면서 내가 다시 자기의 팔을 붙잡지 못하도록 숄을 바짝 덮으면서 말했다.

"우리를 불안하게 만들고, 혹시 우리가 잘못 이해하고 있는 게 아닐까 하고 궁금해하던 그 『성서』의 구절을 기억하겠지. '하나님께서는 우리를 위하여 더 좋은 것을 예비하였은즉, 그들은 그 약속된 것을 얻지 못하였느니라……'"(「히브리서」 11장 39~40절-역주)

"그 말을 너는 아직도 믿고 있니?"

"그걸 믿어야 해."

우리는 얼마 동안 나란히 걸었다. 더 이상 아무 말도 하지 않고서. 그녀가 말을 이었다.

"그걸 생각해보렴, 제롬. 그 '더 좋은 것'을!"

그러곤 그녀의 눈에선 갑자기 눈물이 솟아나왔다. 그러면서 그녀는 여전히 되풀이하고 있었다.

"그 '더 좋은 것'을!"[1]

눈물을 흘리며 "그 '더 좋은 것'을!"이라는 말을 홀로 반복하는, 예전에 비해 놀랍도록 야위고 핼쑥해진 알리사의 모습. 그 모습을 그려볼 때마다 나의 마음을 뒤흔드는 이상한 감동의 파장을 제대로 표현할 수 있는 언어가 나에게는 없다. 그 파장은 극렬한 아픔과 심미적 황홀감이 절묘하게 뒤섞여서 빚어내는, 내가 이 장면 이외의 다른 어떤 곳에서도 동일한 양상으로는 체험하지 못한 파장이다.

그러면 알리사가 위의 대목에서 말한 '더 좋은 것'이란 구체적으로 무엇을 가리키는 것일까. 일차적으로 그것은 경건한 기독교 신앙에 투철한 삶을 가리키는 것임에 의문의 여지가 없다.

1) 앙드레 지드, 『좁은 문』(오현우 역, 제2판, 문예출판사, 2004), p.160.

하지만 위에서 이야기되고 있는 '더 좋은 것'과 알리사 사이의 관계가 단지 '알리사는 경건한 기독교 신앙에 투철한 삶을 살기 위하여 제롬과의 결혼생활 같은 세속적 행복을 희생하려고 한다'는 정도의 문장으로 다 설명될 수 있는 것이라면, 내가 위의 대목으로부터 그처럼 대단한 감명을 받게 되었을 리가 없다. 위의 대목에 실제로 함축되어 있는 정신의 양상과 움직임은 미묘한 모순으로 가득차 있고, 그것으로부터 내가 말한 바 '대단한 감명'을 가능하게 만든 파장이 생성되는 것이다.

방금 내가 말한 '미묘한 모순'이란, 위에서 보았듯 알리사는 제롬과의 결혼생활이 제공할 행복을 희생하면서까지 '기독교 신앙에 투철한 삶'을 향해 일로매진하려는 각오를 보여주고 있지만, 사실 그 자신도 잘 모르는 그의 마음속 깊은 곳에서는 기독교의 가르침을 단호히 부정하고 있다는 사실로부터 연유하는 모순이다. 알리사가 그의 마음속 깊은 곳에서 기독교의 가르침을 부정하고 있는 사람이라는 사실은, 『좁은 문』 속의 다른 자리에서 제시되고 있는 그의 일기 한 구절－제롬에게 건네는 발화의 형식을 취하고 있는－만을 보더라도, 의심의 여지가 없는 것으로 드러난다. 그 구절은 다음과 같은 것이다.

> 아니야, 제롬, 아니야. 우리가 덕을 행하는 것은 미래의 보상을 위해서가 아니야. 우리의 사랑이 찾고 있는 것은 보상이 아니야. 고귀하게 태어난 영혼에게 스스로의 고행에 대한 보상을 생각한다는 것은 모욕적인 말이야. 그에게 있어서 덕은 더 이상 하나의 장식이 아니야. 그것은 이러한 영혼이 지니는 아름다움의 형상이야.[2]

2) 동성식, 『앙드레 지드, 소설 속에 성경을 숨기다』(살림, 2008), p.86에서 재인용. 오현우 번역본의 문장(앞의 책, pp.172~173)보다 위에 인용된 문장이 원작의 뜻을 더 명확하게 전달해 주고 있는 것으로 판단되기 때문에 위의 문장을 인용하여 제시했다.

위의 구절에 담겨 있는 알리사의 생각이 어떤 성격을 지닌 것인지에 대하여 동성식은 다음과 같은 설명을 제시하고 있다.

> 이 예문을 성경과의 텍스트 상호관계성 차원에서 검토하면 그녀는 성경의 메시지와는 달리 영생의 보상을 불신하고 소망하지 않는다. 기독교의 정통 교리와는 다른, 그녀가 보기에 더 고상한 이상적인 '무상(無償, gratuité)'의 모럴을 추구하고 있다. 뿐만 아니라 '고귀하게 태어난 영혼'이 존재한다고 믿음으로써 모든 사람이 다 죄인으로 태어난다는 성경의 핵심적인 내용을 짐짓 무시하고 있는 듯이 보인다. 클로델은 지드에게 보낸 서신에서 알리사가 지향하는 이러한 신성을 참다운 기독교적 완성이라기보다 차라리 영웅주의와 극기, 금욕적인 자아완성을 지향하는 스토아주의(stoïcisme)라고 지적한다.[3]

동성식의 위와 같은 설명은 전적으로 타당한 것이라고 생각된다. 알리사는 그의 마음속 깊은 곳에서는 절대로 충실한 기독교도가 아닌 것이다. 오히려 그는 안티크리스트의 진영에 더 가까이 서 있는 존재이다. 하지만 그는 자신이 안티크리스트의 진영에 더 가까이 서 있는 존재라는 사실을 조금도 인지하거나 상상하지 못한다. 그는 자기 마음속 심층의 진실이 가리키는 방향과는 정반대로, 자신을 누구보다 경건한 기독교 신앙의 소유자로 생각하고, 그런 신앙에 투철한 삶을 살기 위해, 자신이 사랑하는 제롬과의 결혼생활을 포기한다고 하는 끔찍한 자기희생까지를 결행하고 있는 것이다. 이 얼마나 미묘한 모순인가! 아니, 참담한 모순인가!

이런 모순의 희생자가 되어서 행복을 박차 버리고, 출구가 보이지 않는 고민의 터널 속에 갇힌 채 허덕이다가 마침내 죽음의 길로 들어가는

---

3) 위의 책, pp.86~87.

알리사. 그러한 알리사의 모습을 보여주는 『좁은 문』의 모든 페이지가 나를 흔들고 휘저어놓지만, 그 '흔들고 휘저어놓는' 힘이 가장 강력하게 작동하는 대목은, 다시 말하거니와 알리사가 눈물을 흘리며 "그 '더 좋은 것'을!"이라는 말을 홀로 반복하는, 위에 인용된 바로 그 대목인 것이다.

그런데 지금까지 내가 해 온 이야기에 덧붙여서 한 가지 디 언급해 두지 않을 수 없는 문제가 있다. 알리사의 마음속 깊은 곳에 숨어 있는 진실은 그가 경건한 기독교인이 아니며 차라리 안티크리스트의 진영에 더 가까이 서 있는 존재임을 말해 준다고 위에서 여러 번 언급했거니와, 그 '안티크리스트의 진영'의 구체적인 이름으로 가장 적절한 것은 무엇인가라는 문제가 그것이다.

앞에 나온 동성식의 저서로부터의 인용문에 따르면, 지드의 친구였던 시인 클로델은 그 구체적인 이름이 '스토아주의'인 것으로 파악했다고 한다. 그러나 내가 보기에는 그보다 더 적절한 이름이 하나 있는 것으로 생각된다. 그 이름은 '불교'라는 이름이다. 클로델이 불교를 잘 몰랐기에 망정이지, 그가 불교를 제대로 알았더라면 분명히 스토아주의와 더불어–혹은 그보다 더 앞서서–불교를 언급했을 것이다. 논의를 정확하게 하기 위해, 위에서 인용되었던 알리사의 일기 한 대목을 다시 인용해 보자.

> 아니야, 제롬, 아니야. 우리가 덕을 행하는 것은 미래의 보상을 위해서가 아니야. 우리의 사랑이 찾고 있는 것은 보상이 아니야. 고귀하게 태어난 영혼에게 스스로의 고행에 대한 보상을 생각한다는 것은 모욕적인 말이야. 그에게 있어서 덕은 더 이상 하나의 장식이 아니야. 그것은 이러한 영혼이 지니는 아름다움의 형상이야.

알리사는 위의 일기 구절에서 '덕'을 말하고 있다. 좀더 구체적으로 말하자면 '덕의 윤리(virtue ethic)'를 말하고 있다. '고귀하게 태어난 영혼이, 미래의 보상이건 현재의 보상이건 보상 따위는 전혀 생각하지 않은 채, 그 자신이 지닌 아름다움의 형상으로서의 덕을 실천하는 것으로 만족하는' 삶을 알리사는 말하고 있는데, 이러한 삶을 가리키는 표현으로 '덕의 윤리'보다 더 적절한 것은 달리 없다. 그런데 이러한 덕의 윤리는, 안옥선의 설명에 따르면, 서양의 정신사적 전통에서는 전반적으로 매우 낯선 것이다. 아리스토텔레스를 제외하면 서양의 정신사적 전통 속에서는 덕의 윤리를 말한 사람이 거의 없다. 그런데 서양 이외의 지역에서, 덕의 윤리를 지극히 높은 수준으로 강력하게 추구한 정신의 흐름이 수천 년 동안 꾸준히 이어져 왔다. 그 정신의 흐름은 '불교'라는 이름을 가지고 있다.[4)]

서양의 전통 속에서는 전반적으로 낯선 존재인 '덕의 윤리'를 강력하게 추구하면서, 불교는 또한 무주상보시(無住相布施)를 이야기해 왔다. 불교의 수많은 경전 속에 두루 나타나지만 특히 『금강경』에서 가장 집중적으로 언급되고 있는 무주상보시의 가르침을 평이하게 풀어서 말하면 "우리가 덕을 행하는 것은 미래의 보상을 위해서가 아니야. 우리의 사랑이 찾고 있는 것은 보상이 아니야"라는 것이 될 터이다.

그런가 하면 불교는 또한 '만인에게 불성(佛性)이 깃들여 있다'는 점을 강조함으로써 기독교의 원죄사상과 반대되는 입장을 보여주고 있기도 한데, '고귀하게 태어난 영혼'이라든가 '영혼이 지니는 아름다움의 형상'과 같은 표현을 구사하고 있는 알리사의 입장은 분명히 기독교의 원죄사상쪽보다 불교의 불성사상쪽에 더 가까운 것이 아닐 수 없다.

---

4) 안옥선, 『불교윤리의 현대적 이해』(불교시대사, 2002), pp.21~24를 보면 위의 내용에 대한 자세한 설명이 나와 있다.

알리사가 불교를 알았더라면, 특히 재가자의 삶을 살면서도 성불(成佛)의 길을 갈 수 있다는 『유마경』이나 『승만경』의 가르침 속에 담겨 있는 불교를 알았더라면, 알리사와 제롬의 비극은 없었을 것이다.

물론 이상의 모든 이야기는 궁극적으로 보면 다 부질없는 것이라고 할 수도 있을 법하다. 『좁은 문』의 작자인 지드가 불교를 제대로 알았더라면, 그리고 불교에 대한 앎을 자신이 쓰려는 소설 속에 제대로 투영시키고자 작정했더라면, 오늘날 우리가 읽고 있는 바와 같은 내용을 담은 『좁은 문』이라는 소설 자체가 쓰이지 않았을 것이기 때문이다. 그렇기는 하지만, 『좁은 문』으로부터 독자들에게 던져지고 있는 질문의 성격이 어떤 것인지를 숙고해 보고 그 질문에 대한 답을 모색하는 과정에서 삶의 진실, 인간의 진실, '문학적 감동'이라는 것의 진실에 대한 이해를 심화시키고자 노력하는 작업이 그것 자체로서 의미 있는 것이라면, 지금까지 내가 이 글에서 해 온 모든 이야기가 정말로 헛된 것이라고는 결코 말할 수 없을 것이다.

—2015

# 서머싯 몸의 『면도날』과 힌두교, 그리고 불교

영국의 작가 서머싯 몸은 1938년에 인도를 여행한 일이 있다. 이때의 여행에서 그는 인도의 신비사상으로부터 깊은 감명을 받은 바 있었던 듯하다. 그 점은 그가 인도 여행으로부터 6년이 지난 시점인 1944년에 발표한 장편소설 『면도날』에 생생히 드러나 있다.

『면도날』의 주인공인 미국 청년 래리 대럴은 제1차 세계대전에 참전했다가 깊은 마음의 상처를 입고 제대한다. 전쟁이 끝난 후 그에게는 여유 있고 안정된 시민적 삶을 누릴 수 있는 여건이 주어지지만 그는 그것을 마다하고 이곳저곳을 떠돌며 인생의 궁극적 문제에 대한 해답을 찾기 위해 힘든 탐색을 계속한다. 그러한 그의 여정은 어느덧 인도에까지 뻗쳐지게 된다. 인도로 간 그는 수년간 거기에 머물며 힌두교의 사상으로부터 감화를 받는다. 아슈람이라는 영적 공동체에 참여하여 여러 해 동안 본격적인 수행을 하기도 한다. 그렇게 하던 어느 날 그는 마침내 결정적인 환희의 체험을 한다. 그 체험의 기억은 이후에도 그를 계속해서 지키고 이끌어주는 힘이 된다. 그는 미국으로 돌아가 "인내를 갖고 평온하게, 자비롭게, 욕심 없이, 그리고 금욕적으로"1) 살기로 결심한다.

『면도날』은 실제로는 상당히 복잡한 줄거리를 가지고 있는 소설이거니와, 그 중에서 인도와 관련된 부분만을 추려내어 요약해 보면 대략 이상과 같이 정리될 수 있다. 그런데 위의 요약만 보아도 알 수 있듯, 이 소설에서 인도와 관련된 내용은 좀더 구체적으로 말하자면 소설의 주인공 래리를 통해 설파되는, 힌두교의 신앙에 대한 긍정과 옹호의 논리로 나타난다. 그는 다음과 같은 말로써 힌두교의 성자들을 찬양하기도 한다.

> "인도의 성자들이 헛된 삶을 살고 있다고 생각하는 것은 잘못이에요. 그들은 어둠 속에서 반짝이는 빛과 같은 존재죠. 사람들의 기운을 북돋워 주는 이상과도 같은 존재예요. 보통 사람들은 결코 그런 위치에 도달하지 못하지만 그들을 우러러보고 존경하면 그들에게서 긍정적인 영향을 받을 수 있죠. 한 인간이 고결하고 완벽해지면 그런 성품의 영향력이 널리 퍼져서 진리를 찾는 사람들이 자연적으로 그 사람에게 이끌리게 됩니다."2)

그런데 우리는 래리가 설파하는 힌두교 신앙에 대한 긍정과 옹호의 논리를 접하면서 대번에 그를 향하여 다음과 같은 질문을 던지지 않을 수 없게 된다: '그렇다면 당신은 힌두교에서 말하는 방식의 윤회를 믿는가?'

힌두교의 신앙에 대한 래리의 긍정과 옹호가 전면적인 것이라면 이 질문 앞에서 그는 곧바로 '그렇다!'라고 답해야 할 것이다. 그러나 실제로 그는 그렇게 하지 않는다. 이 문제에 대해서만은 다소 자신 없는 모

---

1) 서머싯 몸, 『면도날』(안진환 역, 민음사, 2009), p.463.
2) 위의 책, p.464.

습을 보이는 것이다.

> "제가 생각하기에, 우리 서양인들은 동양인들처럼 맹목적으로 윤회를 믿을 순 없을 것 같습니다. 동양인들은 피와 뼈 속에 윤회가 뿌리박혀 있지만, 우리에겐 그저 하나의 의견에 불과하죠. 저는 믿지도 않지만, 그렇다고 안 믿지도 않습니다."[3]

하지만 그가 위와 같은 말을 한 후에 바로 이어서, 자신이 인도에 머무르던 어느 날 밤 일종의 삼매경에 든 상태에서 자신의 전생에 해당하는 모습들이 줄지어 서 있는 것을 보았다는 고백을 덧붙이고 있는 것을 보면, 그가 비록 표면상으로는 유보적인 태도를 견지하고 있지만 심층적으로는 이미 윤회를 긍정하고 있다는 인상을 받지 않을 수 없다.

지금까지 우리가 보아 온 래리의 힌두교에 대한 입장은 작가인 몸 자신의 생각과 일치하는 것일까? 달리 말해, 소설의 주인공인 래리는 몸의 대변인과 같은 위치에서 힌두교와 관련된 발언들을 하고 있는 것일까?

이 물음에 대해서 답하는 것은 쉽지 않다. 하지만 그것이 쉽지 않다는 사실을 인정하면서도 과감하게 자기 나름의 답변을 제시한 사람들이 없지는 않다. 그런 사람들 가운데 하나로 지나 서미나라가 있다. 그의 견해에 따르면, 위의 물음에 대해서는 긍정의 답을 주는 것이 맞다. 이렇게 주장하면서 그가 특히 강조하는 사항은, 윤회를 보는 래리의 관점이 몸 자신의 입장을 반영하고 있다는 것이다. 그는 다음과 같은 말을 하고 있다.

> 나는 몸이 윤회를 실제로 믿었다고 생각하고 싶다. 몸이 윤회라는 주제의 중요성을 강하게 느끼지 않았다면 그렇게 아이러니와 궤변에 능한

3) 위의 책, p.439.

> 작가가 『면도날』과 같이 길고 진지하고 사변적이며 세심한 작품을 열과 성을 바쳐 썼을 리가 만무하다.[4]

그렇다면, 정말로 몸이 윤회라는 것을 액면 그대로 믿었다면, 그는 왜 래리로 하여금 단도직입적으로 '나는 윤회를 믿는다'라는 선언을 하게끔 만들지 않고, 앞서 인용된 그의 대사에서 보듯 적어도 표면상으로는 애매한, 유보적인 태도를 취하게 했을까? 서미나라에 의하면 이것은 이해하기 어려운 일이 아니다. 이 점과 관련하여 그는—몸과 폴란드계 유대인 작가 숄렘 애쉬를 대비하면서—다음과 같은 설명을 하고 있다.

> 몸이 오랜 세월 동안 윤회론이라는 개념을 열렬히 가슴에 품고 살면서 마침내 100퍼센트가 아니라면 적어도 85퍼센트는 윤회론을 믿는 사람이 된 데 반해(나머지 15퍼센트는 그에 대한 움직일 수 없는 증거를 찾지 못한 지성적인 사람들을 위해 남겨 놓아야 할 부분이다), 애쉬는 개인적으로 윤회론을 자신의 예술적인 목적을 위해 이용할 수 있는 도구 이상으로는 생각하지 않았다는 것이 나의 믿음이다. 그러나 윤회론을 85퍼센트 정도 믿는 사람, 또는 100퍼센트 믿는 많은 다른 사람들처럼, 몸은 자신의 믿음을 공공연히 드러내는 것을 망설였다. 이는 충분히 이해가 가는 일이다. 몸의 경우 그런 망설임은 (…) 작가로서 일종의 자제력을 발휘한 것일 수도 있지만, 한편 세상 사람들에게 유별난 믿음을 가진 사람으로 인식되는 것을 꺼리는 한 인간으로서의 몸조심일지도 모른다.[5]

서미나라의 위와 같은 주장은 상당한 정도의 설득력을 가지고 있는 것으로 생각된다. 그의 견해에 따라서 우리도, 몸은 윤회의 개념과 관련된 힌두교 전반의 가르침에 대해 적어도 85퍼센트 정도의 신뢰는 보내

---

4) 지나 서미나라, 『윤회의 진실』(권미옥 · 서민수 공역, 정신세계사, 1995), p.165.
5) 위의 책, p.166.

고 있었던 것이라고 생각해도 무방할 듯하다.

지금까지 나는 서머싯 몸의 소설 『면도날』과 거기에 나타나 있는 주인공의 — 그리고 더 나아가, 작가 자신의 — 인도관(觀), 힌두교관, 그리고 윤회관에 대하여 이런저런 이야기를 해 왔다. 그런데 논의가 이 정도까지 이른 지점에서 조금 더 시야를 넓혀 곰곰 생각해 보면, 『면도날』에서 관심의 대상으로 부각되고 있는 윤회의 개념이 힌두교의 그것으로만 그치고 있을 따름이라는 사실에 대해 깊은 아쉬움을 느끼지 않을 수 없다. 힌두교에서 말하는 윤회론의 한계와 문제점[6]을 탁월하게 극복한 불교의 '무아윤회(無我輪廻)'와 '무여의열반(無餘依涅槃)'에 대한 가르침은 몸의 시야에 들어오지 못했다. 인도에서 불교가 거의 다 사라지고 말았기에, 모처럼 남다른 구도의 뜻을 품고 인도를 찾은 『면도날』의 래리 대럴 같은 사람이 — 더 나아가서는 『면도날』의 작자인 서머싯 몸 같은 사람이 — 그곳에서 실제로 만날 수 있는 종교는 힌두교뿐이었던 것이다. 이러한 사정은 지금도 마찬가지이다.

— 2015

6) 힌두교에서 말하는 윤회론의 한계와 문제점이 구체적으로 어떤 것인가에 대해 선명한 인식을 갖기 위해서는 암베드카르(1891~1956)가 그 생애의 마지막 단계에서 왜 힌두교를 버리고 불교로 개종했던가를 잠깐만 생각해 보아도 충분할 것이다. 그리고 정세근이 『윤회와 반윤회』(개신, 2008)의 42쪽 이하에서 말하고 있는 내용도 이 문제와 관련해서 참고할 만하다.

## 『겨울의 유산』은 좋은 불교소설인가?

동국대 인도철학과의 김호성 교수는 불교의 세계를 다룬 우리나라의 소설들 전반에 대하여 다음과 같은 불만을 토로한 바 있다.

> 왜 우리 불교소설, 특히 장편의 경우는 한결같이 파계(破戒) 모티프밖에 취할 수 없는가? 왜 욕망과 계율의 대립 구조로밖에 이야기를 끌고 가지 못하는 것인가? 너무 안일한 태도는 아닌가?[1]

내가 보기에 김호성의 위와 같은 지적은 우리 문학인들이 진지하게 경청해야 할 내용을 담고 있다. 오래 전 이광수가 발표했던 『꿈』과 같은 소설들에서부터 오늘날의 현역 작가인 한승원이나 김성동의 여러 작품들에 이르기까지, 불교에서 소재를 구해 온 우리나라의 소설들 중 상당수는 종교적 계율과 성적 욕망 사이의 갈등이라는 진부한 착상의 틀 안

1) 김호성, 『불교, 소설과 영화를 말하다』(정우서적, 2008), pp.65~66.

에 갇혀서 벗어나지 못하고 있는 것이 사실이기 때문이다.

물론 이광수만 하더라도 『세조대왕』이나 「육장기」와 같은 예에서 볼 수 있듯 위와 같은 비판이 적용되지 않는 작품들을 여럿 썼던 것이 사실이고, 20세기 후반기의 우리 소설계에서도 고은의 『화엄경』처럼 본격적인 불교사상소설이 나온 바 있는 만큼, 김호성이 위의 비판을 제기하면서 사용했던 '한결같이'라는 표현에 대해서는 수정이 필요하다. 그렇기는 하지만 한국 현대 불교소설의 전통 속에서 '파계' 모티프라는 것이 지나치게 큰 비중을 차지하고 있다는 것은 누구도 부정할 수 없는 사실이며, 그러한 모티프를 사용한 소설들이 전반적으로 안일하고 통속적인 발상을 보여주면서 진부성의 늪으로 빠져 버렸다는 것도 부정할 수 없는 사실이다. 현실이 이러니, 나로서는, '우리 문학인들은 김호성의 위와 같은 지적을 경청해야 한다'는 말을 하지 않을 수가 없는 것이다.

그러나 김호성이 한국 불교소설의 일반적인 문제점을 지적하는 데서 한 걸음을 더 나아가 좋은 불교소설의 한 모범으로서 다치하라 세이슈(立原正秋; '다치하라 마사아키'로도 읽힌다)의 『겨울의 유산』을 들고 있는 데 대해서는 동의하기가 어렵다.

김호성의 저서 『불교, 소설과 영화를 말하다』를 보면 『겨울의 유산』과 관련된 글이 다섯 편이나 실려 있다. 이 점 하나만 보아도 『겨울의 유산』이 김호성에게 얼마나 인상적인 작품으로 다가왔던가를 짐작할 수 있거니와, 그 글들을 실제로 읽어 보면 김호성에게 이 작품이 준 감명은 참으로 큰 것이었음을 확인하게 된다. 다음에 인용하는 대목이 그 좋은 예이다.

> 임제선(臨濟禪)의 세계를 이 작품 『겨울의 유산』만큼 잘 표현한 소설을 저는 아직 만나 본 일이 없습니다.

"이런 작품이 많이 읽혀야 하는데……"

아내가 저의 말을 받습니다. "불교인만이라도 읽어야 하는 것 아닌가요?"

"그게 오늘 우리 불교의 현실인지 모르지요."[2)]

이만큼 감명이 깊었기에 김호성은 다른 일로 일본에 갔을 때 일부러 시간을 내어 가마쿠라의 즈이센지(瑞泉寺)에 있는 다치하라의 묘를 아내와 함께 찾아가 보기까지 한다. 아내와 함께 다치하라의 묘를 찾아갔을 때의 일을 그는 다음과 같이 기록하고 있다.

> 아내와 나는 합장을 하고 예를 올렸다. 그러고서는 당신의 작품 『겨울의 유산』이 한국어로 두 번이나 번역되었다는 사실, 그리고 평생의 문우였던 다카이 유이치가 쓴 평전이 우리말로 번역되어 있다는 것 등을 보고하였다. 그리고 다시 『겨울의 유산』이 새롭게 번역될 수 있도록 노력하겠다는 약속도 하였다. 그때까지 계속해서 다치하라 세이슈 당신과 『겨울의 유산』을 이야기하겠노라고.[3)]

그러면 김호성(과 그 아내)에게 이토록 깊은 인상을 안겨준 『겨울의 유산』이란 어떤 소설인가. 이 작품은 한 마디로 말하면 일인칭으로 등장하는 시게유키(重行)라는 인물의 성장과정을 다룬 소설이다. 그는 한국인 아버지와 일본인 어머니 사이의 혼혈아로 태어난다. 그의 아버지는 무량사라는 절에 적을 두고 있는 승려이다. 젊은 학승들을 상대로 조선불교사와 『벽암록(碧巖錄)』의 강의를 담당할 정도로 학식과 인망이 있으며, 승려

2) 위의 책, p.78.
3) 위의 책, pp.100~101.

사회에서 일정한 지위에 도달하기도 한 사람이다. 그는 처자가 살고 있는 속계의 집과 무량사를 정기적으로 왕래하며 살아간다. 일본식 대처승의 생활방식이다. 그런데 이런 아버지가 생의 무상함을 통감한 나머지 처자식을 아무런 대책 없이 내버려 둔 채 한 편의 시를 남기고는 청산가리를 먹고 자살한다. 주인공이 아직 어렸을 때이다. 아버지가 자살하고 난 후 주인공의 어머니는 일본으로 돌아간다. 주인공은 얼마 동안 어머니와 떨어져 한국에서 지내다가 결국은 일본으로 건너가서 일본 여성과 결혼하고 완전한 일본인으로 살아가게 된다.

이상과 같은 이야기가 진행되는 동안 소설 속에는 일관되게 무상감(無常感)이 흐른다. 그리고 그 무상감은 앞서 인용된 김호성의 글 한 대목에서도 언급되었던 것처럼 임제선의 분위기를 동반하고 있다. 수많은 선시(禪詩)가 인용되고, 선승들과 주인공 사이의 공감 어린 교류가 이야기된다. 바로 이런 무상감, 그리고 임제선의 분위기가 김호성을 그처럼 진한 감동으로 사로잡았던 원동력으로 작용한 듯하다.

그러나 나로서는 『겨울의 유산』에 나오는 '학식과 인망을 갖춘, 거기다가 처자식까지 있는 불교 승려의 염세자살'이라는 모티프가 너무나 황당한 것으로 느껴지기 때문에, 김호성이 피력하고 있는 '감동'에 대하여 공감이 가지 않는다. 이 작품을 좋은 불교소설의 예로 추천할 마음도 물론 들지 않는다.

소설을 다시 읽어 보면, 주인공 아버지의 그와 같은 자살에 대하여 아무런 비판도 제기되지 않는다. 승려가 염세자살을 한다는 것은 '상견(常見)과 단견(斷見)의 양극단을 모두 넘어서서 올바른 중도(中道)를 견지해야 한다'는 대승불교의 가장 기본적인 가르침을 위반한 것으로 엄중한 비판의 대상이 되어야 마땅한 것임에도 불구하고, 무량사의 원로 노승을 비롯한 여러 승려들 중 어느 누구도 그의 자살을 비판적으로 대하지 않는다. 주인공 역시 비판적으로 대하지 않는다. 아버지가 자살한 바로 그 시점에서는 주인공의 나이가 워낙 어렸으므로 별다른 생각을 할 여지가 없었다 하더라도, 그가 성장하면서는 여러 가지 각도에서 비판적 문제 제기를 하게 되는 것이 당연할 듯한데, 그런 것이 전연 없다. 아버지는 그에게는 그저 일관되게 존경의 대상으로 남아 있을 뿐이다. 아버지는 고상한 인물이었던 것으로 그의 기억 속에 남아 있고 아버지의 죽음 역시 그에게는 '고상한 것'으로 간주되기 때문에 그런 모양이다. 오히려 아버지가 죽고 난 후 생계 문제로 악전고투하며 고상한 정신의 세계 따위와는 먼 지점에서 살 수밖에 없었던 어머니는 그에게 경멸의 대상이 된다.

이런 주인공의 일인칭 회상과 자기주장으로 이루어져 있는 소설이 어떻게 '좋은 불교소설'이 될 수 있는가?

여기서 다시 김호성의 글 한 대목으로 돌아가 보기로 한다.

> 이들 파계 모티프의 소설들이 독자에게 어떤 여운을 남겨 주는 걸까? 불교를 모르는 일반대중에게 과연 어떤 이미지를 남겨 주게 될 것인지 염려되었다.[4)]

위에 인용된 것은, 파계 모티프를 중심으로 삼고 있는 한국의 여러 불교소설들을 비판하는 자리에서 김호성이 한 말이다. 위의 말은 그 자체로는 옳다.

그러나 "불교를 모르는 일반대중에게 과연 불교에 대한 어떤 이미지를 남겨 주게 될 것인지 염려된다"는 지적은 『겨울의 유산』에 대해서도 똑같이 적용되는 것이라고 생각한다. 이 소설에 나오는 승려라는 사람이 처자식을 두고 있는 것 자체는 일제 강점기라는 시대적 특성을 고려할

4) 위의 책, p.66.

때 일단 넘어갈 수 있다고 치자. 광우 스님의 부친인 혜봉 스님의 예에서 보듯 당시에는 고승 가운데서도 그런 사람들이 여럿 있었다. 하지만 이 승려는 어떤 승려인가? 불교의 승려라는 사람이, 그 중에서도 학식과 인망을 갖춘 승려라는 사람이 처자식을 무책임하게 내버려둔 채 염세자살을 한다. 그리고 이 소설에서 그의 염세자살은 '선가(禪家)의 분위기에 어울리는 고상한 행동'으로 미화될 뿐이며, 그것에 대해 아무런 비판도 주어지지 않는다. 그렇게 해 놓고서 이 소설은 계속하여 임제선의 분위기를 내보이며 선시를 들려주거나 선사의 말을 전해주거나 하는 일을 반복한다. 이런 소설을 읽고서 '불교를 모르는 일반대중'이 과연 불교를 어떤 것으로 생각하게 될지, 나로서는 자못 염려가 되지 않을 수 없는 것이다.

『겨울의 유산』을 쓴 다치하라 세이슈에 대해서 간단히 짚고 넘어가기로 하자. 그는 1926년 경북 안동에서 김경문과 권음전 부부의 아들로 태어났으며, 원래의 이름은 김윤규였다. 그의 부모는 두 사람 다 순수한 한국인이다. 김윤규의 회상에 따르면 김경문은 안동 부근에 있는 불교 사찰인 봉정사의 승려였다고 하는데, 여기에 대해서는 의문의 여지가 있다.[5] 어쨌든 김경문은 김윤규가 여섯 살 나던 해에 사망했다. 『겨울의 유산』에 그려진 바와 같은 자살은 아니었고 병사(病死)한 것이었다. 김경문이 죽은 후 김윤규가 걸어간 길은 『겨울의 유산』에 그려진 것과 비슷하다. 결국 그는 일본에 정착하여 일본 소설계의 큰 인물이 되었다. 그런데 그는 죽을 때까지 순수한 한국인 혈통이라는 자신의 정체성을 숨기고자 했다. 그가 생전에 작성한 자필 연보에는 다음과 같이 기록되어 있다.

5) 다카이 유이치(高井有一), 『한국사람 다치하라 세이슈』(오석윤 역, 고려원, 1993), p.12.

> 아버지는 가나이 케이분(金井慶文), 어머니는 오토코(音子). 부모 모두가 한・일 혼혈이며 아버지는 조선 말기의 귀족 이가(李家)에서 출생해, 가나이 가(金井家)에 양자로 가게 되어 처음에 군인, 나중에는 선승(禪僧)이 되었다.[6]

다치하라가 죽을 때까지 이런 허위의 외피를 두르고 살았다는 것에 대해서는 김호성도 언급했듯[7] 정신분석적 접근이 필요한 것으로 보인다. 그가 『겨울의 유산』이라는 제목으로 자전적 소설[8]을 쓰면서 자기 부친의 죽음을 극적인 요소가 희박한 '병사'에서 훨씬 드라마틱하고 '고상'해 보이는 '자살'로 바꾸어 놓은 것에 대해서도 역시 정신분석적 접근이 필요할 것이다.

—2011

6) 위의 책, p.46.

7) 김호성, 앞의 책, p.89.

8) 『겨울의 유산』이 자전적 소설이라는 사실은 여러 가지 각도에서 입증될 수 있다. 한 가지만 예를 들자면 『겨울의 유산』의 주인공은 소설 속에서 범해선문(梵海禪文)이라는 법명을 받게 되는데, 다치하라 자신의 묘 앞에 서 있는 판오륜탑(板五輪塔)에 적혀 있는 이름이 바로 '능소원범해선문거사(凌宵院梵海禪文居士)'이다(위의 책, p.100 참조).

# 바타유의 『안남』과 대칭성의 세계

아래에 제시되는 것은 프랑스 작가 크리스토프 바타유가 1993년에 발표한 그의 첫 소설 『안남』[1]의 줄거리이다.

18세기 말. 한 무리의 프랑스 선원들, 군인들, 그리고 가톨릭 수도자들이 라 로셸 항구를 출발하여 베트남으로 향한다. 무려 13개월에 걸친 항해 끝에 그들 일행은 베트남에 도착한다. 그러나 라 로셸 항구를 떠났던 사람들 모두가 베트남에 도착할 수 있었던 것은 아니다. 항해 도중에 그들 중 여러 사람이 병으로 죽은 것이다. 죽음의 행진은 항해에서 살아남은 사람들이 베트남에 도착한 후에도 계속된다. 선원과 군인들은 수도자들과 헤어져 사이공으로 향했다가 전부 살해당한다. 수도자들은 베트남 남부의 바딘이라는 곳에 정착하여 농사를 지으며 선교활동도 병행한다. 그들이 그러고 있는 동안 그들의 모국인 프랑스에서는 대혁명이 일어나 세상이 뒤집힌다. 베트남으로 떠난 한 무리의 수도자들을 기억하는 사람

1) 이 소설의 한국어 번역본은 『다다를 수 없는 나라』라는, 아마도 번역자가 만들어 붙인 것으로 보이는 제목을 달고 출간되었다(김화영 역, 문학동네, 1997).

은 프랑스 국내에는 아무도 없게 된다. 이처럼 '끈 떨어진' 신세가 된 수도자들 중 세 사람이 새로운 가능성을 찾아 바딘을 떠난다. 도미니크 수사, 카트린 수녀, 미셸 수사 등 세 사람이다. 그 세 사람이 떠난 후 바딘에 계속 남아 있던 수도자들은 가톨릭에 대해 증오심을 갖고 있는 권력자 우옌 안의 군대로부터 습격을 받고 모두 학살당한다. 바딘을 떠난 세 사람 중에서도 사망자가 나온다. 미셸 수사가 병으로 죽는 것이다. 이제 남은 것은 도미니크와 카트린뿐. 모국과의 일체의 연락이 두절된 낯선 땅에서 그들이 할 수 있는 것은 원주민들의 농사를 도우며 그들 자신의 생존을 간신히 지속하는 것 이외에 아무 것도 없다. 그러는 가운데서도 세월은 그냥 흐른다. 마침내 그들은 "모든 사람에게서 잊혀진 채, 그리고 스스로를 잊은 채 살아남아 있"는 존재가 된다. 이렇게 되자 그들은 "일체의 종교적 감정이 그들에겐 멀게만 느껴졌고 그들과 상관없는 일만 같"은 것으로 여겨지는 상태에 도달한다. 세월이 더 흐른다. 그들은 가톨릭을 잊고, 가톨릭의 신을 잊은 채, 계속해서 농사를 지으며 산다. 그리고 그들 사이에 새로운 변화가 일어난다. 육신을 가진 한 남자와 한 여자로서 서로를 사랑하며, 함께 잠자며, 살아가게 되는 것이다. 그러다가 병이 들어 둘 다 죽는다.

대략 위와 같이 요약될 수 있는 『안남』이라는 소설을 번역한 김화영은 이 작품과의 만남에서 느낀 감상을 그가 쓴 역자 해설 속에서 다음과 같이 이야기하고 있다.

나는 책을 사들고 기차에 오르는 즉시 문장은 짧고 여운은 긴 이 소설의 매혹 속에 빨려들고 말았다. 책을 다 읽고, 그 후 몇 번이나 다시 읽고, 그리고 번역을 하고 마침내 이 글을 쓰고 있는 지금도 나는 그 짧은 문장들 사이에서 배어나오는 기이한 적요함, 거의 희열에 가까울 만큼 해맑은 슬픔의 위력으로부터 완전히 놓여나지 못하고 있다.[2]

2) 위의 책(제2판, 2006), p.152.

김화영의 이러한 고백에 대해 나는 충심으로 동감한다. 나 자신도 그의 번역으로 『안남』을 읽어가면서 '이 소설의 매혹 속에 빨려들'지 않을 수 없었으며, 다 읽고 난 후에는 작품이 전해 주는 '기이한 적요함'과 '슬픔의 위력'으로부터 좀처럼 놓여날 수 없었다.

그렇다면 이 작품의 어떤 점이 나를 그처럼 강렬하게 흔들어놓았던 것일까. 김화영은 그의 역자 해설 속에서 자신이 왜 이 소설에 매혹당할 수밖에 없었던가를 여러 가지 각도로 설명하고 있는데 그 내용은 나에게도 대부분 마찬가지로 해당될 수 있는 것들이다.

하지만 나의 경우, 김화영이 말하지 않은 한 가지 사항을 더 추가해서 이야기하지 않고서는 내가 느낀 '매혹'에 대한 온전한 설명이 되지 않는다. 그리고 사실은 바로 이 한 가지 '추가사항'이야말로 나에게 있어서는 가장 중요한 의미를 갖는 것이다. 그것은 이 소설에서 이야기되고 있는 도미니크와 카트린의 삶의 행로로부터 내가 찾아낼 수 있었던 핵심적인 의미가 나카자와 신이치의 용어를 빌려서 표현하자면 '비대칭성의 세계로부터 대칭성의 세계로 옮겨가는 도정'이었다는 사실이다.

도미니크와 카트린이 처음에 출발한 지점은 프랑스라는 국가의 권력이 거대한 무게를 가지고 군림하는 곳이었고, 초기 자본주의의 시스템이 사람들의 삶을 구석구석까지 지배하는 곳이었으며, 절대적 유일신을 믿는 가톨릭이라는 종교가 압도적인 위엄을 뽐내는 곳이었다. 국가 권력, 자본주의 시스템, 유일신을 믿는 종교－이 세 가지는 나카자와가 말하는 '비대칭성 논리'의 핵을 이루고 있는 존재들에 다름 아니다. 나카자와의 설명에 따르면 그 세 가지는 모두 '일(一)의 원리'에 의해 탄생된 것들인데, 그것들을 탄생시킨 '일의 원리'는 그것 나름의 장점을 가지고 있는 한편으로 인류사에 "일찍이 전례가 없을 정도의 불행을 초래하고 있는 것 또한 사실"이다. 그것은 "우리 마음의 기층인 무의식의 작용을 억압

하거나 변형시켜, 유례없는 불평등과 폭력을 지구상에 발생시”키는 원흉이 되는 것이기에 그러하다.[3)]

그런데 이처럼 일의 원리에 의해 탄생된 비대칭성 논리의 세계에 삼중으로 포박당한 채 소설의 첫부분에 등장했던 『안남』의 두 주인공, 도미니크와 카트린은, 소설 속의 이야기가 진행되어 가는 동안, 그 세계로부터 아득히 먼 곳으로 옮겨가게 된다. 우선 그들은 프랑스라는 국가의 권력기구로부터 버려지고 잊혀진다. 또 그들은 자본주의 시스템의 테두리 안쪽으로부터 쫓겨나, 전(前)자본주의적인 자급자족 경제 체제의 구성원으로 신분 이동을 한다. 마지막으로 그들은 “일체의 종교적 감정이 그들에겐 멀게만 느껴졌고 그들과 상관없는 일만 같”은 것으로 여겨지는 상태에 도달함으로써 가톨릭의 세계로부터도 완전히 이탈한다. 이처럼 세 가지 측면에 걸친 그들의 변화 혹은 전환을 한 마디로 요약해서 표현할 수 있는 가장 적절한 말이, ‘비대칭성의 세계에서 대칭성의 세계로의 이동’인 것이다.

이러한 이동의 과정을 거치는 동안 그들의 외양은 날로 더 초라해져 간다. 거대 왕국 프랑스의 영광과 권위를 대표하는 선교사의 화려한 의상을 걸친 채 출발했던 그들은 가난한 베트남 농민의 옷을 입고 살다가 죽게 된다. 하지만 그들의 내면은 초라해지지 않았다. 불행해지지도 않았다. 삶의 마지막 단계에서 그들은 다음의 인용문에서 보듯 ‘행복’했던 것으로 이야기된다.

> 도미니크는 그녀와 너무 가까이 지냈기 때문에 그녀의 병이 옮았다. 그는 혼자 남아 살고 싶지 않았다. 두 사람 다 평화 속에서 숨을 거두었다. 그들은 행복했다. 지아라이들은 그들의 시신을 마을 어귀에 묻었다.[4)]

---

3) 나카자와 신이치, 『대칭성 인류학』(김옥희 역, 동아시아, 2005), p.134.

그들 두 사람은 인생의 마지막 단계에서 "행복했다"고 서술자는 증언한다. 그리고 그들은 모두 "평화 속에서 숨을 거두었다"고 서술자는 기록한다. 이만하면 잘 된 것이 아닌가? 거대 왕국 프랑스의 영광과 권위를 대표하는 선교사의 화려한 의상을 계속해서 걸친 채 으스대고 살다가 행복이 무엇인지도, 또 평화가 무엇인지도 도무지 모르는 상태로 죽는 것보다는 훨씬 더 잘 된 것이 아닌가? 요컨대 그들의 '이동'은 소중한 축복이었던 것이 아닌가?

『안남』을—특히 도미니크와 카트린의 변화 혹은 전환 과정이 집중적으로 이야기되는 그 후반부를—읽어가는 동안 나를 사로잡은 가장 강력한 상념은 바로 위와 같은 내용의 것이었다. 이런 상념 덕분에 나 자신도 행복했다. 나 자신도 평화를 체험했다.

이런 상념 덕분에 비로소 만날 수 있었던 행복과 평화의 체험—이것은 김화영이 말하지 않은 것이지만 나로서는 내가 『안남』을 읽으면서 '매혹'의 시간을 경험할 수 있도록 만든 결정적으로 중요한 원인이라고 이야기하지 않을 수 없는 것이다.

이제 나카자와의 책에서 특별히 소중한 의미를 갖는 것으로 생각되는—그리고 나카자와 자신도 열정을 가지고 반복해서 강조하고 있는— 한 가지 사실을 언급할 때가 된 것 같다. 그것은 인류사에 '일찍이 전례가 없을 정도의 불행'을 초래하고 있는 비대칭성 논리의 횡포로부터 인류를 구출할 수 있는 역량이 불교 속에 잠재해 있다는 사실이다.

인류가 '전례가 없을 정도의 불행'으로부터 벗어나 구원받으려면 대칭성 논리가 지배하는 세계로 옮겨가야 한다. 대칭성 논리를 구현하고 있는 가장 대표적인 존재는 신화적 사고이다. 하지만 아무리 구원을 모색

4) 크리스토프 바타유, 앞의 책, p.139.

할 필요성이 절박하다고 해도 인류사의 현 단계에서 신화적 사고로 돌아갈 수는 없다. 그런 식의 회귀는 전혀 실현불가능한 공상에 지나지 않는다. 그렇다면 우리는 아무런 희망도 가질 수 없는가? 아니다. 다행스럽게도, 정말 다행스럽게도, 인류가 가지고 있는 사상적 유산의 목록 가운데에는 '불교'가 들어 있다. 나카자와는 바로 이 불교가 얼마나 위대한 가능성을 함축해 가지고 있는가를, 앞에서도 말했듯, 열정을 가지고 거듭 반복해서 강조한다. 그 중 전형적인 예 하나를 인용해 보자.

> 불교사상은 그 근본구조상 일신교형의 자본주의 원리를 날카롭게 비판하고 그것을 극복할 방법을 인류에게 제시할 수 있는 능력을 갖고 있습니다. 하지만 학문이나 제도가 되어버린 불교에는 더 이상 그런 힘이 남아 있지 않은 듯이 느껴집니다.
>
> 그런 상황을 바꾸어야 한다고 저는 생각합니다. 이 정도로 전통이 파괴되어버린 사회에 살고 있는 우리에게는 불교만큼 유용한 정신적 자산은 더 이상 남아 있지 않다는 것을 깨달아야 합니다.
>
> 불교는 우리에게 남겨진 얼마 안 되는 정신적 자산 가운데 하나입니다. 특히 글로벌리즘이라고 불리는 일신교형 자본주의에 대해서 강력한 대안을 제시할 수 있는 것은 불교사상밖에 없을지도 모른다는 생각이 듭니다.
>
> '야생의 사고'만으로는 이 사태를 해결할 수가 없습니다. 그 점은 역사가 냉혹하게 증명해줍니다. 불교는 대칭성의 사고가 내포한 사상적인 가능성을 최대한 전개해, 그것을 웬만해서는 부서지지 않는 견고한 철학체계로까지 발전시켜놓았습니다. 그런 불교의 힘을 빌리지 않고서는, 우리는 글로벌리즘이라는 드넓은 바다를 건너 맞은편 해안에 이를 수 없습니다.[5]

나카자와의 이런 견해 속에는 깊고 올바른 지혜가 깃들여 있다고 나

5) 나카자와 신이치, 앞의 책, pp.163~164.

는 믿는다. 이런 견해가 세상에 더욱 널리 알려지고 더욱 강력한 실천적 에너지를 동반할 수 있게 되기를 나는 바란다. 그 같은 바람을 피력하는 것으로써 나의 이 글을 끝맺기로 한다.

—2015

## 「팔월의 눈」에서 혜능 이야기를 새롭게 만나다

7세기 중반에서 8세기 초에 걸친 기간 동안 생존했던 혜능(惠能, 慧能) 선사는 흔히 6조(祖)라는 별칭으로 일컬어진다. 6조라는 별칭은 인도의 선승이었던 달마(達摩)가 중국으로 건너와 인도의 선불교를 중국에 전파하고 중국 선불교의 초조(初祖)가 된 후 그 계보에서 나온 여섯 번째의 지도자가 혜능이라는 기록에 근거한다. 이러한 기록을 담고 있는 문헌은 다양하지만 그 중에서 가장 자세한 것은 11세기 초에 나온 『경덕전등록(景德傳燈錄)』이다. 『경덕전등록』을 비롯한 여러 문헌들에 혜능의 행적으로 언급되어 있는 내용을 종합해서 요약해 보면 본래 일자무식의 나무꾼이었던 혜능이 어느 날 지나가는 스님이 외우는 『금강경』의 한 대목을 듣고 발심한 이후 중국 선불교의 5조인 홍인(弘忍)을 찾아갔다는 것, "보리본무수(菩提本無樹)"로 시작되는 유명한 게송을 짓고 홍인으로부터 6조로 인정되어 의발(衣鉢)을 전수받았다는 것, 자기를 시기한 나머지 죽이려 드는 자들로부터 벗어나기 위해 남방으로 옮겨간 후 약 15년 동안 정체를 숨기고 지냈다는 것, 마침내 신분을 드러내고 조사의 자리에 올라 교화를 펼친 후 76세로 입적했다는 것 등으로 정리될 수 있다.

혜능의 생애에 대한 이런 기록이 역사적 사실을 충실하게 전달하고 있는 것이라고는 볼 수 없다. 혜능이 홍인의 의발을 전수받은 6조라고 하는 주장은 원래 홍인의 다른 제자인 신수(神秀)의 문하에 있다가 혜능의 문하로 옮겨온 신회(神會)가 혜능 사후에 강력히 주장하여 퍼뜨린 것인데, 이런 주장을 뒷받침하기 위해 신회가 만들어낸 다양한 이야기들이 혜능에 관한 기록의 대부분을 채우고 있는 것이다.[1]

그렇기는 하지만, 혜능의 생애에 관한 위와 같은 기록들 속에, 읽는 사람의 마음을 깊게 울리는 힘이 존재하고 있다는 사실은 부정하기 어렵다. 일자무식의 나무꾼이 온갖 시련을 이겨내고 가장 높은 깨달음을 성취한 스승으로 널리 추앙받기에 이르렀다는 이야기는, 종교적 측면에서, 또 문학적 측면에서, 역사적 사실성 여부를 따지는 것과는 차원을 달리하는, 깊은 진실을 전하고 있는 것이다.

혜능에 관한 기록이 방금 언급된 바와 같은 성격을 가지고 있다는 사실은, 그 기록이 성자전(聖者傳)이라는 장르에 속한다는 점을 감안하면, 자연스러운 것으로 이해된다. 성자전은 인류사의 중세(中世)에 해당하는 기간 동안 여러 문명권에서, 또 여러 종교들에서 다양하게 출현한 바 있거니와,[2] 그 가운데 중국 문명권에서, 그리고 선불교 종단에서 나온 것으로 대표성을 인정받을 만한 존재가 바로 혜능에 관한 기록인 것이다.

혜능에 관한 기록이 처음 만들어진 이후 지금까지 그 기록을 접하고

---

1) 이부키 아츠시, 『새롭게 다시 쓰는 중국 선(禪)의 역사』(최연식 역, 씨·아이·알, 2011), pp.85~89. 혜능이 행한 설법을 기록한 책으로 알려져 온 『육조단경(六祖壇經)』의 진정한 성격이 무엇인가 하는 점도 이 문제와 관련하여 새롭게 검토될 필요가 있다. 김윤수 역주, 『육조단경 읽기』(개정판, 한산암, 2008), pp.43~51 참조.

2) 조동일, 『문명권의 동질성과 이질성』(지식산업사, 1999), pp.325~332.

깊은 마음의 울림을 경험한 사람은 무수히 많을 것이다. 그 무수히 많은 사람 가운데, 중국 출신으로 프랑스에 망명하여 활동해 오고 있는 현대의 한 뛰어난 작가도 포함되어 있다. 2000년에 노벨문학상을 수상한 가오싱젠[高行建]이 바로 그 작가이다. 가오싱젠은 그가 경험한 깊은 마음의 울림으로부터, 혜능을 주인공으로 한 한 편의 실험적인 희곡을－좀더 정확하게 표현하자면 가극 대본을－만들어내었다. 1997년에 쓰여진 「팔월의 눈[八月雪]」이 그것이다.

「팔월의 눈」을 읽어 보면, 가오싱젠은 기본적으로 혜능에 관한 기존의 기록을 충실하게 이어받아 재생시키는 한편, 곳곳에서 매력적이면서도 의미심장한 창안을 가미함으로써 독자로 하여금 새로운 성찰을 하도록 유도하고 있음이 확인된다.

예를 들면 혜능이 아직 나무꾼으로 있던 시절을 다루고 있는 제1막 제1장에서 가오싱젠은 무진장이라는 이름의 비구니를 등장시키고 그에게 혜능과 정반대되는 성격을 부여함으로써 인상적인 대비의 효과를 창조해낸다. 이 대목을 보면 아직 젊은 나무꾼에 불과한 혜능이 '번뇌가 곧 보리'라는 불법의 진리를 체득하고 마음의 자유와 평화를 성취한 모습을 보여주는 반면 무진장은 구도의 열정에 불타면서도 아직껏 이분법적 사유에 얽매여 끝없는 번뇌에 시달리는 인물로 나타나는데, 이러한 대비를 통해 가오싱젠은 불교 신앙의 본질과 관련된 의미심장한 메시지를 독자에게 전달하는 한편 혜능의 비범한 면모가 자연스럽게 돋보이도록 만드는 효과를 거두는 데 성공한다.

또 다른 예를 들자면, 혜능의 대표적인 제자인 실존 인물 신회를 등장시킨 부분도 가오싱젠의 참신한 발상이 빛나는 대목이다. 가오싱젠은 신회를 작품의 제2막 제3장에 등장시키고 있는데, 그에게 '혜능의 첫 법회에 참석한 천진난만한 어린아이'라는 자못 이색적인 신분을 부여하고,

이런 신회와 그를 엄하게 나무라는 계율사 사이의 대립이라는 구도를 설정한 다음, 그 대립이 혜능의 현명한 개입으로 해소되게끔 이야기를 전개해 나가는 것이다. 이렇게 함으로써 가오싱젠이 이룬 성과 역시 무진장을 등장시킨 대목에서 이룬 성과와 기본적으로 동일한 성격을 갖는다. 즉 불교 신앙에 관한 뜻깊은 메시지를 독자에게 전달하면서, 동시에 혜능의 비범한 면모를 자연스럽게 부각시키고 있는 것이다.

가오싱젠은 작품의 마지막 부분에 해당하는 제3막의 시점을 혜능이 입적한 후로 설정하고, 이 부분에다 카니발적인 화려함과 자유분방함을 부여한다. 여기에는 혜능의 가르침을 이어받은 여러 선사들이 등장하는데, 그 호칭부터가 '이 선사', '저 선사', '아직 선사', '그래 선사', '옳아 선사', '글러 선사' 등 파격적인 것으로 설정되어 있으며 그들이 내놓는 대사들 역시 파격적인 것투성이이다. 뿐만 아니라 이 자리에는 '작가'라는 인물도 등장하여 "중생이 곧 부처 아니오? 내가 바로 그요"[3] 운운의 대사를 발하며 다른 등장인물들과 함께 어울리는데 이 '작가'는 가오싱젠 자신을 투영하고 있는 존재임이 확실하다. 이처럼 거침없는 실험정신의 만개(滿開)를 보여주고 있는 제3막의 축제와 같은 분위기는 선불교의 일관된 특징인 삶에 대한 적극적 긍정의 정신[4]을 문학의 언어로 잘 구현해 보인 것이라 할 수 있다. 「팔월의 눈」 전체를 마무리짓는 결미에 해당하는 부분이 다음과 같은 언어들로 채워져 있는 것은 그 대표적인 예가 된다.

3) 가오싱젠, 『피안』(오수경 역, 연극과인간, 2008), p.235.

4) 삶에 대한 적극적 긍정의 정신은 선불교 전반에 걸쳐 두루 나타나지만 신회에 의해 개척되고 발전된 이른바 혜능선(慧能禪) 계열에서 그 점이 특히 두드러진다. 이은윤, 『육조 혜능 평전』(동아시아, 2004), p.60 참조.

가 녀 : (노래한다)

태산이 무너질까 걱정하랴?

옥산은 무너지지 않지,

번뇌는 실로 사람들 스스로 만드는 것이지.

작 가 : (노래한다)

파초잎 두드리는 밤비 소리 근심스럽다 마오.

쏴- 바람 속에 가벼운 수레 달려가리니.

스님들 : (노래한다)

오늘 밤 그리고 내일 아침,

그렇게 그렇게 그렇게,

오늘 밤 그리고 내일 아침,

그렇게 아름답다

여전히 그렇게 아름답다![5]

—2014

5) 가오싱젠, 앞의 책, pp.247~248.

IV

# 소설 속에 나타난 사법적(司法的) 판단의 몇 가지 양상

## 1. 들어가는 말

한국의 근대 소설문학을 최초로 개척한 작가라고 자임했던 김동인의 첫 번째 작품인 「약한 자의 슬픔」(1919)을 보면 주인공 강엘니자벳트의 제소로 열린 재판에서 판사가 그에게 패소의 판결을 내리는 것으로 이야기의 마무리가 지어진다. 이 예에서 알 수 있는 것처럼 판결의 형태로 제시되는 사법적(司法的) 판단이라는 모티프는 한국 근대소설의 출발이 이루어지던 시점에서부터 소설 공간의 한복판으로 들어와 자리잡았다. 그 후 근 1세기에 해당하는 세월이 흐르는 동안 한국의 소설작품 속에서 사법적 판단이 다시 모습을 나타낸 사례는 그 수를 얼른 헤아리기 어려울 정도로 많다.

사법적 판단이라는 것이 인간의 삶 속에서, 그 중에서도 특히 근대 인간의 삶 속에서 얼마나 큰 비중을 차지하고 있는지를 상기해 보면 이것은 지극히 당연한 현상이라고 할 수 있다. 그것은 서양 근대소설의 개척 단계를 대표하는 스탕달의 『적과 흑』(1830), 서양 근대소설의 최고 걸작으로 평가받기에 모자람이 없는 도스토예프스키의 『카라마조프 가의 형제들』(1880), 그리고 20세기 들어 새로운 소설문학이 나아갈 길을 보여준 표지판에 해당하는 카프카의 『소송』[1](1925)이 서로 약속이나 한 것처럼 모두 사법적 판단을 작품의 중심에 놓고 있다는 사실이 당연한 현상으로 이해될 수 있는 것과 마찬가지이다.

그뿐만이 아니다. 판결의 형태로 제시되는 사법적 판단은, 그것이 인간의 삶 속에서 차지하고 있는 비중이 얼마만한 것인가를 잠시 접어두고 생각해 보더라도, 흥미로운 문학적 탐구 대상이 되기에 모자람이 없는 존재라고 할 수 있다. 브라이언 해리스가 말한 바와 같이 "재판이란 상충하는 여러 사실을 하나의 합의된 버전으로 이끌어내기 위해 만들어진 하나의 장치, 그것도 아주 불완전한 장치에 불과"[2]한 것이기 때문에 어떤 재판이든 그 재판의 현장에서는 각양각색의 혼란이 따르고 이런저런 그림자가 생겨나는 것이 불가피하다. 그리고 이런 혼란과 그림자의 세계야말로 소설가들이 열정을 가지고 대들기에 적절한 세계가 아닐 수 없는 것이다.

지금까지 말해 온 바와 같은 사정을 감안할 때, 사법적 판단의 문제를 다루고 있는 한국 소설 가운데 특별한 중요성을 갖는 몇 편의 작품을 선정하여 고찰해 보는 것은 상당히 의미 있는 작업으로 인정받을 만하다고 생각된다. 지난 1세기 동안 발표된 한국의 수많은 소설 중 이러한 작품에 해당하는 것으로는 이병주의 「소설 · 알렉산드리아」(1965), 공지영의 『우리들의 행복한 시간』(2005), 김원일의 『푸른 혼』(2005), 손아람의 『소수의견』(2010) 등 네 편을 들 수 있다.

---

1) 이 작품의 원제는 *Der Prozess*이다. 이 작품은 보통 『심판』이라는 제목으로 번역되어서 나와 있지만 『소송』으로 제목을 붙이는 편이 더 정확하다.

2) 브라이언 해리스, 『인저스티스』(이보경 역, 열대림, 2009), p.25.

이 네 편의 작품을 사법적 판단이라는 측면에서 살펴보는 작업이 제대로 이루어진다면 그것은 한국 소설의 이해를 심화시키는 데 기여할 뿐 아니라 '법의 근본 원리는 무엇인가?'라든가 '한국의 법현실은 어떤 문제점을 가지고 있는가?'와 같은 물음에 대한 답을 찾는 일에도 어느 정도 도움을 줄 수 있을 것으로 여겨진다. 이러한 기대를 품은 채로, 지금부터 그 네 편의 작품을 하나씩 검토해 보기로 한다. 어떤 이유에서 이들 네 편의 작품이 특별한 중요성을 갖는 존재로 인정될 수 있는가 하는 점은 앞으로 구체적인 논의를 진행해 나가는 과정에서 자연스럽게 밝혀질 것이다.

## 2. 정의에 입각한 사적 복수의 허용 문제—「소설·알렉산드리아」

중편 「소설 · 알렉산드리아」는 이병주가 필화 사건으로 10년 형을 선고받고서 2년 7개월 간의 옥고를 치르고 나온 후 소설가로서의 삶을 선택하기로 작정하면서 최초로 내놓은 작품이다. 이 작품은 다양한 논의를 가능케 하는 복합적 면모를 지니고 있으나 여기서는 이 글의 취지대로 '작품 속에 나타난 사법적 판단의 문제'에 대해서만 논의를 집중하기로 한다.

이 작품은 '프린스 김'이라는 별명으로 불리는 인물의 서술로 진행되는 일인칭 소설이다. 이 작품 속에 나타나는 사법적 판단으로는 두 가지가 있다. 그 첫 번째 것은 프린스 김의 형에게 주어진 10년 징역의 선고이다. 프린스 김의 형은 필화 사건으로 구속되어 재판을 받은 끝에 10년 형을 선고 받고 복역하게 된 것이다. 다음 두 번째의 것은 프린스 김이 이집트의 알렉산드리아에 갔다가 알게 된 사라 안젤과 한스 셀러 두 사람에게 내려진 알렉산드리아 법원의 판결이다. 그 두 사람은 엔드레드라는 인물을 살해한 혐의로 체포되어 재판을 받는데, 알렉산드리아 법원은 두 사람에게 형벌을 가하지 않고 단지 알렉산드리아에서 떠나는 것만을 조건으로 하여 석방한다. 그러면 이 두 개의 사법적 판단과 관련하여 생각해 볼 만한 문제들을 차례로 짚어 보기로 하자. 우선 작중의 '형'에게 내려진 판단부터 논의하기로 한다.

프린스 김의 형은 언론인으로서 2천 편 이상의 논설을 써 온 사람인데 남북통일의 문제에 대해 쓴 논설의 내용이 문제가 되어 구속된다. 그에게 필화를 가져 온 논설의 내용은 어떤 것이었던가? 작품 속에 그 논설 가운데 몇 개의 대목이 제시되어 있거니와 그것을 검토해 보면 온건한 중도적 지식인의 발언 이상도 이하도 아니라는 사실을 알 수 있다. 그런데 이런 수준의 통일론을 피력했다는 죄로 '형'은 10년 형을 받게 된 것이다. 여기서 우리는 1960년대의 반공 정책이 얼마나 편협하고 경직된 것이었던가를 생생하게 확인할 수 있다.

그런데 위와 같은 논설을 문제 삼아 작중의 '형'을 구속하고 그에게 유죄 판결을 내린 그 시대의 권력자들은 형벌불소급의 원칙을 위반했다는 점에서 더욱 심각한 문제점을 안고 있다. 작중의 '형'이 위의 논설을 쓴 것은 5·16 쿠데타 이전이었으며 그 시점에서는 논설의 내용이 법적으로 전혀 문제가 되지 않았던 것인데, 5·16으로 권력을 잡은 군부 세력은 작중의 '형'을 비롯한 많은 지식인들에 대해 "먼저 붙들어 잡아가두고 난 뒤 법률을 만"[3]드는 방법으로 임함으로써 형벌불소급 원칙이라는 법치주의의 핵심 원리 하나를 자의적으로 파괴한 것이다.

이병주의 이력을 조금이라도 아는 사람이라면 금방 알 수 있는 바와

3) 이병주, 『소설·알렉산드리아』(한길사, 2006), p.22.

마찬가지로, 지금까지 논의된 '형'의 글쓰기와 거기에 뒤이은 수난은 작가인 이병주 자신의 체험을 거의 그대로 소설 속에 옮겨놓은 것이다. 이병주는 자신의 체험을 이러한 방식으로 소설화하는 작업에 의하여 1960년대를 지배했던 편협하고 경직된 반공 논리의 문제점과 그 시대 지식인의 고난을 인상적으로 증언해 주고 있다.

그런데, 프린스 김의 형과 관련된 문제들이 이처럼 중요한 의미를 가지고 있는 것이기는 하지만, 「소설 · 알렉산드리아」가 지금까지 언급된 정도의 내용만 담고 있는 것이라면, 그 작품이 한국의 현대소설사 속에 나타난 사법적 판단의 양상을 논의하는 자리에서 특별히 주목받을 만한 면모를 지닌다고 말하기는 어려울 것이다. 이런 정도의 내용을 담고 있는 소설은 한국 현대소설사 속에서 「소설 · 알렉산드리아」를 제외하고도 얼마든지 발견되기 때문이다. 「소설 · 알렉산드리아」가 이 자리에서 특별히 주목받을 만한 작품으로 인정되고 상세한 논의의 대상이 될 수 있는 이유는 사실 위에서 말한 두 번째의 사법적 판단, 즉 사라와 한스 두 사람을 대상으로 해서 내려진 알렉산드리아 법원의 판단과 관련된 내용의 전개 때문이다. 어떤 점에서 그러한가? 이 문제를 제대로 살피기 위해서는 우선 사라, 한스 그리고 엔드레드 등 세 사람과 관련해서 벌어진 사건의 개요를 간단히 정리해 볼 필요가 있다.

사라의 고향은 스페인에 있는 게르니카라는 작은 마을이다. 게르니카는 1937년 4월 26일 히틀러의 나치 독일 공군으로부터 무차별 공습을 받고 7,000명의 주민 가운데 1,600명이 희생당한 곳인데 당시 다섯 살이었던 사라는 그 때의 폭격에서 기적적으로 살아났으나 온 가족을 다 잃었다. 그 사건 이후 복수심에 사로잡힌 사라는 "비행기를 열 대만 사서 거기 폭탄을 가득 싣고 독일의 도시, 꼭 게르니카만한 크기의 도시를 폭격할 집념에 사로잡히게 되었"[4]으며 그 집념의 힘으로 그 후 30년의 세월을 살아왔다. 그러면 한스는 어떤 사람인가? 그는 독일인이며 2차 대전 당시 징집되어 복무한 경험도 있다. 그런데 그가 전선에 나가 있는 동안 그의 동생이 유태인 친구를 숨겨주었다는 죄목으로 체포되어 고문당하다가 죽고, 그의 어머니도 뒤따라 죽는다. 종전 후 귀향했다가 이 사실을 알게 된 한스는 동생과 어머니의 원수인 엔드레드라는 자를 찾아내어 복수하는 것을 생의 목표로 삼게 되고, 추적을 거듭한 끝에 알렉산드리아까지 온다. 알렉산드리아에서 우연히 서로 알게 된 사라와 한스는 동병상련의 유대감을 느끼는 사이에서 연인 관계로까지 발전하게 된다. 그러던 중 드디어 한스의 뜻이 이루어져 엔드레드를 찾아내게 되고, 사라, 한스, 엔드레드, 그리고 프린스 김 네 사람이 함께 하는 자리가 만들어진다. 이 만남에서 엔드레드가 죽는다. 그리고 사라와 한스는 엔드레드를 살해한 혐의로 체포되어 재판을 받게 되는 것이다.

대략 위와 같은 내용으로 요약될 수 있는 사라-한스-엔드레드 사건은 근대법의 기본 정신과 관련하여 신중하게 생각해 보아야 할 한 가지 문제를 날카롭게 부각시켜 다룬 것에 해당한다.

근대법의 기본 정신 가운데 하나는 사적 복수의 금지이다. 근대의 법체계는, 범죄적 행위를 저지른 가해자에 대한 징벌은 국가가 전담해서 행하며 사인(私人)간의 복수나 응징은 어떤 경우에도 허용될 수 없다고 하는 원칙에 입각해 있다. 이런 원칙의 근저에 놓여 있는 것은, "모든 범죄의 제1차적인 피해자는 바로 공권력을 독점하고 있는 국가 자신으로 간주"[5]하는 논리이다.

이러한 근대법의 기본 정신은 실제의 법 운용 과정에서는 여러 가지 문제를 낳게 되는 것을 피할 수 없다. 그 중에서도 특히 난감한 문제는,

---

4) 위의 책, p.48.

5) 김일수, 『형법질서에서 사랑의 의미』(세창출판사, 2013), p.72.

국가 자신이 특정 개인을 시켜 다른 개인에게 부당한 범죄적 폭력을 행사한 경우 어떻게 하면 범죄에 대한 징벌을 수행하고 정의를 세울 수 있을 것인가라는 문제이다. 이런 경우에는 예외가 허용되어야 마땅하지 않을까? 그러나 근대법은 난감함을 인정하면서도 여기에 대해 예외를 허용하는 것을 단호히 거부한다.

바로 이런 문제를 정면으로 다룬 소설에 양귀자의 장편 『잘 가라 밤이여』(1990)가 있다. 이 작품을 보면 1980년대에 민주화 운동을 하다가 체포되어 기관원으로부터 혹독한 고문을 당한 끝에 폐인이 되고 만 이정하라는 청년이 등장한다. 이정하의 동지인 진도연이 기관원을 응징하기 위해 그를 칼로 찌르고, 체포된다. 진도연에게는 이런 응징이 필요하고 또 정의로운 것이라는 확신이 있다. 하지만 근대법의 원칙은 그의 확신을 인정하지 않는다. 그는 유죄 판결을 받을 수밖에 없다. 법원의 언도가 내려지기 전의 시점에서 소설이 끝나고 있기 때문에 구체적인 선고 내용을 알 수는 없지만 검찰의 구형이 무기징역이었던 것으로 보아서 대체적인 형량의 추측은 충분히 가능하다. 상당한 정도의 중형일 것이다.[6] 근대법의 원칙이 살아 있는 한 이런 판결은 피할 수 없다.

여기에 비하면 사라와 한스에 대해 알렉산드리아 법원이 내린 판결은 사뭇 대조적이다. 그 판결에 따르면, 그들은 알렉산드리아를 떠나기만 하면 그만이다. 소설 속의 사라는 막대한 재산을 가지고 있는 것으로 설

---

6) 비슷한 경우로 레마르크의 장편소설 『개선문』(1946)에 나오는 주인공 라비크의 예를 생각해 볼 수 있다. 라비크는 나치 독일의 게슈타포인 하케에게 체포되어 잔인한 고문을 당하다가 천신만고 끝에 탈출하여 파리로 망명하지만 그의 연인은 같은 하케에 의해 희생당하고 만다. 파리에서 우연히 하케를 발견한 라비크는 그를 살해함으로써 '복수에 의한 정의의 구현'이라는 과제를 완수한다. 소설 속에서 그는 붙잡히지 않지만, 만약 그가 붙잡힌다면 그에게는 어떤 형벌이 주어질 것인가? 판사와 변호사의 경력을 가지고 있는 모리 호노오의 냉철하고 전문적인 판단에 따르면 "징역 15년을 넘어 17~18년까지 갈 가능성이 있다"(모리 호노오, 『당신의 판결은』(조마리아 역, 말글빛냄, 2011), p.118).

정되어 있는 만큼, 이런 판결은 그들에게 어디 자유로운 땅에 가서 마음 놓고 부유하게 살라는 허가장을 준 것이나 다름 없다. 실제로 사라와 한스는 뉴질랜드 근처의 섬을 하나 통째로 사서 여생을 즐겁게 살겠다는 계획을 세우고 실천에 옮긴다.[7] 여기서 근대법의 원칙은 자취를 감추고 말았다.

이런 식의 사건 전개는 개연성을 결여하고 있는 것이 아닐까 하는 의문이 생길 수 있지만, 실제로 작품을 읽어 보면 크게 무리가 없는 것으로 판단된다. 어째서 그런가? 우선 안경환의 다음과 같은 설명을 참고할 필요가 있다.

> 알렉산드리아 법원은 가해자와 피해자 모두가 타국인인 범죄사건을 재판한다. 알렉산드리아 법원은 이 사건에 대해서 재판관할권을 행사해야 할 절실한 이유가 없다. 물론 자국 영토내에서 발생한 살인사건이라는 이유로 소위 형법의 '속지주의 원칙'에 의해서 재판권을 행사할 수도 있다. 그러나 이러한 재판은 범죄의 궁극적인 피해자를 국가와 사회로 의제(擬制)하는 형사절차에서는 재량의 여지가 넓다. 다시 말하자면 이러한 범죄에 대해서 공적 처벌권을 행사하지 않더라도 자국민이나 자국의 주권, 또는 자국의 근본적인 법질서에 손상을 입는 것은 아니다.[8]

7) 사라는 한스와 알게 되면서 독일인 전체에 대해 복수심을 품었던 것은 잘못임을 깨닫게 되고 자연스럽게 "독일의 도시, 꼭 게르니카만한 크기의 도시를 폭격"하려던 계획을 포기한다. 그런데 우리는 여기서 사라에게 한 가지 질문을 던지고 싶은 충동을 느끼게 된다. 그것은 "영·미 연합군이 1945년 2월 13일 독일의 드레스덴에 가한 폭격에 대해 아느냐? 안다면 어떻게 생각하느냐?"라는 질문이다. 아무런 군사 시설도 없던 드레스덴의 민간인들을 상대로 하여 행해진 이 학살극에서 드레스덴 시가지의 80% 이상이 파괴되었고 최소 2만 5천 명에서 최대 13만 5천 명으로 추산되는 민간인이 죽었다. 드레스덴을 폭격한 영·미 연합군은 「소설·알렉산드리아」에 나오는 사라의 소원을 열 배 이상으로 증폭시켜 실현한 셈이다. 이런 사실을 떠올리면서 우리는 국가 혹은 권력집단 일반이 보편적으로 가지고 있는 폭력성을 도외시한 채 히틀러 같은 특정인, 혹은 나치 집단 같은 특정 세력의 악만을 도드라지게 부각시켜 비판하는 태도에는 재검토의 여지가 있다는 생각을 하지 않을 수 없게 된다. 이런 비판적 지적은 부분적으로는 「소설·알렉산드리아」의 작가인 이병주 자신을 향하는 것이기도 하다.

아무리 그렇다 하더라도 '사라와 한스가 엔드레드를 치밀한 계획에 의해 유인, 살해했다'는 식으로 사건이 진행되었다면 두 사람에 대한 석방의 판결을 독자들에게 납득시키는 데에는 논리의 차원에서나 심정의 차원에서나 다소의 어려움이 따를 것이다. 이병주 자신이 이 점을 의식했는지 모르지만 실제 작품 속에서 사건은 그런 식으로 펼쳐지지 않는다. 재판 과정에서 변호인들은 '사라와 한스 두 사람의 행동은 엔드레드의 폭력에 맞선 정당방위에 해당한다'는 논리를 개진하는데, 그런 논리가 전혀 터무니없는 것만으로 판단되지는 않을 수 있도록, 작가 자신이 교묘하게, 또 세심하게 사건의 구체적 전개 과정을 설정해 놓은 것이다. 이렇게 함으로써 작품은 강렬성의 효과를 다소 잃었으나 그 대신 개연성을 높일 수 있었다.

이병주는 작품을 이런 방향으로 이끌어감으로써 비록 소설이라는 허구의 공간 속에서나마 '정의에 입각한 사적 복수'가 법과 공권력이라는 방해자에 의해 제지당하지 않고 말끔하게 성공하는 희유한 예외를 하나 만들어내었다. 물론 이런 예외는 위에서 언급된 여러 가지 요인들이 복합된 결과로 소설 속의 알렉산드리아에서 단 한 번 실현될 수 있었던 것일 뿐, 일반화될 수는 없는 성질의 것이다. 현실 세계의 일반적인 양상을 충실하게 재현하고 있는 것은 이런 것이 아니라 『잘 가라 밤이여』에서 제시되고 있는 '무기징역'의 형벌이다. 그러고 보면 이병주는 「소설 · 알렉산드리아」에서 '정당한 복수에 의해 정의를 구현하고도 처벌 받지 않는 세상'에 대한 낭만적 몽상을 한 번 펼쳐보여 준 셈이라고 말해도 무방할 듯하다. 내가 아는 한, 우리 소설사 속에 이런 작품은 없었다. 여러 외국의 소설사에로 시선을 돌려서 찾아보아도 아마 이런 작품을 발견하

8) 안경환, 『법과 문학 사이』(까치, 1995), p.82.

기는 쉽지 않을 것이다. 바로 이 점이, 「소설 · 알렉산드리아」를 '사법적 판단이라는 측면에서 볼 때 특별히 주목할 만한 작품'의 위치로 끌어올리는 핵심적 원동력이 되는 셈이다.

물론 이병주 자신은 단순한 몽상가가 아니고 현실의 어둠과 무게를 잘 아는 사람이다. 그의 여러 다른 작품들, 그 중에서도 특히 「삐에로와 국화」(1977) 같은 작품을 읽어 보면 그 점을 쉽게 확인할 수 있다. 어쩌면 그처럼 현실의 어둠과 무게를 잘 알기 때문에 그는 더욱 절실한 심정으로 사라와 한스의 이야기 같은 것을 써야만 했는지도 모를 일이다. 그런가 하면 그가 자신의 또 다른 소설 「겨울밤」(1974)에 등장하는 작중인물 노정필로 하여금 굳이 「소설 · 알렉산드리아」에 대한 비판의 말을 늘어놓게 만든 것도 이러한 문제와 무관한 것으로 보이지 않는다.

사법적 판단의 측면에서 「소설 · 알렉산드리아」를 검토할 때 간과할 수 없는 이 작품의 특징적 면모로는 한 가지가 더 있다. 사라-한스-안드레드 사건에 임하는 검찰측의 논고문과 변호인측의 변론문이 직접 인용의 형식으로 길게 제시되어 있다는 점이 바로 그것이다. 변론문은 두 가지나 제시되어 있다. 그 다음에 법원의 판결문이 제시된다. 이처럼 법률문서를 직접 인용으로 상세하게 제시하면서 작품을 진행해 간 경우는, 역시 내가 아는 한, 이전의 한국 소설에서는 없었다. 이처럼 「소설 · 알렉산드리아」를 통하여 한국 소설의 공간에 처음으로 진입해 들어온 법률문서들은 첫 시도 치고는 상당히 충실하고 밀도 있는 모습을 보이고 있다. 바로 이런 점에서도 「소설 · 알렉산드리아」는 사법적 판단이라는 측면에서 볼 때 특별히 주목할 만한 작품의 자격을 갖고 있는 것이다.

이상으로써 나는 「소설 · 알렉산드리아」에 나타난 사법적 판단의 문제에 대한 논의를 끝마치고자 하거니와, 법의 차원과 관련시켜 이 작품을 읽을 때 주의깊게 보고 넘어가야 할 논점이 또 한 가지 있음을 덧붙여 두어야 할 것 같다. 그것은 '형'이 프린스 김에게 보낸 편지 속에서 언급되고 있는 사형 제도에 대한 성찰과 관련된 것이다. '형'은 사형을 폐지해야 한다는 주장과 유지해야 한다는 주장 모두가 나름대로의 논리를 가지고 있음을 인정하면서도 궁극적으로는 사형폐지론에 동조하는 쪽으로 기운다. 여러 가지 근거를 제시하지만 그가 특히 강조하는 것은 오판의 가능성이라는 문제이다.

아무리 법률이 잘 정비되어 있고 신중하게 재판이 진행되었다고 하더라도, 판결은 언제나 오판의 부분을 포함하고 있는 것이다. 천의 살인사건, 만의 살인사건이 있어도, 경험과 사람의 성품까지를 고려에 넣을 때 각각 다른 사건이다. 천 가지 만 가지로 다른 사건을 불과 열 개도 되지 않는 경화된 법조문으로 다루려고 하면 법관의 양심 문제는 고사하고, 필연적으로 오판의 부분이 생겨나지 않을 수 없는 것이다. 최선을 다해도 오판의 부분이 남는다는 법관의 고민이 진지하다면 극단의 형만은 삼가야 할 것이 아닌가.[9]

이것은 중요한 문제 제기가 아닐 수 없다. 특히 문학의 자리에서 법의 세계, 재판의 세계, 형벌의 세계에 접근하고자 할 경우, 오판에 의한 사형이라는 소재는 방금 인용한 '형'의 문제 제기만 가지고 보더라도 진지하고 다각적인 시도가 이루어질 만한 가능성을 풍부하게 안고 있다. 그뿐만이 아니다. 정치권력의 전횡이라는 요소가 이런 문제와 연결될 경우 발생하는 비극의 차원에 대해서도 문학은 의미 있는 탐구를 수행할 수 있고 실제로 수행해 왔다. 물론 그러한 시도와 수행에 의해 실제로 이루어진 성과의 수준에는 다양한 높낮이가 존재한다. 한국의 소설을 대상으로 하여 이런 문제를 생각해 보고자 할 때 우리가 무엇보다 먼저 주목해

9) 이병주, 앞의 책, pp.98~99.

야 할 작품이 바로 『우리들의 행복한 시간』과 『푸른 혼』이다. 내가 이 글에서 다루고자 하는 네 편의 작품 목록 속에 이들 두 편이 포함된 것은 그런 이유 때문이었다. 이제 나는 다음 두 절에서 그 두 편의 작품을 차례로 검토해 보고자 한다.

## 3. 오판으로 인해 사형을 선고하는 경우—『우리들의 행복한 시간』

공지영이 2005년에 발표한 장편소설 『우리들의 행복한 시간』은 「소설·알렉산드리아」의 경우 이상으로 다양한 논의의 가능성을 향해 열려 있는 작품이다. 그러나 이 작품에 대해서도 역시 여기에서는 사법적 판단의 문제로 논의를 한정시키고자 한다. 그렇게 할 경우 우리가 논의해야 할 문제의 핵심은 방금 앞에서 말했던 바와 마찬가지로 '오판에 의한 사형'의 문제가 된다.

이 작품에 등장하는 두 명의 주인공 가운데 한 사람인 정윤수는 살인죄로 기소되어 재판을 받고 사형이 확정된다. 좀더 구체적으로 밝히자면 그는 "평소 알고 지내던 박모 여인을 살해하고 옆방에 있던 열일곱 살짜리 딸을 강간살해하고, 그리고 그때 시장을 보고 집 안으로 들어서던 파출부 아주머니까지 죽"[10]인 혐의를 받았다. 그러나 사실 그는 살인을 하지 않았다. 방금 언급된 모든 범행은 그와 함께 있던 그의 공범이 저지른 것이다. 그럼에도 불구하고 그는 사형 선고를 받았고, 그의 공범은 15년 형을 받는 데 그쳤다. 어째서 이런 일이 벌어지게 되었을까? 이 물음에 대한 답은 작품의 맨 끝 가까운 부분에 가서 제시된다. 정윤수가 사

10) 공지영, 『우리들의 행복한 시간』(개정판, 2010, 오픈하우스), p.75.

형 집행을 앞두고 마지막으로 쓴 수기 속의 다음과 같은 대목을 통해서이다.

> 이 글을 쓰기 전에 원주교도소에 있는 나의 공범 선배에게 편지를 썼습니다. 용서하겠다고, 당신이 한 일을 내가 한 일처럼 말하고 당신은 변호사를 사서 나를 주범으로 몰았던 것도, 검사도 제대로 하지 않고 제게 강간살인의 누명을 씌운 경찰도, 세 번의 재판이 진행되던 팔 개월 동안 나를 두 번만 찾아왔던 그 국선 변호사도, 나를 언제나 벌레처럼, 한 번도 나를 인간으로 대해 주지 않던 검찰도, 실은 내 살인 행각에 분노하고 있었으면서 실은 자신이 신처럼 객관적인 듯 냉정한 척하던 판사도 모두 용서하겠다고 썼습니다.[11]

위의 수기에 담겨 있는 진정성을 의심할 수는 없다. 그렇다면 정윤수는 명백한 사법적 오판의 희생자가 되어 억울하게 처형대에 오른 것이다.

이러한 정윤수의 비극적 운명을 보면서 우리가 대번에 떠올리게 되는 소설이 있다. 존 그리샴의 『가스실』(1994)이 그것이다. 『가스실』에 나오는 사형수 샘 케이홀도 정윤수와 똑같이 자신의 공범이 살인을 저지르는 자리에 함께 있었다는 사실만으로 체포되어 재판을 받은 끝에 사법적 오판의 희생자가 되어 사형에 처해진다. 오판 때문에 죽음을 맞이하는 인물의 마지막 역정을 그 최후의 현장인 사형 집행장까지 집요하게 따라가며 묘사하고, 그렇게 함으로써 사형이－그 중에서도 특히 오판에 입각한 사형이－얼마나 심각하게 비판받아야 할 과오인가를 독자의 마음속에 강렬하게 각인시킨다는 점에서도 『우리들의 행복한 시간』과 『가스실』은 동일하다. 그러나 한 가지 중요한 점에서 이 두 소설은 큰 차이를 드러낸다.

11) 위의 책, p.321.

우선 『가스실』의 경우부터 보면, 이 소설은 그 서두 부분에서 살인이 저질러지는 현장을 구체적으로 보여준다. 그렇기 때문에 이 소설을 읽는 독자는 샘이 살인의 죄목과 무관하다는 사실을 처음부터 분명하게 인지한다.

그런데 『우리들의 행복한 시간』의 경우는 다르다. 이 작품에는 사건 현장에 대한 구체적인 묘사가 나오지 않는다. 그리고 정윤수가 살인의 죄목과 무관하다는 사실은 위에 인용된 그의 수기가 제시되는 지점에서 처음으로 명확하게 밝혀진다. 위에서 이미 말했던 바와 같이 이 지점은 소설이 거의 다 끝나가는 지점에 해당한다. 이 지점에 도달하기 전까지, 그가 과연 살인자인가 아니면 단순한 오판의 희생자일 따름인가라는 문제를 둘러싸고 독자에게 주어지는 정보는 독자의 마음속에 상당한 혼란을 야기하지 않을 수 없게 되어 있다. 소설의 또 다른 주인공인 문유정과 모니카 수녀를 처음 만났을 때 그는 두 사람을 향하여 "저는 사람을 죽였습니다"[12]라는 말을 한다. 그 후 또다시 만난 자리에서는 "정말 사랑과 정의의 신이 있다면 제가 살인자가 될 필요도 없었을 테니까요"[13]라는 말을 하기도 한다. 그 자신이 이런 식으로 말하고 있는데도 그에게 찍혀진 살인범이라는 낙인이 잘못된 것이라고 독자가 생각할 이유는 없다. 그런데 그 중간의 또 다른 페이지를 보면 정윤수와 같은 감옥에 수감되어 있는 다른 사형수가 모니카 수녀를 향해 "알고 봤더니 그 녀석 공범놈 죄까지 다 뒤집어쓴 모양이에요"[14]라고 말하는 대목이 나온다. 작가가 이러한 대사를 작품 앞부분에 제시해 놓은 것이 무의미한 것은 물론 아니지만 그 대사는 잠시 무대를 스쳐 지나가는 단역에 의해 발설

12) 위의 책, p.58.
13) 위의 책, p.101.
14) 위의 책, p.91.

된 것일 뿐 아니라 그 내용도 너무나 간략하고 막연한 것이어서 별다른 효과를 발휘하지 못한다. 실제 작품 속에서 그 대사를 직접 들은 것으로 되어 있는 모니카 수녀와 문유정도 그 대사에 대해 아무런 반응도 보이지 않고 금방 다른 화제로 넘어가 버리며, 또 그렇게 하는 것이 독자가 보기에도 자연스럽게 느껴질 정도이니, 이 대사의 효과가 얼마나 미약한 것인가에 대해서는 더 이상 강조할 필요가 없을 것이다.

이처럼 소설의 분량 가운데 대부분이 진행될 때까지 독자들은 정윤수가 실제로 살인자일 가능성이 크다고 생각하면서 작품을 읽어나가게 되어 있다. 그렇게 생각하면서 읽어나가는 동안 독자는 상당한 정도의 긴장감을 가지고 작품 속에 몰입할 수가 있다. 또 만약 이 소설이 끝까지 정윤수가 실제로 살인을 범했고 그에게 내려진 사형의 선고는 오판이 아니었다는 식으로 진행되었을 경우에도 이 소설은 상당한 무게를 확보할 수 있었을 것이다. 왜냐하면 "설령 실제로 극악한 살인을 범한 사람에게라도 사형을 선고하고 집행하는 것은 부당한 일이 아닌가?"라는 물음은, 오판에 의한 사형을 문제 삼는 것 못지않게 진지한 논의의 대상이 될 만한 자격을 가지고 있는 물음이기 때문이다.

이렇게 생각해 보면, 『우리들의 행복한 시간』은 차라리 정윤수가 실제로 살인을 범한 것으로 설정하여 이야기를 진행시키면서 위의 물음을 전면에 부각시키는 방향으로 나아가든가, 아니면 『가스실』의 경우처럼 정윤수는 사법적 오판에 의한 희생자라는 점을 명확히 하고 그러한 전제에 입각하여 사형제도의 문제점을 비판하는 방향으로 나아가든가, 어느 편이든 좋으니 그 두 가지 중 하나를 선택하는 것이 바람직했다는 결론이 나온다. 그렇게 하지 않고 상당한 혼란을 일으키는 방법을 사용했기 때문에 이 작품은 곳곳에서 많은 문제점을 노출하고 있다.

한 예로, 정윤수에 의해 살해된 것으로 되어 있는 파출부의 늙은 어머니가 감옥으로 찾아와 정윤수를 만나고 그를 용서해 주는 장면을 들어볼 수 있다. 이 장면은 상당히 감동적인 느낌을 안겨주며 이 장면에서 보여주는 정윤수의 태도에 대한 묘사 역시 인상적인데, 그의 태도에 대한 묘사가 독자에게 각별히 인상적인 것으로 다가올 수 있는 것은 그가 실제로 파출부를 살해한 범인이라는 전제 아래에서 가능하다. 『우리들의 행복한 시간』을 처음으로 접하고 읽어나가다가 이 장면을 만나는 독자는 그런 전제 아래서 실감을 느끼고 감명을 받는다. 그런데 나중에 가서 보면 정윤수는 파출부가 살해되는 현장에 있었던 사람이기는 하지만 그 범인은 아니었던 것으로 밝혀진다. 이렇게 되면 그 장면을 처음 읽었을 때 감명을 느꼈던 독자의 마음은 상당히 혼란스러운 상태에 빠지지 않을 수 없게 되어 버린다. 이런 예를 우리는 작품 속의 다른 대목과 관련해서도 몇 가지나 더 들 수 있다.

이 문제에 대한 언급은 여기쯤에서 멈추고, 지금부터는 다른 이야기로 넘어가 보기로 하자. 소설 속의 정윤수는 비록 직접 살인을 저지르지는 않았지만 어쨌든 범죄자의 삶을 살아온 것으로 되어 있다. 그리고 그가 이렇게 된 배경에는 그의 극도로 불행했던 성장 환경이 가로놓여 있다. 작가는 정윤수로 하여금 수기라는 형식으로 그 점을 자세하게 기록하도록 만들고 있는데, 그 수기에 담겨 있는 내용이 참으로 절절한 것이기 때문에, 그의 기록을 읽으면서 대부분의 독자들은 그를 깊이 동정하지 않을 수 없게 된다. 그 동정은, 그가 만일 실제로 살인을 저질렀다 하더라도 크게 줄어들지 않을 정도에까지 도달하는 동정이다.

그런데 이처럼 살인을 저지른 범죄자의 불행한 환경을 부각시킴으로써 그에 대한 동정을 끌어내는 태도는 피살자와 그 가족의 고통을 부당하게 경시하는 태도와 연결되기 쉽고 현실적으로도 그런 사례가 종종 발생하고 있다는 점에서 논란의 소지가 있다. 이 작품의 경우 정윤수는 실제로 살인을 저지른 자가 아니기 때문에 논점의 성격이 다르다고 할 수 있지만, 실제의 살인자와 그 피해자 및 유가족 사이의 관계에서는 상당히 심각한 문제가 지속적으로 발생하는 것이다. 이 작품에 나오는 피살된 파출부의 어머니는 거의 성자에 가까운 마음가짐으로 자신이 살인자라고 생각한 정윤수를 용서함으로써 이 문제를 해결하고 있지만 대부분의 피살자 가족은 그런 성자가 아니며 그들에게 그런 성자가 되어 달라고 요구할 권리는 누구에게도 없다. 이런 점에서 보면 이 작품에서 파출부의 어머니를 성자형의 인물로 설정한 것은 논점과 정면으로 대결한 것이라기보다는 특별히 예외적인 경우를 내세워 논점을 비켜간 것으로 평가될 수 있다.[15]

지금까지 나는 『우리들의 행복한 시간』에 대해 다소 비판적인 입장에서 논의를 진행해 온 셈이지만 각도를 바꾸어서 생각해 보면 이 작품은 사형제도 폐지론자들의 두 가지 대표적인 입장을 한 작품 속에서 한꺼번에 제기한 것으로 적극적인 의미를 인정받을 수도 있을 것이다. 그 두 가지 입장 가운데 첫째는 오판의 가능성이 없다 하더라도 사형은 폐지되어야 한다는 입장이고, 둘째는 오판의 가능성이 있기 때문에 사형은 폐지되어야 한다는 입장이다. 『우리들의 행복한 시간』의 경우, 앞부분은 전자에, 뒷부분은 후자에 비중을 두고 있는 것이라 할 수 있다. 이 중에서 작품 분량의 대부분을 차지하는 것은 앞쪽이지만, 작품의 끝부분에 가서 밝혀지는 진실이 '오판'에 해당하는 것이기 때문에 실제적인 무게중심은 후자쪽에 놓인다고 보아야 할 것이다. 이 작품을 논의하는 대목의 첫머리에서 내가 "우리가 논의해야 할 문제의 핵심은 '오판에 의한

15) 『가스실』은 이 점에 있어서도 보다 냉철한 자세를 유지하고 있다. 이 작품을 보면 피살자의 가족은 끝까지 샘이 범인인 것으로 믿는데 그런 믿음 아래서 그들은 샘에 대한 분노와 증오를 일관되게 유지하며 '용서' 같은 것은 조금도 고려하지 않는다.

사형'의 문제가 된다"고 말했던 것도 그 때문이다.

일반적으로 사법적 오판이 발생하게 되는 원인에는 크게 보아 두 가지가 있다. 그 첫째는 보통 '터널 비전'이라는 말로 표현되는, 인간이 지닌 판단력의 한계가 작용할 수 있기 때문이고,[16] 둘째는 '유전무죄, 무전유죄'라는 말이 단적으로 시사하고 있는 바와 같은 현실적 모순과 부조리가 개입할 수 있기 때문이다. 『우리들의 행복한 시간』의 경우, 상대적으로 강조점이 주어지고 있는 것은 후자쪽이다. 부유한 집 자식인 공범이 유능한 변호사를 고용할 수 있었던 반면 사회적으로 최하층에 속하는 정윤수는 무성의한 국선변호인으로부터 거의 아무런 도움도 받지 못했다는 사실이 두 사람의 운명을 뒤바꾼 근본 요인으로 작용하였던 것으로 설정되어 있기 때문에 그렇게 말할 수 있다. 하지만 작가가 전자쪽을 도외시하고 있는 것은 아니다. 앞에서 인용했던 정윤수의 수기에 나오는 "실은 내 살인 행각에 분노하고 있었으면서 실은 자신이 신처럼 객관적인 듯 냉정한 척하던 판사"라는 표현에서 작가가 전자쪽의 요인도 염두에 두고 있다는 사실을 읽을 수 있다. 그리고 정윤수의 사형이 집행되기 얼마 전 문유정으로부터 사형 선고가 오판일 가능성이 크니 재심을 신청할 수 없겠느냐는 내용의 상담을 받은 현직 검사인 문유정의 큰오빠가 "대한민국 사법부, 그렇게 어리숙하지 않아"[17]라는 말을 앞세워 그 요청을 단호히 거절하는 장면에서 우리는 '터널 비전'이 작용하는 전형적 사례를 만날 수 있는데 여기에서도 우리는 작가가 전자쪽의 요인을 진지하게 고려하고 있다는 사실을 확인하게 된다.[18]

16) '터널 비전'의 개념과 그 구체적 양상에 관해서는 김상준, 『무죄판결과 법관의 사실인정』(경인문화사, 2013), pp.352~363에서 자세히 설명하고 있다.

17) 공지영, 앞의 책, p.259.

18) 위의 장면에서 문유정의 큰오빠는 사법부가 현명하고 공정하게 재판 절차를 진행하고 판결을 내리기 때문에 그 정당성을 의심해서는 안 된다는 논리를 계속 밀어붙이며 문유

작가는 이처럼 정윤수가 오판에 의한 사형 선고를 받게 된 원인을 복합적으로 설정하여 제시하면서, 작품 바깥의 현실 세계에서도 이런 사법적 오판은 얼마든지 일어날 수 있는 것이 아니냐라는 질문을 제기하고 있는 것으로 보인다. 이것은 의미 있는 문제 제기로 평가될 수 있다.

## 4. 정치적 목적을 위한 살인으로서의 사형—『푸른 혼』

『우리들의 행복한 시간』이나 『가스실』과 같은 작품에서 다루어졌던 사법부의 오판은 기본적으로 사실관계에 대한 착오로 말미암은 오판이었다. 그런 오판으로 인해 소설 속의 법원은 피고인에게 사형을 선고하고, 교도소에서는 그 선고를 집행한다. 그런데 이런 오판과는 근본적으로 성격을 달리하는 또 한 가지 종류의 오판이 있다. 그것은 독재적인 권력이 정치적인 목적을 달성하기 위해 죄목을 조작하여 피고인에게 사형을 선고하고 그것을 집행하는 경우에 나타나는 오판이다. 이런 오판은 '의도된 오판'이며, 다른 말로는 '사법적 살인'이라고 불리어야 마땅한 종류의 오판이다.

이런 종류의 오판은 고대 이래 지금까지의 장구한 인류사 속에서 무수하게 출현한 바 있다. 현대에 이르러서도 그 출현의 빈도는 줄어들지

---

정의 요청을 묵살한다. 그러나 형법학자인 이상돈이 그의 저서 『새로 쓴 법이론』(제3판, 세창출판사, 2005)의 pp.128~129에서 실제 형사재판 절차의 문제점에 대해 논하고 있는 대목을 읽어 보면, 만약 거기에 나타나 있는 이상돈의 논리가 타당한 것으로 인정될 경우, "대한민국 사법부, 그렇게 어리숙하지 않아"라는 식의 말로 사법부의 현명함과 공정함에 대한 자부심을 내보이며 그렇게 함으로써 사형 선고의 정당성까지 보장받으려 하는 태도는 '범죄적'인 수준의 만용으로 비난받을 가능성이 있음을 알게 된다. 『새로 쓴 법이론』의 위 대목은 다음과 같은 문장으로 끝난다. "이런 형사소송의 현실 속에서 피고인에게 사형을 선고한다는 것은, 인식론적 오만과 편견을 넘어 그 자체로서 이미 범죄적이라고 말하지 않을 수 없다."

않은 것으로 판단된다. 현대에 나타난 이런 오판의 대표적인 사례로는 1930년대에 이루어졌던 스탈린의 수많은 정치재판들과 1950년대에 이루어졌던 김일성의 남로당 숙청을 위한 재판을 들 수 있으리라. 그리고 한국의 경우에는 1974년에서 그 이듬해까지에 걸쳐 벌어졌던 이른바 '제2차 인혁당 사건'의 재판이 여기에 해당하는 가장 뚜렷한 사례로 생각된다. 방금 열거된 모든 재판은 외관상으로는 합법적인 재판 절차를 갖추고 진행된 것처럼 보이지만 그 실상은 사법적 살인에 다름 아닌 것이었다.

그런데 방금 열거된 세 가지 재판은 그것이 사법적 살인의 성격을 지닌다는 점 말고도 한 가지 공통점을 더 가지고 있다. 그 공통점이란 바로 그 재판을 소재로 하여 무게 있는 소설이 쓰였다는 공통점이다. 스탈린의 정치재판은 아서 쾨슬러의 『한낮의 어둠』(1940)을 낳는 원천이 되었고, 김일성의 남로당 재판은 그 희생자의 한 사람이었던 임화를 주인공으로 한 마츠모토 세이초의 『북의 시인』(1964)을 낳는 원천이 되었으며, 제2차 인혁당 사건에 대한 재판은 김원일의 『푸른 혼』(2005)을 낳는 원천이 된 것이다.

그러나 아쉽게도 이 세 편의 소설 중 앞의 두 편은 사법적 살인의 희생자가 된 실제의 피고인들을 부당하게 폄하하여 묘사했다고 하는 문제점을 드러내고 있다. 『한낮의 어둠』의 경우, 소설 자체만 놓고 보면, 스탈린의 전체주의가 지닌 악마적 속성을 날카롭게 고발하고 정치란 대체 무엇이며 이념이란, 또 인간의 본성이란 도대체 무엇인가라는 물음을 높은 수준에서 제기한 노작임에 틀림없다. 하지만 그 소설이 모델로 삼은 것으로 알려져 있는 부하린의 실제 모습이 소설 속에서 부당하게 폄하, 왜곡되고 있다는 사실은 문제점으로 지적되어야 마땅하다.[19] 『북의 시인』의 경우는 문제가 더욱 심각하다. 이 소설의 작가 마츠모토 세이초는

'미군정의 첩자였다'고 하는 임화의 죄명이 억울하게 덮어쓴 누명이 아니라 실제에 부합하는 것으로 상정하고 작품을 전개해 나감으로써 임화를 두 번 죽이는 결과를 가져왔다.[20]

이러한 사례와 대조적으로 김원일의 『푸른 혼』은 사법적 살인의 희생자들에 대한 위로를 전하고 그들에게 인간적 품위를 부여하는 작업을 충실하게 수행하고 있다. 이렇게 함으로써 김원일은 문학이 역사 앞에서 유의미한 존재로 스스로를 자리매김할 수 있는 가능성의 일단을 현실화한 셈이다. 물론 이 소설 속에 나타나 있는 역사적 시각과 관련해서는 논란의 여지가 없지 않으며, 이 점에 대해서는 조금 뒤에 구체적으로 언급될 것이다. 그러나 방금 위에서 말한 바와 같은 의미에서 이 소설이 문학의 바람직한 역할 한 가지를 제대로 수행하였다는 평가는 논자의 입장 여하에 관계 없이 보편적으로 내려질 수 있는 것이라고 판단된다.

주지하다시피 제2차 인혁당 사건이란 '인혁당재건위'를 결성하여 체제의 전복을 시도하였다는 혐의로 구속된 피고인들 중 8명이 사형에 처해지고 10여 명이 징역형을 선고받은 사건이다. 특히 1975년 4월 8일에 대법원이 피고인도, 변호인도 출정시키지 않은 상태에서 상고 기각의 판결을 내림으로써 형을 확정하고 그로부터 만 하루도 지나지 않은 4월 9일 새벽에 8명에 대한 사형이 집행된다고 하는 전대미문의 폭력적 방식으로 일이 진행되었다는 점은 충격을 금할 수 없게 하는 것이었다.

이런 식으로 진행되고 끝난 제2차 인혁당 사건을 바라보는 시각은 조세열의 지적과 같이 크게 세 가지로 나누어볼 수 있다. 첫째는 "철저한

---

19) 폴 존슨은 『한낮의 어둠』이 "뛰어난 소설"이라는 것을 인정하면서도 그것의 내용에 관해서는 "이보다 진실과 동떨어진 얘기는 없을 것이다"라고 정당하게 지적하고 있다. 폴 존슨, 『모던 타임스』 1(조윤정 역, 살림, 2008), p.564.

20) 정영진의 『바람이여 전하라』(푸른사상, 2002)를 보면 『북의 시인』에 대한 상세한 반론이 제시되어 있어서 유익한 참고가 된다.

냉전논리에 입각하여 간첩사건으로 규정"한 당시의 권력집단의 시각인데, 이런 규정은 이미 오래 전에 조작의 소산임이 판명된 것이다. 둘째는 "용공조작의 희생자로 보고 인권적 차원에서 이 문제에 접근하는 시각"이다. 셋째는 "간첩사건은 물론 아니지만 그렇다고 단순한 인권문제로 취급하여서도 안 되는 고유한 운동사적 의미를 지니고 있"는 사건으로 보는 시각이다.[21] 이러한 분류를 제시한 조세열 자신은 세 번째의 시각이 정당하다고 보는 입장에서 두 번째의 시각에 대해 "공안사건의 희생자라는 협애한 이해야말로 이들의 죽음이 가지는 의미를 왜곡 축소시키는 것"[22]이라는 비판을 가하고 있다. 그러나 오늘날 다수의 지지자를 확보하고 있는 것은 아무래도 두 번째의 시각이다. 김원일의 『푸른 혼』 역시 세 번째 시각을 전적으로 도외시하고 있는 것은 아니지만 그보다는 두 번째 시각에 주로 의지하는 가운데 작품을 진행시켜 나아가는 모습을 보여준다.

위와 같은 입장에 서서 제2차 인혁당 사건을 소설화함에 있어 김원일은 구체적으로 여섯 편의 연작을 이어놓는 방법을 채택하였다. 이 여섯 편 중 맨 앞에 나오는 「팔공산」과 맨 마지막을 장식하고 있는 「임을 위한 진혼곡」의 두 편은 일인칭 서술로 진행되고, 그 사이에 놓여 있는 나머지 네 편은 모두 삼인칭 서술로 진행된다. 이렇게 한 결과 다분히 인간적인 온기를 가지고 있는 주관성의 언어가 맨 앞자리와 맨 끝자리를 차지하면서 그 사이에 있는 객관적인 역사적 사실의 세계를 자연스럽게 감싸 안고 매듭지어 주는 것과 같은 효과가 발생한다. 각도를 달리해서 분석해 보면 여섯 편의 연작 중 앞의 네 편은 각각 희생자들 중 한 사람

21) 조세열, 「74년 조직(세칭 '인혁당재건위') 사건의 운동사적 의의」, 이수병선생기념사업회 편, 『이수병 평전』(민족문제연구소, 2005), pp.286~287.

22) 위의 글, p.290.

혹은 두 사람을 다루면서 개별적인 사연을 펼쳐 보이고, 다섯 번째 작품인 「투명한 푸른 얼굴」에 이르러 여덟 명의 희생자 전원을 한 자리에 모아 놓고서 그들의 사연을 종합하는 작업이 이루어지며, 마지막 작품인 「임을 위한 진혼곡」에서는 유족의 시선을 통하여 새로운 정리와 의미 부여가 행해지는 구성으로 되어 있다. 연작을 이런 식으로 구성함으로써 김원일은 개별성의 차원과 전체성의 차원을 모두 살려내고, 여덟 명 당사자들의 내부와 외부를 두루 조명하여 밝히는 성과를 창출하였다.

이러한 작업을 수행하면서 김원일은 앞에서 이미 언급되었던 바와 같이 사법적 살인의 희생자들에 대한 위로를 전하고 그들에게 인간적 품위를 부여하는 작업을 충실하게 수행하고 있다. 대표적인 예로 이수병과 김용원 두 사람을 묶어서 다루고 있는 「두 동무」의 경우를 보면 죽음의 자리에 이를 때까지 이어진 두 사람의 아름다운 우정을 부각시키는 데 초점을 맞춤으로써 독자들이 그들의 인간적 품위를 실감하고 인정하게끔 만드는 효과를 자연스럽게 유도해 내고 있는 것이다.

그런데 앞에서 이미 간단하게 언급했던 바와 마찬가지로 이 소설 속에 나타나 있는 역사적 시각과 관련해서는 논란의 여지가 없지 않다. 일인칭의 시점으로 쓰여져 있는 부분의 경우에 작중인물의 역사적 시각이 문면을 압도하고 있는 것은 당연한 현상이라고 할 수 있지만 삼인칭 서술을 택하고 있는 부분에서도 작품을 이끌어가는 서술자의 시각은 작중인물의 시각을 그대로 수용하고 있는데, 다시 말하지만 여기에는 논란의 여지가 없지 않은 것이다. 작품 속의 한 대목을 실제로 들고 논의를 계속해 보기로 하자.

> 매판재벌과 친일 인사 출신의 지주 계층을 조직 기반으로 한 민주당과 과도정부는 미국의 제3세계 지배 전략에 호응하여 이승만의 반공 정책

> 을 승계했다. 학생혁명의 승리로 그동안 억눌려 살아온 민중은 이에 굴하지 않고 각계각층에서 제 목소리를 내기 시작했다. 노동쟁의가 활발해지고, 대구를 시발로 전국교원노동조합이 결성되었다. 북측의 연방제 통일 제의에 호응하여 자주적 평화통일을 주장하는 혁신 세력의 목소리가 한층 힘을 얻고, 청년조직 또한 활성화되어, 광화문 일대를 비롯한 서울 중심 거리에는 연일 각종 이슈를 내건 데모대의 행렬이 그치지 않았다. 건국 이래 '자유의 봄'이 활짝 꽃핀 서민 대중의 시대가 도래한 것이다.[23)]

위에 인용된 대목은 삼인칭으로 쓰여져 있는 「두 동무」의 한 대목인데 여기에 나타나 있는 서술자의 시각은 해당 부분의 사건 진행을 주도해 나가고 있는 작중인물인 이준병(실제로 존재했던 이수병과 동일한 인물)의 시각을 아무런 수정이나 유보 없이 그대로 채용한 것이다. 그런데 이러한 시각이 작품 속에서 작중인물의 것이 아니라 서술자 자신의 것으로 제시되기 때문에, 그가 처한 시대와 그 자신이 선택한 노선에 의해 허용된 인식의 테두리 안에 갇혀 있을 수밖에 없었던 작중인물의 한계를 넘어서서 보다 넓고 크고 다양한 차원을 성찰해 볼 수 있다고 하는 문학의 소중한 가능성이 활성화되지 못하고 묻혀 버리는 결과가 발생한다. 그리고 『푸른 혼』의 다른 어떤 대목에서도 이러한 가능성은 여기서와 마찬가지로 살아나지 못하고 말았다.[24)]

---

23) 김원일, 『푸른 혼』(강, 2011), pp.126~127.

24) 이렇게 하다 보니, 작중인물이 아닌 서술자의 발화로 제시되어 있는 역사적 사실에 대한 언급이 실제의 역사적 진실과 심각하게 어긋나는 경우도 발생한다. 예를 들면 1964년의 제1차 인혁당 사건도 실체가 없는 조작된 사건이었다는 서술이 서술자의 발화를 통해 여러 차례 제시되고 있는데(예컨대 pp.198~199, pp.304~305 등) 이것은 역사적 진실과 일치하지 않는다. 박범진의 다음과 같은 진술이 여기에서 결정적인 증거가 된다. "사실은 실제로 존재했던 지하당입니다. 제가 입당할 때 문서로 된 당의 강령과 규약이라는 것을 직접 봤고, 북한산에 올라가서 오른손을 들고 입당선서도 한 뒤 참여를 했습니다. (…) 첫 번째 인혁당 사건은 제 자신의 체험으로 볼 때 실재했던 사건이었으나 정부당국

이러한 문제점을 지닌 대로 『푸른 혼』은 비교적 차분한 어조로 사실적 소설의 규범을 준수하면서 역사적 사건의 진행을 따라가는데, 막상 여덟 사람에 대한 사형이 실제로 집행되는 단계에 이르자, 사실주의의 틀을 과감하게 깨뜨려 버리고 전혀 다른 방향으로 나아간다. 인간이 죽은 후에는 육신을 털어내 버린 혼령이 되어서 신비로운 영적 세계로 들어간다고 하는 초현실적 상상을 끌어들이는 것이다. 이런 상상에 입각하여 김원일은 방금 사형 집행을 당한 여덟 명의 동지가 혼령으로 다시 만나 대화를 나누도록 만든다. 그런데 이처럼 초현실적인 영적 세계에 대한 상상을 활용하면서도 김원일은 정작 신비주의적인 사후 세계의 탐구에는 별다른 흥미를 보이지 않는다. 그의 주된 관심은 어디까지나 그 희생자들이 역사의 현장에서 겪어야 했던 고난에 대한 위로를 베푸는 데 있는 것이다. 그렇기 때문에 여덟 명의 혼령이 만나서 교환하는 대화의 주제도 정치적 차원에 집중된다. 우리는 김원일이 모처럼 사후의 영적 세계라는 요소를 소설 속에 끌어들이면서 그것을 이런 방식으로만 처리한 데 대해서 아쉬움을 느낄 수도 있지만, 그보다는 이렇게 함으로써 어차피 처음부터 끝까지 정치적인 문제의식으로 일관해 왔던 작품 전체의

이 객관화하는 데 실패해서 조작사건처럼 계속 논란이 되고 있는 데 대해 그때 참여했던 한 사람으로서 마음이 괴로웠습니다. 대한민국에서 국회의원을 했던 사람으로서 국가에 충성을 해야 하는데, 과거가 있는 사람이 침묵을 한다는 것이 괴로워 언젠가는 이야기를 해야겠다고 생각했고, 글을 써야겠다고도 생각했으나 글을 쓰지 못하고, 오늘 이야기를 해야겠다고 생각했습니다. 제 친구 가운데도 자꾸 조작이라고 이야기하는 친구가 있으면 불러서 조작이 아니라고 이야기해 왔습니다." 이지수 편, 『박정희 시대를 회고한다』(선인, 2010), p.33. 물론 박범진의 위와 같은 진술이 나온 연도가 2010년인데 『푸른 혼』은 2005년에 쓰여진 소설이기 때문에 왜 박범진의 진술을 참고하지 않았느냐고 『푸른 혼』의 작가인 김원일을 나무랄 수는 없다. 그러나 제1차 인혁당 사건이 조작된 것이 아니라는 주장은 2005년의 시점에서도 다양하게 제기되고 있었으며 당시의 시점에서도 그런 주장을 간단하게 무시하는 것은 경솔한 처사로 간주될 만한 것이었다는 점을 생각하면, 제1차 인혁당 사건이 조작이라는 서술을 서술자의 발화라는 형식으로 제시한 것은 아무래도 적절한 조치는 아니었다는 비판을 피할 수 없는 것으로 판단된다.

통일성을 흐트러뜨리지 않고 유지하는 가운데 장중한 무게와 특이한 아름다움을 더할 수 있었다고 하는 긍정적인 측면에 더 큰 비중을 두고 생각하는 편이 나을 것이다.

### 5. 진압경찰의 죽음을 보는 서로 다른 시각들—『소수의견』

우리가 방금 위에서 살펴본 김원일의 『푸른 혼』은 역사 속에서 실제 발생했던 사건과 관련된 사법부의 판단에 대한 문학 편에서의 재해석과 대응이라는 성격을 띠는 작품이었다. 그런데 2010년에 이르러, 이런 성격을 띤다는 점에서 『푸른 혼』과 동궤에 놓이는 무게 있는 한 편의 소설이 손아람이라는 젊은 작가에 의해 발표되었다. 그 작품의 제목은 『소수의견』이다. 그리고 이 작품에서 문제삼은 '역사적으로 실재했던 사건'은 2009년 1월 20일 서울의 용산에서 발생했던, 흔히 '용산참사'라는 명칭으로 불리는 사건이다. 이 사건은 도시 재개발 계획을 추진하기 위해 기존 건물들을 철거하는 과정에서 철거에 반대하여 저항하는 사람들(주로 세입자들)과 경찰이 충돌한 끝에 다섯 명의 저항자들과 한 명의 경찰이 사망한 사건이다.

이 사건은 많은 사람들로 하여금 국가와 정의의 문제를 새삼 진지하게 성찰하지 않을 수 없도록 만든 것이었거니와, 손아람은 『소수의견』을 쓰면서 도시 재개발 계획, 세입자들의 저항, 폭력사태, 세입자와 경찰의 죽음 등등 이 사건의 중요한 모티프들을 그대로 소설 속에 끌어들이고 있다. 하지만 그가 이런 모티프들을 활용하여 실제로 소설을 전개해 나아가는 과정에서 취한 태도는 『푸른 혼』의 경우와 다르다. 김원일이 『푸른 혼』에서 소설적 상상력의 발휘를 자제하고 되도록 실제의 역사적 사건을 충실하게 재현하는 데 주력한 반면 손아람은 기본적인 모티프들만 실제의 사건에서 가지고 왔을 뿐 그 사건 자체에 매이지 않고 적극적인 변용을 자유롭게 가하는 태도를 보여준다. 사건이 발생한 장소를 아현동으로 바꾼 것도 그렇지만, 사건의 전개 양상이 실제로 용산에서 벌어졌던 것과 전혀 다르다. 이 작품에서는 사건이 발생한 당시 박신우라는 소년과 김희택이라는 진압경찰 등 두 명의 인물이 사망한 것으로 설정된다. 그리고 박신우의 아버지인 박재호가 김희택을 죽게 한 범인으로 체포되어 재판을 받는 과정이 자세하게 서술된다. 바로 이 재판 과정에 대한 서술이 소설 내용의 대부분을 차지하고 있는 것이다.

대략 이상과 같은 면모를 가지고 있는 『소수의견』이라는 소설을 읽어 가는 동안 독자는 법률과 재판의 세계에 대한 작가의 치밀한 연구와 조사, 그리고 생동감 넘치는 재현을 접하면서 강한 인상을 받지 않을 수 없다. 법률과 재판의 세계를 이만큼 정밀하고 실감 있게 소설의 언어로 담아내는 데 성공한 작품을 한국문학은 지금껏 한 번도 본 적이 없다고 해도 과언이 아닐 것이다. 그런 만큼, '사법적 판단이라는 측면에서 볼 때 특별한 주목을 받을 만한 소설작품'의 목록 속에 『소수의견』을 포함시키는 것은 누가 보아도 타당한 조치로 인정될 수 있을 법하다.

이처럼 한국문학에 희유한 본격적 '법률소설'로 평가되기에 모자람이 없는 이 작품에서 일인칭의 주인공으로 등장하여 서술을 이끌어 가는 주역은 윤씨라는 성만 밝혀져 있을 뿐 이름은 드러나지 않는 30대 후반의 변호사이다. 특수공무집행방해치사 혐의로 재판에 회부된 박재호의 변론을 맡게 된 그는 박재호의 행위가 정당방위였음을 주장하면서 검찰측을 상대로 불을 뿜는 듯 치열한 법정투쟁을 전개해 간다.

그런데 흥미로운 것은 작가인 손아람이 이 주인공을 하퍼 리의 『앵무새 죽이기』(1960)에 나오는 애티커스 핀치 같은 정의파의 변호사로 설정하지 않았다는 사실이다. 이 소설의 주인공인 변호사는 다분히 냉소적인 인물이다. 어떤 경우에는 위악적인 면모까지 보여주는 인물이기도 하다. 힘 없고 돈 없는 피고인을 위해 싸우는 변호사를 이런 인물로 설정하였기 때문에 『소수의견』은 단순한 선악 대립 구도를 넘어서서 좀더 복합적인 삶의 리얼리티, 세상의 리얼리티를 구현하는 데로 나아갈 수 있게 되었다는 평가도 가능할 것이다.

『소수의견』이라는 소설의 맨 앞부분을 차지하고 있는 것이 조직폭력배 두목의 변론을 맡은 주인공이 방면(放免)의 선고를 끌어내는 데 성공하는 이야기라는 사실은 이 점에서 볼 때 의미심장하다. 조구환이라는 그 두목은 살인교사(殺人敎唆)의 혐의로 기소된 것인데, 그가 살인교사라는 범죄를 저지른 것은 엄연한 사실이었다. 그것이 사실임을 조구환은 주인공에게도 말해 준다. 그가 이런 범죄를 저지른 것은 1997년의 일이었다. 그런데 살해된 자의 시신을 파묻었던 땅이 재개발 공사로 인해 파헤쳐지는 바람에, 그는 뒤늦게 2010년에 체포되어, 재판에 회부된다. 이런 사실을 알고 난 주인공은 조구환에게 기발한 제안을 하고 그의 동의를 받는다. 그 장면에서 두 사람 사이에 오고 간 대화를 직접 인용해 보자.

> "혐의를 끝까지 부인한다면 유죄 판결이 나올 가능성이 높습니다. 인정하세요. 1992년으로 하죠. 그때 살인을 교사했다고 거짓말을 하는 겁니다. 사건 당시 개정 이전 형사소송법에 따르면 살인교사의 공소시효는 15년입니다. 검사는 조 회장님이 혐의를 갑자기 인정할 거라 예상하지 못할 테니 대비가 안 되어 있을 겁니다. 또 피해자가 고아이기 때문에 대비한다고 한들 거짓말을 반박할 방법이 없겠죠. 그러면 법원은 공소시효 만료로 면소를 결정할 겁니다."
>
> "무죄를 주장하면 유죄가 되고, 유죄를 주장하면 무죄가 된다. 그게 될

법한 소리요?"

"그냥 게임이라고 생각하시죠. 그럼 편할 겁니다."

"난 법을 몰라요. 윤 변호사가 날 속이는 게 아니어야 할 텐데. 우리 둘 모두를 위해서 말이요."

"걱정 안 하셔도 됩니다. 제가 속이는 건 조 회장님이 아닙니다. 검사입니다."25)

위의 인용에서 보듯 '주인공이 적극적으로 아이디어를 짜내어 제시하고 조구환이 얼떨떨해 하면서 따른다'고 하는 방식에 의해 만들어진 거짓말이 먹혀들어가서 검사는 물론 판사까지도 속여 넘기는 데 성공한 결과 조구환은 자유의 몸이 되고, 변호사는 기본 수임료에다 성공 보수까지 얹어서 받게 되는 것이다.

소설 속에서 진행되는 사건을 시간적 순서대로 놓고 보면 위의 에피소드는 그 중간쯤의 위치에 해당되는 것이다. 그러나 작가는 앞에서 이미 말했던 것처럼 이 에피소드를 작품 전체의 서두에 위치시키고 있다. 이 에피소드를 따로 떼어내어 작품의 서두에서 한 번 보여주고 난 후 시간의 순서대로 다시 전체 이야기를 진행해 가는 것이다. 작가가 그렇게 한 결과 이 에피소드는 소설 속에서 한 번 더 등장하게 된다(참고로 밝히면, 위에 인용된 대화는 이렇게 해서 위의 에피소드가 두 번째로 등장한 자리에 제시되어 있는 것이다).

아무튼, 여기서 우리는 다음과 같은 질문을 던지지 않을 수 없다. '이런 식으로 법의 허점을 악용한 교묘한 거짓말을 조작해냄으로써 실제로 중범죄를 저지른 조직폭력배의 두목을 자유의 몸으로 만들어 주는 변호사를 우리는 과연 어떻게 보아야 할 것인가?'

물론 소설 속에서 사건이 진행되어 간 과정을 볼 때 여기서 우리가 한

25) 손아람, 『소수의견』(들녘, 2010), p.223.

가지 참작해야 할 점이 있기는 하다. 주인공은 조구환의 변론을 맡게 되기 직전, 애초에 그를 박재호의 변호인으로 선임했던 '민생살림'이라는 이름의 시민단체로부터 해임을 당했다는 사실이 그것이다. 주인공과 그 주변 사람들이 노력한 덕분에 박재호를 피고인으로 한 재판 사건(이제부터 이 사건을 '박재호 사건'이라 부르기로 하자)이 세상의 관심을 끌게 되자 애초에는 박재호 사건을 차갑게 무시했던 대형 로펌에서 이 사건을 가로채려고 노리게 되고, 시민단체 또한 대형 로펌의 명성에 편승해서 실제적 이익을 챙기려는 의도를 보이게 되며, 이로 인한 갈등 속에서 결국 주인공은 해임되고 말았던 것이다. 주인공이 열정을 바쳐 투쟁하던 박재호 사건의 현장으로부터 느닷없이 추방당하고, 세상의 정의를 독점한 듯 기세를 올리던 유명 변호사들과 시민단체의 추한 진면목을 생생하게 목격하게 된 시점이, 그에게 조구환을 위한 변론을 해 달라는 제의가 들어온 시점이었다는 뜻이다. 그렇지 않아도 원래 다분히 냉소적인 기질을 지니고 있던 주인공이 이러한 시점에서 어떤 마음의 상태에 놓이게 되었을 것인가를 감안해 보면서 우리는 그의 행태를 이해할 필요가 있는 것이다.

하지만 아무리 그 점을 감안한다 하더라도 주인공의 행위가 심각하게 비난받아 마땅한 것이라는 사실 자체는 변하지 않는다. 그리고 이러한 행위를 저지른 주인공이 그 행위와 관련하여 도덕적 고민을 느끼는 모습이 작품 끝까지 단 한 번도 나오지 않는다는 점 또한 우리는 간과할 수 없다.

그런데 이처럼 비난받아 마땅한 행위를 태연하게 저지르고 그것 때문에 단 한 번 도덕적 고민에 잠기지도 않는 바로 그 주인공이 박재호 사건을 맡아 가지고서는 정의 수호의 화신이 되어서 단 한 치의 물러섬도 없는 애티커스 핀치류(類)의 영웅적 투쟁을 전개하는 것이다. 이것은 혼란스럽고 모순된 양태이지만, 이처럼 혼란스럽고 모순된 양태를 보이는 것이야말로 인간의 리얼리티라고 할 수도 있을 법하다. 그리고 주인공을 이런 인물로 설정한 결과 앞에서 이미 말했던 것처럼 『소수의견』은 복합적인 삶의 리얼리티, 세상의 리얼리티를 구현하는 데로 나아갈 수 있게 되었다는 평가도 가능할 듯하다.

방금 '복합적인 세상의 리얼리티'라는 말을 했는데, 지금까지 언급된 조구환과 관련된 사건이 박재호 사건과 기묘하게 얽히게 되는 양상을 두고서도 역시 같은 말을 해 볼 수 있을 것이다. 주인공은 앞서 본 바와 같은 거짓말을 조작해냄으로써 조구환을 자유인으로 만들어 주는데, 조구환은 나중에 박재호 사건에서 주인공에게 큰 도움을 주게 된다. 조구환의 도움 덕분에 주인공은 검사측의 주장이 허위이고 조작된 것임을 폭로해 주는 결정적 증인과 증거를 확보하게 되는 것이다. 이것은 「은혜 갚은 까치 이야기」 같은 고전적 보은담의 현대적 변용이라고 할 만한 것이지만 동시에 세상의 리얼리티라는 것이 얼마나 복합적으로 얽혀져 있는가를 잘 보여주는 예이기도 하다.

어쨌든 주인공은 박재호 사건의 변론을 맡아 활동하다가 앞서 말한 것처럼 한때는 해임을 당하기도 하지만 우여곡절 끝에 다시 원래의 자리로 돌아가 1심 판결이 날 때까지 싸움을 계속하게 된다. 이 재판에서 홍재덕이라는 이름을 가진 담당 검사와 주인공이 벌이는 논쟁의 핵심은 박신우를 구타하여 죽음으로 몰아넣은 자가 경찰인가 아니면 철거용역업체의 직원인가 하는 점이다. 검사의 주장은 '박신우를 죽게 한 자가 철거용역업체의 직원인데도 박재호는 엉뚱한 경찰을 구타하여 죽게 했으니 죄가 중하다'는 것이다. 여기에 맞서는 주인공의 주장은 '박신우를 죽게 한 자는 경찰이며, 박재호는 그런 경찰에게 맞서서 아들을 보호하려하다가 실수로 경찰 한 사람을 죽게 한 것이니 정당방위를 인정받아 마땅하다'는 것이다. 과연 누가 박신우를 죽게 만들었는가? 주인공의 주장대로 경찰이 그렇게 했다. 나중에 밝혀지는 바에 따르면 검사도 처음부터 그 사실을 알고 있었다. 알면서도 사건의 경위를 조작하고, 조작에 입각하여 박재호를 기소했던 것이다. 이런 검사의 조작을 파헤치고 진실을 규명해내는 과정이 바로 『소수의견』이라는 소설 전체의 핵심축을 형성한다.

주인공은 동료 변호사 및 뜻을 같이하는 협력자들과 힘을 합쳐 각고의 노력을 기울인 끝에 진실을 규명해내는 데 성공한다. 이 재판은 국민참여재판으로 진행되기 때문에 배심원들이 먼저 의견을 제시하게 되어 있는데, 배심원들은 만장일치로 정당방위를 인정하고 박재호를 방면하자고 제안한다. 그러나 재판장은 배심원단의 이러한 제안을 무시하고 3년 징역을 선고한다.[26] 그리고 항소심에 가서는 박재호의 형량이 1년 6개월로 줄어들게 된다. 결국 이 사건은 대법원까지 가게 되는데, 소설은 상고심의 선고가 내려지기 전의 시점에서 끝난다. 이는 작가가 최종적인 결말을 소설 바깥에 놓여 있는 미래의 일로 미룬 채 여운을 남기는 방식을 택한 것으로서, '문학적'인 관점에서 볼 때 긍정적인 평가를 받을 만하다.

이제는 다른 논점으로 넘어가 보자. 홍재덕 검사는 왜 박신우를 죽게 한 것이 경찰이라는 사실을 처음부터 알았으면서 사건을 조작했는가? 청와대나 대검찰청 같은 상부 권력기관으로부터 압력을 받은 나머지 그런 조작을 한 것인가, 아니면 그 혼자의 독단으로 조작을 한 것인가? 홍재덕 자신은 재판이 다 끝나고 자신도 검사직에서 물러나 변호사 개업을

26) 작가가 배심원단과 재판장 사이에서 이처럼 서로 다른 판단이 내려지도록 설정한 것은 논리적으로도 설득력이 있으며 현실 속에서 이루어지는 재판의 일반적인 상황과도 부합하는 것으로 볼 수 있다. 재판의 일반적 상황에 관해서는 김상준, 「배심 평결과 판사 판결의 일치도 및 판단차이에 관한 연구」(서울대학교 대학원, 2011), p.107을 참조할 것.

한 후 사적으로 주인공을 만난 자리에서 모든 것은 자기 혼자 독단적으로 꾸민 것이었다고 주장한다.

> 생각해봤나? 국가라는 거대한 조직이 몇 백 년이고 유지되는 게 놀랍지 않나? 어떤 사람이 희생하고 어떤 사람이 노력하기 때문이야. 경찰의 수사기록을 넘겨받자마자 나는 문제를 알았지. 난 판단을 해야 했어. 무엇이 더 소중한가. 무엇을 지켜야 하는가. 윤 변호사는 상상했겠지. 하늘 높은 곳에서 내 행동을 지시하는 무시무시한 전화가 걸려오는 장면을. 상상한 것과는 달리 내가 기소를 결정하는 데 어떤 외압도 없었네. 그렇게는 나를 움직일 수 없어. 나는 국가에 그런 식으로 복종하지 않아. 내가 국가에 복종하는 방식은 더 깊은 곳에서부터 작용하지. 나한테 이 나라는 종교일세. 다시 말하지만 어떤 외압도 없었어. 모든 판단은 내가 내렸네.[27]

위에 인용된 홍재덕의 대사는 '경찰이 박신우를 죽게 한 것임이 세상에 알려진다면 그것은 국가의 명예에 먹칠을 하게 될 터이므로 그런 진실은 국가의 명예를 위해 철저히 은폐되어야 한다'는 논리에 입각해 있다. 이처럼 국가의 명예에 손상을 끼칠 위험이 있는 것이라면 그것이 아무리 명백한 진실이라 할지라도 은폐되어야 한다는 논리는 드레퓌스 사건 당시 프랑스의 보수주의자들이 고집했던 논리를 고스란히 재현한 것이다.

그러나 아무리 홍재덕이 보수적인 신념에 물들어 있는 검사라 해도, 21세기 한국의 상황에서 검사가 이런 식의 고색창연한 국가관을 고수한 결과로 혼자서 그처럼 무리한 사건 조작을 감행하였다는 식의 설정은 실감이 약하다. 그보다는 역시 홍재덕이 부정하는 '외압'이 실제로 존재했

27) 손아람, 앞의 책, p.418.

다고 보는 편이 더 큰 설득력을 가질 것이다. 작품의 구체적인 전개과정을 보더라도 재판이 진행되는 동안 청와대를 정점으로 한 조직적 은폐공작의 존재에 대한 암시가 야당 국회의원인 박경철을 발신자로 하여 몇 차례나 나온다. 이런 암시가 근거 있는 것이라고 해석될 경우 문제의 초점은 한 시대착오적인 검사 개인의 신념이라는 차원을 넘어 권력집단 전반의 도덕성이라는 차원으로 나아가게 된다. 그리고 이렇게 해석될 경우 소설에는 보다 높은 수준의 리얼리티가 인정될 수 있을 것이고, 소설 속의 사건들이 갖는 무게도 더 커지게 될 것이다. 물론 위에 인용된 홍재덕의 발언은 이러한 해석과 모순되는 것처럼 보일 수 있지만 그 발언 역시 미묘한 심리적 요소들의 복합적인 얽힘에 근거를 두고 있는 것으로 파악한다면 반드시 이러한 해석과 양립불가능한 것만으로는 여겨지지 않는다.

그렇기는 하지만, 과연 진실이 양자 가운데 어느 쪽에 놓여 있는 것인지, 그 명료한 실체는 소설의 맨 마지막 페이지에 이르도록 끝내 밝혀지지 않고 있는 것이 사실이다. 이러한 처리는 박재호에 대한 최종심의 선고가 나오기 전의 시점에서 소설을 끝낸 것과 마찬가지로 '문학적'인 관점에서 볼 때 긍정적인 평가를 받을 만하다. 이렇게 함으로써 작품은 두 가지 해석의 가능성을 모두 열어 놓으면서 보다 풍부한 내포를 가질 수 있게 되었기 때문이다. 물론 이러한 처리는 소설이 그 '명료한 실체'를 알아낼 만한 위치에 있지 않은 변호사의 일인칭 서술로 이루어지고 있다는 사실을 감안하면 논리적으로도 가장 자연스러운 처리에 해당하는 것이라 할 수 있다.

그런데 박재호에게 주어진 최종 형량이 얼마만큼인가에 관계없이, 또 홍재덕이 무슨 연유로 사건을 조작했는가에 관계없이 그대로 남는 중요한 문제가 있으니 그것은 박재호 때문에 죽음을 맞이한 김희택의 유족에게 주어진 고통을 어떻게 할 것인가라는 문제이다. 주인공과 그의 동료들이 주장한 대로, 또 1심의 배심원들이 판단한 대로 박재호의 행동이 정당방위였다면 김희택의 유족들은 김희택의 죽음을 어떤 의미로 받아들여야 한단 말인가?

이 물음은 내가 앞서 『우리들의 행복한 시간』에 대해 논의하는 자리에서 언급했던 일반적 문제, 즉 살헤자의 사정을 보살피는 데 주력하다가 피살자와 그 가족의 고통을 부당하게 무시 혹은 경시하기에 이르는 사태가 종종 발생한다고 하는 문제를 다시 떠올리게 한다. 앞에서 이미 살펴본 바와 같이 『우리들의 행복한 시간』은 피살자의 가족을 성자에 가까운 존재로 설정한다는 방법에 의거하여 이 문제에 대한 답을 찾으려 했었는데 『소수의견』도 그와 동일한 방법을 채택하고 있다. 죽은 김희택의 아버지를 성자에 가까운 존재로 설정한다는 방법으로 이 문제를 해결하고 있는 것이다. 이러한 방법은 작품 속에서 독자의 마음에 감동을 불러일으키는 효과를 거두고 있으며 그 점에서는 긍정적인 평가를 받을 만하다. 하지만 각도를 달리해서 보면 『우리들의 행복한 시간』과 마찬가지로 『소수의견』 역시 이 점에서는 일반화될 수 없는 예외적인 경우를 제시하면서 논점과의 정면대결을 회피했다고 하는 비판으로부터 자유로울 수 없을 것으로 보인다.

『소수의견』에 대한 논의를 끝내면서 마지막으로 덧붙여 말해 두어야 할 것은, 이 소설이 한국의 법조계와 그 주변에 만연되어 있는 여러 가지 부정적인 문제점들을 예리하게 파악하여 드러내고 있다는 점이다. 앞에서 잠깐 언급되었던 유명 로펌의 횡포에 대한 묘사라든가 일부 시민단체의 부정적 행태에 대한 문제 제기 등은 그 대표적인 예라고 할 수 있다. 그런가 하면 터무니없는 조작을 감행했다가 발각되어 불명예스럽게 검사직을 사임한 홍재덕이 정작 사임 후에는 "벌이가 아주 좋아요. 진작

옷 벗을 걸 하는 생각이 들 정도로"[28]라고 털어놓을 만큼 변호사로서의 호황을 구가하고 있는 것으로 나타나는데, 이러한 사건 전개 역시 전관예우(前官禮遇)라는 이름의 잘못된 관행[29] 때문에 극심하게 오염되어 있는 한국 법조계의 문제점을 정면에서 비판한 것으로 주목에 값한다.

## 6. 맺는 말

지금까지 나는 「소설・알렉산드리아」, 『우리들의 행복한 시간』, 『푸른 혼』, 『소수의견』 등 네 편의 소설 속에 나타난 사법적 판단의 양상과 그 의미를 검토해 보았다. 지금까지의 논의에 의해, 이 작품들이 사법적 판단의 문제와 관련하여 특별한 주목을 받을 만한 면모를 지니고 있다는 점 및 그러한 면모의 구체적 실상은 충분히 드러났으리라고 판단된다.

이 글의 서론 부분에서 언급했던 바와 같이 실제로 한국의 소설작품들 속에서 사법적 판단이 모습을 나타낸 경우는 상당히 많은 수에 달한다. 그리고 이들 중에는 이 글에서 논의된 경우를 제외하고 보더라도 관심을 기울일 만한 것들이 적지 않다. 최초의 예라 할 수 있는 「약한 자의 슬픔」부터가 여기에 해당한다. 그 다음으로는 염상섭의 『사랑과 죄』(1928), 장용학의 「현대의 야(野)」(1960), 조세희의 『난장이가 쏘아올린 작은 공』(1978), 이호철의 『문』(1988), 복거일의 『보이지 않는 손』(2006) 등을 금방 들 수 있을 것이다.

소설 속에서 이처럼 사법적 판단의 문제를 등장시켜 다루는 작업은

28) 위의 책, p.417.

29) 전관예우라는 관행의 문제점에 대해서는 지금까지 수많은 문제 제기가 있어 왔으나 아직도 그런 관행은 현존한다. 이상수, 「법조사회학: 한국의 법조」, 김명숙 외, 『법사회학, 법과 사회의 대화』(다산출판사, 2013), pp.325~327 참조.

앞으로도 적극적으로 지속되고 더 나아가 확대되는 것이 바람직하리라 고 생각된다. 안경환이 적절하게 표현한 것처럼 "인간사 모두가 법의 문 제"[30]라는 사실을 상기하면 이 점은 좀더 강조될 필요가 있다. 위에서 제목이 거명된 소설을 비롯한 수많은 작품들의 존재에도 불구하고, 사실 한국의 소설문학은 미국을 비롯한 여러 다른 나라의 소설과 비교할 때 지금까지 법의 문제에 대한 인식을 높은 수준으로 보여주어 왔다고 평가 받기는 어려운 것이다.

오늘날 한국 사회가 '소송 폭발의 사회'로 향하고 있다는 진단[31]이 나 올 만큼 한국인들의 삶 속에서 법률 및 재판 제도가 차지하는 비중은 최 근 들어 괄목할 만한 상승세를 보이고 있다. 일반적인 통념과 달리 한국 인들은 이미 조선 시대부터 "동방예의지국(東方禮義之國)이라기보다는 '동 방소송지국(東方訴訟之國)'"[32]이라는 평이 가능할 정도로 송사에 적극적으 로 나서고 또 매달리는 경향을 보여 온 터이지만 최근에 와서는 이러한 경향이 더욱 강화되고 있는 것이다. 사회가 이러한 방향으로 나아갈수록 절실해지는 것은, 섬세하고 개방적인 대화의 정신과 상호존중의 자세로 법의 문제 혹은 재판의 문제에 임하는 태도가 사회 전반에 걸쳐 보편화 되어야 한다는 당위이다. 소설가들이 법의 영역에 대해 지금까지보다 더

30) 안경환, 앞의 책, p.29. 안경환은 방금 인용된 말에 이어서 다음과 같은 재미있는 표현으 로 법의 편재성(遍在性)을 예증해 주고 있다. "심지어는 자연현상도 인간의 감상과 의지, 그리고 관심이 표현된 이상 법의 문제로 파악할 수 있다. 우스갯소리로 들리겠지만, 이 를테면 낙엽송(落葉頌)도 부동산이 동산으로 변하는 모습을 노래한 것이며, 달에 대한 그리움도 무주물(無主物)에 대한 소유 내지는 점유욕의 표현이다."

31) 김정오가 조사한 바에 따르면 1965년에서 1995년 사이에 한국의 인구는 61% 증가하였 는데 같은 기간 동안 민사소송의 본안사건은 692%가 증가하였다, 그 기간 동안에 나타 난 민사사건 전체의 증가율도 419%에 이른다. 이런 현상에 대해 김정오는 '소송 폭발의 사회로 가는 길목'이라는 표현을 사용하고 있다. 김정오, 『한국의 법문화』(나남, 2006), p.162.

32) 한국고문서학회, 『조선의 일상, 법정에 서다』(역사비평사, 2013), p.36.

욱 적극적인 관심을 가지고 다양한 탐구와 형상화를 시도해 보는 것은 이러한 당위를 현실 속에 구현하는 데 긍정적으로 기여할 수 있을 것이다. 그 중에서도 특히 사법적 판단의 세계는, 이 글의 서론 부분에서 언급한 바와 같은 이유 때문에, 법의 영역에 대한 소설적 탐구와 형상화에 있어서 특별히 큰 비중을 차지할 만한 자격을 가지고 있는 것으로 생각된다.

—『한국현대문학연구』 43집, 2014

# 노비로 살아가기를 거부한 사람들

## 1. '천하고금에 없는 악법'

근대 이전의 한국 사회에서는 노비 신분을 가진 사람들이 인구 가운데 상당히 큰 부분을 차지해 왔다. 그 비중이 제일 컸던 15~17세기의 경우, 노비들의 수는 전체 인구 가운데 3~4할이나 되었다고 한다.[1)]

이처럼 많은 수에 달했던 근대 이전 한국의 노비들은, 양반들이 소유한 동산(動産)으로 간주되었다. 동산으로 간주되었으므로, 예컨대 양반 신분을 가진 부모의 사망으로 그 자식들이 재산을 나누게 될 경우, 노비들은 다른 일반적 동산들과 똑같은 방식으로 나누어졌다. 그렇게 되는 과정에서 노비들 자신의 가족이 이산되는 경우가 얼마든지 발생하였다. 이를테면 노비 가족 중 아버지는 장남에게, 어머니는 차남에게, 아들은 삼남에게, 딸은 사남에게 귀속되어, 서로 피눈물 나는 이별을 해야 하는 경우가 생기게 되었던 것이다. 하지만 양반들에게 그런 것은 전연 문제가

1) 이영훈, 「한국사에 있어서 노비제의 추이와 성격」, 역사학회 편, 『노비・농노・노예』(일조각, 1998), pp.305~306.

되지 않았다. 어차피 노비는 숟가락이나 밥그릇과 마찬가지 수준의 동산에 불과한 존재였으므로.

양반들 가운데에는 마음씨가 관후하여 노비를 인정으로 대하는 사람도 없지 않았지만 그 반대의 경우도 많이 있었다. 그러하였으므로, 다음의 인용문에서 이야기하는 바와 같은 상황이 곧잘 생기곤 했다.

> 어떤 가문에서는 평상시에도 비(婢)가 음식을 훔쳐 먹을까봐 안채에서 다 볼 수 있도록 부엌문을 달지 않았으며, 농한기에는 전체 솔거노비 가운데 사환시키는 노비에게만 두 끼 정도의 식사를 제공하고 나머지 노비는 굶기는 사례도 많았다. 춘궁기에는 노비에게 드는 곡식을 아끼기 위해 송피(松皮)를 벗겨 식량에 보태기도 했으며, 병들어 몸져누워 있어도 의복・난방・음식을 거의 제공해 주지 않는 비참한 상황도 많았다.[2]

근대 이전의 한국에서는 이런 양상으로 노비 제도가 운영되었거니와, 시야를 넓혀서 생각해 보면, 사실 노비 제도라는 것은 한국에만 특수하게 존재했던 것이 아니라 범세계적인 보편성을 지닌 것이었다. 그것은 이웃나라인 중국에도 있었고, 서양 여러 나라들에도 다 있었다.

그렇기는 하지만, 좀더 자세히 살펴보면, 한국에 존재했던 노비 제도는, 다른 어떤 나라의 그것과도 구별되는 특수성을 띤 것이기도 했다. 어떤 부류의 사람을 노비로 만들고 또 그들을 어떻게 관리하는가 하는 구체적 운영의 과정에 있어 한국의 노비 제도는 다른 어느 나라에서도 찾아볼 수 없을 정도의 잔인성과 집요함을 보여주었기 때문에 이런 말을 할 수 있다.

한국의 노비 제도가 다른 나라의 그것보다 더 잔인하고 집요한 면을 가지고 있다는 것은 근대 이전 사회의 일부 식자층도 느끼고 있었던 사

2) 한국고문서학회 편, 『조선시대 생활사』(역사비평사, 1996), p.331.

실이다. 예를 들면 실학자 가운데 한 사람인 이익은 "노비가 그 신분을 영구히 세습함을 두고 '천하고금에 없는 법'이라고 비판"[3]한 바 있다. 안정복 또한 한국의 노비 제도를 두고 다음과 같이 탄식한 글을 남기고 있다.

> 우리 동국(東國)의 노비를 세습하는 법은 실로 왕정(王政)이 차마 하기 힘든 바이다. 어찌 한번 천적(賤籍)에 들면 백세(百世)를 면치 못하게 하는가.[4]

위에 인용된 두 사람은 대개 중국의 경우와 한국의 경우를 비교하면서 자신의 견해를 피력한 것이었거니와, 그들과 달리 중국을 비롯한 아시아 지역의 나라들만이 아닌, 세계 전체를 시야에 포함시켜 살펴볼 수 있게 된 오늘날 우리들의 시점에서 관찰해 보면, 근대 이전의 한국 사회가 특별히 잔인하고 집요한 방식으로 노비 제도를 운영했다는 것은 더욱 더 분명한 사실로 드러난다. 위의 두 사람이 지적한 '세습'의 문제뿐 아니라 실로 다양한 측면에서 남다른 '잔인성'과 '집요함'이 발견되기 때문이다. 그러한 발견을 통해 우리는 다음과 같은 결론을 도출할 수 있게 된다.

> "내가 알기로는 우리 사회보다 더 철저하게 노예제도를 운영한 사회는 없었어. 노예사회로 악명이 난 남북전쟁 이전의 미국 남부 사회도 조선조 사회보다는 노예사회의 특징이 훨씬 덜했어."[5]

방금 인용한 발언은 복거일의 소설 『보이지 않는 손』에 나오는 주인

3) 이영훈, 앞의 논문, p.304.
4) 위의 논문, p.406에서 재인용.
5) 복거일, 『보이지 않는 손』(문학과지성사, 2006), pp.92~93.

공 현이립이 한 것이다. 이 소설에서 현이립은 또 다음과 같은 말도 하고 있다.

> "노예사회는 변화를 두려워하죠. 그리고 사회의 결이 아주 거칠어요. 노예들을 부리려면, 사람은 육체적으로나 이념적으로나 무자비해져야 합니다. 그래서 노예제도가 오래 존속한 사회는 어쩔 수 없이 야만적 특질들을 지니게 되죠."[6)]

위와 같은 발언들이 나오는 부분에서 10페이지 이상의 분량으로 복거일이 상세하게 제시하고 있는 다양한 논거들을 종합해서 판단해 보면, 위의 발언들이 타당하다는 사실에는 의심할 여지가 거의 없다.[7)]

## 2. 노비 제도의 청산 과정과 소설

그러면, 이처럼 세계사적으로 유례가 드물 만큼 잔인하고 집요한 방식으로 운영되면서 장구한 세월 동안 이 땅에 사는 사람들의 삶을 지배해 온 노비 제도는, 언제, 어떤 계기로 인해 종말을 맞이하게 되었을까? 이 물음에 대한 답은, '공식적 제도'의 차원에 한정해서 말하자면, 자못 명료한 형태로 제시될 수 있다. '1894년 6월 28일에, 갑오경장의 일환으로 행해진 군국기무처의 의안(議案) 결정에 따라 종말을 맞이하게 되었다'는 답을 우리는 금방 줄 수가 있는 것이다.[8)]

그러나 이것은 물론 '공식적 제도'의 차원에 한정해서 볼 때 그러하다

6) 위의 책, p.97.
7) 복거일은 『보이지 않는 손』이 나온 지 7년 후에 출간한 『역사가 말하게 하라』(다사헌, 2013)의 pp.103~121에서 이 문제에 대한 더욱 심화된 설명을 제공하고 있다.
8) 왕현종, 『한국 근대국가의 형성과 갑오개혁』(역사비평사, 2003), pp.289~290 참조.

는 것이고, 눈에 보이지 않는 의식, 관행, 풍속 등등의 차원에서 보면 그 후로도 상당히 긴 시간이 지난 다음에야 간신히 어느 정도의 '청산'이 이루어지게 되었음을 부정할 수 없다. 그리고 이런 '상당히 긴 시간'이 흐르는 동안, '노비 제도의 진정한 청산'이라는 과제를 둘러싸고 이 땅의 방방곡곡에서 수많은 갈등과 혼란의 과정이 펼쳐져야 했다는 것 또한 부정할 수 없는 사실이다.

그러한 갈등과 혼란의 과정 가운데 일부는 20세기에 들어와서 쓰여진 우리 소설들 속에 구체적으로 반영되어 있다. 그렇게 반영되어 있는 모습 가운데 어떤 것들은 자못 흥미롭기도 하다. 그 중 세 인물의 경우가 특히 인상적이다. 그 세 인물은 박경리의 『토지』 제1부에 나오는 귀녀, 유순하의 『하회 사람들』에 나오는 이갑생, 김원일의 『늘푸른소나무』에 나오는 석주율이다. 이 세 사람의 작중인물들은 모두 노비의 신분으로 세상에 나왔다는 공통점을 갖고 있지만 소설 속에서 그들이 밟아가는 삶의 궤적은 서로간에 자못 뚜렷한 차이를 보여준다. 그들의 행적을 간단히 요약해 보기로 하자.

## 3. 세 사람의 작중인물

(1) 『토지』 제1부에 나오는 귀녀는 소설의 무대인 평사리 일대를 지배하는 대지주 최치수 집안의 숱한 여종 가운데 한 사람이다. 그는 종의 신분을 어쩔 수 없는 운명으로 받아들이고 사는 대부분의 동료들로서는 상상도 하지 못할 야심을 품는다. 그것은 바로 이 집안의 안방마님 자리를 차지하겠다는 것이다. 이런 야심을 실현하기 위해 최치수를 유혹해 보다가 그것이 실패로 돌아가자 그는 훨씬 더 대담한 계획을 세운다. 몰

락양반인 김평산과 반항적인 소작농 칠성이를 동지로 끌어들여 세운 그 계획은, 귀녀 자신의 뱃속에 칠성이의 씨를 잉태시킨 후, 최치수의 아이라고 세상을 속여, 최씨 집안의 안방을 차지한다는 것이다. 그는 이 계획대로 칠성의 아이를 밴 후 최치수를 죽이는 데까지 나아간다. 하지만 세상은 그가 생각했던 것만큼 어수룩하지 않다. 오히려 그의 그러한 주장이 단서가 되어, 최치수의 살해가 그의 계획에 의한 것이라는 사실이 탄로되고 만다. 김평산과 칠성은 곧 붙잡혀 처형된다. 그리고 귀녀 자신은 아이를 낳을 때까지 사형의 집행이 연기되는 바람에 몇 개월 더 목숨을 부지하게 된다. 그 동안에 그는 과거를 뉘우치고, 그 동안 변함없이 헌신적으로 자신을 사랑해 온 강포수에게 아이를 맡긴 후, "세상을 원망하지 않고"[9] 죽는다.

(2) 『하회 사람들』에 등장하는 이갑생은 안동 하회마을에 사는 충의당(忠義堂) 집안의 종으로 태어난 사람인데, 어린 시절, 그의 재주와 열성을 기특하게 본 주인의 호의로 글을 배워 읽을 수 있게 된다. 신분으로 사람을 차별하는 세상의 질서에 대한 분노와 자유로운 삶에 대한 열망을 계속 키워 오던 그는 스물세 살 되던 1906년에 의병 활동을 위한 군자금 관계의 심부름을 하게 된 기회에 그 돈을 갖고 집을 나간 채 돌아오지 않고 종적을 감춘다. 그 후 세상을 떠돌며 비상한 집념을 가지고 악전고투한 끝에 그는 상당한 재산을 모은다. 조안현이라는 이름을 새로 짓고, 재산을 이용하여 창녕 조씨의 족보 속에 그 이름을 집어넣는 데 성공한다. 출신 성분을 속이고 가난한 양반 가문의 처녀와 혼인, 아들을 낳는다. 그 아들을 다시 양반 신분의 처녀와 결혼시켜 두 명의 손자를

9) 박경리, 『토지』 1(지식산업사, 1979), p.515.

얻는다. 그의 아내는 남편이 노비 출신임을 알게 되자 치욕감을 이기지 못해 자살한다. 아들 역시 내적 갈등으로 인해 방탕한 생활을 하다가 일찍 죽는다. 이후 그는 “샌님이 날 친자석겉이 거두고, 믹이고, 갈치고, 그라싰는데……이 천한 눔이 그 은공도 모르고, 샌님이 나라 위해 쓰실라고 하신 귀한 돈을 훔치 가주고 내빴”10)다는 죄의식에 시달리며 고향을 간절히 그리워하지만 차마 고향으로 돌아가지는 못한다. 87세의 고령으로 사망하기 직전, 자신의 시신을 화장하고 그 유골을 하회마을 앞 강물에 뿌려 달라는 유언을 손자들에게 남긴다.

(3) 『늘푸른소나무』의 주인공 석주율은 경상도 울산에서 ‘백군수 댁’으로 불리는 양반가의 종으로 태어난 인물이다. 그는 『하회 사람들』의 이갑생과 마찬가지로 그 주인의 예외적인－어떻게 보면 변덕스럽다고 할 수도 있는－호의 덕분에 글을 배우게 된다. 그러나 그는 이갑생처럼 반항심을 품거나 출분을 시도하지 않는다. 이갑생과 달리 그는 겸손하고 조용한 성품의 소유자이다. 그런데 이런 그의 겸손함과 조용함이 그를 감동적인 성장 드라마의 주인공으로 만드는 원동력이 된다. 그는 처음에는 독립운동의 일선에 나선 그의 주인 백상충의 심부름을 하다가, 출가하여 스님이 된다. 그러다가 다시 환속하여 새로운 삶의 길을 개척한다. 그 새로운 삶의 길은 혼탁한 속세의 한복판에서 참다운 의미의 보살도(菩薩道)를 묵묵히 실천하는 길이다. 진흙탕 가운데에서 아름다운 연꽃을 피워내는 길인 셈이다. 이런 길을 걸어가는 과정에서 그는 일제 관헌에게 숱하게 체포되고, 고문당하고, 감옥살이를 하며, 몇 번이나 죽음의 고비를 넘긴다. 하지만 그 어떤 시련도, 겸손하고 조용한 성품에 바탕을 두고

10) 유순하, 『하회 사람들』(고려원, 1988), pp.296～297.

끊임없는 자기초극을 거듭하며 '20세기의 성자'와 같은 존재로 성장해 가는 그의 행로를 막아내지 못한다. 마침내 그는 관헌의 총을 맞고 생을 마치지만, 그의 생애는 헛된 것이 아니다. 『늘푸른소나무』의 마지막은 또 다른 작중인물 김기조가 석주율을 생각하며 떠올리는 "무학봉 소나무같이 만고풍상을 이기며 우뚝 서서 새봄에 돋아날 솔잎처럼 청청하게, 그분은 젊은 나이에 이미 자신의 전 생애를 완성했고, 억눌려 신음하는 사람들과 함께 늘 같이할 분이었다"[11]라는 상념을 기록하는 것으로써 끝나고 있거니와, 석주율에 대한 이런 판단은 작중인물인 김기조의 것이면서 작가의 것이기도 하다. 그리고 그것은 이 소설을 읽는 많은 독자들이 마음 깊은 곳으로부터 동의할 수 있는 판단이기도 하다.

## 4. 그들은 체념과 순응을 거부했다

지금까지 우리는 노비의 신분으로 세상에 태어났다는 점에서 공통된 면모를 가지고 있는 세 명의 소설 속 작중인물들을 차례로 살펴보았다. 지금까지의 간략한 검토만으로도 우리는 그들이 우리의 특별한 관심을 요청할 만한 자격을 지닌 존재들임을 충분히 알 수 있었다. 그들은 노비라는 신분으로 태어났다는 점에서 공통될 뿐 아니라, 노비라는 자신의 신분을 운명적인 것으로 받아들여 체념하고 그 '운명'에 순응하며 살아가는 수많은 동료 노비들에게 에워싸여 있었다는 점에서도 공통된다. 그러나 그들은 동료들처럼 체념과 순응으로 일관하는 길을 택하지 않고, 다른 길을 갔다. 다른 길을 선택하여 나아감으로써, 그들은 모두 우리의

11) 김원일, 『늘푸른소나무』 하(개정판, 이룸, 2002), p.634.

특별한 관심을 요청할 만한 인물이 될 수 있었다. 학술적인 용어를 써서 표현하자면, '문제적인 인물'이 될 수 있었다.

그들을 문제적인 인물로 만든 '다른 길'의 구체적인 명세는 세 사람의 경우 모두 제각각이다. 귀녀는 살인자의 길을 택했고, 이갑생은 도망자의 길을 택했으며, 석주율은 성자가 되는 길을 택했다. 이처럼 구체적인 명세는 제각각이지만, 그 모두가 수천 년 동안 지속되어 온 노비 제도의 잔인함을, 무자비함을, 야만스러움을 고발하는 의미를 지닌다는 점에서는 동일하다. 그리고 1894년에 노비 제도가 공식적으로 폐지된 이후에도 장기적인 과제로 남았던 그 제도의 '진정한 청산'이라는 과제를 둘러싸고 이 땅 방방곡곡에서 오랫동안 펼쳐져 온 갈등과 혼란의 뛰어난 소설적 표현에 해당한다는 점에서도 동일하다.

## 5. 작가들에게 동의할 수 없는 부분

방금 '뛰어난 소설적 표현'이라는 말을 썼지만, 냉정하게 말하자면, 『토지』 제1부와 『하회 사람들』의 경우, 우리로 하여금 불만을 표시하지 않을 수 없게 만드는 측면도 분명히 존재한다. 『토지』 제1부의 작가나 『하회 사람들』의 작가나, 기껏 의미 있는 반항의 몸부림을 보여주었던 작중인물들이 나중에 가서 '반성'하고 '참회'하도록 이야기를 끌고 가는데, 이러한 처리에 대해 우리로서는 동의하기가 어려운 것이다. 이 중 『토지』 제1부의 경우에 대해서는 오래 전인 1989년에 쓴 「하층계급 여성의 소설적 형상화」라는 글 속에서 내가 진작 문제 삼은 바 있다. 아래에 그 부분을 인용한다.

> 귀녀의 야심에 가득 찬 계획과 그 실천은 전통적 사회를 지배하고 있는 엄청난 계급적·성적 억압에 대한 용기 있는 반항으로서 그것 나름대로 상당한 의미를 가진 것이었는데, 그가 막판에 가서 자신의 행동을 후회한다는 것은 그 뜻있는 반항의 무게를 적지 않게 줄여 놓는 것으로서 실망을 금치 못하게 하고 있는 것이다.
>
> 이러한 이야기는, 내가 귀녀의 행동을 전적으로 지지한다는 뜻을 가지고 있는 것은 아니다. 귀녀가 저지른 살인은 분명히 중대한 범죄에 해당하며, 그러니 만큼 그에게 사형을 선고한 사또는 당연한 판결을 내린 것이라 할 수 있다. 그리고 계급적인 차별을 극복해야 한다는 과제 자체에 중점을 두고 보더라도, 예컨대 사회 전체를 계급 없는 세상으로 만들려 했던 진정한 혁명가들과 자기 혼자만 상층계급으로 기어오르려 했던 귀녀 같은 사람을 동렬에 놓는다는 것은 전자의 사람들에 대한 커다란 모욕이 될 것임이 분명하다. 그렇기는 하지만, 『토지』 제1부의 세계 전체를 지배하고 있는 주인/종 혹은 지주/소작인의 엄격한 계급적 위계질서 자체가 얼마나 추악한 구조적 폭력에 기초한 것인지를 간과한 채, 그리고 최치수 일가의 부와 권력이라는 것이 그 구조적 폭력의 바탕에 다시 얼마나 거대한 개별적 폭력을 덧보탠 결과로 축적된 것인가를 망각한 채 귀녀의 최치수 살해라는 폭력 하나만이 '개과천선'을 필요로 하는 악인 것처럼 간주하는 태도는 도대체 말도 되지 않는 오류라고 하지 않을 수 없다.[12)]

지금 다시 보니 젊음의 혈기와 무관하지 않은 과격한 표현들이 여럿 발견되고 또 개념의 적용에도 혼란이 있어서 새삼 면구스러운 느낌이 들지만, 위의 인용문에 담겨 있는 생각의 방향 자체는 타당성을 주장할 만한 것이라고 나는 지금도 생각한다. 그리고 위의 인용문에 나타나 있는, 『토지』 제1부에 대한 비판의 내용은, 『하회 사람들』의 작가가 노년의 이갑생을 죄의식에 사로잡혀 살아가는 인물로 만들어 놓은 것에 대해서도

12) 이동하, 『한국문학과 인간해방의 정신』(푸른사상, 2003), pp.163~164.

기본적으로 동일하게 적용될 수 있다고 생각한다. 물론 "샌님이 나라 위해 쓰실라고 하신 귀한 돈을 훔치 가주고 내뺐"다는 사실 한 가지에만 시야를 한정시켜 놓고 보자면 그것은 잘한 일이 못되지만, 정말 중요하고 근본적인 문제는 그것이 아니지 않은가? 『하회 사람들』의 첫 부분, 아직 탈출의 길에 오르기 전의 시점에서 이갑생이 그의 아우 경생을 상대로 하여 펼쳐놓는 도도한 변설에 담겨 있는 날카로운 비판의 언어들, 그것이야말로 '정말 중요하고 근본적인 문제'를 제대로 짚어내고 있는 것이 아닌가? 그것의 일부를 아래에 인용해 보자.

"양반들이라 하는 사람들이 우리한테 잘해 주는 건 우리를 부려먹기 위한 수단일 뿐이다. 사람이 수고를 해서 소한테 왜 여물을 끼리 주노? 그기 소를 위해서라? 아니다. 그건 소의 힘을 키와서 밭 갈고 논 가는 데 써먹기 위한 기고, 소의 살을 통통하게 찌와서 냉중에 잡아먹어 몸보신을 하기 위한 기다. 그라고, 충의당뿐만 아니라 하회 사람들이 다른 말 사람들에 비하여 하배들한테 좀더 잘해 주는 칙이라도 하는 건 하배들을 위한 기 절대로 아니다. 저들 자신의 호신을 위한 기다. (…) 그런 걸 가주고 무신 대단한 은혜라도 입고 있는 거매이로 생각하고, 지 몸 하나 애끼잖고 떠받들어 모시고 있다가는, 자자손손이 짐승보다 못한 종노릇을 면하지 못할 기다. 아나? 양반들이라 하는 사람들은 모두 벌거지 같은 존재들이다. 아무 일도 하잖고 가마이 앉아서, 상놈들이 죽도록 일해 거돠들인 곡석을 벌거지매이로 야금야금 먹어 치우고 있는 기 양반들 아이라? 가마이 생각해 봐라. 양반들이 머 먹고 사노? 바람 먹고 사노? 아니만 저 앞강에 물 퍼먹고 사노? 아니다. 모도가 상놈들 고혈을 짜내서 마시고 사는 기다. 내 말 잘 들어 봐라. 양반들은 일 넌 내내 십지부동하고 앉아서 책이나 딜다보고 있지, 어데 가서 쌀 한 톨을 벌어 오나? 나무 한 짐을 해오나? 만고에 암끗도 생산해 내는 기 없는 그 사람들이 먹고 사는 길이란 건 이런 거뿐이다. 첫째로, (…) 매관매직을 하든가, 아니만 어데 가서 권세 있는 사람한테 줄을 대든지 어예든지 해서, 벼슬 한 자

> 리를 말아 재물을 긁어 모으는 기다. (…) 그 담에 양반들이 더러 하는 짓이, (…) 사돈들 집에서 재산 끌어 오기다. (…) 만날 그래 남 뜯어먹기나, 남한테 기댈라고만 해서야 어데 인간이라 할 수 있겠나? 어예 됐든동, 양반들은 그 정신을 뜯어곤치야 한다. 그래야만 저들도 살고, 우리도 살고 그라지, 지 일해서 지 먹고 살기도 어려운 판국에, 백지 일도 안 하는 양반들 믹이 살릴 기 어데 있노?"[13]

그런데 이처럼 날카로운 비판의식을 가지고 꾸준히 기회를 노리다가 마침내 탈출을 결행하여 성공한 이갑생, 더 나아가서 어엿한 사회적 지위와 재부를 획득하는 데까지도 성공한 이갑생이 나중에 이르러 죄책감으로 허덕이다가 죽게 된다는 소설의 후반부 전개는, 위에 인용된 부분에 나타나 있는 '정말 중요하고 근본적인 문제'에 대한 통찰을 뚜렷한 논리적 근거도 없이, 또 분명한 소설적 장치의 도입도 없이 무효화해 버리는 것으로서, 우리를 실망에 빠지지 않을 수 없도록 만드는 원인이 된다.

—2014

13) 유순하, 앞의 책, pp.12~13.

# 역사적 사실의 왜곡과 문학적 가치의 문제

조정래는 대하장편소설 『태백산맥』을 완성한 후에 발표한 「『태백산맥』 창작보고서」라는 글 속에 다음과 같은 발언을 적어 놓고 있다.

> 미군정은 남쪽에서 친일파와 민족반역자들을 중심으로 해서 반민족정권을 억지로 만들어냈다. 그 시점에서부터 강대국에 의한 '영토의 분단'인 외적 요인은 '민족의 분단'이라는 내적 요인까지 잉태시키며, 그 두 가지는 맞물려 돌아가게 되었다. 따라서 '혁명적 민족국가'를 세우기 위해서는 반민족정권을 척결해야 하는 역사적 필연성으로서 '내전'은 벌어지게 되어 있었다.
>
> 나는 이 엄연한 역사적 사실을 쓰고자 했던 것이다.[1]

조정래의 위와 같은 발언은 그가 『태백산맥』이라는 소설을 쓰면서 도

1) 조정래, 「『태백산맥』 창작보고서」, 『녹두꽃』 3(1991. 여름). 여기서는 『작가세계』 26(1995. 가을), pp.104~105에 재수록된 것을 인용함.

대체 무엇을 이야기하고자 했던 것인가라는 물음에 대하여 그 자신이 제시해 놓은 가장 핵심적인 답변에 해당하는 것으로 판단된다. 그런데 그의 위와 같은 발언에 대해서 나는 다음과 같은 두 가지 점을 지적하지 않을 수 없다.

(1) "미군정이 남쪽에서 친일파와 민족반역자들을 중심으로 해서 반민족정권을 억지로 만들어냈다"는 것은 "엄연한 역사적 사실"이 아니다. 그것은 "엄연한 역사적 사실"에 대한 적극적 왜곡에 불과하다.

(2) 6·25를 '혁명적 민족국가를 세우기 위해 반민족정권을 척결해야 하는 역사적 필연성의 소산으로 일어난 내전'으로 규정하는 것은 지금까지 6·25에 대해 시도되었던 무수한 정의 가운데서도 "엄연한 역사적 사실"로부터 가장 멀리 동떨어진 부류의 것으로 평가되기에 모자람이 없다.

방금 내가 지적한 두 가지 사항만 보아도 명백해지는 바와 같이, 『태백산맥』이라는 소설은 근본적으로 엄연한 역사적 사실에 대한 적극적 왜곡에 기초하여 성립되고 있는 작품이다.

그렇다면, 이러한 사실 때문에, 『태백산맥』이라는 소설의 문학적 가치 자체가 전적으로 부정되어야 하는가? 그렇지는 않다. 엄연한 역사적 사실에 대한 적극적 왜곡에 기초하여 성립된 작품이면서도 분명 부정할 수 없는 문학적 가치를 지니고 있는 소설은 세계문학사를 찾아보면 얼마든지 존재한다. 이러한 현상이 나타날 수 있는 이유를 구체적으로 설명하자면 '역사적 진실'과 '문학적 가치' 사이의 관계양상에 대한 꽤 긴 분량의 문학원론적 논의가 필요하지만, 지금 이 자리에서 그것을 장황하게 거론할 필요까지는 없을 듯하다. 이론적인 사정이야 어찌 되었거나 간에 그러한 현상이 나타날 수 있고 또 충분히 수긍될 수도 있는 것이 '역사적 진실'과 '문학적 가치' 사이의 관계라는 점만 지적해 두면 족하리라. 아무튼 그러한 현상이 얼마든지 나타날 수 있고 또 수긍될 수도 있다는 것이야말로 '엄연한 사실'인 터에, 유독 『태백산맥』의 작가에 대해서만 '당신의 소설은 근본적으로 엄연한 역사적 사실에 대한 적극적 왜곡에 기초하여 성립되고 있는 작품이니만큼 문학적 가치 자체를 원천적으로 부정당할 수밖에 없다'는 선고를 내려야 할 까닭은 아무 데도 없다.

하지만 우리는 『태백산맥』이라는 소설이 엄연한 역사적 사실에 대한 적극적 왜곡에 기초하여 성립된 작품이라는 사실 그 자체만은 지적하고 넘어가야 한다. 그것은 양식(良識)을 가진 사람으로서의 의무이다.

—1999

## 조정래의 『아리랑』에 대한 이영훈과 조석곤의 비판

조정래는 총 10권에 이르는 대하소설 『태백산맥』을 완성한 후 곧바로 새로운 소설을 쓰기 시작하였다. 1990년 12월부터 『한국일보』에 『아리랑』을 연재하기 시작한 것이다. 이러한 그의 새로운 작업은 총 12권에 이르는 또 다른 대하소설의 출현을 낳았다. 집필에만 5년 가까운 세월이 소요된 방대한 작업이었다. 『아리랑』의 마지막 제12권이 출간되어 독자들에게 주어진 시기는 1995년 8월이었다.

『태백산맥』에서 해방 후의 시대를 다루었던 조정래는 『아리랑』에서는 그 이전의 시점으로 거슬러 올라가, 1904년 무렵부터 1945년까지를 소설적 탐구의 대상으로 삼았다. 대략 을사조약 무렵부터 시작하여 8・15 해방에 이르는, 일제 강점기라고 일컬어지는 시기 전체가 여기서 문제되고 있는 것이다. 이 시기를 다루면서, 조정래는 어떤 시선으로 이 시기의 역사를 보았던가? 이 물음에 대한 답은 작가 자신에 의해 명확하게 주어진 바 있다. 그는 『아리랑』 제4권의 서두에 게재된 「작가의 말」에서 다음과 같은 발언을 하고 있는데 바로 이 발언 속에 그의 답이 들어 있는 것이다.

> 우리가 일본의 식민치하 36년 동안 일제의 총칼에 학살당하고 죽어간 우리 동포들의 수는 과연 얼마나 될까. 3백만일까? 4백만일까? 아니면 6백만일까? 그러나 불행하게도 우리는 그 어림숫자마저도 공개되어 있지 않고, 공식화되어 있지 않다.
> 나는 그 어림숫자를 3백만에서 4백만으로 잡고 있다. 그리고 작품 『아리랑』을 써나가면서 그 숫자를 구체적으로 밝히고자 하고 있다. 그 작업은 『아리랑』을 쓰는 여러 가지 목적 중의 하나이다.
> (…) 유태인들은 단 3년 동안에 죽어간 것이고, 우리 동포들은 그 10배가 넘는 세월인 36년에 걸쳐서 죽어갔다. 어느 민족이 더 괴롭고 고통스러웠겠는가?[1)]

제4권 서두에 게재된 「작가의 말」에서 위와 같은 발언을 했던 조정래는 작품 전체를 끝내는 자리에 해당하는 제12권의 권말에 붙인 「글감옥에서 가출옥」이라는 글 속에 다음과 같은 대목을 포함시킴으로써 '400만'이라는 숫자를 소설의 독자들에게 다시 한 번 상기시키고 있다.

> 나는 『아리랑』을 시작하면서 나 자신의 의지를 어느 부분 믿을 수가 없어서 써붙인 글이 있다.
> "36년 동안 죽어간 우리 민족의 수가 400여만! 2백자 원고지 2만 매를 쓴다 해도 내가 쓸 수 있는 글자 수는 얼마인가!"
> 이건 「아리랑 집필계획」이란 종이 아랫부분에 빨간색으로 쓴 나 자신에 대한 경고문이었다.
> (…) 이제 이 글을 쓰려고 「아리랑 집필계획」이란 종이를 다시 꺼내보니 참 감회가 묘하다. 종이는 누르스름하게 변색되어 있지만 빨간 글씨

1) 조정래, 『아리랑』 4(해냄, 1994), 페이지 표시 없음.

는 여전히 선명하고, 용케도 2만 장을 써냈구나 하는 생각과 함께 과연 내가 그 4백여만의 원혼들을 위로할 수 있을 만큼 글을 써냈는가 하는 생각이 돌이켜지기도 한다.[2)]

이처럼 조정래는 거듭해 가면서 '300만~400만의 희생자'를 말하고 있다. 일제 강점기 동안 바로 그 일제의 폭력에 의해 무려 300만~400만 명의 한국인이 죽었다는 확신에 가득 차서. 무려 300만~400만의 한국인을 죽인 학살자들을 향한 분노에 가득 차서.

이처럼 조정래의 마음속에 가득히 들어찬 확신과 분노가 그로 하여금 총 12권이라는 엄청난 분량에 달하는 대하소설을 지칠 줄 모르고 써내게 만든 원동력이었다는 것이다.

이런 확신과 분노와 증오를 가지고 써나간 소설이니, 『아리랑』이라는 소설 속에는 당연히 확신과 분노의 기운이 자욱하게 서려 있을 수밖에 없다. 그것은 소설 전체를 폭력의 공간으로 만든다. 나는 『아리랑』이 완간된 직후 이 작품을 대상으로 해서 쓴 「민족주의의 이념과 폭력성의 문제」라는 제목의 서평에서 "『아리랑』의 세계에서 폭력은 마치 공기처럼 널리, 또 골고루 퍼져 있는 것이다. 달리 표현하자면, 『아리랑』에 나오는 인물들은 늘상 공기와 함께 폭력을 호흡하며 살아간다고 해도 과언이 아니다"[3)]라는 말을 한 바 있거니와, 작품 자체를 만들어낸 원동력이 '일제에 의해 300만~400만 명의 한국인이 학살당했다'고 하는 확신과 거기에 연유하는 분노의 마음이었고 보면, 이 같은 작품 속 폭력의 편재(遍在) 현상은 필연적인 귀결이었던 셈이라고 말하지 않을 수 없다.

그런데 바로 이 지점에서 우리는 묻지 않으면 안 된다. 일제에 의해

2) 조정래, 『아리랑』 12(해냄, 1995), pp.322~323.
3) 이동하, 『한 자유주의자의 세상 읽기』(문이당, 1999), p.192.

300만~400만 명의 한국인이 죽음을 당했다고 한 작가의 주장은 과연 사실과 부합하는 것인가? 이 물음에 대하여서는 역사학자인 이영훈이 대답한 바 있다. 그의 대답은 다음과 같다.

> 이 같은 소설가의 직접적인 해설을 접하고서 나는 한동안 멍하였다. 일제에 의한 피학살자가 300만~400만 명이라. 그것을 증명하기 위해서 소설을 썼다니. 어이없는 일이다. 그런 일은 없었다. 1910년 당시 조선의 전체 인구는 대략 1,600만 명, 330만 가호 정도였다. 그러니까 조정래에 의하면 평균적으로 집집마다 1명의 희생자가 난 셈이다. 그것을 증명하기는 어렵지 않다. 그 시대의 호적이 거의 남아 있으니까 그것을 보면 된다. 그러면 알리라. 결단코 그런 일은 없었다.[4]

이영훈은 말한다. "결단코 그런 일은 없었다"고.

그는 하도 기가 막힌 나머지, 위에 인용된 대목에 바로 뒤이어서, 다음과 같은 말을 하고 있다.

> 나는 일개 소설가가 이런 엄청난 허구의 사실을 그렇게도 당당히 역사적 사실로 소리칠 수 있다는 사실이 신기하기만 하다. 그는 그 사실을 어렸을 때부터 알아 왔다고 한다. 아, 세상이 얼마나 우습게 보이면 그렇게까지 큰소리를 칠 수 있을까. 동양의 유가(儒家)에서는 나면서부터 아는 사람을 생이지지(生而知之)라고 한다. 공자님과 같은 성현을 두고 하는 말이다. 조정래 씨, 그대는 생지(生知)입니까.[5]

'엄청난 허구의 사실'을 '당당히 역사적 사실로 소리치'려고 하다 보니, 소설의 전개과정 속에서 조정래는 실제로 발생하지 않았던 일에다 '엄연한 역사적 사실'이라는 허위의 포장을 씌워 독자들 앞에 내놓는 일

---

4) 이영훈, 「광기 서린 증오의 역사소설가 조정래」, 『시대정신』 2007. 여름, p.280.
5) 위의 글, 같은 페이지.

을 계속하지 않을 수가 없었던 셈이다. 그 대표적인 예로 이영훈에 의해 지적되고 있는 것이, '지시마(千島) 열도에서의 학살사건'이라는 것이다. 조정래는 지시마 열도에 비행장의 활주로와 격납고를 건설하기 위해 동원되어 온 한국인(당시의 용어로는 조선인) 노무자들을 일본군이 공사가 끝나자마자 모두 학살했다고 주장한다. 『아리랑』 제12권에서 그는 이 사건에 대하여 다음과 같이 서술하고 있다.

> 장교의 명령이 떨어지자 방공호 입구를 막고 있던 위장문이 치워지며 군인들이 일제히 방공호를 향해 수류탄을 던졌다. 그와 동시에 기관총이 발사되기 시작했다.
>
> 쾅! 쾅! 쾅!
>
> 방공호 속에서 수류탄이 연속으로 터지고, 기관총탄은 쉴새없이 방공호를 향해 날아가고 있었다. 수류탄들의 폭음에 묻혀 버린 것인지 어쩐지 방공호 속에서는 별다른 소리도 들리지 않았다.
>
> 기관총은 계속 발사되고, 수류탄을 던졌던 군인들은 돌덩이를 부지런히 옮겨오고 있었다. 방공호 입구에서 무엇인가가 꾸역꾸역 흘러나오기 시작했다. 그건 시뻘건 피였다.
>
> 기관총은 30분 이상 난사되었다. 시간이 갈수록 피는 도랑물처럼 흘러나오고 있었다.
>
> 기관총 난사가 끝나자 군인들은 신속하게 돌덩이들을 방공호 입구에다 쌓아올리기 시작했다. 다른 군인들 한 패가 돌이 한 겹씩 쌓일 때마다 반죽된 시멘트를 퍼다부었다.
>
> 그곳에 징용으로 끌려온 1천여 명은 결국 하나도 살아남지 못한 것이었다. 지시마 열도 여러 섬에서는 그런 식으로 이미 4천여 명이 죽어갔던 것이다.[6]

이영훈도 말하고 있듯, 이 대목을 읽는 독자들은 "더없이 잔혹한 일본

6) 조정래, 『아리랑』 12, p.158.

군의 만행에 진저리를 칠 것"[7]이다. 그러면 이런 일이 실제로 있었던가? 역사학에서 주고 있는 답은, '그런 일은 없었다'는 것이다. 물론 수많은 한국인 노무자들이 중노동으로, 영양실조로, 전염병으로 희생되었던 것은 사실이지만, '수류탄과 기관총에 의한 수천 명의 대학살'이라는 사건은 없었다는 것이다.[8]

한 가지만 더 예를 들자. 이번에는 소설의 앞부분 한 대목을 보기로 한다.

> "에에 또, 지금부터 중대 사실을 공포하는 바이니 다들 똑똑히 들어라. 저기 묶여 있는 차갑수는 어제 지주총대에게 폭행을 가해 치명상을 입혔다. 그 만행은 바로 총독부가 추진하고 있는 중대 사업인 토지조사사업을 악의적으로 방해하고 교란하는 용서할 수 없는 범죄행위인 것이다. 따라서 죄인 차갑수는 경찰령에 의하여 총살형에 처한다!"
>
> 니뽄도를 빼들고 선 주재소장의 칼칼한 외침이었다.
>
> (…) 주재소장의 말이 끝나자 순사보가 달려가 검은 천으로 차서방의 눈을 가렸다.
>
> (…) 사람들은 하나같이 얼어붙어 있었다.
>
> "사겨억 준비!"
>
> 주재소장이 니뽄도를 치켜들며 외쳤다. 네 명의 순사가 일제히 총을 겨누었다.
>
> "발사아!"

---

7) 이영훈, 앞의 글, p.270.

8) 이영훈은 위와 같은 사실을 지적하면서, 다음과 같은 말을 참고로 덧붙이고 있다. "소설가가 소설 속에서 지어낸 사건을 가지고 너무 심하게 따지는 것이 아니냐는 비판을 예상할 수 있다. 그에 대해 답한다. 1943~1944년 지시마 열도에서 비행장 활주로 공사가 있었고 거기에 수천 명의 조선인 노무자들이 끌려간 것은 어김없는 역사적 사건이다. 그 연대기 수준의 사건을 배경으로 한 집단학살은 그 자체로 연대기 수준의 사건으로 읽히게 마련이다. 그리고 소설가도 숨기지 않고 있듯이 소설의 의도 또한 그러한 것이었다. 그래서 문제인 것이다. 다시 말하지만 조정래의 창작세계에 있어서 역사학과 역사소설의 경계는 존재하지 않는다. 양자는 혼동 속에서 통합되어 있다"(위의 글, p.272).

> 총소리가 진동했다. 차서방의 몸이 불쑥 솟기는가 싶더니 이내 축 늘어졌다. 그리고 왼쪽 가슴에서 시뻘건 피가 쏟아지기 시작했다.[9]

일제가 조선을 강점한 직후부터 곧바로 실시한 토지조사사업의 과정에서 저항하는 태도를 보인 농민을 면(面)의 주재소장이 즉결처분으로 총살하는 장면이다. 조정래는 이런 식의 즉결처분 장면을 소설 속의 다른 곳(제4권 279~280면)에서도 다시 보여주고 있다. 그러면서 그는 이런 끔찍한 즉결처분이 가능했던 근거로 "재판 없이 즉결처형을 할 수 있는 '조선경찰령'"[10]이라는 것을 언급하고 있다. 하지만 이영훈은 말하고 있다. "'조선경찰령' 따위의 법령은 존재하지 않았다"[11]고.

여기서 상기하게 되는 글이 하나 있다. 조석곤이 일찍이 『창작과 비평』 1997년 여름호에 발표했던 「수탈론과 근대화론을 넘어서」라는 글이다. 그 글에서 조석곤은 우선 토지조사사업 자체에 대한 일반적 오해가 만연해 있음을 지적한 후, 『아리랑』에 대하여 다음과 같이 언급한다.

> 『아리랑』 1, 2부의 주요한 소재는 '사업'(토지조사사업-인용자)인데, 조정래의 '사업'에 관한 인식 역시 '수탈론'에 근거한 것이었다. 아니 그는 오히려 한 걸음 더 나아가 '사업'을 방해한 자는 재판도 없이 사형이라는 즉결처분을 받는 것으로 묘사하고 있으며, '사업'이 완료된 결과 "조선총독부는 조선땅의 45%를 차지한 최대 지주가 되어 있었다"(『아리랑』 6, p.69)고 그리고 있다.
>
> 45%라는 정체불명의 수치가 등장한 배경은 그만두고라도, 면 단위의 주재소장이 지주총대를 폭행했다는 이유만으로 폭행을 가한 농민을 재판 없이 사형에 처할 수 있다는 상상력에 기가 막힐 따름이다.[12]

9) 조정래, 『아리랑』 4, pp.81~82.
10) 조정래, 『아리랑』 3(해냄, 1994), p.180.
11) 이영훈, 앞의 글, p.266.
12) 조석곤, 「수탈론과 근대화론을 넘어서」, 『창작과 비평』 1997. 여름, pp.360~361. 참고

위에서 보다시피 조석곤은 『아리랑』에 대하여 "기가 막힐 따름이다"라는 표현을 썼다. 이영훈이 "나는 한동안 멍하였다"고 한 것과 동일한 성격의 반응이다.

위에서 두 가지 예를 들어 보았거니와 더 이상 예를 들자면 아직도 얼마나 많은 항목이 남아 있는지 모른다. 하지만 이제 예를 드는 것은 그만 하기로 하자. 혹시 관심이 있는 독자라면 이영훈의 글 속에서 그 가운데 중요한 몇 가지를 자세히 언급하고 있으니 그 글을 직접 보아 주면 좋겠다.

마지막으로 한 마디 덧붙인다. 문학계에는 아직도 조정래의 저 엄청난 확신과 분노가 정당성을 인정받을 수 있는 것인가 아닌가에 대해 최소한의 의문조차 품을 줄 모르는 사람들이 많이 있다. 최소한의 의문조차 품을 줄 모르는 상태에서, 무슨 주의(主義)니 무슨 이론이니 하는 현란한 도구들을 동원하여 『아리랑』에 대한 지지와 찬탄을 늘어놓는 연구자, 평론가들이 하나 둘이 아니다.

—2013

로 밝히면 조석곤의 박사학위 논문 제목이 「조선 토지조사사업에 있어서의 근대적 토지소유제도와 지세제도의 확립」이다.

# 『이갈리아의 딸들』과 「정육점에서」

## 1. 『이갈리아의 딸들』

노르웨이 작가 게르드 브란튼베르그가 1975년에 발표한 장편소설 『이갈리아의 딸들』(노옥재 외 3인 공역, 황금가지, 1996)은 이갈리아라는 이름의 가상세계를 설정해 놓고, 그 가상세계 속에서 벌어지는 다양한 사건들을 전개해 보이고 있다. 이 가상세계는 모든 면에서 가부장제 사회를 정확하게 반대로 뒤집어 놓은 형태로 되어 있다. 즉 거기에서는 여성이 제1의 성이고, 남성은 제2의 성이다. 어린 여자아이가 장차 씩씩한 뱃사람이나 훌륭한 정치가가 되겠노라고 하면 격려를 받지만, 남자아이가 똑같은 포부를 피력하면 남자 주제에 어떻게 그런 황당한 망상을 품느냐고 질책받는다. 거기에서 만약 성폭행 사건이 일어난다면 그것은 여자가 남자를 대상으로 해서 행하는 성폭행이다. 남자가 결혼을 하면 아내의 든든한 보호를 받으면서 얌전하게 안살림과 육아에 전념하는 것이 가장 자연스럽고 바람직한 길로 간주된다. 그러나 이런 통념을 수용하지 않는 '불온한' 남자들도 전혀 없지는 않다. 그런 남자들이 모여서 조심스럽게 남성해방운동을 준비하기 시작한다. 하지만 그 움직임은 좀처럼 미미한 수준을 넘지 못한다.……

이런 세계 속에서 벌어지는 이야기들을 읽어나가는 것은 남성 독자에게 있어서나 여성 독자에게 있어서나 매우 뜻깊은 체험이 된다. 특히 남성 독자의 경우, 그가 평소에 제아무리 진보적이라고 자처해 온 남성일지라도 분명 가부장제 사회의 기득권자 그룹에 속하는 존재로서 자신도 모르는 사이 이런저런 성차별의식에 알게 모르게 물들어 있게 마련인데, 이 작품을 읽다 보면, 그러한 '자기 내부의 잠재적 성차별주의자'를 새삼 놀라운 느낌으로 재발견하면서 통렬한 반성을 수행하지 않을 수 없게 된다.

이 작품은 그 정체를 쉽게 식별할 수 있는 형태를 갖춘 제도나 규범 같은 것들만이 아니라 겉보기에 어디까지나 가치중립적인 것처럼 보이는 일상의 조그마한 행동들 속에도, 혹은 우리 대부분이 당연한 것으로 받아들이고 있는 언어면에서의 다양한 관행들 속에도 뿌리깊은 성차별이 자리잡고 있다는 사실을 적나라하게 폭로해 보이면서, 참다운 남녀평등 혹은 참다운 인간해방에 대한 관심을 지닌 모든 사람들의 진지한 성찰과 새로운 모색을 요구하는 힘을 가지고 있다.

## 2. 「정육점에서」

『이갈리아의 딸들』을 읽고 마음 속에 뜻있는 파문이 이는 것을 체험한 사람이라면, 우리나라의 젊은 작가 김종광이 쓴 단편 「정육점에서」를 읽을 때에도 기본적으로 그것과 동일한 성격의 체험을 할 수 있으리라고 생각된다.

「정육점에서」는 김종광이 2000년에 낸 첫 창작집 『경찰서여, 안녕』(문학동네) 속에 수록되어 있는 작품이다. 이 작품에 일인칭으로 등장하는 주인공은 열아홉 살 난 매춘부이다. 그런데 이 작품의 자못 특이한 점은, 이 작품 속에 제시되어 있는 세계도 이갈리아와 마찬가지로 여성과 남성의 위치가 현실세계와는 정반대로 뒤집혀져 있는 가상세계라는 점이다. 그러니까 이 작품 속의 매춘부는 소녀가 아니라 소년이며, 그를 찾아오는 고객들은 남자가 아니라 여자이다. 이 작품에 그려져 있는 세계 속에서는 군인도, 조직폭력배도 대부분 여자들이다. 그리고 이 세계 속에 사는 남자들은 여자들의 폭력 앞에 일상적으로 노출되어 있거나 혹은 여자들의 보호를 받으며 살아가는 것을 자연스러운 일로 생각한다.

「정육점에서」는 바로 이런 세계 속에서 매춘부(賣春夫)의 위치로 추락한 열아홉 살 소년의 하루를 그리고 있는데, 제목만 보아도 짐작할 수 있는 바와 마찬가지로, 그 소년의 삶이라는 것은, 열아홉이라는 젊음에도 불구하고 이미 황폐한 삶의 비린내에 형편없이 찌들어 버린, 음울하기 그지없는 것이다. 작가는 이런 소년의 하루를 묘사하면서, 의도적으로 비속한 언어를 종횡무진 구사한다. 그 덕분에 저 '황폐한 삶의 비린내'는 더욱 강렬한 인상으로 독자의 마음 속에 다가와 얼룩을 남기며, 한번 얼룩을 남긴 다음에는 좀체 지워지지 않는 모습을 보여준다.

이 작품을 읽으면서 독자는, 특히 그가 남성 독자일 경우, 자못 신선한 충격과 통렬한 반성의 시간을 갖지 않을 수 없게 된다. 그리고 이때에 독자가 경험하게 되는 충격 및 반성의 성격은, 앞에서도 언급되었던 바와 마찬가지로, 『이갈리아의 딸들』을 읽을 때에 그가 경험할 수 있는 충격 및 반성의 성격과 기본적으로 동일하다. 즉 가부장제 사회에서 엄청나게 많은 특권이 남성쪽에 일방적으로, 부당하게 주어져 있으며, 반대로 여성들은 일방적으로, 부당하게 차별을 당하고 있다는 것, 그리고 이러한 특권/차별의 체제는 명시적인 제도나 규범의 차원뿐 아니라 일상의 미세한 부분들에도 속속들이 침투해 있다는 것, 이런 사회 속에서 기득권자인 남성들은 그처럼 부당한 특권/차별의 체제가 지닌 문제점에 대하여 일반적으로 전혀 무감각하다는 점 등등을 한꺼번에 인식하게 되는 데에서 오는 충격과 반성인 것이다.

그리고 「정육점에서」의 경우, 이 작품이 구체적인 소재로 매매춘의 세계를 다루고 있다는 사실도 중요한 의미를 가지는 것으로 생각된다. 가부장제 사회 속에서 매매춘의 영역이란 가부장제 사회가 고수하고 있는 성차별의 문제점이 가장 집약적으로 나타나고 있는 영역이기 때문이다. 과연 이 작품은 바로 그러한 영역을 선택하여 집중적으로 그 영역을 파고들어간 결과, 짤막한 단편 한 편의 분량 속에서, 가부장제 사회에 내재해 있는 성차별의 핵심적인 문제점을 자못 효과적으로 압축·포착하여 부각시키는 데 성공하고 있다.

—2003

## 어머니는 베트남 여성, 아들은 문중의 종손
—정지아의 「핏줄」

한 남자가 있다. 시골에서 농사를 짓고 있다. 나이는 마흔이 넘었다. 그런데 늦게까지 결혼을 못했다. 농사를 지으며 사는 시골 남자에게로 시집을 오려는 여자가 아무도 없기 때문이다. 이 남자와 그의 늙은 부모는 고민에 빠졌다. 어떻게 할 것인가? 할 수 없이 외국 처녀를 찾아보기로 했다. 조선족이면 괜찮지 않을까? 그래서 국제결혼 전문 업체를 찾아갔고, 어렵지 않게 결혼을 하는 데 성공했다. 그러나 좋아했던 것도 잠시. 사기만 당하고 만 꼴이 되었다. 목표를 바꾸기로 했다. 태국 처녀와 결혼. 또 실패했다. 필리핀 처녀는 어떨까? 다시 실패했다. 오기가 생겼다. 한 번 더 시도해 보자. 이번에는 베트남 처녀다. 이번에는 성공이었다. 용모는 새까맣기만 하고 도무지 볼품이 없었지만 착하고 부지런하기 그지없는 여자였다. 집안에 웃음이 살아나고 윤기가 살아났다. 마침내는 아들까지 낳았다. —정지아의 단편소설 「핏줄」은 대강 위와 같은 이야기를 담고 있다.

그런데 이 작품에서 특히 흥미로운 것은 시점 주체다. 좀더 구체적으로 말하자면, 정지아가 위와 같은 이야기를 진행하면서 이야기 속의 등장인물들 중 누구를 시점 주체로 선택했는가 하는 점이 특히 흥미롭다. 그가 선택한 시점 주체는 네 번째 결혼으로 간신히 행복을 찾은 남자 자신도 아니고, 그에게 행복을 안겨다 준 베트남 출신의 신부도 아니다. 작가는 남자의 아버지, 즉 신부의 시아버지가 시점 주체로 등장하여 서술을 이끌어가도록 만들어 놓았다. 이것은 물론 모종의 효과를 염두에 둔 조치이다. 어떤 효과? 이 물음에 대한 답을 찾기 위해서는 작품 속의 다음과 같은 구절들을 주목해 보아야 한다.

> 한국말도 제대로 못하는 저것이 한산 이씨 27대 종부다.[1]

> 외국 처녀를 며느리로 들이면 어떻겠냐고 은근히 옆구리를 집적인 것은 아내였다. 까무잡잡한 아이들이 서너 집 걸러 하나씩 태어나기 시작한 즈음이었다. 그는 분이 솟구쳐 냅다 목침을 집어던졌다.
> "썩을… 니가 한산 이씨 우리 문중을 멋으로 보고 시방……"[2]

> 할아버지 대부터 조선의 몰락과 함께 내리막길을 걷긴 했어도 그의 집안은 판서를 일곱이나 배출한, 뜨르르한 명문가였다.[3]

> 까맸다! 어미를 쏙 빼닮아 새까맣고 오종종한 아이가 벌써 눈을 뜨고 그를 빤히 바라보고 있었다. 유난히 눈동자 검은 이 아이가 한산 이씨 28대손 이강호였다. 울어야 할지 웃어야 할지 그는 엉거주춤 아이를 안은 채 화석처럼 굳었다.[4]

---

1) 정지아,『숲의 대화』(은행나무, 2013), p.154.
2) 위의 책, p.160.
3) 위의 책, p.163.

작가가 마흔 넘어서야 결혼의 행복을 알게 된 남자도, 그의 베트남 출신 아내도 다 배제하고, 이야기의 전체적인 배치도 속에서 어차피 조연으로 그칠 수밖에 없는 남자의 늙은 아버지를 굳이 시점 주체로 선택한 이유가, 위에 인용된 구절들 속에 선명하게 드러나 있다. 가족들 중 가장 완고한 보수적 가부장주의자인 노인을 시점 주체로 내세움으로써 작가는 국세결혼이 다반사로 이루어지고 전통적인 민족주의가 해체되어 가는 오늘의 현실 앞에서 '문중'이니 '종손'이니 하는 어휘들로 대표되는 낡은 관념들 및 제도들이 근본적으로 재검토되어야 하며 궁극에 가서는 폐기처분되어야 마땅하다는 사실을 생생하게, 설득력 있게 보여줄 수 있었던 것이다.

방금 나는 '가족들 중 가장 완고한 보수적 가부장주의자인 노인'이라는 표현을 썼다. 하지만 위에 인용된 몇몇 구절만 보아도 금방 알 수 있듯 이 작품 속에 나오는 노인은 비록 그의 가족들 중에서는 가장 완고한 사람이지만 그 완고함이 도저히 어떻게 해 볼 수 없는 정도로까지 굳어져 있는 인물은 아니다. 처음에는 "니가 한산 이씨 우리 문중을 멋으로 보고 시방……" 운운하면서 목침을 던졌던 사람이지만 목침을 던진 일은 그 한 번으로 끝이었다. 베트남 출신 며느리와 한 집에 살게 된 후로 그 며느리의 새까만 얼굴을 볼 때면 "괜스레 심사가 뒤틀려 저도 모르게 한마디 쏘아붙이고 마는" 일들을 반복하기는 하지만 그러는 순간마다 내심 한편으로는 "그러지 말아야겠다 마음을 다잡"[5]는 일도 반복하는, 그런 정도가 이 노인의 수준이다. 작가가 노인을 극단적 보수파가 아닌, 이만한 수준의 인물로 설정하고 그를 작품의 시점 주체로 삼은 결과 「핏줄」이라는 작품은 '문중'이니 '종손'이니 하는 어휘들로 대표되는 관념

4) 위의 책, p.176.
5) 위의 책, p.153.

및 제도의 문제를 생생하게, 설득력 있게 보여주면서도 심각하거나 비장한 전투적 분위기로 흐르지 않고 따뜻한 해학적 색조와 여유를 가질 수 있게 되었다.

작가가 이렇게 한 것은 잘 한 일인가? 나는 그런 낡은 관념 및 제도를 거부하고 비판하는 데 있어 누구에게도 뒤지고 싶지 않은 사람이지만, 그런 나로서도, 작가의 위와 같은 조치는 긍정적으로 평가해 줄 수 있을 것 같다. 시간이 좀 많이 걸려서 그렇지, 어차피 이것은 낡은 관념 및 제도를 물리쳐 버리고자 결심한 사람들 쪽이 이길 수밖에 없는 싸움이니까, 그 정도의 여유는 스스로에게 허용해도 무방하다고 생각되는 것이다. 혹시 내가 좀 방심하고 있는 것일까?

—2013

## 톨스토이의 소설을 읽는 세 가지 방식

톨스토이는 나폴레옹을 혐오하였다. 톨스토이의 생각에 의하면 나폴레옹은 무엇보다도 그의 오만과 독재자적 기질 때문에 비난받아야 마땅한 존재였다. 이렇게 생각한 톨스토이는 그의 소설 『전쟁과 평화』에서 나폴레옹을 직접 등장시켜 부정적으로 그리는 한편, 나폴레옹과 정반대의 극점에 서는 존재로 카라타예프라는 인물을 창조하여 제시한다. 한 사람의 무명 병사로 등장하는 카라타예프는 겸손과 온유함이라는 두 가지 미덕을 온전하게 구현하고 있는 인물이다. 톨스토이는, 모든 사람은 이러한 카라타예프와 나폴레옹이라는 두 극점 사이의 어딘가에 위치하고 있다고 본다. 그의 위치가 카라타예프에 가까우면 그만큼 그는 찬양받을 만한 인물이 되고, 그의 위치가 나폴레옹에 가까우면 그만큼 그는 비난받아 마땅한 인물이 된다는 것이, 『전쟁과 평화』에 일관되게 나타나는 톨스토이의 생각이다.

그런데 『전쟁과 평화』를 주의 깊게 읽어 보면, 우리는 이 작품에서 한 가지 흥미로운 모순을 발견할 수 있다. 그처럼 겸손과 온유함을 찬양하고 오만과 독재자적 기질을 비난하는 톨스토이 자신의 언어가 오만과 독재자적 기질로 가득 차 있다는 것이 바로 그 모순이다.

이러한 모순은 톨스토이의 또 다른 소설 『부활』에서도 발견된다. 『부활』에서도 톨스토이는 겸손과 온유함의 미덕을 설파하고 있지만 그것을 말하는 톨스토이 자신의 언어는 조금도 겸손하지 않고 온유하지 않으며 오히려 그 반대의 면모를 보여주고 있는 것이다.

위와 같은 모순을 지니고 있다는 점에서 공통되는 『전쟁과 평화』와 『부활』이라는 두 소설을 읽는 독자들은 대략 다음과 같은 세 가지 부류로 나뉘어질 것이다.

첫째는 위와 같은 모순을 인지하지 못한 채 그 작품들에 나타나 있는 톨스토이의 주장 자체만을 따라가면서 읽는 독자이다. 이런 독자는 그 주장으로부터 감명을 받고 톨스토이를 존경하게 될 가능성이 크다. 그렇게 될 경우 그의 독서는 겸손과 온유함이라는 미덕을 그 자신의 삶에서 구현하고자 하는 노력으로 이어질 수도 있으리라. 그렇다면 그것은 그 나름으로 좋은 일이다.

둘째는 위와 같은 모순을 인지하고서 그런 모순을 보여주는 톨스토이에 대해 비판적인 태도를 취하게 되는 독자이다. 이런 독자는 예리한 비판적 지성인의 면모를 보여준다는 점에서 높은 평가를 받을 만하다. 다만 그 비판적 지성이 톨스토이의 주장 자체에 내재된 의미 있는 부분들의 가치까지 부정하거나 간과하는 결과로 이어지지는 않도록 하는 것이 바람직할 터이다.

셋째는 위와 같은 모순을 인지하되, 그런 모순 때문에 톨스토이를 비판하기보다는, '어떤 연유로 톨스토이는 그런 모순을 빚어낼 수밖에 없었을까?'라는 물음을 제기해 보고, 그 물음에 대한 답을 찾고자 애쓰는 독자이다. 이런 독자는 톨스토이도 다른 모든 사람들과 마찬가지로 나름대로의 상처와 혼돈을 그 자신의 내면에 가지고 있으면서 그 상처와 혼돈으로부터 벗어나기 위해 힘든 투쟁을 벌인 한 사람의 '인간'임을 꿰뚫어 보고, 그 '인간'의 진실을 총체적으로 이해하고자 노력할 것이다. 그런 노력이 톨스토이의 주장 자체에 내재된 의미 있는 부분들의 가치를 음미하고 온전하게 살리려는 시도까지를 포함한다면, 이런 노력을 기울이는 독자야말로 최상급의 독자라고 할 수 있을 법하다.

—2014

# 『이방인』의 뫼르소에게 내려진 잘못된 판결

## 1. 뫼르소는 사형 당할 만한 죄를 저지르지 않았다

모리 호노오가 쓴 『당신의 판결은』이라는 책이 있다. 범죄 및 재판에 관련된 내용을 담고 있는 스물 네 편의 소설 혹은 영화를 대상으로 삼고 있는 책이다. 그 작품들에 나오는 등장인물의 범죄행위에 대해서 어떤 처벌을 내리는 것이 법률적으로 볼 때 적절한가를 이 책은 말해 준다. 그리고 그 범죄행위에 대해 작품 속의 법정이 내린 처벌의 내용을 작품 속에서 작가가 구체적으로 제시하고 있을 경우, 법률전문가의 시각으로 볼 때 그것이 적절한 처벌로 판단될 수 있는가, 아니면 부적절한 것으로 판단될 수밖에 없는가 하는 점에 대해서도 이 책은 말해 주고 있다. 이 책의 저자인 모리 호노오는 오랫동안 판사로 재직했고 그 후에는 변호사로 활동 중인 인물이니 만큼, 이 책 속에서 그가 말해 주고 있는 내용들이 법률적인 차원에서 신뢰를 받을 만하다는 점에 대해서는 의심할 여지가 없다.

나는 이 책을 흥미롭게 읽었거니와, 그 중에서도 나의 관심을 가장 강하게 끈 것은, 저자가 카뮈의 『이방인』(1942)을 논한 대목이었다. 널리 알려져 있다시피 『이방인』은 그 주인공인 뫼르소가 총으로 한 아랍인을 쏘아 죽이고 재판에 회부된 후 사형의 선고를 받는다는 이야기를 담고 있다. 그런데 모리는, 뫼르소에게 내려진 사형의 선고는 법률적인 관점에서 볼 때 도저히 납득할 수 없는 억지에 불과함을 지적하고 있는 것이다. 그가 단언하고 있는 바에 따르면 "『이방인』에서 뫼르소의 사형은 말도 안 되는 이야기이며 안타깝게도 거기에 '진실'은 담겨 있지 않다."[1]

뫼르소에게 내려진 사형의 선고가 이처럼 억지에 불과한 것이라면, 그것은 내가 「소설 속에 나타난 사법적 판단의 몇 가지 양상」이라는 글에서 살펴보았던 『가스실』의 샘 케이홀이나 『우리들의 행복한 시간』의 정윤수에게 내려진 사형 선고와 마찬가지로 소설 속의 심판자가 저지른 오판에 해당하는 것인가? 그래서 우리는 『가스실』이나 『우리들의 행복한 시간』을 읽을 때 그렇게 했던 것과 마찬가지로 『이방인』을 읽을 때에도 소설 속의 심판자를 비판해야 하는 것인가?

이 물음에 대해 제대로 된 답을 제공하기 위해서는, 우선 『이방인』이라는 소설 자체를 찬찬히 검토해 보아야 할 것이다. 그 소설 속에서 발생한 살인 사건, 즉 뫼르소가 아랍인을 쏘아 죽인 사건이 어떤 식으로 일어났고, 그 사건에 대한 재판의 과정에서 어떤 논의가 오고 갔던가를 검토해 보아야 하는 것이다. 바로 이런 검토의 작업을 모리는 잘 해 놓고 있다. 그것을 몇 가지로 항목화해 보자.

(1) 뫼르소는 왜 아랍인에게 총을 쏘았는가? 그 아랍인이 비수를 뽑아서 자기를 겨누었기 때문이다. 상대방이 비수를 뽑아 자기를 겨누는 것을 보고 얼떨결에 총을 쏜 것이기 때문에 그의 행동은 정당방위에 해당

1) 모리 호노오, 『당신의 판결은』(조마리아 역, 말글빛냄, 2011), p.40.

한다. 그러나 총을 다섯 발이나 쏘았다는 점에서는 과잉방어로 간주될 수 있다. 과잉방어에 의한 살인의 경우 적절한 형량은 6~7년 정도의 징역이다.

(2) 뫼르소가 처음부터 아랍인을 쏘아 죽이기로 작정하고 해변으로 갔다면 정당방위도, 과잉방어도 인정될 수 없을 것이다. 소설 속의 검사는 바로 그런 주장을 편다. 그런데 뫼르소가 해변으로 가기 이전에 보여준 행동은, 그의 지인(知人)인 레몽과 아랍인 사이의 싸움을 말리는 것이었다. 레몽과 아랍인 사이의 싸움을 말리던 사람이 갑자기 스스로 아랍인을 죽이기로 작정하고 해변으로 갔다는 주장은 설득력이 없다. 다른 생각 없이 해변으로 갔다가 우연히 아랍인을 만났다는 뫼르소의 진술이 더 타당해 보인다. 어떤 배심원이나 판사라도 그렇게 생각할 것이다.

(3) 왜 아랍인을 죽였는가라는 판사의 질문을 받고 뫼르소는 '태양 때문'이라고 대답하는데 소설 속에서 이런 대답은 터무니없는 것으로 간주된다. 그러나 실제로 재판이 행해지는 법정에서 그런 식의 대답은 충분히 받아들여질 수 있는 성격의 것이다. 『당신의 판결은』에서 이 문제에 대해 설명하고 있는 대목을 직접 인용해 보자.

> 뫼르소는 아랍인이 비수를 뽑는 것을 보고 순간적으로 자기 방위를 위해 총을 발사했다고 볼 수밖에 없다. 순식간에 총을 한 발 발사한 뒤 흥분상태에서 제정신을 잃고 네 발을 연이어 발사한 것이라고 생각된다.
>
> 그런데 그것을 뫼르소는 '태양 때문에' 저지른 행위라고 말했다. 실제 법정에서라면 '상대방이 칼을 뽑는 것을 보고 놀라서', '흥분해서 아무 생각 없이 계속 발사하게 되었다'는 것을 자기만의 표현법으로 '태양 때문에'라고 진술했다고 판단하는 것이 일반적이다. 만약 판결하는 사람이 이 진술을 다른 식으로 해석한다면 그 사람은 합리적이지 않다고 의심받을 것이다.[2)]

(4) 『이방인』을 보면 검사는 뫼르소를 평소 부도덕한 생활을 해 온 사람으로 몰아붙인다. 어머니의 죽음에 대해 슬퍼하지 않은 것이라든가, 어머니가 죽은 다음날 여자친구와 희극영화를 본 것, 더 나아가 성관계를 한 것 등이 '부도덕'의 증거로 제시되고 규탄받는다. 소설 속의 배심원들과 판사가 뫼르소에게 사형을 선고하게 된 데에도 뫼르소의 '부도덕'에 대한 분노가 상당히 작용한 것으로 묘사되고 있다. 그러나 뫼르소의 그런 행동이 정말 '부도덕'한 것으로 비난당할 만하냐 하는 점은 별도로 치고, 모리에 의하면, 우발적인 살인사건에 대한 재판의 경우, 피고가 평소에 부도덕한 생활을 한 사람이냐 아니냐 하는 것은 원래 고려의 대상이 아니다. 역시 그의 설명을 조금 인용해 보자.

> 사건에 따라서는 생활태도나 생활배경이 고려되어 형이 무거워지는 경우도 있다. 예를 들면 아이를 지속적으로 학대하다 사망에 이르게 한 경우, 가난에서 벗어나기 위해 일을 하는 대신 강도짓을 저지른 사건 등이 있을 수 있다. 하지만 뫼르소의 사건처럼 긴박한 상황에서 순간적으로 저지른 행위가 문제가 될 경우, 그의 생활배경을 문제시하는 것은 잘못이다. 이것은 행위가 아닌 인간 자체를 비난하는 것에 지나지 않는다. 교회나 학교라면 몰라도 법정에서는 일어나서 안 되는 일이다. (…) 카뮈는 소설에서 재판을 마치 도덕 설교의 장처럼 그려내고 있지만 그것은 큰 착각이다.[3]

(5) 뫼르소가 가지고 있던 총은 레몽으로부터 빼앗아서 잠시 맡아 둔 것이었다. 그가 레몽의 총을 빼앗은 것은 레몽과 아랍인 사이의 싸움이 격화되어서 레몽이 총을 쏘는 일이 발생할까봐, 그것을 막으려고 한 일이었다. 이 점 역시 뫼르소의 살인이 계획적인 것이 아니었음을 입증해

2) 위의 책, p.36.
3) 위의 책, pp.38~39.

주는 것이며, 그에게 내려질 형을 경감시키는 요소로 작용할 수 있다.

이상에서 논의된 사항을 종합해서 고려할 때 뫼르소에게 내려지는 형벌로는 징역 6~7년 정도가 적당하며, 아무리 높아도 징역 10년을 넘기지는 않는다고 모리는 결론짓는다. 카뮈가 『이방인』이라는 소설을 쓰면서 이런 사람에게 사형의 선고가 내려지도록 만든 것은 그러니까 법률적인 차원에서는 말도 안 되는 억지라는 것이 모리의 결론이다.

이러한 모리의 판단을 우리는 어떻게 보아야 할까? 나로서는 『당신의 판결은』의 다른 대목들에 제시되어 있는 판단에 대해서와 마찬가지로 『이방인』을 대상으로 해서 내려지고 있는 그의 판단에 대해서도 의문을 제기할 여지가 별로 없는 것으로 생각된다. 물론 모리가 염두에 두고 있는 현대 일본의 형법규정 및 양형기준(量刑基準)과 『이방인』의 배경을 이루고 있는 20세기 중엽 프랑스의 형법규정 및 양형기준 사이에 어느 정도의 차이가 존재할 가능성은 있지만 그러한 형법규정이나 양형기준의 차이라는 게 한쪽이 '징역 6~7년의 형'인 반면 다른 쪽은 '사형'이 되도록 할 만큼 엄청난 것일 가능성은 전혀 없다고 보아도 무리가 아니다.

## 2. 뫼르소에게 오판을 행한 책임자는 작가 자신이다

뫼르소가 저지른 살인과 그것에 대해 행해진 재판의 내용에 대한 검토를 마쳤고, 더 나아가 뫼르소에게 내려져야 할 적절한 형량은 어느 정도인가 하는 점까지 짚어 보았으니, 이제는 앞에서 제기되었던 질문으로 돌아가 보자. 그 질문은 두 가지였다. 첫째는, 뫼르소에게 내려진 사형의 선고가 오판에 해당하는 것이라면, 그것은 『가스실』의 샘 케이홀에게 내려진 오판이나 『우리들의 행복한 시간』의 정윤수에게 내려진 오판과 동일한 성질의 것인가라는 질문이다. 둘째는, 뫼르소에게 내려진 오판의 책임은 소설 속의 심판자들(구체적으로 말하자면 배심원들과 판사)에게 돌려져야 하는 것인가라는 질문이다.

위에서 작품을 검토해 본 결과로 판단할 때, 이 중 첫 번째의 질문에 대해서는, '동일한 성질의 것이 아니다'라는 답을 주어야 마땅하다고 생각된다. 두 번째의 질문에 대해서는, '그 책임은 소설 속의 배심원들과 판사가 아닌 작가 자신에게 돌려져야 한다'는 답을 주어야 마땅하다고 생각된다.

첫 번째의 질문에 대해 '동일한 성질의 것이 아니다'라는 답을 주어야 마땅한 이유는, 『가스실』이나 『우리들의 행복한 시간』에서 내려진 오판이 '아, 실제로 재판을 하다 보면 그런 오판을 내릴 수도 있겠다'라는 느낌을 주는 오판임에 반해, 『이방인』에서 뫼르소에게 내려진 오판은 '정상적인 판단 능력을 가진 사람들이 진행하는 재판에서라면 도저히 저런 판결이 나올 수 없을 것이다'라는 느낌을 주는, '터무니없는 것'이라고 해야 옳을 수준의 오판이기 때문이다.

그렇다면 카뮈는 『이방인』을 쓰면서 소설 속의 배심원들과 판사로 하여금 왜 이처럼 터무니없는 수준의 오판을 행하도록 만든 것인가? 그것은 아무리 논리적으로, 또 법률적으로 말이 안 되더라도 어쨌든 뫼르소가 꼭 사형의 선고를 받도록 만들어야만 카뮈 자신의 목적을 관철시킬 수 있었기 때문이다. 그 목적이란 무엇이었던가? 카뮈 자신이 소설을 쓰기 전부터 지니고 있었던 이른바 '부조리(absurdité)'의 사상을 소설 속에서 표현해 보겠다는 것이었다. 뫼르소가 사형의 선고를 받지 않으면 '부조리'의 사상을 독자들에게 전할 길이 없다고 카뮈는 생각했고 그래서 그는 말이 되든 안 되든 기어이 뫼르소가 사형의 선고를 받도록 만들고 만 것이다.

소설 속의 배심원들과 판사는 카뮈가 이러한 자신의 결의를 관철시키기 위해서 무대에 내보낸 꼭두각시에 불과하다. 그들에게 실제로 현실에 존재하는 배심원 혹은 판사로서의 실감이 없는 것은 그 때문이다.

실감이 없는 꼭두각시에 불과하다는 지적은 이 작품 속의 검사에게도 해당된다. 아니, 엉뚱하게도 사건과 전혀 관계 없는 '도덕성'의 문제를 가지고 뫼르소를 마구 몰아붙이는 이 검사야말로 사실은 배심원이나 판사보다도 더욱 실감이 없는 존재이다. 작가에 의해 임의로 조작된 생명 없는 도구라는 점이 더욱 뚜렷하게 드러나는 존재인 것이다.

사정이 이러니, '뫼르소에게 내려진 오판의 책임은 누구에게 물어야 하는가?'라는 위의 두 번째 질문에 대한 답은, '그것은 작가에게 물어야 한다'는 것으로 나올 수밖에 없다.

## 3.『이방인』이 놓여 있는 자리

사상을 효과적으로 표현하기 위해, 현실성의 관점에서 볼 때에는 말도 되지 않는 억지를 작품공간 속에 적극적으로 끌어넣은 소설, 그것이『이방인』이다. 이 점에서『이방인』은 카프카의『소송』(1925)과 동일한 계보에 속하는 작품이다.『가스실』이나『우리들의 행복한 시간』과는 번지수가 다른 작품인 것이다.

조금 더 자세히 살펴보면『이방인』은『소송』과 같은 계보에 속하면서도 한 가지 점에서 그 작품과 중요한 차이를 가지고 있음을 발견하게 된다. 후자가 어떤 사상을 효과적으로 표현하는 데 집중하면서 그러한 목적을 달성하기 위해 사실성의 차원을 철저히 무시해 버린 데 반해 전자는 사상의 효과적 표현이라는 목적을 달성하고자 애쓰면서도 사실성의 차원을 완전히 무시하지 못하고 가능하면 그것까지 살려 보고자 고심한 것이다. 그렇게 한 결과 『이방인』은 『소송』처럼 온전한 알레고리 소설이 되지 못하고 우의성과 사실성의 경계지점에 엉거주춤하게 자리잡은 불안정하고 애매한 작품이 되었다. 이것을 반드시 『이방인』의 결점으로 간주할 필요는 없을 것이다. 그러한 불안정성과 애매성 때문에 『소송』에 부재하는 묘한 매력을 『이방인』이 가지게 된 것도 사실이니까. 그 매력이 구체적으로 어떤 성격의 것인가 하는 점을 밝히려면 긴 논의가 필요하지만 그 논의는 이 글이 아닌 다른 자리에서 이루어져야 할 것 같다.

—2014

V

## 한반도의 분단이 확정된 날
—이정식의『21세기에 다시 보는 해방후사』

미국 펜실베이니아 대학에 오랫동안 재직했고 지금 그 대학의 명예교수로 있는 이정식은 지난 수십 년 동안 한국 현대사 연구에서 탁월한 업적을 쌓아 올린 인물이다. 그런 그가 2011년 11월, 경희대학교에서 「21세기에 다시 보는 해방후사(解放後史)」라는 제목으로 총 4회의 특강을 했다. 그리고 이듬해에 같은 제목의 단행본이 경희대학교 출판문화원에서 간행된 바 있다. 단행본으로 나온『21세기에 다시 보는 해방후사』에는 특강 내용과 더불어 특강 이후에 행해진 질의・응답이 실려 있으며, 거기에 다시 세 편의 부록이 추가되어 있다.

이정식이 이 특강에서 한 이야기 속에는 참으로 놀랍고도 중요한 내용이 포함되어 있다. 이정식의 이 특강을 접하기 전에는 우리들 대부분이 전혀 짐작조차 하지 못했던 내용이다. 특강을 들은 후 질의자로 나선 사람 중 하나인 도정일의 말을 들어 보면 그 내용의 핵심 부분이 어떤 것이며 그것이 왜 '놀랍고도 중요한' 것인지를 알 수 있다. 그의 말을 조금 길게 인용해 보기로 한다.

"1945년 9월 20일 해방된 지 한 달여 지난 그때 이미 스탈린이 북한에 지령을 보내서 단독정부를 수립하도록 하라고 지시했다"고 선생님께서 말씀해 주셨습니다. 이게 맞습니까? 굉장히 놀라운 일입니다. 왜냐하면 비록 4대 연합군 추종세력들이 한반도를 어떻게 요리하건 간에 남북한의 민족 지도자들이 정신 차려서 잘만 밥상을 차리면 38선을 없애고 통일정부를 수립할 수 있을 것이라는 이런 희망을, 해방 직후 남북한의 소위 애국지사들, 민족주의자들 또 다수의 지식인들이 그런 열망을 가지고 있었던 것이죠. 식민지에서 이제 갓 독립을 했는데 국가가 분단된다, 이는 도저히 받아들일 수 없는 상황이었다는 것을 생각하면, 그 열망은 전혀 나무랄 수 없는 진정성을 담고 있었다고 우리는 봐야 합니다.

그런데 이 진정성이 어떻게 배반되는가, 그 부분을 이번에 이정식 교수님이 잘 말씀해 주셨습니다. 교수님께서 강의 도중에 이런 자탄도 하셨어요. 오랫동안 남북분단의 문제를 연구해왔는데, 왜 이렇게 옴짝달싹할 수 없이 분단이 이미 고착화될 수 있는 조건들을 가지고 있었는가, 이걸 당신께서도 최근에 와서 알았다, 그러니까 직접 표현 안 하셨지만 평생 그 부분을 공부해왔는데 얼마나 머리가 나빴으면 이제야 내가 그것을 깨달았을까, 저는 그렇게 느꼈어요. 그런데 이건 머리가 나빠서도 아니고, 다른 모든 이유를 떠나서 그와 관련된 가장 중요하고 결정적인 사료가 근래에 와서 발굴이 되었고, 그것을 교수님께서 찾아내셔서 우리 앞에 제시해 주셨습니다.[1)]

위에 인용된 도정일의 말 속에 따옴표로 표시되어 있는 문장, 즉 '1945년 9월 20일 해방된 지 한 달여 지난 그때 이미 스탈린이 북한에 지령을 보내서 단독정부를 수립하도록 하라고 지시했다'는 문상, 이것이 바로 이정식에 의해 새롭게 밝혀져 제시된 내용의 핵심이다. 도정일은 이 핵심적 사항을 두고 '굉장히 놀라운 일'이라는 표현을 썼다. 나도 앞에서 '참으로 놀랍고도 중요한 내용'이라는 표현을 썼다. 사실 이런 내용

1) 이정식 저, 허동현 편, 『21세기에 다시 보는 해방후사』(경희대학교 출판문화원, 2012), p.217.

을 처음 접하고 놀라지 않을 사람이 얼마나 있겠는가?

한반도의 분단은 1945년 9월 20일 스탈린이 소련의 북한 점령군 사령부에 보낸 지령에 의해 이미 확정되어 버렸다. 그 후에 개최된 이른바 미소(美蘇)공동위원회라는 것은 적어도 스탈린의 입장에서 보면 이미 확정된 방침을 음흉하게 감추어 놓은 가운데 온 세상 사람들을 속이고 놀린 한바탕의 '쇼'에 불과한 것이었다.

도정일은 위에 인용된 글 속에서 '남북한의 민족 지도자들이 정신 차려서 잘만 밥상을 차리면 38선을 없애고 통일정부를 수립할 수 있을 것이라는 이런 희망'을 지녔던 사람들에 대해 언급하고 있다. 그런 사람들 가운데 대표적인 존재가, 1948년 4월에 평양을 찾아가 김일성과 '연석회의'를 열었던 김구와 김규식일 것이다. 이들을 어떻게 보아야 할 것인가? 그들의 '진정성'이야 도정일의 말대로 '전혀 나무랄 수 없는' 것이었지만, 그들이 평양으로 떠나면서 가슴 속에 품었던 꿈은 너무나 허황한 몽상이었다고 할 수밖에 없다. 이 점과 관련하여 이정식이 특강의 다른 부분에서 언급하고 있는 바를 여기서 인용해 둘 만하다.

> 랭코프 교수가 2005년에 발표한 글에 의하면, 연석회의가 끝날 무렵 '채택'한 결의문은 모스크바에 있는 소련 공산당 정치국이 북한 점령군 사령부로 내려보낸 문건을 그대로 따라 읊은 판박이 복사본이었습니다. 모스크바에서 하달한 문헌의 제목은 "1948년 4월 12일 전 연방 공산당(볼셰비키) 중앙위원회 정치국 결정. 의사록 제63호 제38항에서 발췌. 남북 조선의 정당 사회단체 대표자 연석회의의 개최와 관련해서 김일성에게 조언을 제공하는 것에 대하여"라고 되어 있는데, 연석회의가 열린 것은 19일이었으니 회의가 열리기 일주일 전에 이미 결의문이 '채택'된 것입니다. 회의가 열린 날은 19일인데 '조언' 문건이 발송된 것은 12일이었으니까요.[2)]

스탈린은 미소공동위원회가 개최되었을 때나, '남북 조선의 정당 사회단체 대표자 연석회의'가 개최되었을 때나, 일관되게 그의 '쇼'를 계속하였다. 특히 후자의 시점에서 그가 벌인 쇼는 그 뻔뻔스러움의 정도에 있어서 하나의 '절정'을 보여준 것이었다. 회의가 열리기 일주일 전에 이미 결의문을 확정해 놓고는 그것을 꼭꼭 감추어둔 채 자못 진지한 표정으로 김구, 김규식 같은 남쪽의 회의 참가자들을 불러들여 쇼의 조연자(助演者)로 삼았던 것이니까. 이런 그의 쇼는 일관되게 대성공을 거두었다. 의도와 무관하게 그 화려한 성공을 도와준 사람들 가운데에 김구도 있었고 김규식도 있었던 셈이다.

그러면 이제 논의의 범위를 넓혀, 스탈린의 소련이 1945년부터 1948년 무렵까지 펼쳤던 정책 가운데 북한 문제와 관련된 사항들을 종합적으로 정리하면 어떻게 되는가를 이정식의 특강 내용에 입각하여 기술해 보자.

스탈린은 1945년 8월 14일에 장제스의 중국 국민당 정부와 우호적인 조약을 체결했다. 그러니까 이때만 해도 스탈린은 장제스의 중국 지배를 불가피한 일로 인식하고 있었으며 그것을 굳이 저지하고자 하는 생각도 갖고 있지 않았다. 그랬기 때문에 그는 "1945년 8월 20일과 22일, 두 번에 걸쳐" "중국 공산당에게 국민당과의 내전을 계속하지 말고 국민당 정부와 협조해서 연립정부를 건설하라는 지시를 내렸"[3]다. 마오쩌둥의 중국 공산당은 이런 지시에 큰 불만을 품었지만 감히 스탈린의 지시에 맞설 만한 힘을 갖지 못했기 때문에 복종하였다. 그런데 전후 처리 문제를 둘러싸고 1945년 9월 12일부터 10월 2일까지에 걸쳐 런던에서 열렸던 미·영·소 외무장관 회의에서 자신의 여러 가지 요구가 미국과 영국에

---

2) 위의 책, p.147.
3) 위의 책, p.26.

의해 거부당하자 스탈린은 격노하였다. 그의 노여움은 곧바로 다양한 정책 변화를 가져왔다. 그 변화 가운데 특히 중요한 것은 10월 8일에 중국공산당에게 새로운 지령을 내린 것이다. 그것은 국민당과의 투쟁을 계속하라는 지령이었다. 좀더 구체적으로 말하자면 "30만의 대군을 만주로 보내"[4] 적극적인 전투에 나서라는 지령이었다. 울분에 사로잡혔던 마오쩌둥은 이 새로운 지령을 당연히 환호성으로 맞이하였다.

북한에 단독정부를 수립하도록 하라는 취지의 명령을 스탈린이 9월 20일자로 북한 점령군 사령부에 보낸 것도 이와 궤를 같이한다. 그 명령의 상세한 내용을 이정식은 그의 특강에서 다음과 같이 설명하고 있다.

> "북조선의 광범위한 반일 민주주의 정당들의 연합을 토대로 해서 부르주아적 민주주의 정권을 설립하라", "소련군은 반일 민주주의 조직들의 형성을 방해하지 말뿐 아니라 그들을 원조해주라", 이것이 지령의 주된 내용이었습니다. 그런데 이 지령에는 미군하고 교섭을 하라, 협조를 하라, 의논하라는 그런 것이 없었습니다. 그냥 소련 점령지역에 민주정권을 수립하라는 명령인데, 다시 말하면 단독정부를 세우라는 겁니다.[5]

북한 지역에 단독정부를 수립하는 작업은 위와 같은 스탈린의 명령이 내려진 1945년 9월 20일 이후 차근차근 차질 없이 진행되었다. 1946년 2월에는 북조선 임시 인민위원회가 설립되었다. 임시 인민위원회는 1947년에는 '임시'라는 수식어가 제거되어 '인민위원회'가 되었다. "이는 정권이 세워진 것을 뜻"[6]하는 일이었다. 1947년 11월에는 조선민주주의인민공화국 헌법을 제정하기 위한 회의가 여러 차례 열렸다. 이런

4) 위의 책, 같은 페이지.
5) 위의 책, p.51.
6) 위의 책, p.192.

식으로 일사불란하게 단독정부 수립의 절차를 밟아가면서, 다시 말해 분단을 고착화시키는 작업을 진행해 가면서, 스탈린의 소련은 한편으로 앞서 말한 '쇼'를 능란한 솜씨로 계속 펼쳤던 것이다.

소련이 이처럼 분단을 고착화시키는 작업에 초지일관하여 '올인'한 것은 물론 한반도 전체를 공산화하는 것이 미국의 견제로 인해 무망(無望)한 노릇이라면 그 북쪽 절반만이라도 확실하게 장악해야 하겠다는 야심이 시킨 일이었다. 그런데 사실 여기에는 단순한 '야심'의 논리를 넘어서는, 보다 절박한 현실적 필요성도 존재하였다. 그것은 바로 그 당시 광활한 중국 대륙의 지배권을 놓고 국민당과 공산당이 처절한 사투를 벌이고 있었다는 사실과 관련된다. 이 점에 대한 이정식의 구체적인 설명을 들어 보자.

> 1946년 5~6월경부터 북한은 중공군의 후방기지가 되었습니다. 북한에서 중공군은 부상병을 치료하고 휴식을 취했고 부대를 재편성하고 훈련도 다시 받았으며 군수품도 공급받았습니다. 공산군이 국민당군을 다시 역으로 치고 들어갈 준비를 한 것입니다.
>
> (…) 북한지역은 팔로군의 휴식, 교통, 통신, 수송, 보급 등 모든 일을 지원하는 후방기지가 된 것이지요.[7]

중국에서 공산당이 승리하도록 하기 위해 가능한 모든 방법을 동원하고자 했던 스탈린은 이처럼 북한 지역을 소련군이 지배하고 있다는 사실을 최대한으로 활용하였다. 그리고 이러한 '북한 지역 활용하기'는 실제로 큰 효과를 거두었다. 이정식은 '당시 중국 공산당의 동북국(東北局)이 평양에 세운 '주(駐)조선 사무소'의 간부로 활약했던 딩쉐쑹(丁雪松) 등 세 사람'의 회고록에 나오는 다음과 같은 대목을 인용함으로써 그 점을

7) 위의 책, pp.77~78.

증명해 보이고 있다.

> (이 사무소는) 우리가 남만주에서 적에 맞서 계속 싸워 둥베이(東北) 해방구에 대한 국민당의 공격을 결정적이고 효과적으로 분쇄하며, 나아가 전체 둥베이 지역을 해방하는 위대한 승리를 달성하는 데 있어 중요한 역할을 수행하였다. 뿐만 아니라 화둥(華東), 화베이(華北) 지역에서의 해방전쟁, 더 나아가 전국 해방전쟁의 최종 승리에 있어서도 일정한 역할을 했다.
>
> (…) 동북지역의 교통 요로가 막혀버린 상황에서 조선 북부는 남만주와 북만주, 산하이관(山海關) 안팎을 연결하는 중요한 통로였다. 우방의 이러한 지리적 조건을 이용하는 것은 둥베이 해방전쟁의 위대한 승리를 거두는 데 있어 절대적으로 필요했다.[8]

바로 이런 점 때문에, 소련은 북한 지역을 계속 독점적으로 지배하고 있어야만 했다. 어떤 일이 있어도, 북한 지역에 미국이나 다른 어떤 국가의 힘이 조금이라도 들어와서는 안 되었던 것이다.

이런 처지에 놓여 있었던 스탈린이 '4개국 신탁통치'안을 내심으로 환영했을 리 없다. 내심으로는 절대 반대였다. 다만 '쇼'의 일환으로 신탁통치안에 찬성하는 시늉을 했을 뿐이다. 그의 일관된 목표는 어디까지나 북한 지역에 대한 독점적 지배권을 유지하고 나아가 영구화하는 것이었다. 이정식은 이 점을 다음과 같이 설명한다.

> 소련은 미국과 함께 1945년 12월 모스크바 3상회의에서 한국에 대한 신탁통치를 결정했습니다. 그러나 그 당시 소련의 속마음은 신탁통치 자체를 환영하지 않았습니다. 미국, 영국, 중국, 소련 등 4개국이 공동으로 한반도를 통치한다는 것은 결국 소련이 한반도에 대해 4분의 1의 결정권

8) 위의 책, pp.81~82.

> 밖에 갖지 못하는 것을 의미합니다. 신탁 이사회에서 4분의 1의 권한밖에 못 갖는데 이 경우 투표를 하면 항상 질 거 아닙니까?
>
> 소련은 이미 북한을 완전히 장악해 통치권을 행사하고 있었습니다. 2분의 1의 실권을 포기하고 4분의 1의 지분을 갖는 신탁통치 방식의 통일이 소련에게 명백히 불리한데 이를 받아들일 리가 있겠습니까? 스탈린 입장에서 보면 지금 북한이 자기 영토나 다름없지 않습니까? 마음대로 중공군이 들어갔다 나갔다 하면서 쓸 수 있는 자국 영토나 다름없는 상황에서 이러한 권한을 포기하고 신탁통치를 받아들여 4분의 1의 지배권을 갖겠습니까? 이러한 신탁통치하의 통일을 받아들일 리 없었습니다. 그렇다면 당시 신탁통치가 아닌 다른 형태의 통일이 가능했을까요? 어떠한 형태로 그 당시에 통일을 할 수 있었을까요? 공산주의라는 것은 자본주의 사회를 붕괴하고 무산계급의 독재를 실시하자는 제도였는데, 그런 나라가 자본주의 국가인 미국과 화해를 하는 것도 힘든 일이었지만 소련이 북한에서 갖게 된 이권을 포기하고 남북한을 통일시킨다는 것은 염두에도 두지 못할 일이었지요.[9)]

결국 스탈린은 자신의 목표를 다 이루었다. 북한 지역에 대한 소련의 독점적 지배권은 흔들림 없이 유지되었다. 독점적 지배권을 흔들림 없이 유지하면서, 소련은 북조선 임시 인민위원회를 만들었고, 그것을 북조선 인민위원회로 바꾸었으며, 조선민주주의인민공화국 헌법을 만들었고, 마침내 조선민주주의인민공화국의 건국을 공식화했다. 이런 일들이 착착 진행되는 동안, 중국 공산당 군대의 '후방기지'로 북한 지역을 활용하고자 한 구상도 차질 없이 실천되어 큰 효과를 보았고, 많은 부분 그러한 효과의 덕을 본 것이겠지만 결국 공산당이 최종적으로 국민당에게 승리하여 드넓은 중국 대륙 전체를 장악하게 되었다.

바로 이것이 1945년 9월 20일 이후 수년에 걸친 기간 동안 북한 지역

---

9) 위의 책, pp.186~187.

에서, 그리고 중국 대륙에서 전개된 역사의 핵심적 개요이다. 얼마 전까지만 해도 비밀의 장막 아래 가려져 있었던 사료, '가장 중요하고 결정적인 사료'가 '근래에 와서 발굴'된 결과 새로이 우리 눈앞에 드러난 역사의 실체인 것이다. 이러한 역사의 실체를 직시하면서 우리는 그 냉혹함과 잔인함에 새삼 전율하지 않을 수 없다. 그리고 미래에는 절대로 이런 식의 역사가 되풀이되지 않도록 우리 자신의 지혜와 역량을 길러나가야 하겠다는 결의를 다지지 않을 수 없다.

나는 이정식의 특강을 듣고 행한 도정일의 발언 가운데 한 대목을 인용하는 것으로 이 글을 시작했었거니와 이제 다시 도정일의 발언으로 돌아가 그 가운데 다른 한 대목을 인용하고 그것과 관련된 내 나름의 생각을 짧게 제시하면서 이 글을 마무리하고자 한다. 그 다른 대목은 다음과 같은 것이다.

> 정치학이든 사학이든 연구를 하신 분들이 정확한 자료를 제시하시고 사정은 이랬다는 것을 보여주었을 때, 문학 쪽에서도 큰 힘을 받을 수 있을 것이라고 생각합니다. 앞으로 생산되는 민족문학, 분단과 전쟁의 경험을 서사화하려고 하는 예술적 노력들은 이정식 교수님께서 이번에 발굴하신 그 사료와 그 해석의 상당 부분에 큰 도움을 받게 될 것이고 작가들도 그것을 경청해야 할 것이라고 생각합니다.[10]

앞으로 분단과 전쟁의 경험을 서사화하려는 작가라면 이정식이 새롭게 발굴한 사료와 그 해석의 상당 부분을 경청해야 할 것이라는 도정일의 견해에 나도 동의한다. 하지만 앞으로 분단과 전쟁의 경험을 서사화하려는 작가들 가운데 과연 몇 사람이나 실제로 그렇게 할 것인가? 이 물음 앞에서 나는 솔직히 회의적인 생각을 금하지 못한다. 대략 지난

10) 위의 책, p.218.

1970년대부터 지금까지 수십 년의 세월이 흐르는 동안 이 주제를 가지고 창작에 나아갔던 작가들 가운데 다수가 편견과 아집에 가득 찬 태도를 보여주거나 아니면 유치한 몽상으로 흐르는 모습을 보고 거듭거듭 실망했던 기억을 쉽게 잊을 수 없기 때문에 그러하다. 그렇지만 그저 단순히 회의적인 생각을 피력하는 것만으로 나의 이야기를 끝내고 싶지는 않다. 앞으로 또다시 실망의 경험을 여러 차례 반복할 가능성이 크기는 하지만, 다른 한편에서 소수의 작가들만이라도 '정확한 자료' 앞에서, '정확한 자료가 말해주는 역사의 진실' 앞에서 겸허한 경청의 자세를 취하고 진지한 성찰에로 나아가는 모습을 보는 날이 있게 되기를 바란다는 말을 마지막으로 덧붙여 놓고 싶은 것이다.

—2013

## 인류의 역사를 보는 새로운 시각
### —브라이언 페이건의 『뜨거운 지구, 역사를 뒤흔들다』

인류의 역사를 만들어가는 데 영향을 미치는 요소는 엄청나게 다양하고 복합적이다. 우리가 역사에 대해 생각을 하거나 논의를 할 때에는 늘 이 점을 인식하고 존중할 필요가 있다. 그러나 사람들은 흔히 그렇게 하지 않는다. 수많은 요소들 가운데 어떤 한 가지만을 절대시하고 그것을 기준으로 해서 역사 전체를 획일적으로 규정하려 드는 것이다. 그 대표적인 예가 마르크스의 역사관이다. 마르크스는 '계급투쟁'이라고 하는 한 가지 기준을 가지고 인류 전체의 역사를 설명하려고 했다. 이러한 시도는 필연적으로 심각한 무리와 오류를 낳을 수밖에 없었다.[1] 그럼에도

1) 마르크스 역사관의 이 같은 문제점에 대하여 파킨슨은 일찍이 다음과 같이 언급한 바 있다. "관심이 계급투쟁뿐인 사람에게는 역사가 그 관점으로만 집중된다. 그의 서술이 꼭 틀린 것만은 아니다. 다른 관점의 서술도 보는 입장에 따라서 정당하다는 것을 우리는 이해해야 한다. 도로와 교량에 관심이 있는 사람에게는 모든 인간 사회의 역사가 교통의 역사이다. 따라서 상업, 치과 의술, 위생, 음악, 연극, 항해 그리고 미술의 역사는 모두 그 나름대로의 진리를 지닌다. 정신이상이라고 할 만큼 유아독존인 자만이, 마르크스의 경우

불구하고 그것은 오랫동안 수많은 사람들의 사고와 행동에 막대한 영향을 미쳤고 그 영향력의 일부는 오늘날까지도 곳곳에 뚜렷하게 남아 있다.

이런 오류투성이의 독단적・획일적 사고방식을 극복하여 역사에 대한 보다 섬세하고 유연한 이해를 획득하는 것은 쉬운 일이 아니다. 하지만 그것은 부단히 노력할 만한 가치가 있는 일임에 틀림없다.

그러한 방향으로 노력을 해나가고자 할 때 우리가 실제로 시도해 볼 수 있는 한 가지 방법은, 역사를 만들어가는 요인에 대한 다양한 접근과 그런 접근에 기초한 구체적 설명들을 가능한 한 폭넓게 찾아보고 음미하는 것이다. 오래 전에 나온 예를 하나 들어 보자면, 미국의 역사가 윌리엄 맥닐이 쓴 『전염병과 인류의 역사』(원제는 *Plagues and Peoples*)가 그런 경우에 해당한다. 1976년에 씌어진 이 책[2]에서 맥닐은 다양한 전염병이 발생하고 퍼져나가고 또 극복되어간 과정이 인류 역사의 전개과정에서 얼마나 큰 비중을 차지하고 있으며 얼마나 큰 영향력을 발휘했는가를 실감나게 보여줌으로써 수많은 독자들의 역사에 대한 인식을 보다 섬세하고 유연한 것으로 만드는 데 큰 공헌을 했던 것이다.

2008년에 처음 씌어졌고 이번에 번역본이 나온 브라이언 페이건의 『뜨거운 지구, 역사를 뒤흔들다』(원제는 *The Great Warming*)도 이와 기본적으로 동일한 맥락에서 우리가 한번 자세히 읽고 음미해볼 만한 책이다. 페이건은 영국 태생으로 미국에서 활동해온 고고학자인데 그는 『뜨거운 지구, 역사를 뒤흔들다』에서 기후라는 요소가 인류의 역사에 얼마나 큰 영향을 미쳤는가 하는 점을 증명해 보이고 있다.

---

처럼, 다른 모든 관점을 무시하고 자기의 것만을 고집한다"(노드코트 파킨슨, 『동양과 서양』(안정효 역, 고려원, 1981), p.10).

2) 이 책의 한국어 번역본은 허정의 번역으로 1998년 한울에서 나왔다.

그가 이러한 작업을 하기 위해 구체적으로 들고 있는 사례는 대략 서기 800년부터 1200년까지의 4백 년 동안 전지구적인 현상으로 나타났던 이례적인 온난화 현상이다. 이 시기가 서양에서는 중세에 해당하는 기간이었기 때문에 서양의 학자들이 이 시기에 대해 '중세온난기'라는 이름을 붙여주었다고 하는데, 아무튼 이처럼 무려 4백 년에 걸쳐 온난한 기후가 지속되었다는 사실이 인류의 역사에 미친 영향은 여간 큰 것이 아니었다는 사실을 페이건은 이 책에서 구체적으로 이야기하고 있다. 그 중 몇 가지 예를 살펴보기로 하자.

중세온난기의 전지구적인 온난화 현상은 여러 지역에서 심한 가뭄을 동반했다. 지금의 멕시코에 해당하는 지역에 자리잡고 오랜 세월 번영을 구가해 왔던 마야문명은 바로 그 가뭄 때문에 커다란 타격을 받았다. 마야문명이 몰락의 나락으로 떨어져 간 과정을 페이건은 다음과 같이 설명한다.

> 굶주림과 물 부족 현상이 지속되자 사회불안이 분출된다. 백성들이 자만심에 찬 귀족들에게 반기를 든다. (…) 10세기 후반 페텐 같은 도시들과 유카탄 남부는 굶주림과 만성적인 물 부족에 시달린 주민들이 떠나면서 황폐해졌다. 메소포타미아와 나일 강변에서 수천 년 전에 그랬듯이 가뭄과 기근은 사회불안과 반란을 초래했으며, 완벽한 군주라는 이념에 토대를 둔 엄격한 사회질서를 무너뜨렸다.[3]

그런데 여기서 우리가 주의깊게 보아야 할 것은 마르크스가 계급투쟁을 절대적인 기준으로 삼아 역사를 설명하려는 독단론에 빠졌던 것과 같은 과오를 페이건이 되풀이하지 않고 있다는 점이다. 그가 기후라는 요소의 중요성을 강조하면서도 "물론 마야문명이 붕괴한 과정은 이보다

---

3) 브라이언 페이건, 『뜨거운 지구, 역사를 뒤흔들다』(남경태 역, 예지, 2011), pp.230~231.

훨씬 더 복잡하며, 여러 가지 정치·사회적 요소들이 얽혀 있다"[4]라는 말을 빠뜨리지 않고 있는 것을 볼 때 이 점이 확인된다.

마야문명에 일어난 것과 비슷한 사태는 중국에서도 일어났다. 중국의 경우에도 지구온난화 현상은 가뭄을 동반했고 그것이 극심한 정치적·사회적 혼란을 부추겼던 것이다(마야문명의 경우처럼 아예 문명권 전체가 몰락의 길로 향해 가는 정도에까지 이르지는 않았지만). 이러한 사실을 설명하는 자리에서도 페이건은 기후 요소의 중요성을 강조하되 그것을 과장하지는 않는 차분한 자세를 유지한다.

중세온난화의 시대에 기후변화의 피해를 일방적으로 당할 수밖에 없는 처지에 놓였던 지역의 예를 두 개 들어보았거니와, 반대로 이 시대에 기후변화의 혜택을 입은 곳은 없었던가? 있었다. 그 대표적인 지역이 유럽 지역이다. 유럽에서는 기후온난화의 영향이 사람들의 생활을 예전보다 훨씬 풍요롭게 해 주는 방향으로 작용하였다. 농업, 어업, 목축업 등 다양한 영역에서 이러한 현상이 일관되게 나타났다. 그리고 이와 같은 변화는 문명 전체의 획기적인 진보를 가능하게 하는 토대가 되었다. 그러한 과정 전체를 한 마디로 요약하여 표현하면, "수백 년간의 온난기는 풍성한 수확으로 무역과 전쟁을 촉진하면서 현대 유럽의 출발신호를 울렸다"[5]라는 문장이 된다.

이처럼 중세온난기의 기후가 가져다 준 혜택 덕분에 힘찬 출발신호를 올릴 수 있었던 유럽은 그때부터 차지하게 된 전세계 근대문명의 선두주자라는 지위를 그 후 수백 년 동안 흔들림 없이 유지하게 된다. 페이건이 말한 대로 "온난하고 안정적인 기후가 지속된 기간은 200-300년에 불과했으나 그 정도면 역사적 대변화가 일어나기에 충분했"[6]던 것이다.

---

4) 위의 책, p.231.
5) 위의 책, p.55.

중세온난기의 기후가 유럽인들에게 특별히 은혜로운 존재로 작용하였다는 것은 개별적인 사건의 차원에서도 확인된다. 그 대표적인 예가 유명한 바투의 서정(西征)이 중지된 일이다.

바투의 서정이 갑작스레 중지된 경위가 어떤 것이며 그 사건이 세계사 속에서 얼마나 중요한 의미를 갖는가 하는 점에 대해서 우리는 사실 이미 상당히 많은 것을 알고 있는 터이다. 지금까지 우리에게 알려진 내용을 요약하면 다음과 같다.

칭기즈칸의 손자인 바투는 몽골의 정예 군대를 이끌고 서쪽으로 전진을 계속한 끝에 1241년 슐레지엔에 이르러 유럽 연합군과 맞붙었다. 전투의 결과는 바투의 압도적인 승리였다. 사실 그 당시 세계 최강을 자랑하던 몽골 기병의 진군을 감히 막아낼 역량은 유럽에 없었다. 유럽 전역이 몽골군에게 유린당할 수밖에 없는 상황이 되었던 그 순간, 몽골 군주 오고타이의 부음(訃音)과 그 후계자를 선출하기 위한 회의 개최의 소식이 바투에게 전해져 왔고, 유력한 후계자 그룹 중의 한 명이었던 바투는 미련 없이 진군을 중단하고 몽골로 돌아갔다. 한 번 돌아간 바투는 유럽으로 다시 오지 않았다.

우리가 바투의 서정과 관련하여 이미 알고 있는 내용은 대략 이상과 같은 것이거니와, 페이건은 여기에 한 가지 중요한 사실을 덧붙여 알려준다. 한 번 철군하였던 바투가 또다시 서진(西進)하여 유럽으로 가려는 마음을 먹지 않게 된 것은 당시의 기후 조건이 좋았기에 이미 정복해 놓은 땅에서 나오는 수확만으로 그와 그의 백성들이 충분히 만족할 수 있었던 때문이라는 점이 그것이다.

> 만약 기후의 균형추가 흔들리지 않았다면, 즉 스텝에 가뭄이 심화되었

6) 위의 책, p.42.

> 더라면 어땠을까? 이전 세기의 경험으로 미루어 판단해보면, 전쟁과 끊임없는 이동이 지속되었을 테고 바투와 휘하 장수들은 서쪽으로 돌아갔을 게 거의 확실하다. 그의 첩자들은 이미 그에게 서유럽 왕국의 상황을 명확히 보고했다. 중무장한 기사가 위주인 서유럽 군대는 몽골 궁병과 기병의 상대가 되지 않는다는 점이 입증되었다. 만약 그가 수부타이 장군과 함께 수립한 원래 계획을 추진했다면, (…) 아마 1250년 초에 이르면 유럽은 몽골의 방대한 서방제국이 되었을 것이다.[7]

그러니까, 유럽 문명이 확률 근(近) 100%였던 멸망의 위기에서 구출되었던 바로 그 사건에서도, 기후라는 요소는 커다란 비중을 가지고 개입하여, '은혜로운 존재'로 작용했던 것이다.

지금까지, 인류 역사의 전개 과정에서 기후라는 요소가 얼마나 중요한 역할을 해 왔던가를 설득력 있게 입증해 준 대표적 실례들을 『뜨거운 지구, 역사를 뒤흔들다』에서 찾아내어 요약해 본 셈이다. 저자 페이건은 그러한 역사적 논의에서 다시 한 걸음을 더 나아가, 인류 문명의 오늘과 내일에 대해서도 진지한 성찰을 행한다. 그는 한계를 모르고 질주하는 현대문명의 고도화에 따른 지구 전체의 새로운 온난화가 범인류적인 재앙으로 작용할 가능성을 경고하고 있는데, 이러한 그의 경고는 위에서 살펴본 것처럼 풍부한 역사적 관찰에 바탕을 두고 있는 만큼 특별히 진지한 자세로 경청할 필요가 있는 것으로 판단된다.

이 책에서 저자가 말해 주고 있는 역사적 사실들과 현재 및 미래의 과제들에 대한 성찰을 다 읽고 난 후 우리가 최종적으로 느끼게 되는 것은, 인간이라는 종(種)의 존재 전체가 기후라는 요소로 대표되는 지구 전체의 거대한 움직임 혹은 변전과정과 얼마나 깊이 얽혀 있는가 하는 점에 대한 강렬한 실감이다. 우리는 이러한 실감의 연장선상에서 새삼 만유(萬有)

7) 위의 책, p.106.

가 일체(一體)라는 명제를 떠올리게 된다. 만유가 일체라는 사실에 대한 인식이 보편화될 때 우리 인류는 좀더 겸손하고 유연한 자세로 이 지구의 운행에, 더 나아가 우주 전체의 운행에 참여할 수 있을 것이다.

—2010

# 제사를 폐지하자

## 1. 제사는 폐지되어야 한다

유교를 국교로 삼았던 조선 왕조가 멸망한 지 어느덧 1백 년이 넘은 지금도 이 나라 사람들 중의 대다수는 여전히 유교식으로 각자 자기의 조상에 대한 제사를 지내고 있다. 그러나 이제 조상에 대한 제사는 폐지되어야 한다. 왜 폐지되어야 하는가? 이제부터 그 이유를 몇 가지 조목으로 나누어서 차근차근 설명해 보겠다.

## 2. 조상 제사의 기원

'조상에 대해 제사를 지낸다'고 하는 발상이 동아시아 문명권에서 처음으로 나타난 것은 고대 중국의 은(殷)왕조 시절, 조갑이라는 인물에 의해서였다. 조갑은 은왕 조강의 동생이었는데, 그가 형을 내몰고 왕위를 빼앗는 쿠데타를 일으켜 성공한 후, 자기 조상에 대해 제사를 지내자는 착상을 하고 그것을 실천에 옮긴 것이 '조상에 대한 제사'라는 풍속의 기원인 것이다. 중국 고대 갑골문 연구의 대가인 김경일이 이 점과 관련하여 제시해 주고 있는 설명을 조금 인용해 보기로 한다.

> 왕이 된 조갑이 취한 첫 번째 조치는 제례 문화의 정비였다. 그는 이전에 있던 모든 토템, 즉 황하신, 천신 등에 대한 제례를 폐지했다. 그리고는 자신의 직계 혈족들의 제례만을 강화했다.
>
> (…) 이것은 중국 역사상 최초로 일어난 인위적 문화혁명으로, 유교 문화의 시발점이 되는 사건이었다.
>
> 왜냐하면 유교 문화의 핵심 내용의 하나가 바로 조상에 대한 제사이기 때문이다. 이 사건은 갑골문을 통해서만 확인할 수 있는 일이기 때문에 후대의 한자로 된 문헌들, 이른바 『시경』『상서』『주역』『주례』 등 이른바 '13경'을 통해서는 알 방법이 없다. 그리고 알 방법이 없기 때문에 고대 문화에 대한 오해가 쌓이며 새로운 오해를 낳곤 했던 것이다.
>
> 어쨌든 조상신을 가장 위대하고 유일한 신령으로 삼겠다는 이 행동은 당시의 종교 문화적 행태들을 볼 때 여간 돌발적인 것이 아니었다.
>
> (…) 그것은 자신의 정치적 위상 강화를 위한 고도의 전략이었다. 조갑과 그의 신하들은 우선 자신들 조상들의 족보를 재수정했고 조상에 대한 제사를 정례화했다. 이것은 주변 부족들에게 자신들의 조상이 모든 토템과 샤머니즘적인 숭배 대상들을 초월한 존재임을 과시하기 위한 대단히 정치적인 전략이었다.[1)]

이처럼 조갑의 쿠데타를 계기로 하여 처음으로 출현한 '조상에 대한 제사'라는 발상과 그 실천은 그 후 공자를 비롯한 유가(儒家) 그룹에 의해 새롭게 다듬어지고 미화되어 가더니 어느새 김경일의 표현대로 '유교 문화의 핵심 내용' 중 하나로 자리잡는 데까지 이르게 되었다. 그리고 그것이 지금에 이르도록 그 생명력을 강고하게 유지하고 있는 것이다.

---

1) 김경일, 『공자가 죽어야 나라가 산다』(바다출판사, 1999), pp.103~104.

그러나 사실 21세기의 대한민국에 살고 있는 우리에게 있어서 조갑이니 그의 쿠데타니 하는 것이 도대체 무슨 의미를 갖는단 말인가? 무슨 의미를 갖기에 조갑이 만들어낸 '조상에 대한 제사'라는 제도를 우리가 지금도 계속 따라야 한단 말인가?

## 3. 속되고 비루한 요인들

조갑이 처음 만들어내고 공자와 그 추종자들에 의해서 중국에 널리 퍼진 유교식 조상 제사라는 제도는 이곳 한반도에서는 고려 말까지 별다른 힘을 갖지 못했다. 그것이 엄청난 권위를 지니고 한반도에 군림하게 된 계기는 이성계의 쿠데타에 의한 조선 왕조의 건국이었다(이번에도 쿠데타가 계기가 된다). 조선 왕조를 세운 이성계와 그의 그룹은 그들의 새로운 지배 체제를 공고히 하기 위해 그때까지의 전통적 제사 문화를 쓸어버리고 새로운 것으로 대치하는 그들 나름의 '문화 혁명'을 수행할 필요를 느꼈다. 필요는 발명의 어머니라고 한다. 그들이 느낀 '필요'는 곧 새로운 제사 문화를 '발명'하게 만들었다. 아니, 엄밀하게 말하면 발명이 아니다. 발명은 조갑이 했고, 그들은 그것에 약간의 수정과 보완을 곁들였을 뿐 기본 골격은 그냥 그대로 가져온 것이다. 그리고 그들의 발명 아닌 발명은 15세기 말, 성종대에 이르러 더욱 번듯한 외관을 갖추게 되었다. 사회학자 송호근은 이 문제에 대해 자신이 연구한 결과를 다음과 같이 요약해서 들려주고 있다.

> 고려 말까지도 명절은 하늘과 자연을 경외하는 집단축제였다. 불교에서 유교로 전환한 조선은 민간신앙을 일소할 방법을 주자학에서 찾았다.

> 제천(祭天)과 제사(祭祀)가 그것이다. 경복궁 우측에 사직단을 지어 하늘신과 토지신에게 제례를 올리고, 좌측에 종묘를 지어 제사의 기원을 마련했다. 15세기 말 성종은 아예 『경국대전』을 편찬해 국법으로 반포했다. 예제(禮制)에 이런 조항이 있다. "6품 이상 문관이나 무관은 3대까지 제사 지내고, 7품 이하는 2대까지, 일반 서민은 부모에게만 제사 지낸다." 잡신을 섬기는 자는 처벌되었다.[2)]

그런데 사태는 위의 인용문에서 설명되고 있는 것으로 그치지 않는다. 조상에게 제사를 지내는 것이 한 번 지배적인 풍습으로 정착되고 난 후 짧지 않은 세월이 흐르면서 그것은 날이 갈수록 '대외(對外)과시용'의 성격을 띠게 됨으로써 악화(惡化)일로, 비대화(肥大化)일로의 길을 가게 되는 것이다. 송호근은 그가 쓴 또 다른 글에서 이 점을 다음과 같이 언급하고 있다.

> 먹을 게 없던 시절, 빈곤한 서민은 위패에 절하는 것으로 족했고, 제수(祭需)는 형편에 따랐다. 그런데 가문과 문벌의 위세 경쟁이 격화됐던 조선 후기 봉제사는 문중 대사, 가족의 최대 행사로 변질됐다. 1년 20회 정도 제사를 행하지 않으면 양반이 아니었던 당시의 풍조에서 신분 향상을 열망했던 서민들도 제례 경쟁에 뛰어들었던 것이다.[3)]

이 땅에서 조상에 대한 제사라는 것이 엄청난 비중을 가진 '종교적 의무'로, '도덕적 책무'로 자리잡게 된 것은 바로 위에서 설명된 바와 같은 과정을 거쳐서였다. 거기에는 쿠데타로 권력을 탈취한 자들의 냉철한 전략적 계산, 누가 더 잘났나를 두고 겨루는 양반들의 자기과시욕과 허영, 남들 보기에 멋있는 모습으로 제사를 지냄으로써 열등감을 극복하고자

---

2) 송호근, 「조상숭배의 나라」, 『중앙일보』 2010. 9. 28.
3) 송호근, 「제사를 회상함」, 『중앙일보』 2013. 2. 12.

노력한 서민들의 집념 등등이 두루 엉키고 겹쳐 있는 것이다.

이처럼 다분히 속되고 더 나아가 비루하다고까지 말할 수 있을 법한 요인들에 근거하여 이 땅에 정착되고 또 확대되어 온 '조상에 대한 제사'라는 풍속을 왜 21세기에 사는 우리가 여전히 끌어안고 있어야 한단 말인가?

## 4. 유치한 풍경

유교식 제사가 실제로 진행되고 있을 때, 아무런 선입견 없이 그 진행되는 광경을 처음으로 대하는 관찰자의 입장에 서서 본다면, 좀 유치하다는 느낌이 저절로 들지 않을 수 없을 것 같다. 더 나아가서는 좀 웃긴다는 생각이 들 수도 있을 것 같다.

우선, 조상의 귀신이 들어올 수 있게끔, 대문을 살짝 열어 놓는다. 귀신은 별다른 재주가 없기 때문에 대문을 열어 놓지 않으면 들어오지도 못한다는 것이다.

그렇게 하고 나서 조금 시간이 지나면, 이제는 조상의 귀신이 들어왔다고 치고, 술을 주며 마시라고 한다. 그 다음에는 밥과 반찬을 주며 먹으라고 한다. 관혼상제의 의식 일체를 자세하게 정리해 놓은 『최신(最新) 가정보감(家庭寶鑑)』이라는 책을 보면 제사 중 이 단계에 대한 설명이 다음과 같이 나와 있다.

> 유식(侑食) 다음에 계반삽시(啓飯插匙)를 하는데 메 그릇의 뚜껑을 열고 메에 숟가락을 꽂는 의식이다. 숟가락은 아랫부분이 동쪽으로 향하도록 꽂고, 젓가락은 손잡는 쪽을 동쪽으로 향하도록 하여 접시 가운데에 가

> 지런히 놓는다.[4]

유식이니 계반삽시니 하는 따위의 한자로 된 어려운 용어들이 등장하고 있지만 요점인즉 밥과 반찬을 먹게 한다는 이야기 이외에 아무 것도 아니다.

귀신이 이처럼 귀신이 밥과 반찬을 먹고 있는 동안 산 사람들은 모두 자리를 피하고 나가서 기다린다. 귀신이 조용하고 편안한 가운데서 마음 놓고 밥과 반찬을 먹게 하자는 취지에서다. 『최신 가정보감』에서 "제주 이하 모두 문 밖으로 나와 문을 닫는 의식을 합문(闔門)이라 한다"고 설명해 놓은 부분이 여기에 해당한다.

'지금쯤이면 귀신이 밥과 반찬을 다 먹었겠구나' 싶은 생각이 들 만큼 시간이 흐르고 나면 산 사람들은 다시 들어온다. 그 시간은 '약 구시지경(九匙之頃; 밥을 아홉 숟가락 떠먹는 사이)'으로 정해져 있다.

다시 들어와서는 귀신을 향하여 '이제 숭늉을 마시라'고 한다. 『최신 가정보감』을 보면 이 단계가 다음과 같이 설명되고 있다.

> 합문하였던 문을 여는 것을 계문(啓門)이라고 한다. (…) 계문 다음 절차는 헌다(獻茶)이다. 집사는 국(羹)그릇을 물리고 숭늉을 올린다. 메를 숟가락으로 조금씩 세 번 떠서 물에 만다.[5]

역시 계문이니 헌다니 하는 어려운 용어들이 등장하고 있지만 요점은 산 사람들이 다시 들어와서 귀신으로 하여금 숭늉을 마시게 한다는 것 이외에 아무 것도 아니다. 귀신으로 하여금 숭늉을 마시도록 하는 구체적인 방법은, 산 사람이 밥그릇에 들어 있는 밥을 숟가락으로 조금씩 세

4) 최호 편저, 『최신 가정보감』(홍신문화사, 1992), p.282.
5) 위의 책, p.283.

번 떠서 물에 마는 것이다. 그렇게 하면 귀신이 숭늉으로 알고 마신다는 것이다. 그렇게 하고 나서 조금 있다가 '지금쯤이면 귀신이 숭늉을 다 마셨겠구나' 싶은 시점에서 상을 치운다.

이런 식으로 진행되는 것이 제사의 구체적인 절차이다. 아무래도 좀 유치하지 않은가?

## 5. 어느 노파의 고민

김동리가 1946년에 발표한 「미수(未遂)」라는 단편소설을 보면, 한 무식한 노파가 등장한다. 그에게는 결혼한 딸이 하나 있었는데, 그만 젊은 나이로 죽고 말았다. 사위는 새로 장가를 들었다. 그런데 이 노파는 달리 갈 데가 없기 때문에 어쩔 수 없이 그 사위에게 계속 얹혀서 살고 있다. 이런 처지에 놓여 있는 노파를 괴롭히는 가장 심각한 고민은 다음과 같은 것이다. "사람이 살어서야 여간고생을 하더라도 죽은 뒤의 복을 타야지, 한해 한번씩 떳떳이 제사 지내줄 사람도 없다면 그 무궁한 세월을 또 어떻게 굶주리며 도라 다닌단 말인가."[6] 노파는 이 문제 때문에 도저히 견딜 수가 없어서 자살을 기도하게 될 만큼 괴로워한다.

지금도 유교식 제사를 꼬박꼬박 지내고 있는 사람이라면 이런 노파의 고민에 대해 그것을 달래주거나 반박할 만한 말을 찾을 수 없을 것이다. 바로 앞에서 유교식 제사의 풍경을 묘사해 보인 바 있거니와, 거기서 묘사된 제사 풍경의 기저에 깔려 있는 생각이 무엇인가? 자손이 제사 때마다 밥을 먹여 주고, 반찬을 먹여 주고, 숭늉까지 대접해 주어야만 죽은

6) 김동리, 「미수」, 『백민』 1946. 12, p.81.

자가 굶지 않고 지낼 수 있다는 생각, 그것 아닌가? 그런 생각을 받아들인다면, 「미수」에 등장하는 노파와 같은 입장이 되었을 경우, '그 무궁한 세월을 어떻게 굶주리며 돌아다닌단 말인가'라는 고민에 사로잡히는 것이 당연하고 필연적이다.

당신은 이런 노파의 고민을 당연하고 필연적인 것으로 인정하는 데 동의하지 않는가? 그와 같은 고민이 잘못된 것, 혹은 어리석은 것이라고 보는가? 당신 자신은 노파와 다른 부류의 사람이라고 믿는가? 만약 그렇다면, 당신이 지금 당장 해야 할 일이 하나 있다. 앞으로 유교식 제사를 지내는 일 따위는 그만두겠다고 결심하는 일이 그것이다.

## 6. 부계혈통주의의 망상

이제는 조금 다른 이야기를 해 보기로 하자.

조갑이 만들고 행한 제사나, 이성계와 그의 그룹에 의해 이 땅에 뿌리내리게 된 제사나, 21세기 현재의 시점에서 행해지고 있는 제사나, 모두 부계(父系) 조상을 숭모의 대상으로 삼고 있다는 점에서 공통된다. 예를 들어 제사를 받들어 모실 대상의 하나로 '2대 조상'을 거론할 경우 그것은 아버지의 부모를 가리키는 것이지 어머니의 부모를 가리키는 것이 아니다. '3대 조상'을 거론할 경우라면 그것은 아버지의 아버지, 즉 할아버지의 부모를 가리키는 것이지 다른 누구를 가리키는 것이 아니다. 이런 식으로, 유교식 조상 제사가 말해지고 행해지는 모든 자리에서는 철두철미하게 부계 조상이 문제될 뿐이다. 가문의 시조나 중시조를 따질 때에도 예외 없이 부계로만 거슬러 올라간다. 모계(母系) 조상은 전혀 안중에 없다.

이렇게 오로지 부계로만 조상을 찾아 올라가 섬기고 모시면서, 그렇게 하는 사람들은, 이구동성으로 다음과 같은 표현을 반복한다: "바로 이 부계 조상들이 우리 후손들의 뿌리이다. 근본이다. 이 부계 조상들의 계보를 통하여 생명이 대대로 이어지고, 혈통이 대대로 전승되어 온 것이다."

이처럼 부계 조상만을 찾아 올라가 섬기고 모시며 그들만을 자신의 '뿌리'로, '근본'으로 간주하는 사람들의 마음 속 깊은 곳에는 대개의 경우 한 가지 믿음이 공통적으로 자리잡고 있다. 그것은 '남자가 씨를 뿌리는 존재라면, 여자는 밭을 제공하는 존재에 불과하다'라는 믿음이다. 그러니까 혈통은 능동적으로, 적극적으로, 주체적으로 '씨를 뿌리는' 남자쪽, 즉 부계를 통해서만 지속적으로 이어진다고 그들은 믿고 있는 것이다.

그러나 이들의 그러한 믿음은 틀린 것이다. 생물학자 최재천의 다음과 같은 설명을 들어보라.

> 핵이 융합하는 과정에서는 당연히 암수의 유전자가 공평하게 절반씩 결합하지만 핵을 제외한 세포질은 암컷이 홀로 제공하는 것이기 때문에 미토콘드리아의 DNA는 온전히 암컷으로부터 옵니다. 바로 이런 이유 때문에 생물의 계통을 밝히는 연구에서는 미토콘드리아의 DNA를 비교 분석합니다. 철저하게 암컷의 계보를 거슬러 올라가는 것입니다. 전통적으로 남자만 이름을 올릴 수 있는 우리 족보와는 달리 생물학적인 족보는 암컷 즉 여성의 혈통만을 기록합니다. 부계혈통주의는 생물계 그 어디에도 존재하지도 않을뿐더러 존재할 수도 없습니다.[7]

최재천은 '씨'와 '밭'이라는 비유에 입각한 사고가 잘못되었다는 사실

7) 최재천, 『여성시대에는 남자도 화장을 한다』(궁리, 2003), p.234.

을 구체적으로 지적하고 있기도 하다. 그의 설명에 따르면 19세기 이전 서양의 생물학자들도 오로지 부계로만 조상을 찾아 올라가 섬기고 모시던 이 땅의 수많은 사람들과 꼭 마찬가지로 '씨'와 '밭'이라는 비유적 사고를 동원하여 부계혈통주의를 정당화하려 했다고 한다. 그런데 이런 사고는 '결국 과학의 객관성 앞에 무너질 수밖에 없는' 망상이었다는 것이다.

> DNA의 존재를 모르던 시절이긴 하지만 당시 생물학자들은 정자 안에 이미 작은 인간이 들어앉아 있다고 주장했습니다. '씨'는 이미 남성에 의해 결정되어 있고 이름하여 '씨받이'로 간주된 여성은 그저 영양분을 제공하여 씨를 싹틔우는 밭에 불과하다고 설명하려 했습니다. 정자 속에 이미 작은 사람이 들어 있다는 이론을 받아들이면 실로 어처구니없는 모순에 빠질 수밖에 없습니다. 마치 러시아의 전통 인형처럼 그 작은 사람의 정자 속에는 더 작은 사람이 웅크리고 있어야 하고, 또 그 사람의 정자 속에는 더 작은 사람이 있어야 하고, 그 사람의 정자 속에 또 더 작은 사람이 들어 있어야 하고 하는 식의 무한대의 모순을 범할 수밖에 없습니다. 그릇된 이념은 결국 과학의 객관성 앞에 무너지게 되어 있습니다.[8]

이처럼 자연과학의 객관성에 입각해서 볼 때, 오로지 부계로만 조상을 찾아 올라가 섬기며 거기에다 '뿌리'니 '근본'이니 하는 단어들을 가져다 붙이는 행위는 아무런 설득력을 지니지 못하는 '헛소동'에 지나지 않는다.

물론 인간에게는 자연의 차원 이외에 문화의 차원이라는 것이 있고, 문화의 차원이 자연의 차원과 반드시 일치해야만 한다는 법은 없는 것이니 만큼, 자연의 차원에서 볼 때 단순한 '헛소동'으로 그치는 것이라는

8) 위의 책, pp.234~235.

이유만으로 그런 행위가 백 퍼센트 무의미한 것이라는 판정을 내린다면 그것은 성급한 처사라는 지적을 받을 수 있다. 그렇기는 하지만, 자연과학이 가르쳐 주는 객관적 진실이 어떤 것인가를 알고 나서 다시 생각해 볼 때 그런 행위에 내재된 한계 혹은 문제점이 전보다 더욱 선명한 것으로 다가오게 된다는 사실까지를 우리가 외면할 수는 없는 노릇이다.

## 7. 몰염치한 남자들

위에서 살펴본 바와 같이 유교식 제사는 자연과학이 가르쳐 주는 객관적 진실을 위반하면서 오로지 부계로만 조상을 찾아 올라가 섬기고 모계는 무시해 버리는 것이어니와, 제사를 이런 방향으로 몰아간 것은 말할 나위도 없이 남자들이다. 그런데 이 남자들은, 그처럼 부당하게 모계를 무시하고 부계만 섬기면서, 정작 그 제사를 지내기 위해서 요구되는 육체적 노고는 전적으로 여자에게만 떠맡기는 몰염치함을 또한 보여준다. 이것은 조선시대부터 그러하였다. 아니, 한참 더 거슬러 올라가, 고대 중국에서부터 그러하였다. 강명관은 그의 저서에서 이 점을 다음과 같이 언급한 바 있다.

> 봉제사(奉祭祀), 접빈객(接賓客)이 여성의 소임이라는 것은 이미 『예기』 혹은 『소학』에서 규정된 여성의 역할이었다. 곧 '제수를 준비하는 책임과 요리하여 차리는 절차는 모두 주부의 책임'이었다.[9]

그것뿐만이 아니다. '봉제사, 접빈객'에 소요되는 비용을 마련하는 것

9) 강명관, 『열녀의 탄생』(돌베개, 2009), p.415.

까지도 주부의 책임으로 돌려졌다. 조선시대에 엄숙한 어조로 여자들을 훈계하는 책을 써서 널리 권위를 인정받았던 송시열이라든가 한원진 같은 남자들의 '가르침'을 보면 이런 내용이 계속 발견된다. 강명관의 저서를 조금 더 인용해 보자.

> 한원진은 말한다. "가난한 집은 또 순서대로 제물을 마련하기 어려울 것이나, 주부 된 사람이 또한 소홀한 마음으로 받들 수 있겠는가. 새로 난 물건을 보면 감히 먼저 먹지 않고, 천신하는 데 쓸 만한 것이 있으면 함부로 허비하지 않아 단단히 간직해 두고 평소에 저축해 두었다가 지극히 정결하게 삶고 익히고, 지극한 정성으로 진설하여 올린다면, 제물은 비록 박하더라도 귀신이 반드시 흠향할 것이다." 제수 준비에 정성을 다하라고 말하고 있지만, 비용의 준비는 사실 주부에게 떠맡긴 것이다. 즉 조리를 말하는 것이 아니라, 제수를 준비하는 것, 제사의 경제적 비용에 대한 주문이다. 이것 역시 여성에게 전적으로 맡겨진 책임이었다. 접빈객의 비용 역시 동일하다. 송시열은 머리카락을 잘라 팔아서 손을 위한 음식의 비용을 마련한 예를 들고 있거니와, 한원진 역시 이 예를 인용하면서 가난한 경우에도 마련하기 어렵다는 뜻을 표시하지 않고 정성을 다해 준비할 것을 요구한다. 이런 요구는 남성이 원래 맡아야 할 책임을 여성에게 전가한 것이다. 제사와 빈객은 모두 남성을 위한 것이었다.[10]

'유교식 제사를 지극한 정성으로 모셔야 한다'는 명제가 절대적인 권위를 가지고 이 땅에 군림했던 시대—좀더 구체적으로 말하자면 조선시대, 그 중에서도 특히 조선 후기—의 남자들은 위의 인용문에서 언급된 송시열과 한원진이 대표하는 바와 같이 몰염치한 남성이기주의를 자못 근엄한 어조로 주장하고, 가르치고, 실천했다. 이런 남성이기주의는 그 시대 사람들의 생활 구석구석에서 일사불란하게 관철되었지만 특히 유

10) 위의 책, pp.415~416.

교식 제사가 시행되는 현장에서 그 가장 생생하고 역동적인 표현을 보인 것으로 생각된다. 이런 남성이기주의가 정의(正義)로, 도덕으로, 규범으로 떠받들어지는 세상에서, 여성의 기본적 인권이 조직적으로, 제도적으로 유린당하는 것은 보편적인 일상(日常)이 되었던 것이 사실이다.

## 8. 현장의 풍경은 바뀌지 않았다

그러면 조선시대가 역사의 뒤안길로 사라져간 지도 1백 년이 넘게 지난 오늘의 상황은 어떠한가? 생활의 다른 영역에서는 많은 변화가 있었다고 하겠지만 유교식 제사가 시행되는 현장의 풍경은 거의 바뀌지 않았다. 2010년대 중반을 지나고 있는 오늘의 시점에서도 여전히 '제수를 준비하는 책임과 요리하여 차리는 절차는 모두 주부의 책임'으로 되어 있는 것이다. 송시열과 한원진의 시대 그대로이다. 아니, 『예기』와 『소학』이 씌어졌던 시대 그대로이다.

시장을 돌아다니며 갖가지 제수를 사 오고, 그것을 가지고서 이런저런 요리를 만들어내는 것은 상당히 복잡하고 힘들며 지루하고 단조로운 노동이다. 가정을 가지고 있는 여자들은 이런 노동을 일 년에 몇 번씩이나 반복해야 한다. 제사가 많은 집에서는 열 번 넘게라도 반복해야 한다.

여자들이 이런 노동을 하고 있는 동안, 그 여자가 속해 있는 가정의 남자들은 어떤 일을 하는가? 대부분의 경우, 남자들끼리 모여 앉아 TV를 보거나 잡담을 나누거나 할 뿐, 아무 일도 하지 않는다. 맥주를 마시거나, 고스톱을 즐기기도 한다.

그런 식으로 놀면서 시간을 보내다가, 준비가 다 끝나 제사상이 차려지면, 남자들끼리만 모여서 절을 한다, 축문을 읽는다, 술을 올린다, 밥과 반찬을 권한다, 숭늉을 권한다 하며 기세를 올린다. 그렇게 하면서 제사라는 의식의 주인공이 되고, 효성스러운 후손이 된다. 대개의 경우 여자들은 여기에 끼지 못한다. 남자들이 끼워주지 않는 것이다.

하긴 여자들의 입장에서도, 대부분의 경우, 거기에 굳이 끼고 싶지 않을 것이다. 제사라는 의식에서 숭배의 대상이 되는 조상 귀신이 모두 남자 집안의 조상 귀신인데, 다시 말해 여자의 입장에서 보면 타인의 조상 귀신인데, 무엇이 아쉬워서 거기에 끼고 싶을 것인가?

그런데 바로 이런 남자 집안의 조상 귀신을 받들어 모시고 술과 밥과 반찬을 권하는 의식을 진행하기 위해 여자들은 그토록 복잡하고 힘든 노동을 한 것이다. 남자들이 TV를 보거나 고스톱을 즐기고 있던 그 시간에.

조금만 주체적인 의식이 있는 여자라면 분노가 치밀 수밖에 없는 상황이다. 이런 상황이 일 년에도 몇 번씩 — 많게는 열 번도 넘게 — 줄기차게 반복되는 것이다.

그렇다면 이런 상황 속에 놓여 있는 남자들은 마음이 편한가? 게으르고 이기적이며 반성적 사고와 거리가 먼 남자들이야, 마음이 편할 것이다.

하지만 조금이라도 반성적 사고를 행할 줄 아는 남자라면 마음이 편할 수 없다. 이토록 심한 성차별과 인권유린이 공공연하게 자행되고 있는 현장에서 어떻게 마음이 편할 수 있으랴?

그러나 마음이 편하고 편하지 않고를 떠나, 대부분의 남자들은, 여자들이 복잡하고 힘든 노동에 시달리는 동안, 할 수 있는 일이 별로 없다. 뭘 할 줄 아는 것이 있어야 하지?

비교적 젊은 연령층에 속하는 남자들 중에는 '뭘 할 줄 아는 남자'가 되어서 실제로 제수를 준비하고 만드는 노동에 참여하고자 시도하는 경우도 가끔 있지만, 그런 경우에는 아직까지도 낡은 인습에 사로잡혀 있는 노년층으로부터 대번에 '그렇게 하지 말라'는 명령이 떨어진다.

최근에는 '설거지는 남자가 하자'는 이야기가 나오고 있으며 일부의 가정에서는 그런 이야기가 실천에 옮겨지고 있기도 하다. 그 정도만 해도 약간의 개선이 이루어진 셈이기는 하다. 그렇지만 설거지를 해 본 사람이면 누구나 다 실감하는 바이거니와 음식을 준비하고 만드는 노동에 비하면 설거지 따위는 사실 아무 것도 아니다.

## 9. 최길성이 지적한 것

지금까지 살펴본 바와 같이 유교식 제사는 성차별을 당연한 것으로 여기는 의식에 바탕을 두고 있으며 실제로 진행되는 과정에서도 노골적인 성차별을 행하게 되는 것이 불가피하다. '성차별을 극복하는 일'과 '유교식 제사를 계속해서 행하는 일'은 서로 공존하는 것이 절대로 불가능한 관계에 있다. 그러니 만큼 유교식 제사가 앞으로도 계속해서 유지될 경우 그것은 성차별이 제대로 극복된 세상을 만들어가고자 하는 노력에 대하여 심각한 장애로 작용하게 될 수밖에 없다.

유교식 제사가 폐지되어야 마땅한 이유는 그 밖에도 또 있다. 그 또 다른 이유의 핵심은 지금으로부터 수십 년 전에 이미 민속학자 최길성에 의해 정확하게 지적된 바 있다. 그는 1986년에 초판을 내고 1991년에 증보판을 간행한 『한국의 조상숭배』라는 저서에서 다음과 같이 말하고 있는 것이다.

필자는 유교의 제사는 크게 개혁되거나 중지되는 것이 바람직하다고

> 믿는다. 왜냐하면 조상 제사를 인정하게 되면 그 안에 포함된 구조적 가치관으로서의 조상 중심의 신분제적 사회를 인정하는 것이 되기 때문이다.[11]

'유교식 제사를 인정하게 되면 조상 중심의 신분제적 사회를 인정하는 것이 된다'고 한 최길성의 지적을 다른 말로 풀어서 다시 정리하면 대략 다음과 같은 내용이 될 것이다－"유교식 제사에 대한 긍정은, 과거에 대한 숭배, 씨족(가문)이기주의의 긍정, 양반과 상민을 차별하는 신분제에 대한 긍정 따위를 그 효과로서 불러오게 된다." 이런 효과는 의식의 차원에서 발생할 수도 있고, 무의식의 차원에서 발생할 수도 있을 것이다. 의식의 차원에서 발생하는 것도 큰 문제이고, 무의식의 차원에서 발생하는 것도 그것 못지않게 큰 문제가 된다.

## 10. 제사를 폐지하자

지금까지의 논의에 의해, 유교식으로 치러지는 '조상에 대한 제사'가 왜 폐지되어야만 하는가 하는 것은 충분히 설명되었으리라고 믿어진다. 대부분의 가정에서 일 년에 최소한 네 번 넘게, 많게는 열 번 넘게까지 치러지고 있는 '조상에 대한 제사'라는 이 이상한 행사를 더 이상 존속시켜야 할 아무런 이유가 없다.

—2013

11) 최길성, 『한국의 조상숭배』(증보판, 예전, 1991), p.112.

# 설·추석 명절의 귀향 풍속을 비판한다*

해마다 설이나 추석 같은 명절이 되면 이 나라에서는 수천만 국민의 '인구 대이동'이 벌어진다. 도시에 나와 살고 있는 사람들이 저마다의 고향을 찾아가기 때문이다. 당연히 전국의 고속도로는 귀향길에 나선 사람들로 미어터지게 된다. 그 결과 평소에는 두 시간 남짓 되던 서울-대전 간의 소요시간이 무려 열다섯 시간으로 늘어나는 식의 끔찍한 교통체증이 발생한다. 이러한 교통체증을 막상 당사자가 되어서 겪어보면 누구나

* 이 글은 원래 나의 책 『홀로 가는 사람은 자유롭다』(문이당, 1996)에 실렸던 것이다. 이 글에는 「제사를 폐지하자」의 논지를 보완하는 내용이 담겨 있으며, 이 글에서 제기된 문제는 그 상당부분이 여전히 현재진행형이라고 생각되기 때문에, 이 글을 여기에 재수록한다. 20여 년 전에 내가 지녔던 열정과 치기를 고스란히 드러내고 있는 일부 과격한 표현(예를 들자면 "웃기는 일이다" 같은 것)이 지금은 민망하게 느껴지나, 굳이 수정하지 않고 그대로 싣는다. 그리고, 이 글을 여기 재수록하기로 한 김에, 한 가지 밝혀둘 것이 있다. 그것은 나 자신이 일찍부터 설·추석 명절의 귀향 풍속에 대해 불만을 품었으면서도 오랫동안 그것을 거부하지 못하고 끌려다니며 살아 왔다는 사실이다. 그렇게 해 오다가, 이 글을 써서 발표한 다음 해부터 비로소, 이런 식의 생활방식을 반복하지 않겠다는 결심을 실천에 옮기게 되었다.

지옥이 따로 없다는 느낌을 받게 된다.

그러면 수많은 한국인들은 왜 이런 '지옥 체험'이 기다리고 있음을 뻔히 알면서도 해마다 명절만 되면 승용차에, 고속버스에 올라타고 귀향길에 나서는가?

고향이 너무나도 그리워서? 고향이 그토록이나 그립다면 굳이 그런 지옥 체험을 하지 않고도 고향에 갈 수 있는 평상시에 자주자주 고향을 찾으면 되지 않는가? 굳이 즐거워야 할 명절날을 골라 그날을 지옥 체험의 날로 바꾸어버리면서 고향을 찾겠다고 달려나갈 이유가 무엇인가? 그러고 보면 '고향이 그리워서' 운운의 얘기는 도저히 설득력 있는 답변으로 성립할 수가 없다. 어디 그뿐이랴? 솔직한 말로, 오늘날 도시에서 살고 있는 사람들 가운데 고향을 정말 그토록 그리워하는 사람이 도대체 몇이나 되겠는가? 실제로는 고향이 별로 그립지도 않지만 그런 심정을 솔직히 털어놓았다가는 도덕성에 문제가 있는 인간으로 낙인 찍힐 것이 틀림없으니까 그게 겁나서 고향에 대한 그리움을 간직하고 있는 척 가장하고 있는 사람들이, 실제로 고향을 그리워하는 사람들보다 훨씬 많다는 게 진실이 아닌가? 그러니 만큼 사람들이 '고향이 그리워서' 운운의 발언을 할 경우 그 발언은 정말일 가능성보다 위선에 기초한 거짓말일 가능성이 훨씬 높다고 보아야 한다.

이런 지적을 하면, "명절에는 차례를 지내고 성묘를 해야 하기 때문에, 평소에 고향 가는 것과 명절날 고향 가는 것은 근본적으로 다르다. 그러니까 평소에는 안 가도 명절에는 반드시 가야 하는 것이다"라는 반박이 금방 나올 것이다. 하지만 차례를 꼭 고향에 가서 지내야 한다는 법이 어디 있는가? 낡아빠진 씨족주의의 인습—따라서 전혀 존중할 만한 가치를 찾을 수 없는 인습—을 제외하면, 그러한 고정관념을 정당화해 줄 근거는 아무데도 없다. 그리고 성묘를 꼭 명절날 해야 한다는 고정관념 역시, 인습 이외의 곳에서는 아무런 근거를 찾을 수 없을 것이다.

이렇게 따져볼 때, 명절날 고향을 찾는 수천만 인구의 대이동은 그것을 정당화할 아무런 합리적 근거를 갖고 있지 못한 것임이 명백하다. 그럼에도 불구하고 재작년에도, 작년에도, 또 금년에도 명절을 맞아 고향을 찾는 수천만 사람들의 행렬은 변함없이 되풀이되고 있다. 왜 그런가? 낡은 씨족주의의 인습이 자못 거룩한 도덕의 권위로 무장하여 사람들 위에 군림하고 있기 때문이다. 그리고 많은 사람들이, 그것을 합리적으로 따져서 비판할 만한 의식을 갖지 못한 채, 그것이 정말 거룩한—감히 비판적인 사고를 거기에 적용시켰다가는 큰일이 나는—도덕률인 줄 알고 맹목적으로 거기에 복종하거나, 아니면 비판적인 생각을 가질 만한 의식은 있으되 정면으로 그것을 거부할 용기까지는 없어서 마음속으로는 진저리를 치면서도 어쩔 수 없이 거기 끌려가고 있기 때문이다. 이것은 하나의 거대한 비극이다. 아니 희극이다.

이러한 비극 혹은 희극을 더욱더 비극적으로 혹은 희극적으로 만드는 것이 하나 있다. 그것은 바로 TV의 뉴스 프로이다. 명절날 귀향 행렬을 보도하는 TV의 뉴스 프로는, 어느 방송의 경우에나, 또 어느 명절의 경우에나 항상 동일한 말을 곁들인다. 가로되, "아무리 교통체증이 심해도 귀향길에 오른 사람들의 표정은 밝고 푸근하기만 합니다. 마음은 벌써 정다운 분들이 기다리는 고향에 가 있기 때문입니다" 운운. 합리적인 시각을 견지하는 자리에서 본다면 실로 어처구니가 없는 것이 바로 이런 말씀이다. 도대체 뉴스를 보도하는 자리에 서 있는 사람이 이런 감상적인 수필을 뉴스 보도 속에 거리낌없이 집어넣는 것 자체가 부당한 일이지만, 그 수필의 내용이라는 게 또한 '진실과는 동떨어진 상투적 표현을 남발해서 국군 아저씨한테 보내는 위문편지 같은 걸 만들어내는 게 좋은 글쓰기의 요령이다'라는 가르침을 받고 그것을 맹목적으로 따르는 초등

학교 저학년생의 작문처럼 되어 있으니, 어처구니없다는 생각이 들지 않을 수가 없는 것이다. 그리고 이처럼 어처구니없는 삼류의 작문이 가지는 영향력은 또 얼마나 엄청난 것인가! 낡은 씨족주의의 인습에다 거룩한 영광의 옷을 입히는 데 그것은 얼마나 커다란 기여를 하고 있는가! 슬픈 일이다. 그리고 웃기는 일이다.

명절마다 벌어지는 이런 비극 혹은 희극을 정당화하기 위하여 동원되는 논리 가운데 하나로 이런 것이 있다. "어느 민족에게나 전국민적인 축제가 필요하다. 그런데 우리 민족의 경우에는 이런 명절마다의 귀향·차례·성묘 행사가 바로 전국민적인 축제이다. 그러니까 이것은 우리로 하여금 한국인으로서의 아이덴티티를 잘 정립할 수 있도록 도와주는 소중한 자산인 것이다. 그러므로 우리는 이런 풍속을 잘 키워가야 한다." 얼핏 듣기에는 그럴듯한 논리다. 하지만 틀린 논리다.

우선, 어느 민족에게나 전국민적인 축제가 필요하다는 발상부터가 과연 정당한 것인지 의문스럽다. 그리고 '명절마다의 귀향·차례·성묘가 전국민적인 축제이다'라는 주장은, 정말 명백하게 틀린 것이라고 말하지 않을 수 없다. 어떤 행사가 전국민적인 축제라는 명칭에 값하려면 그것은 전국민을 하나로 결집시키는 것, 혹은 그런 방향으로 움직이는 것이라야 한다. 그런데 우리나라에서 명절마다 되풀이되는 귀향·차례·성묘의 행사는 전국민을 하나로 결집시키는 것, 혹은 그런 방향으로 움직이는 것이 아니다. 오히려 그 반대의 방향으로 사람들을 강력하게 끌고 가는 것이다. 그것은 오랫동안 잊어버리다시피 하며 지냈던 낡은 씨족의식이 많은 사람들의 마음속에서 다시 용솟음치도록 만든다. 많은 사람들로 하여금, '나는 어느 집안 무슨 파의 몇 대 후손이다'라는 따위의 하잘것없는 사실이 세상에서 더없이 중요한 것인 양 착각하도록 만드는 마취력을 발휘한다. 우리가 바람직한 시민사회를 창조해 나가기 위해서는 반드시 버려야 할 부정적 유산인 혈연중심주의, 지연중심주의에 신성불가침의 권위를 입혀준다. 이런 것이 무슨 전국민적 축제란 말인가?

지금까지 나는 명절마다의 귀향 · 차례 · 성묘 풍속에 담겨 있는 문제점을 논하면서 남성의 경우만을 염두에 두고 얘기를 진행해온 셈이다. 이처럼 남성의 경우만을 염두에 두고 따져보는 자리에서도, 귀향 · 차례 · 성묘의 풍속과 그것을 지배하고 있는 인습이 얼마나 심각한 문제를 내포하고 있는가는 분명히 드러났으리라고 믿는다. 그런데 여기서 한번 관점의 주체를 바꾸어 여성(특히 아내의 위치에 있는 여성)의 입장에 서 보게 되면, 그 문제의 심각성은 다시 몇 배로 증폭된다는 느낌을 받지 않을 수 없다. 왜 그런가? 앞에서 말한 '고향'은 어디까지나 남편의 고향이지 자신의 고향이 아니기 때문이다. 앞에서 말한 '씨족'은 어디까지나 남편의 씨족이지 자신의 씨족이 아니기 때문이다. 앞에서 말한 '정다운 분들'은, 만약 그런 분들이 어쩌다가 정말로 있다 할 경우라도, 어디까지나 남편에게 정다운 분들이지 자신에게 정다운 분들이 아니기 때문이다. 그리고 자신이 부엌에 들어가 허리가 휘도록 일할 때 남편은 아랫목에 앉아 담소를 즐기며 맥주나 마시고 있는 것이 고작인 데도, 정작 차례의 주체가 되는 것은 남편이며 차례상에 초대되는 조상의 영도 남편 조상의 영이기 때문이다. 또 성묘라는 것도 남편 조상의 묘를 찾는 것이지 자기 조상의 묘를 찾는 것이 아니기 때문이다. 이런 것이 아내 된 여성의 처지이다. 바로 이런 처지에 놓여 있는 여성들을 향해서도 TV 뉴스는 원기왕성하게 외친다: "아무리 교통체증이 심해도, 귀향길에 오른 사람들의 표정은 밝고 푸근하기만 합니다. 마음은 벌써 정다운 분들이 기다리는 고향에 가 있기 때문입니다." 웃기는 일이다. 그러나 웃을 수 없는 일이다. 왜 웃을 수 없는가? 남성 위주의 씨족주의적 인습을 신성화하는 이 나라의 명절풍속은 남주여종의 고정관념 역시 신성화함으로써 참다운 여성해방을 심각하게 저해하고, 그럼으로써 참다운 여성해방 없이는 불가능한 참다운 남성해방도 역시 저해하고 있다는 사실을, 우리는 여기서 깨달을 수 있기 때문이다.

—1995

# 인명 찾아보기

## ㄱ

ㅈ

### ㅊ



### ㅋ



### ㅌ



### ㅍ



### ㅎ

## 작품 찾아보기

ㅅ

**ㅈ**



**ㅊ**

**ㅋ**



**ㅌ**



**ㅍ**



**ㅎ**

## 저자 소개

이동하(李東夏)

1955년생
서울대 법학과 졸업
서울대 국문과 및 동 대학원 졸업(문학박사)
현재 서울시립대 국문과 교수

『현대소설의 정신사적 연구』, 『한국소설과 기독교』, 『재미한인문학연구』(정효구와 공저), 『한국문학과 인간해방의 정신』, 『한국현대소설과 종교의 관련 양상』, 『한국문학 속의 사회주의와 자본주의』, 『한국소설 속의 신앙과 이성』, 『한국소설과 예수 그리고 유다』 등 저서 다수


# 현대소설과 불교의 세계

**초판 인쇄** 2017년 6월 2일
**초판 발행** 2017년 6월 9일

**지은이** 이동하
**펴낸이** 이대현
**편 집** 권분옥
**디자인** 홍성권
**펴낸곳** 도서출판 역락
서울시 서초구 동광로46길 6-6 문창빌딩 2층
전화 02-3409-2058(영업부), 2060(편집부)
팩시밀리 02-3409-2059
이메일 youkrack@hanmail.net
등록 1999년 4월 19일 제303-2002-000014호

ISBN 979-11-5686-818-7 93810

* 책값은 표지에 있습니다.
* 파본은 교환해 드립니다.

이 도서의 국립중앙도서관 출판예정도서목록(CIP)은 서지정보유통지원시스템 홈페이지(http://seoji.nl.go.kr)와 국가자료공동목록시스템(http://www.nl.go.kr/kolisnet)에서 이용하실 수 있습니다.(CIP제어번호: CIP2017011845)